ALISSA DEROGATIS

Call It What You Want

Für mich ist es Liebe

Roman

Aus dem Englischen
von Larissa Bendl

PENGUIN VERLAG

Die Originalausgabe erschien 2024
unter dem Titel *Call it what you want*
bei Sourcebooks, Naperville.

MIX
Papier | Fördert
gute Waldnutzung
FSC **FSC® C014496**
www.fsc.org

Penguin Random House Verlagsgruppe FSC® N001967

1. Auflage
Copyright © der Originalausgabe by Alissa DeRogatis 2024
Copyright © der deutschsprachigen Ausgabe 2024
Penguin Random House Verlagsgruppe GmbH,
Neumarkter Straße 28, 81673 München
Redaktion: Lisa Wolf
Umschlaggestaltung: bürosüd nach einem Entwurf und
unter Verwendung einer Illustration von Hailey Moore
Satz: GGP Media GmbH, Pößneck
Druck und Bindung: GGP Media GmbH, Pößneck
Printed in Germany
ISBN 978-3-328-11258-7
www.penguin-verlag.de

Für eine jüngere Version meiner selbst.

Prolog

Sloane
Dezember 2018

Die Sonne scheint durch das kleine Fenster in meinem Schlafzimmer, als ich mich beim Klingeln des Sieben-Uhr-Weckers umdrehe und auf *Snooze* drücke. Die meisten New Yorker sind bereits hellwach und greifen zu ihren Hafermilch-Lattes und Avocado-Toasts, während mir von ein paar Gläsern Wein zu viel und nur drei Stunden Schlaf der Kopf dröhnt. Innerhalb eines Wimpernschlags kommen die Erinnerungen an die Ereignisse der vergangenen Nacht zurück, und ich spüre erneut den Schmerz durch meine Venen pulsieren.

Es hört einfach nicht auf. Ich weiß noch, wie weh es tat, ihn nur anzusehen. Ethan war immer derjenige, bei dem ich mich sicher fühlte, aber letzte Nacht hat sich das geändert. Es war, als hätte er ein Messer genommen und es mir wiederholt in die Brust gerammt. Jedes Mal, wenn ich ihn ansah, riss die Wunde erneut auf, der Schmerz war so frisch und roh wie beim ersten Mal. Als würde ich durch tausend kleine Schnitte verbluten.

Mitten im Satz hat er mich unterbrochen. »Ich kann das nicht mehr, Sloane. Ich glaube, das hier muss ein Ende haben.«

7

Ich hielt ein Glas meines Lieblings-Cabernets in der Hand, und innerhalb von Sekunden glitt es mir durch die Finger und zerschellte auf dem Boden. Instinktiv bückte ich mich, um die Scherben aufzuheben. Ich hasse Unordnung und hätte mich in dem Moment gern auf alles konzentriert außer auf dieses Gespräch. Ich schaute auf meine Hände hinunter und sah, dass aus meiner rechten Handfläche Blut quoll. *Warum spüre ich es nicht? Warum kann ich nichts spüren?* Ich beobachtete, wie er nach seinem Handy griff, um uns ein Uber zu rufen. Er bewegte sich schnell, aber in meiner Welt war es, als wäre die Zeit stehen geblieben.

Ich starrte ihn an, während er hektisch in meiner Küche hin- und herlief, um sich alles zu schnappen, was wir in der Notaufnahme gebrauchen könnten, und fragte mich, wo der Typ geblieben war, den ich auf dem College kennengelernt hatte – der Typ im verwaschenen Yankees-T-Shirt mit dem sanften Lächeln und den vertrauensvollen Augen. Ich hätte nie gedacht, dass ich ihn hassen könnte, und jetzt konnte ich ihn nicht mal mehr ansehen. Er sollte verschwinden, aber gleichzeitig wollte ich auch nicht, dass er ging. Niemals. Über zwei Jahre lang hatte ich ihn geliebt. Wie konnte er diese zwei Jahre mit fünf Worten beenden?

Ich kann das nicht mehr.

Die Worte liefen in einer Endlosschleife in meinem Kopf ab, als handele es sich um ein neues Taylor-Swift-Album, von dem ich versuchte, jedes Wort auswendig zu lernen. Ich glaube, das Schlimmste war die Erkenntnis, dass ich es irgendwo tief in mir drin längst wusste. Ich wusste, dass er nicht in der Lage war, dahin zu gelangen, wo ich ihn haben wollte. Da war nur auch die Hoffnung, ich würde mich irren.

Nein, wir waren nie zusammen. Er ist kein Ex-Freund. Er ist ein Ex-Vielleicht. Womöglich ist das alles, was wir je sein werden – ein unvollständiger Satz oder ein Buch, das jemand nach der Hälfte weggelegt und nie wieder zur Hand genommen hat, vorbei ohne Ende.

Teil 1: DAMALS

1

Sloane
August 2016

Plötzlich war er da, der erste Tag meines letzten College-
jahres. Mit einem aufgeregten Gefühl in der Brust und voller
Vorfreude darauf, was das Jahr bringen würde, wachte ich
auf. Ich spritzte mir Wasser ins Gesicht, tupfte etwas Mascara
auf und bürstete mein natürlich glattes, rotbraunes Haar.
Normalerweise trug ich nicht viel Make-up, und für die Vorlesungen beschränkte ich mich auf das absolute Minimum.
Dazu zog ich ein weites Verbindungs-T-Shirt, Sportshorts
und Sneaker an, bevor ich meinen Rucksack packte und mein
Zimmer verließ.

In der Wohnung war es ruhig. Meine beiden Mitbewohnerinnen hatten sich – deutlich tapferer als ich – für Acht-Uhr-
Kurse entschieden und waren längst unterwegs. Ich hingegen
war eher der Neun-Uhr-dreißig-Typ. Ich suchte in der Küche
nach einem Kaffeebecher zum Mitnehmen und brühte mir
eine Tasse auf, scrollte durch mein Handy und wippte mit
dem Fuß, während die Maschine sich Zeit ließ.

Sobald ich aus der Tür war, rannte ich zur Haltestelle des
Shuttlebusses, und mein Herz setzte einen Schlag aus, als auf
den letzten Metern die Türen bereits zuglitten. Ich hasste es,

zu spät zu kommen, und bei der Vorstellung, mich allein und unpünktlich in eine Vorlesung zu stehlen, wurden meine Handflächen schwitzig.

»Halten Sie die Türen auf!«, rief eine Stimme hinter mir.

Ich drehte mich um und sah einen großen und (soweit ich das beurteilen konnte) attraktiven Mann auf den Bus zulaufen. Er überholte mich und schaffte es mit einem charmanten Lächeln, den Fahrer davon zu überzeugen, die Türen des Busses wieder zu öffnen.

»Nach dir«, sagte er auf der Trittstufe des Buseingangs und bedeutete mir einzusteigen.

Ihn einfach nur als groß und gut aussehend zu beschreiben, wäre ihm nicht gerecht geworden. Sein gewelltes dunkelbraunes Haar umrahmte sein markantes Gesicht mit der starken Kieferpartie. Dem Blick aus seinen tiefbraunen Augen konnte man sich unmöglich entziehen. Er hatte so eine coole und selbstbewusste Ausstrahlung, die mein Herz höherschlagen ließ.

Ich quetschte mich an ihm vorbei, während mein Blick schnell die Auswahl an Sitzen überflog. Es war nur noch eine Zweiergruppe in der letzten Reihe frei. Ich wusste genau, mit wem ich mir den Platz teilen würde. Während ich mich in den Fenstersitz gleiten ließ, sah ich ihm dabei zu, wie er zielstrebig den Gang entlangschritt. Ich versuchte, ihn nicht anzustarren, bis ich sein T-Shirt bemerkte.

»Ist hier noch frei?« Er näherte sich dem Ende meiner Reihe.

»Klar. Immerhin hast du dafür gesorgt, dass der Bus nicht ohne uns abfährt.« In meiner Stimme lag ein Unterton von Nervosität. »Bist du aus New York?«

Er schien von der Frage überrascht.

»Dein Shirt.« Ich zeigte auf sein abgetragenes graues T-Shirt mit dem New-York-Yankees-Logo auf der Vorderseite. Obwohl es aussah, als hätte es ein paar Waschdurchgänge zu viel hinter sich, schmiegte es sich noch immer schmeichelhaft an seinen Körper.

»Ach, das.« Er schaute an sich herunter, um zu überprüfen, was er anhatte. »Nein. Mein Vater ist Fan. Du auch?«

»Ob ich Fan bin oder aus New York?«

»Eins davon? Beides?« Er lachte.

»Weder noch. Aber seit ich denken kann, will ich schon dorthinziehen.«

Als er sich in den Sitz zwängte, berührte sein Bein meines, und mein ganzer Körper glühte. Wie konnte es sein, dass ich mich dermaßen zu jemandem hingezogen fühlte, dessen Namen ich nicht mal kannte?

Als könne er meine Gedanken lesen, stellte er sich vor. »Ich bin übrigens Ethan. Ethan Brady.«

»Sloane Hart.«

»Ist das dein erstes Jahr im Ascent?«, fragte er. »Wir sind gerade in eines der Gebäude in der Nähe des Pools gezogen.«

»Meine Mitbewohnerinnen und ich wohnen auch dort hinten. Apartment 3221. Es ist unser zweites Jahr hier. Wir haben zwar versucht, ein Haus in Wrightsville zu bekommen, hatten aber kein Glück. Die waren anscheinend schnell weg. Aber es gefällt uns«, sagte ich.

Seine Augen weiteten sich. »Ich schätze, wir sind Nachbarn – ich wohne in dem Apartment über euch. Ruft besser nicht die Polizei, wenn unsere Partys zu laut werden.«

»Das würden wir nie tun. Wenn wir mitfeiern dürfen …«

»Zur Kenntnis genommen.« Ethan nickte. »Was studierst du?«

Während ich antwortete, musterte ich ihn von der Seite und bemerkte, wie seine Augen funkelten, wenn er lächelte, und wie selbstbewusst seine Haltung war. »Kommunikation. Ich hätte mich für Journalismus entschieden, aber das Wilmington College bietet das nicht an, also musste ich mich damit als Nebenfach begnügen. Lass mich raten … du studierst Finanzmanagement oder Wirtschaft?« Ich zog eine Augenbraue hoch.

»Steck mich doch nicht gleich in eine Schublade, Hart.« Der Name kam ihm über die Lippen, als hätte er sein ganzes Leben darauf gewartet, ihn auszusprechen. »Ich studiere auch Kommunikation. Bin von der Wirtschaftsschule geflogen, nachdem ich zweimal in Mathe durchgefallen bin.«

»Du glaubst nicht, wie oft ich das schon gehört habe. Ich bin furchtbar in Mathe, ich könnte mir nicht mal vorstellen, den Kurs ein Mal, geschweige denn zwei Mal zu belegen. Statistik hab ich gerade so bestanden.« Es fiel mir leicht, mich ihm zu öffnen.

»In welchen Kurs gehst du jetzt?« Ich mochte es, dass er viele Fragen stellte und mir damit das Gefühl gab, wichtig zu sein.

»Kreatives Schreiben für Fortgeschrittene. Und du?«

»Einführung in die Rhetorik.« Er schaffte es kaum, die Worte herauszubringen, ohne zu lachen.

»Ist das nicht ein Erstsemesterkurs?«

»Ich hab es immer wieder aufgeschoben. Ich hasse es, vor anderen zu reden. Gerade wünsche ich mir wirklich, ich hätte es schon vor vier Jahren hinter mich gebracht.«

»Sieh es mal so: Du wirst wahrscheinlich vor einem Raum voller Achtzehnjähriger sprechen, die von dir viel eingeschüchterter sind als du von ihnen.«

»Danke für die aufbauenden Worte, Hart.«

Da war er wieder. Der Name, der mein Herz zwei Schläge aussetzen ließ. Der Shuttlebus kam quietschend an der Nordseite des Campus zum Stehen. Wir warteten darauf, dass alle anderen ausstiegen, bis wir die Einzigen waren, die noch im Bus saßen. Ethan ging voran, und ich folgte ihm, da ich wusste, dass wir zum selben Gebäude unterwegs waren, in dem die meisten Kommunikationskurse stattfanden.

»Tja, hier muss ich rein.« Ich sah zu ihm auf. Er war sicher um die eins neunzig groß. »Hast du nachher noch Vorlesungen, oder gehst du zurück ins Ascent?«

»Ich hab noch einen Kurs und dann eine Besprechung.«

»Ich schätze, dann fahre ich allein zurück. Wir sehen uns, oder, Hart?« Er stellte eine Frage, auf die er die Antwort bereits kannte.

∗∗∗

Kurz nach fünfzehn Uhr kam ich in den Ascent-Wohnkomplex zurück. Als ich die Treppe zu unserem Apartment hinaufging, hörte ich bereits, wie meine Mitbewohnerinnen sich mit Drake beschallten. Am liebsten hätte ich die Zeit angehalten. Obwohl ich mich auf das kommende Jahr freute, stimmte es mich auch traurig, dass die Collegezeit zu Ende ging.

Ich hatte Lauren Ellis und Jordan Coleman durch einen glücklichen Zufall kennengelernt, als die Universität uns Moore Hall zugewiesen hatte, dem *schlimmsten* Erstsemesterwohnheim. Es war das einzige Hochhaus auf dem Campus, das noch nicht abgerissen und neu gebaut worden war, und wir gehörten zu den Unglücklichen, die in seinem letzten Jahr darin hatten leben dürfen. Ich sagte mir einfach, dass die Erfahrung, die wir gerne Moore *Hell* nannten, uns zusammengeschweißt hatte.

Lauren war meine beste Freundin. Sie war auffallend schön, mit langem platinblondem Haar und dem süßesten Lächeln der Welt. Wann immer etwas Schlimmes (oder Gutes) passierte, war Lauren die erste Person, der ich es erzählte. Sie war die Art von Mensch, die einen nie im Stich lässt. Als Studentin der Erziehungswissenschaften hatte Lauren eine Leidenschaft für die Ausbildung junger Menschen. Sie war ehrlich, aber sanft und konnte auch bittere Wahrheiten mit Sorgfalt vermitteln. Lauren war wirklich der aufrichtigste Mensch, den ich kannte. Jordan hingegen war der Sonnenschein unserer Gruppe. Sie war die Freigeistigste und Selbstloseste von uns allen. Ihre Unbekümmertheit passte zu ihren dunkelblonden Beach Waves und ihrer gebräunten Haut; man sah ihr sofort an, dass sie aus Wrightsville Beach stammte. Wir drei waren so unterschiedlich und passten doch perfekt zusammen.

»O mein Gott, endlich bist du zu Hause!« Laurens Hang zur Dramatik war eines der Dinge, die ich am meisten an ihr liebte.

»Hat sie schon angefangen zu trinken?«, fragte ich an Jordan gewandt.

»Noch nicht, aber bald.« Jordan lachte.

»Wahnsinnig witzig«, spottete Lauren. »Darf man nicht einfach mal aufgeregt sein? Wir haben gerade unseren vorletzten ersten Unterrichtstag hinter uns gebracht! Das ist monumental. Und auch traurig. Aber lasst uns versuchen, nicht daran zu denken. Ich will nicht, dass irgendwas die erste Nacht unseres Abschlussjahrs ruiniert!«

»Ist es nicht seltsam, an einem Mittwoch ins Jerry's zu gehen? Komisch, dass die Studentenverbindungen keine Semesterstart-Partys veranstalten«, sagte Jordan.

»Leute.« Lauren warf sich auf die Couch. »Semesterstart-Partys sind was für die Kleinen. Wir sind immerhin schon einundzwanzig! Deshalb geht es heute Abend ins Jerry's. Reißt euch zusammen.«

»Ergibt Sinn«, antwortete ich, während Jordan nickte.

»Wir haben ungefähr drei Stunden, bis wir losmüssen. Was wollt ihr zum Abendessen? Tiefkühlpizza?« Lauren war eindeutig die Planerin der Gruppe.

»Ja, Tiefkühlpizza klingt perfekt«, stimmte Jordan zu.

»Warte«, unterbrach ich sie. »Ich muss erst noch von dem Typen erzählen, den ich im Bus getroffen habe.«

»Moment mal. Du bist schon seit über fünf Minuten zu Hause und hast noch keinen Ton gesagt?! Schieß los!« Lauren war ganz aus dem Häuschen. Sie liebte die Liebe und wusste, wie schwer es für mich war, sie zu finden.

In meiner Kindheit war ich oft umgezogen. Meine Mutter war Chirurgin; zu Beginn ihrer Karriere wechselte sie alle paar Jahre das Krankenhaus. Das machte es für mich extrem schwer, Freunde zu finden, geschweige denn einen Freund. Carter war dem am nächsten gekommen.

Er war genau dann in mein Leben getreten, als ich ihn gebraucht hatte. Unsere Dates waren spontan, jede Nacht mit ihm angetrieben von Adrenalin, da ich nur erahnen konnte, was als Nächstes passieren würde. Mit ihm zusammen zu sein, war aufregend und machte mich gleichzeitig nervös. Obwohl unsere Beziehung eher locker war, lud er mich zum Abschlussball ein. Er tauchte bei mir zu Hause auf, mit seiner Mom und einem Anstecksträußchen, das nicht zu meinem Kleid passte, aber natürlich trug ich es trotzdem. Wir machten Fotos und stiegen mit meinen Freunden in eine Limousine, in der wir Wine Cooler und kleine Schnapsflaschen herumreichten. In dieser Nacht verlor ich meine Jungfräulichkeit. Ich hatte mir das alles ganz anders vorgestellt. Ich hatte eine große romantische Geste erwartet, und stattdessen waren es nur ein paar Minuten in einem Gästezimmer im Haus einer Freundin, die mit einem kaputten Kondom endeten.

Einige Wochen nach dem Schulabschluss setzten meine Eltern sich mit mir zusammen und teilten mir mit, dass sie sich scheiden lassen würden. Ich war völlig überrumpelt. Zwanzig Jahre Ehe einfach so vorbei. Hatte ich die Warnzeichen übersehen? Sicher, sie hatten ihre Probleme, aber mussten sie deswegen gleich ihr Eheversprechen zurücknehmen? Die Scheidung an sich war schon schlimm für mich, doch noch schlimmer war der Zeitpunkt. Nur wenige Monate später würde ich aufs College gehen, ein paar Stunden von zu Hause entfernt, und nun hatte ich das Gefühl, nicht zu wissen, ob es dieses Zuhause überhaupt noch gab. Meine Eltern waren so sehr damit beschäftigt, ihre Besitztümer aufzuteilen und das Haus zu verkaufen, dass sie keine Zeit hatten, mich in einer Übergangsphase zu unterstützen, in der ich sie wirklich gebraucht hätte.

Für den Rest des Sommers hatte ich Sex mit Carter, wann immer es möglich war – meistens dann, wenn unsere Eltern arbeiteten –, in Autos auf Parkplätzen, auf Partys, nach Partys. Ich war bereit, es immer und überall zu tun, weil ich dachte, dass er mich dann lieben würde. Ich wollte auf keinen Fall allein sein. *Spoiler-Alarm: Sex bringt niemanden dazu, einen zu lieben.*

Auch wenn wir nicht »zusammen« waren, traf ich mich in den Semesterferien immer noch mit Carter, vor allem, um meinen Eltern aus dem Weg zu gehen, die bereits neue Partner hatten. Im ersten Collegejahr hatte ich noch die Hoffnung, dass aus uns mehr als nur eine Affäre werden würde, und in dem Jahr danach versuchte ich etwas zu finden, das mit dem berauschenden Gefühl, das er mir gegeben hatte, vergleichbar war. Schließlich begann das dritte Studienjahr, und ich legte eine Datingpause ein. Die Liebe meines Lebens befand sich vermutlich nicht in Wilmington. Vielleicht gab es sie ja in einer Großstadt oder an einer anderen Küste. Eines Tages würde ich es herausfinden. In den verbleibenden zwei Semestern am College würde ich mich auf das Studium konzentrieren und danach meinen Traumjob finden, um aus North Carolina wegzukommen. Das Leben wurde so viel besser, als ich aufhörte, in jedem Kerl, den ich kennenlernte, nach der großen Liebe zu suchen.

»Tja, dank unserer Kaffeemaschine war ich mal wieder zu spät dran. Ich schwöre, sie braucht ganze zehn Minuten für eine einzige Tasse. Wir sollten uns wirklich eine neue zulegen.« Mir fiel selbst auf, dass ich um den heißen Brei herumredete.

»Komm zum Punkt!«, warf Jordan ein.

Aufregung kochte in mir hoch. »Jedenfalls ging ich auf den Bus zu, und die Türen schlossen sich bereits. Ich war mir sicher, dass ich ihn verpassen und zu spät zur Vorlesung kommen würde, bis dieser Typ hinter mir auftauchte und den Fahrer dazu brachte, die Türen noch mal zu öffnen. Es waren nur noch zwei Plätze nebeneinander frei, also haben wir uns zusammengesetzt und uns während der gesamten Fahrt zum Campus unterhalten. Er ist ein Senior, studiert Kommunikationswissenschaften wie ich, und das Beste daran ist, dass er direkt über uns wohnt.«

»Nicht dein Ernst.« Laurens Augen weiteten sich mit jedem Wort etwas mehr.

»Hoffentlich sind seine Mitbewohner heiß!«, mischte sich Jordan ein.

»Gut möglich, dass er der attraktivste Mann ist, den ich je gesehen hab …«, schwärmte ich. »Ohne Witz. Er hat wuscheliges braunes Haar und ein tolles Lächeln, und es ist ziemlich offensichtlich, dass er mindestens fünf Tage die Woche trainiert.«

»Okay, also genau wie jeder andere Verbindungstrottel auf dem Campus.« Lauren rollte mit den Augen.

Jordan dagegen war bereits hin und weg: »Ich finde, er klingt heiß!«

»Hast du den Bustypen gefragt, ob er heute Abend ins Jerry's geht?«, fragte Lauren.

»Nein. Mist, das hätte ich tun sollen!« Ich schnappte mir ein Kissen, das neben mir auf der Couch lag, und vergrub mein Gesicht darin.

»Ich bin sicher, er wird da sein!« Jordan war wie immer die Optimistin unter uns. »Laut Laur kommen alle Seniors.«

»Stimmt, und wir müssen heiß aussehen. Also hör auf zu schmollen. Lass uns lieber überlegen, was wir anziehen!«

Ich folgte Laurens Beispiel und ging in mein Schlafzimmer, wo ich unsere *Get Ready*-Playlist abspielte. Bei dem Gedanken, Ethan zweimal an einem Tag zu begegnen, musste ich lächeln. *Hoffentlich.*

2

Ethan
August 2016

Während der gesamten Stunde konnte ich an kaum etwas anderes denken als an Sloane. Sie war eher ruhig, wirkte aber trotzdem offen und zugänglich. Sie war schön, aber anders als die meisten Mädchen auf dem Campus. Es war offensichtlich, dass sie sich nicht zu sehr anstrengte oder sich selbst zu ernst nahm; das musste sie auch nicht. Ich hatte mich noch nie zu Rothaarigen hingezogen gefühlt, aber irgendetwas an ihr war besonders. Ich versuchte, sie mir aus dem Kopf zu schlagen. So ein Typ war ich nicht – ich ließ mich nicht einfach so auf ein Mädchen ein. Vor allem nicht auf eins, das ich respektierte. Das klang zwar schlimm, aber es war die Wahrheit. Ich war ziemlich verkorkst, doch am schlimmsten war, dass ich bisher nicht ein einziges Mal so etwas wie eine gesunde Beziehung zu jemandem gehabt hatte. Das hatte ich meinen Eltern zu verdanken.

Sloane behielt recht; in meinem Rhetorik-Kurs waren außer mir nur Erstsemester. Das war allein daran zu erkennen, dass sie sich alle das Lehrbuch gekauft hatten. Ich würde nie mein Geld für Lehrbücher verschwenden. Dafür gab es meine Verbindungsbrüder und die süßen Mädchen, die im

Unterricht neben einem saßen. Ich versuchte der Professorin zuzuhören, die gerade die sechs Reden vorstellte, die wir im Laufe des Semesters halten sollten: eine informative, eine überzeugende, eine unterhaltsame, eine demonstrative, eine motivierende und eine improvisierte. Gott, ich hasste mich wirklich dafür, dass ich diesen Kurs so lange vor mir hergeschoben hatte.

Unsere Professorin beendete die Stunde weit vor Ablauf der fünfundsiebzig Minuten, sodass ich noch viel Zeit bis zum nächsten Kurs hatte, also ging ich in die Bibliothek. Ich war mir nicht sicher, ob am ersten Tag der Vorlesung jemand da sein würde, aber der dritte Stock war der Ort, wo die Verbindungsleute normalerweise tagsüber abhingen.

»Brady!«, rief jemand von der anderen Seite des Hofs. Ich drehte mich um, damit ich erkennen konnte, wer da gleich meinen Weg kreuzen würde. Es waren meine Mitbewohner Graham und Jake.

»Was macht ihr zwei so früh auf dem Campus? Vor allem du.« Ich nickte in Jakes Richtung.

»Du tust so, als wäre es acht Uhr morgens«, spottete er.

»Holen wir uns was zu essen. Bei Chick-fil-A gibt's noch Frühstück, wenn wir uns beeilen.« Graham wies uns den Weg.

Er war wie ein Bruder für mich. Ich hatte seit der achten Klasse bei seiner Familie gelebt, weshalb es sich nur natürlich anfühlte, auch am College mit ihm zusammenzuwohnen. Von uns dreien war Graham der Intelligenteste. Er stammte aus einer Familie mit guten Genen, hinzu kam, dass sie reich waren. Graham und ich waren in fast jeder Hinsicht gegensätzlich, und doch war er der einzige Mensch, den ich jemals an mich herangelassen hatte. Wir hatten Jake im ersten Studienjahr kennengelernt, als wir alle der Verbindung Pi Kappa Alpha beigetreten waren – die Erinnerung daran jagte mir manchmal Schauer über den Rücken. Dadurch freundeten wir uns auf eine Weise an, wie es nur die wenigsten tun. Jake war der Typ fürs Jagen und Angeln, während Graham und ich unsere Zeit lieber damit verbrachten, uns einen Football zuzupassen oder ein paar Wellen zu reiten.

»Gott sei Dank, die Schlange ist nicht lang«, sagte Jake, als wir durch die Türen des Studierendenzentrums gingen. »Ich könnte gerade zehn Chick-n-Minis verschlingen.«

Während wir in der Schlange auf unser Frühstück warteten, kam mir meine Begegnung mit Sloane wieder in den Sinn.

Wieso hatte ich sie noch nie auf einer unserer Partys oder in einer Bar gesehen? Sicherlich würde ich mich an sie erinnern. Ein kleiner Teil von mir hoffte, dass sie heute Abend im Jerry's sein würde oder, noch besser, beim Vorglühen im Pike House.

3

Sloane
August 2016

»Das Uber ist da!«, brüllte ich über die Musik hinweg.

Unsere Wohnung war noch voller als sonst. Obwohl wir unsere Studentinnenverbindung nach der Hälfte des zweiten Studienjahres aufgegeben hatten, waren wir mit vielen Mädchen, die mit uns eingetreten waren, noch eng befreundet. Taylor und Hailey wohnten auch im Ascent, aber im vorderen Teil des Komplexes. Ich konnte mich immer darauf verlassen, dass wir fünf vor jeder Veranstaltung zusammen abhingen.

»Also gut, Ladys, packen wir's.« Lauren trennte ihr Handy vom Lautsprecher und stellte ein paar leere Becher in die Spüle. »Sloane, du hast doch ein großes Auto bestellt, oder?«

»Ja, wir passen zu fünft rein, ohne dass jemand auf einem Schoß sitzen muss!«, versicherte ich ihr.

Ich führte die Mädchen die Treppe hinunter und auf den Parkplatz, wo der Minivan auf uns wartete.

»Niemand hat Alkohol dabei, richtig? Mein Uber-Profil überlebt keine weitere Ein-Stern-Bewertung, nachdem ich auf dem Heimweg vom White Trash Bash im ersten Semester auf die Rückbank gekotzt hab.« Ich schauderte bei dem bloßen Gedanken an die Erinnerung.

»O Gott, erinnere mich bloß nicht daran.« Taylor tat so, als müsse sie würgen. Die anderen schüttelten die Köpfe und stiegen dann eine nach der anderen ins Auto. Ich nahm den Vordersitz, und der Fahrer bot mir ein Aux-Kabel an.

»Irgendwelche Wünsche?«, fragte ich und drehte das Kabel zwischen meinen Fingern.

»Der neue Chainsmokers-Song!«, flehte Jordan. »Ich liebe den!«

»Genau! ›Closer‹!«, wiederholte Lauren.

»*From your roommate back in Boulder, we ain't ever getting older!*«, schrien wir aus vollem Hals. Das waren die Momente, die ich nicht vergessen wollte.

Die Fahrt vom Ascent zur Bar dauerte etwa fünfzehn Minuten, und wir ließen die ganze Zeit »Closer« in Dauerschleife laufen. Ich war ziemlich sicher, unser Fahrer hasste uns mittlerweile, aber das war egal. Der Song war ein Ohrwurm, und wir hatten große Erwartungen an den ersten Abend des Abschlussjahres. Das konnte er uns wohl kaum übel nehmen.

Wir kamen absichtlich zwanzig Minuten früher beim Jerry's an, um nicht in der Schlange warten zu müssen. Ich war mit unserer Entscheidung zufrieden. Die Türsteher schauten kaum auf unsere Ausweise, obwohl wir zum ersten Mal als Volljährige hier waren. Es war mehr los, als ich erwartet hatte.

Kurz vor dem Eingang gab es eine Außenterrasse, auf der ich mich normalerweise gern aufhielt, aber nicht in einer schwülen Augustnacht. Das Jerry's war genau wie jede andere unscheinbare Collegebar. Nachts wurden die Stehtische und Barhocker weggeräumt, damit genug Platz zum Tanzen war. An den Wänden hingen Flachbildfernseher und Neonschilder mit Bierlogos, und es wurden keine Getränke über zehn Dollar ausgeschenkt. Jedes Mal, wenn ich die Bar betrat, überkam mich eine Welle der Nostalgie. Ich konnte nicht glauben, dass wir nur noch ein Jahr in dieser Stadt leben würden. Von allen Orten, an denen ich gewohnt hatte, war Wilmington zu meinem Lieblingsort geworden.

»Gehen wir an die Bar!« Laurens Stimme hallte über die Musik hinweg. Sie verschränkte ihre Finger mit meinen, während ich Jordans Hand nahm, damit wir uns anstellen konnten.

»Zwei Wodka Soda und ein Michelob Ultra, bitte.« Lauren schob dem Barkeeper ihre EC-Karte zu und drehte sich zu uns um. »Ich verstehe immer noch nicht, wie du das Zeug trinken kannst.«

»Es ist Ein-Dollar-pro-Bier-Abend!«, hielt ich dagegen. »Und die gehen leicht runter.«

»Da Sloanes Getränk im Grunde kostenlos ist, übernehme ich die nächste Runde«, sagte Jordan.

Aus den Augenwinkeln sah ich Hailey und Taylor, die sich mit ein paar Jungs, die wir kannten, unterhielten. Nach etlichen Kennenlernveranstaltungen, Partys, Bällen und Spring Breaks waren die Sigma-Chi-Jungs im Grunde auch unsere Verbindungsbrüder geworden. Abgesehen von denen, mit denen wir geschlafen hatten.

»Mischen wir uns unter die Leute!« Lauren führte uns zu den anderen Mädchen.

»Da seid ihr!«, begrüßte uns Hailey.

»Wie geht's?« Einer der Jungs kam auf uns zu und legte Lauren und mir je einen Arm um die Schultern.

»O mein Gott!«, quietschte Lauren. »Hab dich seit Monaten nicht mehr gesehen! Wie war dein Auslandssemester?«

Während um mich herum Sommerurlaube, Kurse und Pläne für die Zeit nach dem Studium besprochen wurden, entschuldigte ich mich auf die Toilette und fand dann meinen Weg zurück zur Bar, um mir noch ein Getränk zu holen. Das Jerry's füllte sich schnell, aber von Ethan keine Spur. Vielleicht hatte Lauren sich geirrt. Vielleicht gingen nicht alle Seniors in die Strandbars, um den Semesterstart zu feiern. Bevor ich weiter darüber nachdenken konnte, drückte jemand meine Schulter.

»Kann ich dir einen Drink ausgeben?« Sechs Worte, die jede Einundzwanzigjährige gerne hörte.

Ich drehte mich um und stand dem einzigen Mann gegenüber, den ich heute Abend sehen wollte.

»Wie kann ich da Nein sagen?«, fragte ich.

Ethans Reaktion war von selbstbewusstem Charme durchzogen. »Zu mir kann man nicht Nein sagen.« Er grinste. Sein Blick schweifte über den überfüllten Raum, während er hinzufügte: »Verdammt, ist das voll hier drin.«

»Ja, die Schlange an der Bar hat sich kein Stück bewegt.« Ich seufzte, denn das Warten ging mir langsam auf die Nerven.

»Mir nach.« Ohne zu zögern, ergriff er meine Hand und führte mich bis ans Ende der Bar. In Sekundenschnelle schaute eine der Barkeeperinnen in seine Richtung und machte sich auf den Weg zu uns.

»Ethan, was kann ich dir bringen, Süßer?«, fragte sie und klimperte mit den Wimpern.

Süßer? Natürlich kannte er die Barkeeperin. *Hat er mit ihr geschlafen?* Ich nahm jedes Detail wahr, von ihren blondierten Haaren bis hin zu den Brüsten, die fast aus ihrem Croptop herausfielen. *Ist das die Art von Frau, auf die er steht? Wenn ja, habe ich wohl kaum eine Chance.* Einen Moment lang überlegte ich, das Getränk abzulehnen und meine Freundinnen zu suchen … bis er wieder diesen Namen sagte.

»Also, Hart«, begann Ethan. »Magst du Bier, oder trinkst du es nur, weil es einen Dollar kostet? Wie wär's stattdessen mit einem Wodka Cranberry? Wodka Soda?«

»Ich hab echt nichts gegen Bier. Schnaps und ich führen nicht die beste Beziehung. An die erste Nacht im letzten Collegejahr würde ich mich gern erinnern können, weißt du?«

»Also zwei Mich Ultras.«

Das Summen der Gespräche um uns herum war eine Sinfonie aus Flirtereien und dem Austausch mit alten Freunden. Aus einer Gruppe in der Ecke ertönte aufgeregtes Gebrüll, und als ich hinübersah, um zu erfahren, worum es ging, bemerkte ich zwei Jungs auf den Knien, die Smirnoff Ice exten. Ich wusste nicht mal, dass es im Jerry's so was gab. Später musste ich Lauren unbedingt eins ausgeben. Das war Tradition bei uns – normalerweise an Geburtstagen und zu besonderen Anlässen.

»Prost«, sagte Ethan und reichte mir ein Bier.

»Danke.« Ich lächelte, als ich die Flasche an meine Lippen hob und einen kleinen Schluck nahm.

»Wo sind deine Freunde?«, fragte er.

»Als ich sie zuletzt gesehen habe, waren sie in der Nähe der Fenster, aber jetzt bin ich mir nicht mehr sicher. Durch die ganzen Leute hier kann ich sie nicht sehen.«

»Na dann, lass sie uns suchen.« Er reichte mir erneut die Hand, und ich nahm sie, ohne darüber nachzudenken, während er mich durch die Menge führte. Obwohl ich Ethan erst seit weniger als vierundzwanzig Stunden kannte, hatte er etwas an sich, das mir Sicherheit vermittelte. Es war ein beruhigendes Gefühl, das ich in der Nähe eines Mannes noch nie gespürt hatte.

»Da sind sie!« Ich zerrte an Ethans Hemd und zeigte auf Lauren. »Die Blondine in dem blauen Top ist meine Mitbewohnerin. Danke, dass du mir geholfen hast.«

»So leicht wirst du mich nicht los. Du solltest mich wenigstens meinen anderen Nachbarinnen vorstellen, oder?«

Bei der Erinnerung flatterte mir der Magen. War das hier eine gute Idee? Mich in meinen Nachbarn zu verknallen? Es war ja nicht so, dass ich ihm ausweichen konnte wie meinen üblichen One-Night-Stands. Vor Ethan Brady gab es kein Entrinnen.

»Da bist du ja!«, rief Lauren. »Wir dachten, du wärst schon weg.«

»Weg? Warum sollte ich gehen?«, antwortete ich verwirrt.

»Komm schon, Sloane«, mischte sich Jordan spöttisch ein. »Du bist doch berühmt für deine Abgänge.«

»Wer ist das?« Lauren, die Geselligste von uns, stellte sich Ethan vor. »Hey, ich bin Lauren.«

»Ethan. Meine Mitbewohner und ich wohnen über euch.« Mehr fügte er seiner Vorstellung nicht hinzu.

»Oh, du bist der Bustyp! Ich heiße Jordan.«

Fragend drehte Ethan den Kopf in meine Richtung. »Bustyp?«, wiederholte er mit einem spielerischen Stirnrunzeln. »Was für ein schrecklicher Spitzname.«

»Daran ist Lauren schuld, sie hat ihn sich ausgedacht.« Mein Gesicht wurde heiß, also nahm ich einen Schluck von meinem Bier, um mir etwas mehr Mut anzutrinken.

»Wo sind deine Mitbewohner?« Mit ihrer Frage lenkte Lauren das Gespräch in eine andere Richtung.

»Sind sie heiß?« Jordan war direkter.

»Leute!« Wäre mein Gesicht nicht vorher schon rot gewesen, dann spätestens in diesem Moment. *Gott sei Dank ist es hier so dunkel.*

Ethan überragte die Menge, seine Körpergröße verschaffte ihm einen guten Überblick. »Sie sind hier irgendwo«, sagte er und ließ seinen Blick durch den Raum schweifen. Er warf uns ein lässiges »Bin gleich wieder da« zu, bevor er in der Menge verschwand.

Ich sah ihm nach und hoffte, dass er es ernst meinte und meine Freundinnen ihn nicht abgeschreckt hatten. Es fühlte sich gut an, wieder verknallt zu sein. Seit Carter hatte ich versucht, mein Liebesleben zwanglos zu halten und mich nicht an irgendwelche One-Night-Stands zu binden. So war es einfacher, denn die meisten Collegejungs suchten nicht nach etwas Ernstem. Ich hatte diesen Fehler schon einmal gemacht und mir geschworen, es nie wieder zu tun. Aber irgendwas an Ethan gab mir das Gefühl, dass ich bereit wäre, mein Herz aufs Spiel zu setzen, nur um zu sehen, ob aus uns etwas werden könnte.

Innerhalb weniger Minuten kam Ethan mit zwei ähnlich attraktiven Typen zurück.

»Graham und Jake, das sind Sloane, Lauren und Jordan, unsere Nachbarinnen von unten.« Ethan begann sie einander vorzustellen. Graham sah mit seinem wuscheligen blonden Haar, den blauen Augen und der goldenen Bräune, die wahrscheinlich das ganze Jahr über anhielt, aus, als wäre er einer Billabong-Kampagne entsprungen. Es war offensichtlich, dass er am Strand aufgewachsen war und nicht vorhatte, ihn jemals wieder zu verlassen. Jake hingegen war das komplette Gegenteil – dunkler Teint, kurz rasiertes Haar und ein Dreitagebart.

Im Laufe des Abends verschmolzen unsere getrennten Freundesgruppen zu einer einzigen. Ich beobachtete, wie gut Lauren und Graham sich auf Anhieb verstanden und es im Laufe ihres Gesprächs so schien, als würden sie alle anderen ausblenden. Jordan schien nicht so ein großes Interesse an Jake zu haben, und so tanzten und redeten wir zu viert, bis das Licht anging.

Lauren flehte uns an, die Nacht noch nicht enden zu lassen, und die Jungs stimmten zu. Also entschieden wir uns für Trinkspiele bei uns zu Hause. Obwohl ich normalerweise kein Freund von Gesellschaftsspielen war, war es nicht schwer, mich davon zu überzeugen, mehr Zeit mit Ethan zu verbringen.

»Was wollt ihr denn alle trinken?«, fragte Lauren und ließ ihren Blick zwischen uns hin und her schweifen. Sie spielte bereits die Gastgeberin, als wir in unsere unbeleuchtete Wohnung stolperten.

»Ich gehe nach oben und hole eine Kiste Bier, damit wir nicht euren ganzen Alkohol wegtrinken«, bot Graham an, und bevor Lauren Nein sagen konnte, war er schon zur Tür hinaus.

»Sollen wir Circle of Death oder Busfahrer spielen?«, fragte ich.

»Busfahrer«, sagten Jake und Ethan unisono.

»Dann also Busfahrer.«

Graham kam in Rekordzeit mit dem Bier zurück, und wir quetschten uns alle auf unsere Couch, während Jordan uns daran erinnerte, wie man spielt. Nichts ist so typisch fürs College wie ein Raum voller betrunkener Einundzwanzigjähriger, die sich darüber streiten, nach welchen Regeln sie spielen wollen. Gegen Ende der letzten Runde entschuldigte ich mich, um auf die Toilette zu gehen. Lauren war Busfahrerin, womit sie immer das größte Pech hatte, also war klar, dass ich noch Zeit hatte, bis ein neues Spiel beginnen würde.

Ich schloss die Badezimmertür hinter mir ab. Erst als ich auf der Toilette saß, merkte ich, wie beschwipst ich war. Mein Gesicht war warm, mein Körper kribbelte, und meine Lider wurden langsam schwer. Obwohl ich es genoss, mit Ethan zu flirten, war ich mir nicht sicher, wie lange ich noch durchhalten würde. Als ich die Tür öffnete, stand Ethan in meinem Schlafzimmer. Er starrte die Bilder an, die ich auf meiner Kommode aufgereiht hatte, nahm sie in die Hand und untersuchte sie eins nach dem anderen.

»Hey«, machte ich mich bemerkbar.

»Sind das deine Eltern?«, fragte er, ohne von dem Foto aufzublicken.

»Genau.« Ich ging zu ihm hinüber, damit ich besser sehen konnte.

In dem Bilderrahmen, der geformt war wie eine Sonnenblume, steckte das letzte Foto, das von uns als intakte Familie aufgenommen worden war. Ich stand zwischen meiner Mom und meinem Dad und lächelte, obwohl ich Rot trug (meine Hassfarbe) und mir der Abschlusshut ständig vom Kopf gerutscht war. Ich erinnerte mich genau daran, wie ich mich an diesem Tag gefühlt hatte: aufgeregt, endlich die Kontrolle über meine Zukunft zu haben. Ein paar Wochen nach diesem Foto hatten meine Eltern mir mitgeteilt, dass sie sich scheiden lassen würden. Mein Dad hatte seinen Job verloren, war in eine Depression verfallen und hatte sich nicht darum bemüht, eine neue Stelle zu finden. Nachdem sie fast zwei Jahre lang versucht hatte, ihm zu helfen, verkündete meine Mom schließlich, sie habe genug. Ich konnte sie verstehen, trotzdem tat mein Dad mir leid.

Ethan stellte den Rahmen zurück auf die Kommode und drehte sich zu mir um. Es fühlte sich an, als könnten seine großen braunen Augen direkt durch mich hindurchsehen. Die Frequenz meines Herzschlags stieg von Sekunde zu Sekunde, und mit meinem neu gewonnenen, betrunkenen Selbstvertrauen schloss ich die Schlafzimmertür. Er verstand den Wink und kam näher, legte eine Hand auf meinen Rücken und die andere an mein Gesicht. Sanft strich sein Daumen über meine Wange, und ich spürte, wie der Rest seiner Hand in meinen Nacken griff. Gänsehaut.

Als sich unsere Lippen schließlich berührten, war es, als würden sie sich bereits kennen.

✳✳✳

Erste Küsse sind entweder schrecklich oder unglaublich. Es gibt kein Dazwischen. Mein allererster erster Kuss war schrecklich. Ich war fünfzehn, und wir hatten Silvester. Ich wusste noch, wie ich Zahnpasta auf seiner Zunge geschmeckt und gedacht hatte, er hätte sich aus Höflichkeit die Zähne geputzt. Doch es stellte sich heraus, dass er betrunken war und sich kurz vor Mitternacht im Badezimmer übergeben hatte.

Dann gab es meinen ersten *guten* Kuss. Das Ganze hätte auch eine Szene aus irgendeinem Coming-of-Age-Film oder -Roman der letzten zehn Jahre sein können. An einem Samstagabend im Frühjahr des letzten Schuljahres war ich abends länger aus gewesen, als ich durfte. »Crazy Rap« von Afroman lief aus dem Bluetooth-Lautsprecher, während wir Whiskey und eine Flasche Dr. Pepper zum Nachspülen herumreichten. Ich wusste, es war falsch, mich von Carter nach Hause fahren zu lassen, nachdem er getrunken hatte, aber ich war siebzehn und traf nicht immer die besten Entscheidungen. Er parkte sein Auto am Anfang meiner Einfahrt und küsste mich dann. Ich erinnerte mich noch genau, wie in diesem Moment mein ganzer Körper aufleuchtete, so als wäre ich bis zu diesem Moment auf Autopilot durchs Leben gegangen.

So war der erste Kuss mit Ethan nicht. Ihn zu küssen, fühlte sich vertraut an, als wären unsere Lippen Puzzleteile, die genau zusammenpassten. Er machte mich nicht so nervös wie Carter. Bei ihm fühlte ich mich wohl. Als wäre ich endlich angekommen.

4

Sloane
September 2016

Drei Wochen nach Semesterbeginn kam Lauren mit Graham Clark zusammen – deutlich früher, als ich erwartet hätte. Im Laufe der Jahre waren wir nur auf ein paar wenige Partys der Pi-Kappa-Alpha-Verbindung, auch Pike genannt, gegangen, meistens auf die berühmt-berüchtigten zum Semesterstart, aber ansonsten waren wir nicht oft dort. Seit Lauren den neuen Titel *Freundin* trug, wurden wir jedoch ständig eingeladen – zum Vorglühen, auf Partys, auf Dating-Events und so weiter.

Jeden Freitag nach unseren Vormittagskursen trafen Lauren, Jordan und ich uns im Innenhof, um zum Mittagessen gemeinsam in die Mensa zu gehen. Die meisten Seniors aßen nicht auf dem Campus, es sei denn, sie holten sich etwas zum Mitnehmen, aber wir hatten diese Tradition im ersten Jahr begonnen, also mussten wir sie natürlich durchziehen. Außerdem würde ich niemals Nein zu Chick-fil-A sagen.

»Ich finde es immer noch kriminell, dass wir Freitagskurse haben. An so vielen Colleges gibt es gar keine oder wenn doch, dann zumindest nicht jede Woche. Warum konnten die Erstsemester-Paten uns nicht vorwarnen?«, fragte Lauren.

»Gestern Abend haben wir es aber auch ein bisschen übertrieben«, antwortete ich mit einem sanften Grinsen.

»Erinnere mich nicht daran«, stöhnte sie.

»Und genau deshalb sollten sie Chick-n-Minis mindestens bis mittags servieren – vor allem am Wochenende«, fügte Jordan hinzu.

»J, das ist womöglich die beste Idee, die du je hattest. Schreib ihnen das. Jedes Mal, wenn sie bei meiner Bestellung einen Fehler machen, schicke ich ihnen eine Nachricht und bekomme einen Gutschein«, sagte ich.

»O mein Gott, Sloane! Du bist echt schlimm.« Lauren schubste mich spielerisch, während Jordan lachte. »Ich bin froh, dass wir einen Abend haben, um uns zu erholen. Welches Trikot zieht ihr morgen an?«

»Basketballtrikot und Converse«, antwortete Jordan.

»Ich auch«, fügte ich hinzu.

»Das ist ja einfach.« Lauren lachte. »Mir kommt es vor, als wären wir schon seit Jahren nicht mehr auf einer Trikotparty gewesen.«

»Ich glaube, die letzte, bei der wir waren, war die von Pike. Wann war das – im zweiten Studienjahr?«, erzählte Jordan.

Lauren dachte eine Sekunde darüber nach. »Ich glaube ja.«

»Glaubt ihr, dass Ethan kommt?«, fragte ich.

»Wenn man bedenkt, dass er nicht nur zu Pike gehört, sondern auch Grahams Mitbewohner und bester Freund ist, würde ich sagen, ja. Wie ernsthaft ist deine Schwärmerei eigentlich?« Laurens Augen leuchteten auf.

»Ich weiß nicht, ob ich es als Schwärmerei bezeichnen würde …«, versuchte ich zurückzurudern. »Wir haben uns nur ein einziges Mal geküsst.«

Jordan beugte sich fasziniert vor. »Willst du, dass es noch öfter passiert?«

»Ich weiß nicht. Ich glaube schon«, gab ich zu und fummelte dabei am Saum meines T-Shirts herum. »Ich wünschte nur, ich wüsste, was er empfindet. Wenn er kein Interesse hat, verschwende ich nur meine Zeit.«

»Laur, jetzt, wo du und Graham offiziell zusammen seid, solltest du Sloane helfen.«

Dem konnte ich nur zustimmen. »Gute Idee, J.«

»Schon gut, schon gut.« Lauren zuckte mit den Schultern. »Ich weiß, dass ich in den letzten Wochen nicht die beste Mitbewohnerin war; die Sache mit Graham ist einfach von null auf hundert gegangen.«

Jordan rollte mit den Augen. »Wissen wir. Seit du den Kerl kennst, hast nicht mehr in deinem eigenen Bett geschlafen!«

»Sei nett.« Ich stupste Jordan an.

Lauren stand auf und streckte sich. »Ich werde versuchen, Graham nach der Party heute Abend ganz unauffällig darauf anzusprechen. Vielleicht kann er uns etwas über Ethan verraten oder noch besser: mir sagen, was er über dich denkt.«

»Das wäre fantastisch«, sagte ich und spürte eine Welle der Erleichterung.

»Betrachte es als erledigt«, sagte Lauren mit einem zuversichtlichen Nicken. »Jetzt sollten wir uns aber auf wichtigere Dinge konzentrieren. Womit glühen wir vor?«

***

Graham lud uns ein, vor der Trikotparty bei ihm abzuhängen, bevor uns die Bruderschaftsanwärter zum Verbindungshaus fuhren. Ich suchte den Raum nach einem Anzeichen von

Ethan ab, als ich aus den Augenwinkeln sah, wie er sich auf den Balkon hinausschlich. Ich umarmte Graham, während Jake jedem von uns einen Becher PJ reichte – die Abkürzung für Party-Juice –, ein Gebräu aus Wodka, Rum, Tequila und Fruchtpunsch.

»Du bist Celtics-Fan?«, fragte eine Stimme hinter mir.

Ich drehte mich um und wurde von einem breit lächelnden Ethan begrüßt, der vermutlich high war. »Ob du es glaubst oder nicht, ich hab dieses Trikot vor ein paar Jahren bei Goodwill gefunden, kurz vor einer Pike-Party.« Ich nahm einen Schluck PJ.

»Verdammt, was für ein Fund. Ich bin allerdings überrascht zu hören, dass du auf einer Pike-Party warst. Ich dachte, du hättest damals nur mit Sigma Chis abgehangen.«

»Yo, Brady«, unterbrach uns Graham. »Die Anwärter fahren vor; du sitzt in unserem Wagen.« Wir folgten ihm auf den Parkplatz, wo eine Reihe von Autos wartete.

»Bitte stapeln!«, wies Jake uns an, als er auf den Vordersitz glitt. Jordan setzte sich in die Mitte, und Lauren nahm auf Grahams Schoß Platz, woraufhin mir klar wurde, dass ich dasselbe tun musste.

»Pass auf deinen Kopf auf«, mahnte Ethan, dessen Stimme in dem beengten Raum gedämpft und intim klang.

Ich duckte mich, und ein Schauer lief mir über den Rücken, nicht wegen der kühlen Septemberluft, sondern wegen der Vorfreude auf die Nähe zu Ethan. Als ich meine Beine über seine schwang und seine Haut meine berührte, durchlief mich eine Welle der Elektrizität.

Ethan legte die Hand auf meinen Oberschenkel, eine einfache Geste, die mit unausgesprochener Anziehungskraft behaftet war. Sein anderer Arm legte sich um meine Hüfte und umklammerte mich mit sanftem Druck, bei dem sich die Schmetterlinge in meinem Bauch vervielfachten. Er schloss die Tür, und ich beobachtete, wie sich die Muskeln in seinem Unterarm zusammenzogen, so wie es auch mein Herz zu tun schien, wenn ich in seiner Nähe war. Er hatte mich nur ein einziges Mal geküsst und mich kaum berührt, trotzdem schmolz ich nur so dahin.

Als wir gemeinsam auf die Party gingen, fühlte es sich an, als wären wir *zusammen.*

Das Haus war genau so, wie man es erwarten würde. Bierdosen und leere Schnapsflaschen lagen auf dem Boden, der noch mit einer klebrigen Schicht von der letzten Party überzogen war. Ethan führte mich zu einem Bierfass auf der hinteren Veranda und stellte mich jeder Person vor, an der wir vorbeikamen. Ich fühlte mich wichtig und wollte nicht, dass die Nacht zu Ende ging.

»Danke für den Drink.« Ich lächelte. »Ich muss die Mädels finden.«

»Ich komme mit. Vielleicht will Graham mit mir Bier Pong spielen.«

Wir machten uns auf den Weg zurück durch die Menge und in die Küche, wo Lauren und Graham bereits dabei waren, zu spielen.

Er beugte sich vor und flüsterte mir ins Ohr: »Wir sind als Nächstes dran.«

»Ich glaube, ich sollte dich warnen, dass ich ziemlich schlecht bin. Flip Cup ist eher mein Ding.«

»Gut, dann will ich dich dafür auch in meinem Team haben.«

»Jawooooohl!« Graham hielt seinen Becher hoch und exte den Inhalt, um allen Anwesenden mitzuteilen, dass er wieder mal gewonnen hatte. »Brady, bist du der Nächste?«

Ethan nahm meine Hand und führte mich auf die andere Seite des Tisches. Er ordnete die Becher neu, während ich sie mit Fassbier füllte.

»Bin gleich wieder da«, murmelte er. Kurz darauf kam er mit zwei frischen Getränken zurück. »Also gut, dann wollen wir mal.«

Es sollte wohl niemanden überraschen, dass wir verloren.

»Ich hab dir gesagt, dass ich schrecklich bin«, nuschelte ich und ließ den Kopf hängen.

»Nächstes Mal kriegen wir sie«, versicherte mir Ethan.

Ich schlängelte mich durch die verschwitzte Menge, bis ich die Schlange vor der Toilette fand, wo ich Jordan zu finden hoffte.

»Warum dauert das so lange?« Ein Mädchen, das ganz vorne in der Schlange stand, klopfte an die Tür. »Manche von uns hier müssen wirklich pinkeln!«

Nicht mal ein paar Sekunden später öffnete ein Typ Hand in Hand mit einem Mädchen die Tür. Dieses Mädchen war Jordan.

»Sloane!« Sie umarmte mich, während ich beobachtete, wie die Mädchen um mich herum mit den Augen rollten. Ich war zu nüchtern und zu peinlich berührt für diese Situation. »Wir gehen. Bleibst du schön brav?«

Ich schaute an ihr vorbei und musterte den Kerl aus dem Bad von oben bis unten. Bevor ich irgendwelche Fragen stellen konnte, näherte sich Graham von hinten, und sie stießen sich gegenseitig an.

»Gehst du schon so früh, Jordan?« Er zwinkerte.

»Jep«, erklärte sie. »Mit deinem guten Freund Pat hier.«

»Keine Sorge, Pat ist ein netter Kerl«, versicherte mir Graham. »Oben gibt es noch ein Bad, wenn du mitkommen willst.«

Ich folgte Graham die hölzerne Treppe hinauf, vorbei an all dem Verbindungskram der vergangenen dreißig Jahre, der dort ausgestellt war. Ich fragte mich, wo der Rest war, doch bevor ich es laut aussprechen konnte, kam eine Gruppe von Jungs mit einer Bierbong, die mindestens sechs Meter lang war, aus einem der Schlafzimmer.

»Was geht, Graham, wollt ihr ins Bad?«, sagte ein großer Blondschopf.

»Ja, ich wollte nicht, dass sie sich unten in die Schlange stellen muss«, erklärte Graham.

»Verständlich, aber wenn sie fertig ist, wartet die hier auf euch.« Er hielt die Bierbong hoch.

»Alter, hör auf, Bedingungen zu stellen, nur weil die Leute das Klo benutzen wollen«, sagte ein anderer. »Ihr könnt in mein Bad.«

»Danke, Reese«, sagte Graham, als er mir bedeutete, ihm zu folgen. »Reese, das ist übrigens Sloane. Sie ist die Mitbewohnerin meiner Freundin.«

»*Mitbewohnerin* klingt, als hätten wir uns auf Facebook kennengelernt oder so. Lauren ist meine beste Freundin«, warf ich ein.

»Schön, dich kennenzulernen, Laurens beste Freundin und Mitbewohnerin, Sloane.« Reese streckte seine Hand aus, und ich schlug ein. »Ich lass euch dann mal in Ruhe. Wir sehen uns unten.«

»Geh du vor. Ich warte auf dem Flur. Ich will nicht, dass du auf dem Rückweg zur Bierbong gezwungen wirst.«

Als er die Tür hinter sich schloss, machte ich mich auf den Weg durch den Raum, der ein Schlafzimmer zu sein schien. Es war ungewöhnlich ordentlich für einen Collegetypen. Er hatte ein Boxspringbett, vier Kissen und Vorhänge, die zu seinem Bettzeug passten. Als ich das Bad gefunden hatte, drehte ich das Schloss am Türknauf, damit niemand versehentlich hereinkam. Das Bad war genauso sauber wie das Schlafzimmer, was für eine Verbindungsparty eine nette Überraschung war. Bevor ich im Flur wieder zu Graham stieß, richtete ich meine Frisur und trug schnell noch eine Schicht Lipgloss auf.

Als Graham und ich die Treppe hinuntergingen, schüttete eine Gruppe von Jungs oben durch einen Trichter das Bier zu den Jungs nach unten. Ich konnte mir nicht ausmalen, was für eine klebrige Sauerei sie am Morgen vorfinden würden.

»Da seid ihr ja!«, begrüßte uns Lauren im Foyer. »Ich hab gerade einen ganzen Twisted Tea gebongt!«

»Das ist mein Mädchen! Und jetzt holen wir dir etwas Wasser.« Es machte mich glücklich, Graham und Lauren zusammen zu sehen. Laurens letzter Freund war furchtbar gewesen. Wenn man *Betrüger*, *Lügner*, *Manipulator* oder *Gaslighter* im Wörterbuch nachschlagen würde, würde sein Bild neben all diesen Begriffen auftauchen. Sie hatte ihn auf der Highschool kennengelernt, und er war ihr fürs College nach Wilmington gefolgt (wie es nur die toxischsten aller Leute tun). Während unseres gesamten ersten Studienjahres hatte er sie betrogen, und sie fand es erst heraus, als das Mädchen, mit dem er schlief, Lauren eine Nachricht schickte. Es war ein riesiges Drama. Aber zum Glück war sie sehr daran gewachsen und jetzt mit jemandem zusammen, der nicht netter sein könnte.

Ich ging auf die Veranda hinaus, wo ein paar Leute auf der Treppe saßen und einen Joint herumreichten. Ich holte mein Handy heraus, um ein Uber zu rufen, als ich hinter mir eine vertraute Stimme hörte.

»Du gehst schon?«, fragte Ethan.

»Ja, ich denke darüber nach. Jordan ist weg, und ich hab wirklich keine Lust, den beiden Turteltäubchen die ganze Nacht hinterherzulaufen«, erklärte ich nur halb im Scherz.

»Warum kommst du nicht mit zu mir? Ich hab ein bisschen Gras, und ich wette, es ist noch PJ übrig. Ich werd uns einen der Anwärter rufen, dann musst du kein Geld für die Fahrt ausgeben.«

»Bist du sicher? Du musst nicht mit mir abhauen.«

»Ich weiß, dass ich nicht muss. Ich will aber.« Mit einer schnellen Bewegung legte er seinen Arm um mich, sperrte mein Handy und rief mit der anderen Hand über seins eine Mitfahrgelegenheit.

***

Ethan und ich stolperten gemeinsam die Treppe hinauf. Unser beschwipstes Lachen verstummte sofort, als wir die Tür zu seiner Wohnung öffneten. Der Anblick, der sich uns bot, war mehr als unangenehm – leere Bierdosen und Plastikbecher vermüllten jede Oberfläche, als wäre eine Kunstinstallation unglaublich schiefgegangen. Die frisch gestrichenen Wände wiesen ein paar mysteriöse Flecken auf, und der anhaltende Geruch von verschütteten Getränken und Gras erfüllte das Wohnzimmer.

»Wo habt ihr Müllsäcke?«, fragte ich, als ich mit gerümpfter Nase die Küche betrat.

»Mach dir darüber keine Gedanken. Die Jungs und ich können morgen früh aufräumen«, antwortete Ethan.

»Wie kannst du schlafen, wenn du weißt, dass das alles« – ich deutete auf das Chaos um uns herum – »direkt vor deiner Schlafzimmertür liegt?«

»Wenn du darauf bestehst, mit mir aufzuräumen: Die Müllsäcke sind unter dem Waschbecken, zusammen mit dem Bleichmittel. Kannst du mir schon mal eine Tüte hinlegen? Solange hol ich ein Ladegerät für den Lautsprecher. Ich kann nicht im Stillen putzen.« Er entfernte sich, während ich mich an die Arbeit machte, halb leere Bierdosen auszuschütten, Becher zu stapeln und alles in den Müllbeutel zu werfen, den ich an einen Schrank gehängt hatte.

»Wie wär's mit einer Hip-Hop-Playlist aus den 2000ern?« Ethan kam aus seinem Zimmer.

»Lauren liebt diese Playlist!«, sagte ich. »Kannst du mit ›No Scrubs‹ anfangen? Das ist mein Lieblingssong zum Vorglühen.«

»Natürlich ist das dein Lieblingssong zum Vorglühen.« Ethan rollte mit den Augen, scrollte aber trotzdem, um ihn zu finden. »Der Song ist nicht mal auf der Playlist.«

Ich runzelte die Stirn. »Du hast wahrscheinlich nicht die richtige.«

»Das ist die meistgehörte auf Spotify.« Ethan hielt mir sein Handy hin, damit ich mich selbst davon überzeugen konnte.

»Dann muss Lauren ihre eigene erstellt haben. Ich sehe mir mal ihr Profil an.« Ich nahm es ihm aus der Hand und hatte innerhalb von Sekunden unsere Lieblingsplaylist auf dem Bildschirm.

»Hart, das ist nicht der beste Hip-Hop der 2000er.« Er überflog jeden Song. »Usher, Fergie, TLC. Wer zum Teufel ist JoJo?«

»Eine Ikone. Spiel sie einfach ab. Das ist eben unserer Meinung nach der beste Hip-Hop der 2000er«, beharrte ich.

Nach dreißig Minuten Putzen und Ethans Gebettele, ihn die Playlist ändern zu lassen, war die Wohnung endlich wieder vorzeigbar – abgesehen von den vier Müllsäcken und den kaputten Bierkästen, die wir neben der Eingangstür zurückgelassen hatten. Ethan schenkte uns beiden einen Becher PJ ein und führte mich auf den Balkon, wo zwei einsame Klappstühle mit Blick auf den Pool standen.

»Nach Ihnen.« Er deutete auf einen der Stühle.

»Wahnsinn, was ihr hier rausgeholt habt.« Ich lachte und ließ mich auf meinem Platz nieder.

»Wir sind drei Studenten, was erwartest du?« Er rückte seinen Stuhl näher an meinen heran, bevor er sich setzte.

Wir saßen ein paar Minuten lang schweigend da, während das Licht im Pool die Farben wechselte. Unsere Wohnung hatte die gleiche Aussicht, nur ein Stockwerk tiefer, auch wenn ich nicht glaubte, dass ich ihn bis zu dem Zeitpunkt schon mal betreten hatte.

»Willst du einen Zug?« Ethan hob eine Bong vom Boden auf und hielt sie mir hin.

»Nein danke«, antwortete ich. »Ich rauche nicht.«

»Hast du noch nie gekifft?« Er schien überrascht zu sein.

»Noch nie. Ich bin ein ziemlich ängstlicher Mensch, und ich glaube, Kiffen würde es noch schlimmer machen«, erklärte ich.

»Was macht dich so ängstlich?«, fragte Ethan, während er Gras in den Kopf der Bong stopfte und in seiner Tasche nach einem Feuerzeug fischte.

»Viele Dinge.« Ich dachte eine Sekunde lang nach. »Veränderung spielt eine große Rolle. Neue Stundenpläne, neue Kurse, neue Professoren. Aber es ist schon irgendwie ironisch. Ich bin damit aufgewachsen, dass ich wegen des Jobs meiner Mutter oft umziehen musste, sodass ich mich nie wirklich irgendwo eingelebt habe. Man sollte meinen, ich hätte mich inzwischen an Veränderungen gewöhnt.«

Ich nahm einen Schluck von meinem PJ und sah zu, wie er inhalierte. Das blubbernde Wasser in der Bong erzeugte ein beruhigendes Geräusch, das die Stille zwischen uns ausfüllte.

Er atmete aus, bevor er antwortete: »War das schwer für dich? Ich hab mein ganzes Leben lang nur in Wilmington gelebt. Ziemlich langweilig, hm?«

»Für mich klingt das nicht langweilig. Ich hab mich immer gefragt, wie es wohl wäre, länger als ein paar Jahre am selben Ort zu sein. Wie anders mein Leben dann vermutlich verlaufen wäre.«

Dieses Gespräch war tiefgründiger, als ich es von Ethan erwartet hätte. Auch wenn es nicht viel war, konnte ich beobachten, wie er sich mir langsam öffnete – zumindest, wenn er nicht nüchtern war.

»Wenn du nicht kiffst, wie entspannst du dich dann? Wie beruhigst du deine Ängste?« Er klang aufrichtig interessiert.

»Hm.« Ich dachte einen Moment darüber nach. »Abgesehen davon, dass ich gern mit meinen Freundinnen zusammen bin, schaue ich gern eine Comfort-Serie oder schreibe.«

»Du schreibst?«

Ich spürte, wie mein Gesicht rot wurde. *Hätte ich das lieber nicht erwähnen sollen?* Mir war nie klar, wo die Grenze zwischen *gerade genug* und *ein bisschen zu viel* lag.

Ich schluckte. »Das ist einfach etwas, das ich schon immer gemacht habe, seit ich jünger bin. Wenn ich viele überwältigende Gefühle habe und nicht weiß, wie ich sie verarbeiten soll, schreibe ich sie auf. Außerdem hab ich letztes Jahr angefangen, freiberuflich für ein paar Redaktionen zu arbeiten, um etwas Geld dazuzuverdienen. Und was ist mit dir? Hast du irgendwelche Hobbys?«

»Sport«, antwortete er sofort. »Ich hab mein ganzes Leben lang Football gespielt und immer davon geträumt, auf dem College zu spielen, aber es hat nicht geklappt. Jetzt schaue ich mir eben viele Sportarten an und coache beim CVJM Kinder in Teilzeit.«

»Du bist Footballtrainer?«

»Im Herbst, ja, aber im Frühjahr coache ich auch Fußball und Baseball. Das ist einfach, weil alle unter zwölf sind.«

»Hast du jüngere Geschwister?«

»Ich bin Einzelkind.« Er nahm einen weiteren Zug von der Bong.

»Ich auch. Ich wünschte allerdings, ich hätte Geschwister, eine große Familie. Hast du *Shameless* gesehen? Das ist die wohl gestörteste Fernsehfamilie, die es gibt, aber es wird nie langweilig. Ich hab das Gefühl, dass das mehr Spaß machen würde als die Einsamkeit, in der ich aufgewachsen bin.« Daran, dass ich den Mund nicht halten konnte, erkannte ich, dass ich mittlerweile mehr als nur beschwipst war.

»Verstehe ich. Ich kenne Graham seit der ersten Klasse. Wir waren schnell eng miteinander befreundet, und er und sein Bruder sind für mich zu so etwas wie eine Familie geworden.« Er verstummte für eine Sekunde. »Wollen wir *Shameless* gucken?«

Mein Herz pochte lautstark in meiner Brust, als Ethan mich durch die Wohnung und in sein Zimmer führte. Ich war in Ethan Bradys Schlafzimmer – dem Zimmer, das all seine tiefsten, dunkelsten Geheimnisse kannte. Für den Bruchteil einer Sekunde fragte ich mich, wie viele Mädchen er schon hergebracht hatte. Sicher war ich nicht die Erste. Ich versuchte, den Gedanken zu verdrängen.

Sein Bett stand an der gleichen Stelle wie meines, in der

Ecke an der Wand. Er hatte eine graue Bettdecke mit marineblauen Laken, und über dem Kopfteil hing eine Fahne der New England Patriots.

Ich setzte mich auf die Kante seines Bettes und zog meine Sneaker aus, während er durch Netflix scrollte, um die Serie zu finden. Er setzte sich aufrecht hin, sodass er mit dem Rücken am Kopfteil lehnte, und klopfte auf die Matratze, als wollte er, dass ich mich neben ihn setzte.

»Und die Serie gefällt dir?«, fragte er nach ein paar Minuten, als ein nackter Hintern auf dem Bildschirm zu sehen war.

»Wir können sie auch ausmachen.« Ich lachte unbeholfen. »Hab vergessen, dass Nacktheit darin vorkommt.«

»Nacktheit. So formell.«

Die Folge lief weiter, während er sich zu mir umdrehte. Ich tat es ihm gleich. Wir starrten uns an, während ich jedes Detail von ihm in mich aufnahm. Seine langen Wimpern, die Sommersprossen auf seiner Nase, die Art, wie er sich über die Lippen leckte, wenn er nervös war. Dann beugte er sich vor und küsste mich. Unsere Münder wurden eins, und ich fühlte mich so wohl wie nie zuvor. Meine Zunge folgte seinen Bewegungen, während sich seine Hand ihren Weg zu meinem Rücken und unter mein Shirt bahnte. Weiter gingen wir nicht, obwohl alles in mir danach verlangte. Ich mochte es, dass wir uns Zeit ließen.

»Soll ich dir was sagen, Hart?« Er löste seine Lippen von meinen.

»Klar.« Ich zog mich ein Stück zurück, sodass unsere Gesichter mehr als nur ein paar Zentimeter voneinander entfernt waren.

»Normalerweise rede ich mit niemandem so, wie ich vorhin draußen mit dir geredet habe«, gab er zu.

»Du meinst nicht mit anderen Mädchen?«

»Mit niemandem. Nicht mal mit Graham.«

»Was macht mich so anders?« Jetzt war ich neugierig.

»Ich vertraue dir.« Er zog mich so dicht zu sich heran, dass unsere Körper sich überall berührten, und dann küsste er mich erneut. Ich fragte mich, ob er es ernst meinte oder ob er nur betrunken oder high war. So oder so schlief ich in seinen Armen ein und hoffte, es würde nicht das letzte Mal sein.

**

Am nächsten Morgen wachte ich auf Ethans Bettdecke auf – immer noch im Basketballtrikot. Sein Arm lag auf meinem Bauch, und das Geräusch von leichtem Schnarchen erfüllte den Raum. Möglichst geräuschlos wand ich mich unter ihm hervor, schnappte mir meine Schuhe und schlich mich aus der Wohnung. Ich wollte nicht riskieren, nüchtern mit Graham oder Jake zusammenzustoßen, denn der Gedanke, jetzt mit irgendjemandem ein Gespräch führen zu müssen, verursachte mir Kopfschmerzen.

Der Wecker auf meinem Nachttisch zeigte 7.45 Uhr an, also schlüpfte ich in meinen Schlafanzug und kletterte wieder ins Bett. Bevor ich einschlief, ließ ich die Ereignisse der letzten Nacht Revue passieren.

Ich war dabei, mich in Ethan Brady zu verlieben, und konnte mich nicht dagegen wehren. Das wollte ich auch gar nicht. Ich konnte mich nicht daran erinnern, wann ich mich das letzte Mal so lebendig gefühlt hatte.

5

Ethan
September 2016

Ich öffnete die Augen in der Erwartung, dass Sloane neben mir lag, und fand stattdessen ein leeres Bett vor. Da ich gehofft hatte, neben ihrer sommersprossigen Nase und ihren haselnussbraunen Augen aufzuwachen, war ich enttäuscht. Nach ein paar Minuten im Dämmerzustand nahm ich mein Handy, um die Uhrzeit zu checken. Es war gerade mal zehn, was bedeutete, dass ich noch mindestens zwei Stunden Zeit hatte, bevor es mit den Jungs ins Gym ging. Ich zog schnell mein Shirt aus, warf es auf den Boden und schlüpfte erneut unter die Decke. Ich hasste es, angezogen zu schlafen.

»Kumpel, steh auf.« Graham platzte durch die Tür.

»Schon mal was von Anklopfen gehört?«, stöhnte ich.

»Wir müssen um elf beim Haus sein, wegen des Turniers, klingelt da was?«

Er war schon wieder weg, bevor ich überhaupt antworten konnte. Widerwillig stieg ich aus dem Bett, aber bevor ich unter die Dusche ging, schickte ich Sloane eine kurze Nachricht.

10.06 Uhr

Ich: Wieso bist du heute Morgen abgehauen?

10.08 Uhr

Sloane Hart: Ich brauchte ein paar Stunden Schlaf in meinem eigenen Bett. Lauren schleppt mich heute zum Volleyballturnier.

Scheiße. Sie würde auch dort sein? Normalerweise freute ich mich jedes Jahr auf das Turnier, aber zu wissen, dass ich mit weniger als sechs Stunden Schlaf vor Sloane spielen würde, brachte mich ein wenig ins Schwitzen.

10.08 Uhr

Ich: Um mich anzufeuern, richtig? 😌

10.11 Uhr

Sloane Hart: Ich werde Grahams Team anfeuern, wenn du also dabei bist, habe ich wohl keine andere Wahl. 😳

***

Die Sonne brannte unerbittlich auf den Sand, als ich mit Graham, Jake und ein paar anderen Verbindungsbrüdern darauf wartete, dass wir an der Reihe waren. In den vergangenen Jahren hatten wir das Turnier nicht gewonnen, aber jetzt, als Seniors, waren wir fest entschlossen, es zu schaffen. Alles andere wäre peinlich.

Sport war ein Teil meines Lebens, solange ich denken konnte. Wenn mein Vater nicht bei der Arbeit gewesen war, warf er mit mir im Vorgarten einen Football hin und her, bis die Sonne unterging. Graham und ich hatten in der gleichen Freizeitfußballmannschaft gespielt, bis ich in der Middle School ins

Footballteam eingetreten war. Ich hätte am College spielen können, hätte es sogar fast getan. Ich hatte ein paar Angebote von Unis aus anderen Bundesstaaten, aber die Studiengebühren waren wahnsinnig hoch und ich hätte kein Vollstipendium bekommen. Also entschied ich, meine Footballkarriere zu beenden, in der Nähe meines Zuhauses zu bleiben und zusammen mit Graham das Wilmington College zu besuchen.

Als wir auf dem Spielfeld unsere Positionen einnahmen, suchte ich automatisch die Zuschauermenge nach Sloane ab. Mein Herz klopfte vor Vorfreude, als ich sie und Lauren in den Garten kommen sah, wobei das Sonnenlicht die helleren roten Strähnen in ihrem Haar zum Leuchten brachte. Sie trug ein T-Shirt-Kleid, Sneaker und eine Baseballkappe; man konnte nicht mal erahnen, dass sie die Nacht zuvor kaum geschlafen hatte. Ich wusste es natürlich.

Das Spiel begann, und ich tat mein Bestes, um mich darauf zu fokussieren, doch meine Augen suchten immer wieder nach Sloane. Sie war in ein Gespräch mit einem unserer Verbindungsbrüder, Reese, vertieft, und als ich sah, wie er sie zum Lachen brachte, durchzuckte mich ein Anflug von Eifersucht. Ich konnte meinen Blick nicht abwenden, selbst als der Volleyball über das Netz segelte, unberührt von meinen abgelenkten Händen.

»Komm schon, Ethan, konzentrier dich aufs Spiel!«, rief Jake und holte mich in die Realität zurück.

Ich schüttelte den Kopf und richtete meinen Fokus neu aus. Wir lagen einen Punkt zurück, und das musste ich wiedergutmachen. Der nächste Aufschlag kam wie eine Rakete auf mich zugeschossen, und ich stürzte mich auf den Ball, um ihn mit einem kraftvollen Angriffsschlag über das Netz zu befördern. Die Menge jubelte, und ich erlaubte mir einen kurzen

Blick in Sloanes Richtung, in der Hoffnung, dass sie meinen Schmetterball bemerkt hatte, aber sie war immer noch in ein Gespräch vertieft.

Wir kämpften weiter, Punkt für Punkt, doch meine Gedanken schweiften immer wieder zu Sloane ab. Ob sie sich nun mit einem meiner Verbindungsbrüder unterhielt oder einfach nur dasaß, ihre Anwesenheit lenkte mich ständig ab. Unser Team schaffte es in die dritte Runde, aber wir fielen immer weiter zurück.

Beim Spielstand von 13:13 ging es um alles oder nichts. Die andere Mannschaft schlug den Ball auf, und er kam auf mich zu. Ich wusste, dass ich dieses Spiel gewinnen musste, doch als ich zum Angriffsschlag ansetzte, schweiften meine Gedanken erneut zu Sloane. Der Ball segelte weit und schlug knapp außerhalb des Platzes auf dem Rasen auf.

Wir hatten noch eine letzte Chance, uns von diesem peinlichen Spiel zu erholen. Der Ball kam auf uns zu, und Graham und ich stürzten uns unwissentlich gleichzeitig darauf. Wie es der Zufall wollte, krachten wir ineinander, und der Ball landete zwischen uns im Sand.

»Matchball«, rief der Schiedsrichter, und mein Herz rutschte mir in die Hose. Ich hatte mein Team im Stich gelassen, abgelenkt durch meine Schwärmerei für Sloane. Warum ging sie mir einfach nicht mehr aus dem Kopf?

»Brady, was war das denn?« Graham stand auf und schlug mir mit der Hand auf die Schulter. »Du hast furchtbar gespielt, Mann.«

Ich schaute zu Sloane hinüber, die jetzt nur noch mit Lauren im Gras saß. Gott sei Dank war Reese nirgends zu sehen. Graham musste meinem Blick gefolgt sein, denn es dauerte nur eine Sekunde, bis er eins und eins zusammenzählte.

»Ist Sloane der Grund, warum du gestern Abend so früh von der Party abgehauen bist?« Er hielt seine Stimme gedämpft. »Und sind wir wegen ihr das Verliererteam unter den Seniors?«

»Was weiß ich«, schnaufte ich. »Ich brauch was zu trinken. Gibt es hier auch Bier? Oder nur Mimosas?«

»Bring mir was mit. Ich unterhalte mich mal mit unseren Mädels.« Graham zwinkerte mir zu und joggte dann zu Lauren und Sloane rüber, bevor ich überhaupt die Gelegenheit hatte, etwas zu erwidern.

Ich schleppte mich die Treppe zur Terrasse hinauf und ins Haus. Die Hintertür führte direkt in die Küche, in der eine Gruppe von Verbindungsbrüdern allem Anschein nach Bloody Marys zubereitete.

»Gebt mir mal zwei davon.«

»Alles für unseren MVP«, sagte einer der jüngeren. »Du bist der Grund dafür, dass wir dieses Jahr überhaupt eine Chance auf den Sieg haben. Danke, Brady.«

»Fick dich.« Ich rollte mit den Augen.

»Ich würde ja sagen, nächstes Jahr habt ihr mehr Glück, aber dann bist du schon nicht mehr hier«, meldete sich ein anderer zu Wort.

»Lasst ihn in Ruhe.« Reese tauchte aus dem Flur auf. Na toll. Er war der Letzte, den ich sehen wollte. Ich stand schweigend da und hoffte, ein weiteres Gespräch mit ihm vermeiden zu können, während die Verbindungsbrüder unsere Getränke fertig machten.

»Ein herber Verlust«, sagte Reese.

So viel dazu.

»Ich schiebe es auf die Trikotparty. Letzte Nacht hab ich nicht gerade viel Schlaf abbekommen.« Ich hielt mich absichtlich kurz.

»O ja, Brady, die Rothaarige, mit der ich dich nach Hause gefahren habe, ist heiß«, mischte sich einer der Anwärter ein.

Ich musste nicht mal Blickkontakt mit Reese aufnehmen, um zu wissen, dass er genau verstand, auf wen der Kerl sich bezog.

»Für diese Bemerkung darfst du den Rest des Monats nüchtern Chauffeur spielen.« Damit schnappte ich mir die beiden Plastikbecher von der Theke und schlug die Hintertür hinter mir zu.

Vom oberen Ende der Terrasse aus konnte ich Graham, Lauren und Sloane genau dort sehen, wo ich sie zurückgelassen hatte. Ich überlegte, ob ich mich noch einmal umdrehen sollte, um den Mädchen frische Getränke zu holen, aber ich wollte wirklich nicht wissen, was in der Küche geredet wurde, nachdem ich gegangen war. Es war klar, dass Reese in Sloane verknallt war. Ich war mir noch nicht ganz sicher, was ich für sie empfand, aber es war genug, um zu wissen, dass ich sie ihm nicht einfach so überlassen würde.

Als ich mich der Gruppe näherte, erschien sofort ein Lächeln auf Sloanes Gesicht.

»Tut mir leid, dass ihr verloren habt. Du hast aber gut gespielt!«, sagte sie.

»Dann hast du offensichtlich keine Ahnung von Volleyball.« Ich lachte und setzte mich neben sie ins Gras. »Ich war scheiße. Aber danke.«

»Ist der Drink für mich?« Graham unterbrach uns und griff nach seiner Bloody Mary. »Brady, das ist wirklich nicht dein Wochenende. Erst Bier Pong, dann Volleyball. Vielleicht verlierst du dein Gespür fürs Spiel?«

»Ja, wohin bist du letzte Nacht verschwunden, Ethan?«, fragte Lauren, bevor sie sich an Sloane wandte. »Ihr müsst beide ungefähr zur gleichen Zeit gegangen sein. Ihr hättet euch eine Fahrt teilen sollen. Ich hasse es, wenn du dir ganz allein ein Uber rufst!«

Aus den Augenwinkeln sah ich zu Sloane. Gott, sie war noch niedlicher, wenn sie sich unwohl fühlte. Ihre Wangen färbten sich in einem Rosaton, den ich noch nie zuvor gesehen hatte, und sie konnte nicht verhindern, dass sich ihre Mundwinkel nach oben zogen und ein breites Grinsen zum Vorschein kam.

»Oh, das haben sie.« Graham schmunzelte.

»Was!« Lauren verschluckte sich an ihrem Getränk.

»Tu nicht so, als hättet ihr heute Morgen nicht schon eine Nachbesprechung abgehalten. Ich war der Letzte, der es erfahren hat«, fügte er hinzu.

»Sloane, warum hast du mir nichts erzählt?!«, rief Lauren.

»Wollt ihr im Jerry's was essen gehen?«, unterbrach ich sie, um Sloane die Antwort zu ersparen.

»Beeilung bitte, ich bin am Verhungern.« Graham stand auf und griff nach Laurens Hand, um ihr hochzuhelfen. Als wäre es ein Instinkt, tat ich dasselbe für Sloane. Wir stiegen alle in Grahams Jeep. Lauren saß auf dem Beifahrersitz, aber für mich war das in Ordnung, immerhin hatte ich Sloane neben mir.

»Also, warum bist du heute Morgen wirklich abgehauen?« Ich senkte die Stimme.

»Ich, ähm, dachte nur, dass es so weniger peinlich wäre«, erklärte sie nervös. »Außerdem war es nicht gerade bequem, in den Klamotten vom Abend davor auf deiner Bettdecke zu schlafen.«

»Du hättest auch unter die Decke kommen können.« Ich legte eine Hand auf ihr Bein. Sie warf mir einen Blick zu, der in etwa sagte: *Was zum Teufel tust du da?*, also nahm ich sie wieder weg. Es war allerdings ziemlich offensichtlich, dass es ihr gefallen hatte.

Seit dem Tag, an dem ich sie kennengelernt hatte, hatte ich jedes Mal, wenn ich sie sah, darüber nachgedacht, Sloane zu küssen. In diesem Moment war es nicht anders. Ich starrte auf ihren Mund und schluckte schwer. Mein Blick wanderte von ihrem Mund zu ihren Augen. Sie wusste ganz genau, was ich wollte, so viel war klar.

6

Sloane
Oktober 2016

Ich saß im schwach beleuchteten Kursraum auf der Kante meines Stuhls und wartete nervös darauf, dass der Professor unsere Prüfungsaufgaben verteilte. Meine letzten beiden Hausarbeiten waren kreative Fehlschläge gewesen, die jeweils mit einer enttäuschenden Note bewertet worden waren, die mein Selbstvertrauen erschüttert hatte. Langsam schlichen sich Zweifel ein. Wenn ich schon in einem Schreibkurs auf College-Niveau solche Probleme hatte, wie konnte ich dann jemals darauf hoffen, nach meinem Abschluss bei einer angesehenen Redaktion zu landen? Die Zukunft, von der ich geträumt hatte – voller Ideen, Zeit zum Schreiben und Veröffentlichungen –, schien so ungewiss. Ich starrte auf die Uhr über der Tür, deren Sekundenzeiger wie eine Zeitbombe vor sich hin tickte, während der Professor langsam durch den Raum schritt. Als er sich meiner Reihe näherte, das blaue Buch in der Hand, spürte ich, wie sich vor lauter Angst ein Klumpen in meiner Kehle bildete.

Nach einer gefühlten Ewigkeit war die Prüfung zu Ende, und ich gab mein Ergebnis mit einer Mischung aus Erleichterung und Furcht ab. Die Last auf meinen Schultern schien sich zu verflüchtigen, wenn auch nur vorübergehend. Sobald ich aus dem Kursraum trat, steckte ich meine Ohrhörer in mein Handy und ließ die aktuellen Hits auf Shuffle laufen. Gerade kam »Love Yourself« von Justin Bieber, während ich mich auf den Weg machte, den Campus in Richtung Parkplatz zu überqueren, wo der Bus wartete. In dem Moment, in dem ich anfing mitzusummen, vibrierte mein Handy in meiner Tasche, und Ethans Name erschien auf dem Display. Ich hatte befürchtet, dass die Flamme zwischen uns in den letzten Wochen heruntergebrannt sein könnte. Abgesehen von unseren wöchentlichen Treffen im Bus hatte ich nichts mehr von ihm gesehen oder gehört. Aber jetzt regten sich Neugier und Nostalgie in mir. Ich klickte auf die Benachrichtigung.

12.17 Uhr
Ethan Brady: Dreh dich um.

Ich tat, wie mir geheißen, und da war er. Während er sich mühelos durch das Meer von Studierenden bewegte, nutzte ich die Gelegenheit, um ihn genau zu betrachten. Er wirkte unfassbar arrogant, wie er so über den Campus schlenderte, aber irgendwie gefiel mir das mit jedem Schritt ein bisschen mehr. Sein dunkles Haar war gerade so zerzaust, dass es auf eine kalkulierte Sorglosigkeit hindeutete. Aber am meisten gefiel mir sein Lächeln, das jetzt in meine Richtung strahlte. So viele Blicke waren auf ihn gerichtet, und trotzdem konzentrierte er sich in diesem Moment ausschließlich auf mich. Das ließ mich ein bisschen schwindelig fühlen. Ein kleiner Vorgeschmack auf das Leben als Ethan Bradys Freundin. Überaus verlockend.

»Hey, Hart«, begrüßte er mich mit seinem liebevoll dämlichen Grinsen. »Was für ein Zufall, dass wir beide zur gleichen Zeit mit den Zwischenprüfungen fertig sind.«

»Dein Timing ist wie immer perfekt«, scherzte ich. »Wie lief es bei dir?«

»Bin mir nicht sicher, ich hoffe, dass ich wenigstens ein B bekomme. Immerhin sind wir jetzt durch damit.«

»Ja«, seufzte ich.

»Du klingst deprimiert.« Er stupste mich an.

»Es ist nicht so, dass ich mich nicht freue, dass die Zwischenprüfungen vorbei sind. Ich bin in meinem Kurs für kreatives Schreiben nur nicht so gut, wie ich es gern wäre. Mein Professor sagt, mir fehle es an Tiefe. Wie soll ich einen Job finden, wenn ich nicht mal was Anständiges schreiben kann?«

»Du bist zu hart zu dir. Ich bin sicher, deine Texte sind gut, und wenn du mehr schreibst, wirst du dich weiter verbessern. Wie heißt es so schön? Mit sich selbst ist man immer am strengsten.«

»Eigentlich weiß ich, dass ich es kann. Ich glaube, es ist die Konkurrenz, die mir am meisten Sorgen macht. Ich hatte immer das Gefühl, dass ich zu etwas Großem bestimmt bin, und aus irgendeinem Grund fühlte sich New York wie der beste Ort dafür an, aber es ist nun mal die Stadt, in der es auch alle anderen versuchen«, fuhr ich fort. »Gott, das klingt so lächerlich, wenn ich es laut ausspreche.«

»Nein, Träume sind nichts Lächerliches. Die machen dich doch erst zu dem, was du bist. Und fürs Protokoll: Ich kann mir dich sehr gut in Manhattan vorstellen.«

Ich hätte nicht erwartet, dass Ethan es schaffen würde, mich aufzumuntern, aber bis jetzt hatte er alle meine Erwartungen übertroffen. »Danke, das hab ich gebraucht.«

»Was machst du während des langen Wochenendes?«

»Ich bleibe hier. Langweilig, ich weiß«, antwortete ich. »Ich sehe nur keinen Sinn darin, nach Hause zu fahren, wenn meine Mutter die ganze Zeit arbeitet und ich allein in ihrem Wohnzimmer Netflix schaue. Das kann ich auch hier tun. Was ist mit dir?«

»Ich auch.« Ethan zuckte mit den Schultern und wirkte, als wäre er darauf bedacht, mich nicht zu sehr an seinen Gedanken teilhaben zu lassen.

Wir warteten auf den Bus und setzten uns, ohne uns vorher abzusprechen, auf unsere üblichen Plätze. Von all den Routinen und Traditionen, die ich in den letzten vier Jahren entwickelt hatte, war dies meine liebste geworden.

***

»Sloane?«, rief Lauren aus ihrem Zimmer.

»Ja?«, erwiderte ich.

»Kannst du herkommen?« Sie klang besorgt.

Ich machte mich auf den Weg durch die Küche und in den vorderen Flur, wo sich ihr Schlafzimmer befand. Ein Koffer stand auf dem Boden, und der gesamte Inhalt ihres Kleiderschranks lag in einem Haufen auf dem Bett.

»Was zum Teufel ist denn hier los?« Meine Augen weiteten sich.

»Nicht lachen. Es ist schlimm, ich weiß.« Sie stützte ihren Kopf in die Hände. »Graham will, dass ich dieses Wochenende seine Eltern kennenlerne, und ich habe keine Ahnung, was ich anziehen soll. Er sagt, sie seien cool, aber sie sind verdammt noch mal Millionäre. Kannst du mir helfen?«

»Sei einfach du selbst!« Ich ließ mich im Schneidersitz

63

neben dem Koffer nieder und sah mir an, was sie eingepackt hatte: sechsmal Unterwäsche, zwei Schlafanzüge und ein Handy-Ladekabel.

»Okay, warum probierst du nicht ein paar Optionen aus? Fang am besten mit diesem Midikleid an!« Ich warf ihr das schwarze Kleid zu.

Lauren schlüpfte aus ihrem Sweatshirt und zwängte sich in das Kleid. »Hast du Ethan heute gesehen?«

»Ja, wir sind zusammen zur Uni und wieder zurück gefahren. Er sagt, er hat auch keine Pläne für das Wochenende.«

»O mein Gott, das ist doch perfekt. Ihr solltet euch unbedingt treffen! Das habt ihr doch seit der Trikotparty nicht mehr gemacht, oder?« Sie drehte sich um und bewunderte sich im Ganzkörperspiegel an der Rückseite ihrer Schlafzimmertür. »Das gefällt mir für das Abendessen am Freitag. Was kommt als Nächstes?«

Ich warf ihr eine Skinny-Jeans und ein luftiges Spitzentop zu, während ich darüber nachdachte.

»Ja, außer im Bus habe ich nicht viel von ihm gesehen. Vielleicht ist ihm das lieber so? Ich weiß nicht.« Ich stöhnte auf. »Er ist so schwer zu durchschauen.«

»Ich meine … wenn du meinen Rat hören willst, du solltest es einfach versuchen. Schreib ihm und frag ihn, was er heute Abend vorhat! Was kann schon passieren?«

»Ich überleg's mir. Aber ich hab auch ziemlich viele Zusatzarbeiten bekommen, um in meinem Kurs in Kreativem Schreiben aufzuholen. Ich bin sicher, der Professor hasst mich.«

»Sloane.« Lauren drehte sich zu mir um, und sofort wurde mir klar, dass sie mir gleich einen Vortrag halten würde. »Du hast einen Notendurchschnitt von eins Komma fünf. Du wirst einen tollen Job finden und eine hervorragende Schriftstellerin werden. Du hast noch anderthalb Semester an der Uni. Genieß es! Ich kann den Gedanken nicht ertragen, dass du das ganze Wochenende allein in dieser Wohnung hockst. Außerdem will ich unbedingt wissen, wie Ethan im Bett ist.«

»Lauren!« Ich hob eines der Oberteile vom Boden auf und warf es nach ihr. »Ich hoffe, das war ein Scherz.«

»Natürlich. Aber wüsstest du es nicht auch gern?«

Mein Gesicht wurde heiß, und damit hatte sie ihre Antwort.

»Wann brecht ihr auf?«, wechselte ich schnell das Thema. »Und wo ist Jordan?«

»Sie ist los, als du in der Vorlesung warst. Sie wollte noch eine Schicht übernehmen, bevor sie heute Abend nach Hause fährt. Ich sollte …«, sie nahm ihr Handy, um auf die Uhr zu sehen, »… Scheiße, vor fünf Minuten bei ihm sein.«

Ich warf ein legeres Kleid und zwei zusätzliche Oberteile in ihren Koffer, bevor ich den Reißverschluss zuzog.

»Viel Spaß!«, sagte ich und schickte sie los.

»Viel Sex!« Sie drehte sich um und zwinkerte mir zu, bevor sie den Flur entlangflitzte.

Ich hörte, wie die Tür hinter ihr ins Schloss fiel, und die Stille in der Wohnung wurde augenblicklich ohrenbetäubend.

Was sollte ich die nächsten vier Tage nur mit mir anfangen? So viel konnte ich doch gar nicht schreiben.

Ich setzte mich auf die Couch und schaltete eine alte Folge von *Keeping up with the Kardashians* ein. Zum Abendessen kochte ich mir eine Fertigpackung Makkaroni mit Käse und goss mir ein Glas Muskateller ein. Würde es so sein, nach dem Studium allein zu leben? Irgendwie gefiel es mir. Nach ein paar Minuten der zweiten Folge spürte ich, wie mein Telefon unter den Sofakissen vibrierte. Als ich es endlich herausholte, sah ich das Kontaktbild meiner Mutter auf dem Display. Ich liebte meine Mutter, aber sie rief normalerweise aus einem von zwei Gründen an: um mich wegen meiner Noten auszufragen oder mir von ihrem neuesten Freund zu erzählen. Auf nichts von beidem hatte ich heute Abend Lust.

Zögerlich ging ich ran. »Hey, Mom.«

»Hey, Schatz, wie geht's dir?«, fragte sie.

»Gut«, antwortete ich. »Wie läuft's auf der Arbeit?«

»Arbeit ist Arbeit. Ein Kollege hat letzten Monat gekündigt, also habe ich eine Menge seiner Patienten übernommen, bis wir einen geeigneten Mitarbeiter finden. Wie liefen die Zwischenprüfungen?« Ihre Stimme hatte es so an sich, gleichzeitig fürsorglich und neugierig zu klingen.

»Ziemlich gut. Ich sag dir nächste Woche Bescheid, wenn wir unsere Noten bekommen.«

Ihr Tonfall änderte sich, etwas, das ich im Laufe der Jahre zu deuten gelernt hatte. »Nun, ich habe in deinem Studienportal gesehen, dass deine Noten in Kreativem Schreiben etwas nachgelassen haben, also wollte ich nur mal nachfragen. Wie war denn die Prüfung?«

»Mom, ich dachte, wir hätten ausgemacht, dass du damit aufhörst.« Ich stöhnte. »Der Grund, warum ich über das lange Wochenende hierbleibe, ist, dass ich mich für ein paar Online-Workshops angemeldet habe. Mein Professor hat mir auch eine Aufgabe für Zusatzpunkte gestellt. Mir geht's gut, mach dir wegen der Noten keine Sorgen.«

»Das freut mich zu hören. Ich will nur sichergehen, dass du den Anschluss nicht verlierst. Sloane, du bist so talentiert, und ich werde deine Träume immer unterstützen, Schatz, aber …«

Ich spürte, wie sich ein vertrauter Knoten in meinem Magen bildete.

»New York ist nicht North Carolina. Dort geht es mörderisch zu. Du musst die Beste der Besten sein, um einen Job zu ergattern, vor allem in einer Redaktion. Konzentrier dich einfach darauf, dein Handwerk zu verfeinern, und knüpf weiterhin Kontakte. Ich weiß, dass du es schaffen kannst.«

Ich schloss für einen Moment die Augen und verinnerlichte ihre Worte. Sie meinte es nur gut, aber es tat trotzdem weh. »Verstanden, Mom. Ich versuche es.«

Ihre Stimme wurde weicher. »Ich will nur das Beste für dich.«

Ich zwang mich zu einem Lächeln, auch wenn sie es nicht sehen konnte. »Danke, Mom.«

»Pass auf dich auf, okay? Ruf mich an, wenn du etwas brauchst«, sagte sie, nun wieder mit der üblichen Wärme in der Stimme.

»Werde ich. Hab dich lieb.«

Als ich den Anruf beendete, lag die Schwere unseres Gesprächs noch in der Luft. Ich lehnte mich zurück und ließ einen tiefen Atemzug entweichen. In dem Moment vibrierte mein Handy erneut. Diesmal war es eine Nachricht von Ethan. Eine kleine Welle der Erleichterung durchströmte mich, und für einen Moment vergaß ich das Gewicht der Erwartungen meiner Mutter.

20.01 Uhr
Ethan Brady: Heyo

20.40 Uhr
Ich: Hey!

20.42 Uhr
Ethan Brady: Lust auf Gesellschaft heute Abend?
Ich glaube, ich interessiere mich allmählich für deine
Nudistenshow ...

20.42 Uhr
Ich: Na siiiiicher. Aber ja, kommst du runter?

20.45 Uhr
Ethan Brady: Bin in ein paar Minuten da.

Sein Timing war heute wirklich perfekt. Ich rannte in mein Schlafzimmer, um mein Make-up nachzubessern, meine zerzausten Locken zu bürsten und mir Leggings und ein gecroptes T-Shirt anzuziehen. Fünfzehn Minuten später kam Ethan mit einer halb leeren Flasche Wodka durch unsere Wohnungstür. Verwirrt starrte ich ihn an.

»Ich wollte nicht mit leeren Händen kommen, und das ist alles, was wir hatten. Normalerweise ist Graham derjenige, der einkaufen geht, besonders wenn es um Wein geht. Ich hab keine Ahnung davon«, erklärte er.

»Zum Glück hat Jordan gestern Abend eine Riesenflasche Muskateller geöffnet, und es ist noch mehr als die Hälfte übrig. Wenn wir ihn nicht trinken, wird er nur schlecht«, antwortete ich, während ich zwei Weingläser aus dem Schrank holte.

»Schenk ein, Hart, aber ich muss dich warnen, von Wein wird mir ... du weißt schon.«

»Schlecht?«

»Heiß.« Ethan grinste, und ich spürte, wie meine Wangen rot anliefen.

»Ach, lass das. Kannst du einen Film raussuchen?« Ich deutete auf den Couchtisch, wo wir alle Fernbedienungen in einer Holzschale aufbewahrten.

»Kein *Shameless*?«, fragte er mit hochgezogener Augenbraue.

»Ich hab Lust auf einen Film.«

Ich setzte mich zu ihm auf die Couch und reichte ihm eins der Gläser, die ich fast bis zum Rand mit Wein gefüllt hatte. Ethan beugte sich vor, um es auf den Couchtisch zu stellen, und sein Arm streifte meinen Oberschenkel, was mir einen Schauer über den Rücken jagte. Er stand auf, um das Licht auszumachen, was für eine gemütliche Atmosphäre sorgte, die mich noch nervöser machte. Als er zurückkam und die Fernbedienung aufhob, konnte ich den Blick nicht von seinen Händen losreißen, wie seine Finger mit Anmut über die Tasten glitten und durch die Filme auf Netflix scrollten, bevor sie bei einer Neuerscheinung landeten.

Nach der Hälfte des Films begann der Wein mich ein wenig benebelt zu machen, sodass ich mit der gleichen beschwipsten Zuversicht wie beim letzten Mal an ihn heranrückte und meine Hand auf seinen Oberschenkel legte. Daraufhin schlang er seinen Arm um mich und zog mich näher zu sich, wobei er meine Beine über seine legte. Im nächsten Moment landete sein Mund auf meinem. Dieser Kuss war anders als die vorherigen. Dieser Kuss war pures Verlangen. Seine eine Hand streichelte meine Hüfte, während die andere ihren Weg unter mein Shirt fand. Mein Herz klopfte wie wild, und ich wusste, dass er es spüren konnte.

Er küsste mich noch intensiver, während ich in seinen Mund stöhnte und spürte, wie unter mir seine Erektion wuchs. Also führte ich meine Finger zum Bund seiner Shorts. Ich war wahnsinnig erregt, und er war es auch, so hart wie er in meiner Hand war.

»Sloane.« Sein Atem ging schwer. »Lass uns in dein Zimmer gehen.«

»Was immer du willst«, flüsterte ich.

Mit einer Kraft, von der ich nicht erwartet hätte, dass er sie besaß, hob Ethan mich hoch, und ich schlang meine Beine um ihn. Er küsste mich auf dem ganzen Weg durch den Flur. Als wir in meinem Zimmer waren, schloss er die Tür hinter uns, obwohl wir die ganze Wohnung für uns allein hatten. Ich erwartete, dass er mich aufs Bett legen würde, doch stattdessen drückte er mich mit dem Rücken gegen die Tür und presste sich an mich.

Ich konnte es nicht länger ertragen. Ich wollte, ich *brauchte* ihn.

»Bring mich zum Bett«, bettelte ich, als sein Mund erst meinen Hals und dann mein Ohr erreichte.

Ethan setzte mich auf der Matratze ab und legte sich auf mich. Bei jedem Kuss zog er mir ein anderes Kleidungsstück aus, bis ich ganz nackt und er noch immer vollständig bekleidet war. Er richtete sich auf und betrachtete mich. Obwohl dieser Moment der verletzlichste war, den ich je erlebt hatte, fühlte ich mich seltsam wohl. Alles mit Ethan war so einfach, so natürlich, als wäre er die Person, mit der ich die intimsten Dinge teilen sollte. So eine Verbindung hatte ich noch nie erlebt, und ich fragte mich, ob es ihm auch so ging.

»Wie lange willst du noch starren, bevor du zu mir kommst?«, fragte ich.

»So lange, dass ich diesen Anblick nie wieder vergessen werde.« In einer schnellen Bewegung zog er sein T-Shirt aus, gefolgt von seinen Shorts und Boxershorts. Im Schein der

Straßenlaternen, der durch das Fenster fiel, konnte ich seine Umrisse erkennen.

Mein Gesicht stand in Flammen. »Du lässt mich ganz rot werden.«

»Ich will dich noch ganz andere Sachen tun lassen.«

Sein Körper lag auf meinem, und er stützte sich auf die Unterarme, während ich meine Arme in seinem Nacken verschränkte. Er küsste mich weiter – meinen Mund, meinen Hals, mein Schlüsselbein, meine Schulter – und neckte mich, bis ich es nicht mehr aushielt.

»Hast du ein Kondom?«

»Ich dachte schon, du würdest nie fragen.« Er schoss vom Bett hoch und kramte in den Basketballshorts nach seinem Portemonnaie, in dem ein kleines lila Päckchen steckte. Er hatte genau gewusst, was heute Abend passieren würde, oder er hatte es zumindest gehofft.

Innerhalb weniger Sekunden war er wieder auf mir, und ich konnte es kaum erwarten, ihn zu spüren. Er strich mir ein paar Strähnen aus dem Gesicht und steckte sie hinter mein Ohr, bevor er mich erneut küsste. Er war sanft, und ich genoss jede Minute davon. Dann stieß er vorsichtig in mich, und ich gab einen leisen Laut von mir.

»Fuck, Sloane«, stöhnte er, als unsere Körper ihren Rhythmus fanden.

Sex mit Ethan war besser, als ich erwartet hätte. Unsere Körper waren wie geschaffen für diesen Moment, als hätten sie ihr ganzes Leben darauf gewartet. Und ich wollte, dass es nie aufhörte.

***

Von einem Augenblick zum anderen waren die freien Tage vorbei. Ich musste mich aus dem Bett quälen – wo wir den Rest des Wochenendes verbracht hatten – und ein funktionierendes Mitglied der Gesellschaft werden, bevor Lauren und Jordan nach Hause kamen. Ich warf die leeren Weinflaschen weg, wischte die Arbeitsplatte ab und zündete in Erwartung ihrer Ankunft eine Kerze an.

»Ich bin wieder da, Bitch!« Kurz nach zwölf legte Lauren ihren großen Auftritt hin.

»Gott sei Dank.« Ich stieß einen dramatischen Seufzer aus. »Ohne dich wäre ich fast gestorben!«

»Ich wusste es!« Sie lachte, als sie ihre Taschen auf den Küchenboden stellte und mich in eine Umarmung zog.

»Das war ein Scherz. War dein Ego schon immer so aufgeblasen?«, stichelte ich, doch bevor sie antworten konnte, kam Jordan durch die Tür.

»Ihr feiert unsere Wiedervereinigung ohne mich? Wie lieb von euch!«, sagte sie sarkastisch.

»Was haltet ihr davon, wenn wir unsere Hausarbeiten noch ein bisschen länger aufschieben und im Dockside zu Mittag essen und Mimosas trinken?«, schlug ich vor.

»Ich weiß nicht, Sloane. Ich bin gerade erst nach Hause gekommen, und ich habe viel …«, setzte Lauren zum Protest an.

»Komm schon! Das Wetter ist perfekt, um draußen zu sitzen, und bevor wir es uns versehen, ist die Saison schon wieder vorbei. Wir sind im letzten Jahr, solche Momente haben ein Ablaufdatum!«, flehte ich.

»Mich musst du nicht lange überreden«, sagte Jordan. »Ich zieh mich nur schnell um, und dann können wir uns in zehn Minuten wieder hier treffen.«

Die Nachmittagssonne schien auf den Parkplatz des Ascent, als wir zu dritt in meinen treuen Honda Civic stiegen. Die salzige Luft, gemischt mit dem Duft von Nostalgie, verlangte geradezu danach, die Fenster herunterzukurbeln und einige der letzten Herbstmomente in unserer Collegestadt zu genießen. Während wir durch die Straßen von Wilmington fuhren, konnte ich nicht anders, als mich zu fragen, wo wir nächstes Jahr um diese Zeit sein würden. Veränderungen waren beängstigend. Ich war noch nicht bereit, diese Stadt zu verlassen, aber noch weniger war ich bereit, die einzigen Freundinnen zu verlieren, die ich je gehabt hatte. Ich hoffte, dass wir gemeinsam den Weg in eine neue Stadt mit neuen Erfahrungen finden würden, wo wir weitere Erinnerungen schaffen konnten. So wie diese hier.

Als das Restaurant in Sicht kam und wir auf den Parkplatz fuhren, kurbelte ich die Fenster hoch und drehte die Musik leiser. Es gehörte zu meinen Lieblingsbeschäftigungen der letzten vier Jahre, sonntagabends gemeinsam das Wochenende ausklingen zu lassen. Wir suchten uns einen freien Platz und bestellten eine Flasche Sekt mit Orangensaft, während die Boote den Kanal entlangfuhren.

»Also gut, Laur, raus damit. Wie ist das Wochenende mit der Familie gelaufen?«, fragte Jordan, begierig auf jedes Detail.

»Ja, du hast nicht mal Updates in den Gruppenchat geschickt!«, fügte ich hinzu.

Laurens Geständnis platzte nur so aus ihr heraus. »Flippt nicht aus, aber ich glaube, ich bin verliebt.« Ihr Gesicht wurde knallrot, und ich wusste, dass sie keine Witze machte, auch wenn sie einen spielerischen Ton anschlug.

»Raus damit!«, riefen wir sofort.

»Ich liebe seine Eltern, besonders seine Mutter. Ich meine, sie ist einfach so cool. Ich saß mit ihr am Pool, während die Jungs gefischt haben, und wir haben teuren Wein getrunken, während sie mir eine Geschichte nach der anderen erzählte. Wie sie Grahams Vater kennengelernt hat, wilde College-partys, was sie nach dem Studium gemacht hat, einfach alles. Ich wäre so gern wie sie. Aber genug von mir, wie war euer Wochenende?«

Ich lenkte die Aufmerksamkeit zuerst auf Jordan. »Ja, was hast du denn so gemacht, J?«

»Ich hab auf einer Jacht in Charleston gekellnert. Wir haben so viel Trinkgeld bekommen, das war der Wahnsinn. Außerdem durften wir die ganze Zeit trinken, was wir wollten, und ich war die ganze Zeit mit meinen Freunden aus der Highschool zusammen, also hat es sich nicht wirklich wie Arbeit angefühlt«, erzählte sie.

»Klingt nach ziemlich genialen Wochenenden, ich bin neidisch. Ascent war nicht dasselbe ohne euch«, antwortete ich.

»Hast du viel geschrieben?« Lauren richtete ihre Aufmerksamkeit wieder auf mich, sobald unsere Getränke kamen.

Bevor ich den Mut aufbrachte zu antworten, schenkte ich mir ein großes Glas Sekt ein, gefolgt von einem Schuss Orangensaft.

Mein Grinsen verriet mein Geheimnis, bevor ich die Worte herausbringen konnte. »Ich hab eigentlich kein einziges Wort geschrieben. Ob du es glaubst oder nicht, ich hab das Wochenende mit Ethan verbracht.«

»O mein Gott. JA!« Laurens Freude war explosiv. »Vielleicht brauchen wir noch eine Flasche! Ich kann nicht glauben, dass du uns nicht Bescheid gesagt hast!«

»Ich war nicht oft am Handy.« Ich wurde rot.

»Erzähl uns alles! Hast du mit ihm geschlafen? Toll, jetzt bin ich die einzige Mitbewohnerin, die nicht einen unserer Nachbarn bumst!« Jordans Mund bewegte sich in Lichtgeschwindigkeit.

»Jordan!« Ich sah mich um, um sicherzugehen, dass niemand das Gespräch mitbekam, bevor ich fortfuhr. »Aber um deine Frage zu beantworten: Ja, das habe ich. Acht Mal.«

»Acht? Heilige Scheiße!« Sie stieß ihr Glas mit meinem an.

»Darf ich hinzufügen, dass meine Beziehung mit Graham nicht zu unserer Freundesgruppen-Regel zählt? Ich hab ihn zuerst gedatet, und erst dann haben wir uns mit seinen Mitbewohnern angefreundet. Sloane hat aber definitiv die Regel gebrochen. Geht die nächste Flasche auf sie?« Lauren wandte sich an Jordan.

»Jordan ist diejenige am Tisch, die einen Job hat!«, schoss ich zurück, mein Tonfall neckend und doch spitz.

Natürlich musste Jordan mit einem Lächeln auf den Lippen ihren Senf dazugeben. »Und die Einzige an diesem Tisch, die nicht mit einem Nachbarn schläft.«

»Moment. Kommen wir noch mal auf Ethan zurück. Ist das nur eine Freundschaft plus, oder hast du Gefühle für ihn?« Lauren war anscheinend noch nicht fertig mit ihrem Verhör.

»Ich weiß es noch nicht.« Ich runzelte leicht die Stirn. »Für mich ist es definitiv mehr als nur Sex. Aber für ihn? Keine Ahnung.«

»Ich schätze, wir werden einfach abwarten müssen, wie sich die Geschichte entwickelt«, sagte Lauren.

»Die Liebesgeschichte«, fügte Jordan hinzu.

Ich wusste nicht, wie ich es nennen sollte, was da zwischen uns passierte. Aber was auch immer es war, es gefiel mir.

7

Ethan
November 2016

»Hast du vor, deinen Vater zu besuchen, solange du zu Hause bist?«, fragte ich, während ich dabei zusah, wie Sloane sorgfältig ihr Haar bürstete, als wäre es ihr wertvollster Besitz. Das war eines dieser Dinge, die ich am meisten an ihr mochte.

»Ich hab's vor, glaube aber nicht, dass ich lange dortbleiben werde. Vielleicht nur zum Nachtisch oder so.«

Es überraschte mich, wie leicht sich Sloane mir gegenüber öffnete. Ich war schon immer ein Mensch gewesen, der seine Gefühle versteckte. Sogar vor jemandem wie Graham, den ich schon fast mein ganzes Leben lang kannte. Ich mochte es nicht, über meine eigenen Gefühle nachzudenken, geschweige denn mit jemandem darüber zu sprechen, also vermied ich es so gut wie möglich. Am Anfang hatte Sloane noch einen Vorstoß gewagt. Sie hatte Fragen gestellt, nur um zu sehen, ob ich antworten würde, und wenn ich es nicht tat, hatte sie es verstanden. Das gefiel mir an ihr. Es machte mir nichts aus, für sie da zu sein, aber ich selbst brauchte sie nicht. Ich brauchte niemanden.

»Das wäre doch schön«, sagte ich.

»Ich werde dich vermissen.« Mit einem sanften Lächeln

setzte sie sich auf den Rand der Matratze, und ihr Blick traf auf meinen. Ich konnte dem Drang nicht widerstehen, die Hand auszustrecken und sie näher an mich zu ziehen.

»Du kannst mich nicht vermissen, wenn ich dich nicht aus diesem Bett lasse.« Ich schlang meine Arme um sie, und sie versuchte spielerisch, sich aus ihnen herauszuwinden.

»Obwohl ich nichts lieber täte« – sie reckte den Hals, um mir ins Gesicht zu sehen – »muss ich wirklich los. Der Verkehr in Richtung Raleigh ist am Tag vor Thanksgiving immer die Hölle.«

»Schon gut, schon gut.« Ich lockerte meine Umarmung und ließ sie entkommen. »Ich bring dich zu deinem Auto. Ich will noch kurz ins Fitnessstudio, bevor Graham und ich losfahren.«

»Keine Sorge. Ich werde wieder da sein, bevor du mich vermissen kannst.«

***

Ich hatte Feiertage schon immer gehasst. Thanksgiving, Weihnachten, Ostern, Geburtstage. Dieses Jahr war es nicht anders. Normalerweise feierte ich Thanksgiving mit Grahams Familie, aber dieses Jahr fuhr er mit Lauren nach Hause, um ihre Familie kennenzulernen. Ich hatte Sloane nicht gesagt, dass ich die Feiertage im Ascent verbringen würde, weil ich wusste, dass sie mir anbieten würde, mich mitzunehmen, und das wollte ich einfach nicht.

Es machte mir nichts aus, ein paar Tage allein zu sein, weil ich sonst fast ständig mit Sloane zusammen war. Ich rauchte Gras, bestellte mir Essen, spielte Videospiele und schaute einen Film nach dem anderen. Das klang für mich nach einem idealen Thanksgiving. Ich griff gerade nach der Bong, die vor mir auf dem Couchtisch stand, als ich mein Handy aufleuchten sah.

18.14 Uhr
Sloane Hart: Ich komme früher zurück. Bist du in etwa zwei Stunden in deiner Wohnung?

18.18 Uhr
Ich: Jap. Ist alles in Ordnung?

18.18 Uhr
Sloane Hart: Meine Mutter hat mich in einer Tour genervt. Erklär's dir später. Ich will einfach wieder bei dir in Wilm sein.

18.20 Uhr
Ich: Fahr vorsichtig. Ich warte hier auf dich.

Keine Ahnung, was über mich kam, aber ich hatte das Bedürfnis, Sloane zu beschützen. Irgendetwas in mir hasste es, dass sie verletzt war. Anstatt ein weiteres Mal an der Bong zu ziehen, schaltete ich den Fernseher aus, schnappte mir meine Schlüssel und machte mich auf den Weg zum nächsten Supermarkt.

Als ich durch die Gänge schlenderte, stellte ich fest, dass ich gar nicht wusste, was Sloane mochte. Ich holte mein Handy heraus und wählte schnell Grahams Nummer, in der Hoffnung, dass sie inzwischen mit dem Essen fertig waren und er abnehmen würde.

»Brady, alles in Ordnung?« Graham nahm nach dem zweiten Klingeln ab. »Normalerweise schreibst du kurz, bevor du anrufst.«

»Du bist aufmerksamer, als ich dachte. Ja, alles gut. Kannst du Lauren kurz ans Telefon holen?«, fragte ich.

»Äh, klar.«

»Hallo?«, antwortete sie.

»Hey, Lauren, tut mir leid. Ich hätte dir geschrieben, aber ich hab nicht daran gedacht, bis ich im Laden war. Was mag Sloane denn gern, so an Snacks oder Süßigkeiten?«

»Hmmm.« Sie dachte eine Sekunde lang nach. »Saure Gummibären mit Wassermelonengeschmack, Cookies-and-Cream-Schokoriegel und Käsecracker. Das holt sie sich seit dem ersten Semester immer an der Tanke.«

»Alles klar, danke.«

»Sagst du mir, worum es geht, oder soll ich ihr schreiben?«

»Nein, musst du nicht«, versicherte ich ihr. »Sie hatte einen beschissenen Tag und kommt früher zurück, ich wollte was Nettes für sie tun.«

»Vergiss nicht, mich als Quelle zu nennen«, scherzte Lauren.

»Genießt den Rest eures Wochenendes. Sag Graham, bis Sonntag.« Und damit legte ich auf.

Ich schnappte mir alles, was Lauren erwähnt hatte, zusammen mit einer Flasche Muskateller. Eine Stunde vor ihrer Ankunft war ich zurück im Ascent, räumte die Wohnung auf und zündete eine von Grahams Kerzen an, um ein Lächeln auf ihrem Gesicht zu sehen, wenn sie reinkam. Natürlich wollte ich nicht, dass es ihr schlecht ging, aber ich hatte Angst vor den Erinnerungen, die es in mir hervorrufen würde, wenn sie anfing, über ihr Familientrauma zu sprechen. Vielleicht könnte ich sie es vergessen lassen.

Als sie durch die Tür kam, sah ich sofort, dass sie eine anstrengende Fahrt hinter sich hatte.

»Hey.« Sie stellte ihre Tasche neben meiner Zimmertür ab und schmiegte sich an mich.

»Hey.« Ich schlang meine Arme um sie.

Es war, als wäre sie nie weg gewesen.

»Was ist das denn?« Sie schaute hinter mir auf die Süßigkeiten, den Wein und die Kerzen auf dem Tresen.

»Nur ein paar Dinge, um dich aufzuheitern. Tut mir leid, dass dein Tag nicht so gelaufen ist wie geplant.«

»Jetzt ist er schon viel besser.« Sie lächelte und fuhr mit ihren Fingern durch mein Haar.

Mit einer schnellen Bewegung hob ich sie hoch, ging mit ihr in mein Schlafzimmer und kickte, obwohl niemand zu Hause war, die Tür hinter mir zu.

8

Sloane
Dezember 2016

Der letzte Tag des Herbstsemesters fiel auf einen Mittwoch. Es war eine dieser Dezembernächte, die sich kalt genug anfühlten, dass es schneien könnte, auch wenn das nie passieren würde. Die Kurse waren endlich vorbei, was bedeutete, dass wir nur noch für ein Semester Seniors sein würden. Nur noch fünfzehn kurze Wochen, bis ich ins Erwachsenenleben katapultiert werden würde. Es war zu gleichen Teilen aufregend und beängstigend.

Mit Ethan lief es gut. Man könnte sogar sagen großartig. Abgesehen von einer kleinen Sache …

Wir waren noch immer nicht zusammen.

Soweit es mich betraf, waren wir exklusiv. Wir verbrachten jede Nacht miteinander, also hatten wir gar keine Zeit, um mit anderen Leuten zu schlafen. Ich wusste, dass das nicht das Problem war. Es lag an ihm. Ich hatte durch Andeutungen von Lauren und Graham erfahren, dass Ethan eine traumatische Vergangenheit hatte. Nachgebohrt hatte ich nicht, weil ich wollte, dass er es mir selbst erzählte – sobald er dazu bereit wäre. Ich war mir nicht sicher, ob seine Vergangenheit irgendetwas mit seiner Bindungsangst zu tun hatte, aber ich beschloss, es erst mal darauf zu schieben. Wir trafen uns erst seit etwa zwei Monaten regelmäßig, also schien es nicht *so* verrückt, dass wir noch nicht offiziell zusammen waren. Oder?

Die Party der Pikes zum Semesterende stand ganz im Zeichen der Feiertage, und es war Tradition, einen hässlichen Weihnachtspulli zu tragen. Ich lieh mir einen von Lauren und kombinierte ihn mit Overknee-Stiefeln und einem Choker. Dafür, dass ich zwanzig Minuten, bevor es mit dem Vorglühen losging, keinen Plan gehabt hatte, was ich anziehen sollte, war ich mit dem Ergebnis ziemlich zufrieden.

»Bist du bald fertig?« Lauren streckte ihren Kopf durch die Tür, ein Lächeln auf dem Gesicht. »O mein Gott, du siehst umwerfend aus! Ethan wird ausflippen, wenn er dich heute Abend sieht. Es scheint ja wirklich gut mit ihm zu laufen, oder? Wie geht es dir mit allem?«

»Hab ich dir schon mal gesagt, wie nervig du bist?«, stichelte ich. »Alles ist gut zwischen uns, denke ich. Wir haben noch nichts definiert, aber da ist was – ich kann es spüren.«

Lauren lehnte sich in den Türrahmen, ihre Neugierde war offensichtlich. »Und das stört dich nicht? Im Unklaren zu sein, meine ich. Ich würde an deiner Stelle unbedingt wissen wollen, wie die Dinge stehen. Du nicht auch?«

Ich hielt inne und dachte über ihre Worte nach. »Ich schätze, ein Teil von mir will es wissen. Aber er hat seine Gefühle deutlich gemacht – er mag mich, und für den Moment ist das genug. Es ist nicht nur körperlich, es ist mehr … weißt du?« Ich blickte zu Lauren, auf der Suche nach einem Anflug von Verständnis.

»Sei nur bitte vorsichtig, Sloane. Graham hat erwähnt, dass Ethan nicht der Typ für Beziehungen ist. Ich will nicht, dass du am Ende verletzt wirst.« Sie biss sich auf die Lippe, ihre Besorgnis war ihr anzusehen.

»Und warum kann ich nicht die Ausnahme von seiner Regel sein?«, gab ich mit einem schiefen Lächeln zurück.

»Du hast recht. Ich hätte gar nicht davon anfangen sollen. Vergiss, dass ich es erwähnt habe. Lass uns heute Abend einfach Spaß haben, okay?«, erwiderte Lauren, und ihr Gesichtsausdruck wurde weicher.

»Na klar. Ich bin zufrieden mit dem Stand der Dinge, was Ethan angeht. Ich hab es nicht eilig, es zu labeln.« Ein Teil von mir glaubte den Worten, die aus meinem Mund kamen, doch ein anderer Teil wusste, dass ich mich nach mehr sehnte.

Lauren nickte, und ihr anfängliches Zögern wurde durch ein zustimmendes Grinsen ersetzt. »Solange du glücklich bist, ist das alles, was für mich zählt.«

***

Mir schwirrte der Kopf, als ich hinter den Mädels aus dem Auto glitt. Ich hatte nicht vorgehabt, mich beim Vorglühen derart zu betrinken, aber ich hatte vergessen, zu Abend zu essen, und bis ich mich daran erinnert hatte, war es schon zu spät gewesen.

»Warum noch mal konnten wir nicht bei den Jungs mitfahren?«, fragte Jordan.

»Sie haben gesagt, sie bräuchten zusätzliche Hände für den Aufbau der Party heute Abend«, antwortete Lauren. »Was auch immer das bedeutet.«

»Sloane, alles klar?« Taylor drehte sich zu mir um, und anstatt zu antworten, hielt ich nur zwei Daumen hoch.

»Wir sollten dir etwas Wasser besorgen, wenn wir drinnen sind.«

Basslastige Weihnachtsmusik erfüllte die Luft, als wir durch die Hintertür traten. Das ganze Haus war in eine Winterillusion gehüllt. Wie Schnee knirschte ein Meer aus weißen Verpackungschips unter meinen Füßen, als ich mich durch die Menge bewegte. Bunte Lichterketten schmückten die niedrige Decke und verbreiteten ein für einen ranzigen Verbindungskeller warmes und irgendwie gemütliches Licht. Einige der jüngeren Verbindungsbrüder waren sogar als Elfen verkleidet und spielten Barkeeper. Die Jungs hatten sich für ihre letzte Weihnachtsparty wirklich ins Zeug gelegt.

»Kann ich euch was zu trinken bringen?«, begrüßte uns Graham. »Wir haben Zuckerstangencocktails und Bier vom Fass.«

»Sloane braucht Wasser, aber wahrscheinlich auch ein Bier. Kannst du dem Rest von uns schon mal Drinks mixen, solange ich kurz nach oben laufe und ihr welches hole?« Lauren küsste Graham auf die Wange und verschwand dann in der Menschenmenge.

»Ladys, folgt mir an die Bar.«

In meinem betrunkenen Dämmerzustand tat ich, wie mir geheißen. Als wir uns der Bar näherten, suchte ich den Keller nach Ethan ab – ohne Erfolg. Graham reichte mir gerade einen Plastikbecher mit Bier, als Lauren mit einer Flasche Wasser zurückkam.

»Wo ist Ethan?« Lauren wandte sich an Graham. »Ich bin mir nicht sicher, wie lange sie durchhält. Sie hat noch nichts gegessen.«

Endlich machte ich den Mund auf. »Mir geht's gut!«

»Sie spricht ja doch!« Taylor legte den Arm um mich. »Jordan und ich können bei ihr bleiben. Ich bin sicher, Ethan steckt hier irgendwo.«

»Trink das«, sagte Lauren.

Gerade als ich die Flasche zur Hälfte geleert hatte, fing der DJ an, »This Is What You Came For« zu spielen, und ich flippte aus.

»Lasst uns tanzen!« Ich zog Lauren, Jordan und Taylor in die Menge.

»Daran erkennt man, dass sie betrunken ist.«

»Sie hasst Tanzen!«

Ich ignorierte ihre Kommentare und genoss den Moment. Als der pulsierende Rhythmus mich umspülte, spürte ich ein vertrautes Kribbeln der Erleichterung, ein Gefühl, das mich durch die besten Momente meines Collegelebens getragen hatte. Umgeben von meinen besten Freundinnen verlor ich mich in der berauschenden Melodie eines Liedes, das ich nie vergessen wollte.

Nach einer Stunde auf der Tanzfläche mussten wir auf die Toilette und uns Getränkenachschub besorgen. Während wir in der Schlange vor der Bar warteten, bemerkte ich aus den Augenwinkeln Ethan.

»Könnt ihr mir meinen Platz frei halten? Ich sage nur schnell Ethan Hallo!«, rief ich. Ich machte mich auf den Weg durch den Keller, und als ich Ethan näher kam, bemerkte ich, dass er mit einem Mädchen sprach. Ich beobachtete, wie sie ihm ihr Handy aus der Hand nahm und dann das Gespräch fortsetzte. Eine Mischung aus Alkohol und Wut verleitete mich dazu, etwas zu tun, mit dem ich mich normalerweise unwohl fühlte: Ich stellte sie zur Rede.

»Hi.« In Ethans Richtung täuschte ich ein Lächeln vor, bevor ich mich an das unbekannte Mädchen wandte. »Ich bin Sloane.«

»Hey. Olivia«, gab sie höflich zurück.

Ethan war das Ganze sichtlich unangenehm, aber das war mir egal.

»Was ist hier los?« Ich drehte mich zu ihm um.

»Sloane, nicht hier«, entgegnete er, sein Tonfall eine leise, aber deutliche Warnung.

»Ich geh dann mal«, warf Olivia ein und verabschiedete sich schnell. »War schön, dich kennenzulernen.«

»Wer war das?«, fragte ich, als sie wegging.

»Niemand. Nur ein Mädchen, das ich vor ein paar Minuten kennengelernt hab.« In dem Versuch, die Begegnung herunterzuspielen, zuckte er lässig mit den Schultern.

»Ich wusste nicht, dass wir auch andere daten.«

»Tue ich ja nicht«, sagte er.

»Und was war dann das?« Die Frage hing zwischen uns in der Luft.

»Können wir das bitte woanders klären?«

Bevor ich antworten konnte, nahm Ethan meine Hand und führte mich nach draußen. Mir war übel, und ich war nicht sicher, ob es am Alkohol lag oder an dem unguten Gefühl, das sich in mir breitmachte, seit ich ihn mit einer anderen gesehen hatte.

Die Tür knallte hinter uns zu, und sofort überzog eine Gänsehaut meinen ganzen Körper. Die kalte Luft schnitt in die freiliegende Haut an meinen Oberschenkeln zwischen dem Oversized-Pullover und den kniehohen Stiefeln. Wir setzten uns auf eine alte Ledercouch, die in einer Ecke der Veranda unter einer funkelnden Lichterkette stand. Die winterliche Kälte sickerte in meine Knochen und ließ mich frösteln, als ich meine Arme um mich schlang. Obwohl ich wütend auf ihn war, spürte ich bei der Wärme, die Ethan neben mir ausstrahlte, eine kontrastierende Wärme in meiner Brust.

»Warum hast du dich so aufgeführt?« Er drehte sich mir zu.

»Ich hab dich den ganzen Abend nicht gesehen, und als ich dich dann endlich gefunden habe, hast du mit einer anderen geredet. Wie hättest du reagiert?«, verteidigte ich michfassungslos.

Seine Antwort war abweisend. »Da war nichts, Sloane.«

Es fühlte sich irgendwie falsch an, ihn meinen Vornamen sagen zu hören.

»Sie war eindeutig an dir interessiert, und du hast ihr deine Nummer gegeben. Wie kannst du das ›nichts‹ nennen?«

»Ich wollte nett sein. Was hätte ich denn sagen sollen, als sie danach gefragt hat? Nein? Es ist ja nicht so, als hätte ich eine Freundin«, sagte er so beiläufig, dass es meine Frustration nur noch mehr anheizte.

Wütend stand ich auf und wollte einfach nur noch raus aus der Situation. »Da haben wir es ja.« Die Worte lagen mir bitter auf der Zunge. »Darauf hab ich gewartet. Ich bin also gut genug, um mit dir rumzuhängen, ich bin gut genug zum Ficken, aber nicht gut genug für ein Beziehung?«

»So habe ich das nie gesagt«, lenkte er ab.

»Weil du eigentlich gar nichts sagst! Du lässt mich im Kreis rennen. Ich bin vielleicht betrunken, aber bescheuert bin ich nicht, Ethan.« Ich spuckte seinen Namen aus, als gehöre er nicht mehr in meinen Mund.

»Lass uns einfach gehen.« Abrupt drückte er sich von der Couch hoch. »Ich bin nicht mehr in der Stimmung zum Feiern.«

»Wer sagt denn, dass ich mit dir mitkommen will?«

»Sloane, du machst dich gerade lächerlich. Du bist betrunken. Lass uns einfach zurück ins Ascent gehen und morgen darüber reden, wenn wir beide nüchtern sind.« Seine Antwort wirkte herablassend.

Bei dem Gedanken, ohne ihn nach Hause zu gehen, fühlte ich mich innerlich leer, also stimmte ich widerwillig zu. Er zückte sein Handy, um uns ein Uber zu rufen, und schlang dann seine Arme um mich. So wütend ich auch auf ihn war, auf die Wärme, die sein Körper mir schenkte, konnte ich in diesem Moment nicht verzichten. Und auch wenn ich es nur ungern zugab, waren seine Arme der einzige Ort, an dem ich sein wollte.

**

Durch die kaputten Jalousien drang nur wenig Licht, was bedeutete, dass es noch früh war. Ich drehte mich zu Ethan um, als er seine Arme um mich schlang und meinen Körper so dicht an seinen zog, wie es nur ging.

»Es tut mir leid«, flüsterte ich.

Er stoppte mich mitten in der Entschuldigung. »Das muss es nicht.«

»Ich war nur betrunken und sauer«, erklärte ich und legte den Kopf schief, sodass ich zu ihm aufsah.

»Du hattest jedes Recht, sauer zu sein. Ich hätte das nicht tun sollen.«

»Ich wollte das eigentlich nicht fragen, aber …«, ich schluckte, »ich hab das Gefühl, nach letzter Nacht muss ich.«

Er wartete darauf, dass ich fortfuhr.

»Was machen wir hier?«

»Ich weiß es nicht, Hart.« Ethan zog mich noch dichter an sich. »Ich weiß es nicht.«

Ich legte meinen Kopf auf seine nackte Brust und bewunderte die Sommersprossen, die seinen Oberkörper bedeckten. Einfach so begannen wir, uns zu küssen, als wären wir schon Hunderte Male gemeinsam aufgewacht.

»Was auch immer es ist, es gefällt mir«, flüsterte er. Sein Mund berührte praktisch mein Ohr, was mir einen Schauer über den Rücken jagte.

Ich genoss die Worte. Sie waren alles, was ich seit Monaten hatte hören wollen. Sie ließen mich wissen, dass ich vielleicht doch keinen Fehler machte, wenn ich mich auf ihn einließ.

»Mir auch.« Ich lächelte.

Dieser Moment wurde mir zum Verhängnis. Ethan Brady hatte mich in der Hand, und er wusste es genau. So ungern ich es auch zugeben wollte, er hielt mein nacktes Herz zwischen seinen Fingern. Ich hatte solche Angst davor, was er damit anstellen würde, gleichzeitig konnte ich es kaum erwarten, es herauszufinden.

9

Sloane
Januar 2017

Auf einmal war es da, unser letztes Semester am College. Vier Jahre waren von einem Moment auf den anderen an uns vorbeigeflogen. Es fühlte sich an, als hätten meine Eltern, die damals kein Wort miteinander gewechselt hatten, mich erst gestern vor Moore Hall abgesetzt, woraufhin ich mir Mikrowellen-Popcorn zum Abendessen gemacht und dabei geheult hatte. Ich bedauerte nichts, aber ich wünschte, ich könnte die Zeit zurückdrehen. Ich war nicht bereit, Wilmington oder Ethan zu verlassen. Das Einzige, was ich tun konnte, war, das Beste aus der Zeit zu machen, die mir noch blieb.

Wir hatten ein langes Wochenende zum Martin Luther King Jr. Day vor uns, und Graham lud uns ein, es in der Ferienhütte seiner Familie in Asheville zu verbringen. Unser eigener kleiner Wochenendausflug in die Berge. Der Weg dorthin war lang und beängstigend. Ich hielt während der gesamten Fahrt auf dem Blue Ridge Parkway die Augen geschlossen, nicht nur, weil ich befürchtete, Jake könnte uns von der Straße abbringen, sondern auch, weil ich Höhenangst hatte. Als wir endlich in die Einfahrt bogen, öffnete ich die Augen und war überwältigt von dem Anblick, der sich mir bot.

Als Graham erzählt hatte, seine Eltern besäßen eine Hütte in den Bergen, hatte ich genau das erwartet – eine Hütte. Dabei handelte es sich um ein dreistöckiges Haus am Hang, mit einer warmen Holzfassade und großen Fenstern, die sicher eine herrliche Aussicht boten.

»Wow«, sagte ich zu Ethan, als er meine Tasche aus dem Kofferraum holte.

»Schön, oder?«

Schön war eine Untertreibung. Das Haus hätte genauso gut in einer Zeitschrift abgebildet sein können. Wir betraten es durch einen Freizeitbereich im unteren Stockwerk. Es war ein offener und einladender Raum mit einer Bar und einem Billardtisch auf der einen Seite und einem Steinkamin und einer Couchgarnitur auf der anderen. In der Mitte stand ein riesiger Fernseher, auf dem die Jungs mit Sicherheit die Play-offs verfolgen würden.

»Ihr habt es geschafft!« Lauren kam die Treppe heruntergerannt und umarmte uns.

»Ich war mir fast sicher, dass wir die Fahrt hierher nicht überleben.« Ich lachte. »Ich hatte die letzten dreißig Minuten die Augen zu.«

»Oh, ich auch. Lasst uns eure Taschen abstellen und ein paar Drinks machen!« Jordan und ich folgten ihr nach oben in den Hauptwohnbereich, während die Jungs das Auto ausluden.

Ich nahm jedes Detail in mich auf, als wir durch das Haus gingen. Die Decken waren aus gebeiztem Holz mit niedrigen Balken und die Wände gebrochen weiß. Die Rückwand bestand aus Fenstern und Schiebetüren aus Glas, die den Blick auf die kilometerlangen Berggipfel freigaben. Ich konnte nur daran denken, wie es sein würde, eines Tages so erfolgreich zu sein, um mir so etwas leisten zu können. Meine Eltern hatten nie Geldprobleme gehabt, aber wir waren auch nie wohlhabend genug gewesen für einen Zweitwohnsitz oder Urlaube im Ausland.

»Sollen wir ein paar Bloodys machen?«, fragte Lauren und wedelte mit einer Flasche Wodka herum.

»Du weißt genau, dass ich eine gute Bloody Mary liebe!« Jordan sabberte schon fast.

»Uns verbindet eine Hassliebe. Die ersten paar Schlucke sind gut, der Rest ist eklig.«

Wir machten trotzdem einen Krug voll und setzten uns an die Kücheninsel, die mindestens drei Meter lang war, während wir den Plan für das Wochenende durchgingen.

»Okay, also den Tag heute verbringen wir im Haus. Lebensmittel lassen wir uns liefern. Wir können was trinken, Spiele spielen und in den Whirlpool gehen. Morgen fahren wir Ski, am Sonntag ist Football, und am Montag geht's wieder nach Hause!«, zitierte Lauren aus einer Notiz auf ihrem Handy.

***

Später setzten wir uns zu sechst in den Whirlpool, jeder mit einem Glas Whiskey, was für mich sehr ungewöhnlich war.

»Sollen wir ›Ich hab noch nie‹ spielen?«, fragte Lauren.

»Das ist Sloanes Lieblingsspiel!« Jordan lachte. Die Jungs rollten mit den Augen, bevor sie bereitwillig zehn Finger hochhielten.

»Ich hab noch nie Gras geraucht«, begann ich das Spiel, und alle ließen einen Finger sinken.

»Komm schon, das sagst du immer!«, beschwerte sich Lauren.

»Tja, es funktioniert doch, oder?«

»Vielleicht sollten wir das ändern. Jake, hol die Bong«, befahl Graham.

Ich lehnte ab. »Nein danke.« Jake reichte sie trotzdem herum, und jeder nahm einen Zug.

»Ich hab noch nie in einer Highschool-Mannschaft gespielt.« Lauren wusste, dass das alle Jungs und Jordan betraf. Irgendwie gewann ich dieses Spiel fast immer. Machte mich das zu einer Langweilerin?

Jetzt war Graham an der Reihe. »Ich hab noch nie jemanden betrogen.«

Jake und Ethan nahmen beide einen Finger runter, und ich spürte, wie sich mein Magen verknotete und sich in meinem Hals ein Kloß bildete. Nach der Sache auf der Weihnachtsparty brauchte ich keinen weiteren Grund, Ethan zu misstrauen. Ich musste sofort hier weg.

»Ich geh mal auf die Toilette.« Schnell schnappte ich mir ein Handtuch und machte mich auf den Weg ins Haus.

Ich schloss die Tür ab und lehnte mich über das Waschbecken, bis ich spürte, wie mir die Tränen über das Gesicht liefen. Warum war ich so aufgelöst? Es war ja nicht so, als hätte er *mich* betrogen. Er konnte mich ja gar nicht betrügen, da wir nicht zusammen waren. Es war nur etwas, das in seiner Vergangenheit passiert war. Etwas, das mir das Gefühl gab, ihn nicht zu kennen.

»Sloane?« Ethan klopfte an die Tür. »Mach auf.«

»Ich brauche einen Moment«, schniefte ich.

Um zu verstecken, dass ich weinte, drückte ich die Toilettenspülung, bevor ich ihn reinließ. Als ich am Türknauf drehte, vermied ich es, ihn anzusehen, bis er an mein Kinn fasste und mein Gesicht in seine Richtung drehte.

»Es tut mir leid.« Sein Daumen strich über meine Wange und wischte eine Träne weg. »Ich wusste nicht, dass dich das so aufregen würde. Das war in der Highschool, ich war so fünfzehn oder sechzehn. Du kannst dir vorstellen, wie jung und dumm ich damals war.«

»Es hat mich nur daran erinnert, wie ich mich gefühlt habe, als ich gesehen habe, wie du dem Mädchen auf der Party vor ein paar Wochen deine Nummer gegeben hast. Das macht es schwer, dir zu vertrauen, vor allem, da wir nicht zusammen sind.«

Er blieb still.

»Ich will wirklich nicht verletzt werden«, fuhr ich fort.

»Ich würde dir nie wehtun, Sloane.« Er zog mich an sich und stützte sein Kinn auf meinen Kopf.

Ich wusste nicht, ob ich ihm glauben sollte oder nicht.

»Ich schätze, ich gehe einfach ins Bett. Kannst du den anderen sagen, dass ich mich nicht gut fühle?«

»Ernsthaft?« Er rollte mit den Augen. »Warum musst du immer aus allem eine größere Sache machen, als es ist?«

»Du machst Witze, oder?«, fragte ich, und meine Augen weiteten sich. »Ich bin die ganze Zeit extrem nachsichtig mit dir. Ich hab keine Ahnung, warum du nicht mit mir zusammen sein kannst oder willst. Ich würde das gern, und trotzdem stelle ich meine Bedürfnisse zurück. Wie kannst du mir das also vorwerfen?«

»Das tue ich doch gar nicht.«

»Tja, es fühlt sich aber so an.«

Damit ging ich die Treppe hinauf in unser Schlafzimmer und schloss die Tür hinter mir. Ich hoffte, dass Ethan den anderen eine überzeugende Erklärung liefern konnte, damit niemand mich suchte. Ich wollte mir vor Lauren nicht eingestehen, dass sie recht gehabt hatte, was meine Beziehung zu ihm anging. Ich musste sie definieren, denn sie war nicht mehr locker und spaßig. Aber war sie das jemals gewesen?

Die Vorstellung von ihm mit anderen Frauen machte mich fertig. Vielleicht hatten sich meine schlimmsten Befürchtungen längst bewahrheitet, und er hielt mich nicht nur deswegen auf Abstand, weil er nicht bereit war, sondern weil er mich nicht für die Richtige hielt. Wie konnte ich ihm klarmachen, dass ich die Richtige *war*?

Eine Stunde später spürte ich, wie Ethan ins Bett kam. Er sagte nichts, und ich fragte mich, ob er nur so tat, als wüsste er nicht, dass ich wach war. Er versuchte nicht, mit mir zu kuscheln, er berührte mich nicht mal. Wir lagen im selben Bett, aber es fühlte sich an, als wären wir Hunderte von Meilen voneinander entfernt. Ich gab mein Bestes, meine Augen zu schließen und mir einzureden, dass morgen alles besser sein würde. Wenn ich nur daran glaubte.

∗∗∗

Mitten in der Nacht drehte ich mich um, um meine Schlafposition zu verändern, und stellte fest, dass Ethan nicht mehr neben mir lag. Ich griff nach meinem Handy, um auf die Uhr zu sehen und zu checken, ob er mir geschrieben hatte, wohin er ging. Keine neuen Benachrichtigungen, außer dem Kommentar eines Kommilitonen zu meinem Beitrag im Diskussionsforum. Ich stieg aus dem Bett und schnappte mir ein T-Shirt und eine Jogginghose aus meiner Reisetasche, bevor ich nach unten ging, um ihn zu suchen.

Nachdem ich mich ein paar Minuten im Hauptgeschoss umgesehen hatte, bemerkte ich, dass eine der hinteren Schiebetüren zur Veranda einen Spaltbreit offen stand. Er saß in einem Schaukelstuhl und starrte auf das elektrische Feuer, das er wohl angemacht hatte.

»Hey«, sagte ich und setzte mich auf den Stuhl neben ihn. »Alles in Ordnung?«

Ethans schwieg eine Weile, bevor er schließlich murmelte: »Ich brauchte etwas Abstand.«

»Von mir?«

»Nein, Sloane.«

»Bist du sicher?«, drängte ich. »Ich weiß, ich hab mich vorhin ein wenig hinreißen lassen. Ich wollte nicht den ganzen Abend wegen eines dummen Spiels ruinieren. Ich hätte es einfach abhaken und wieder zu den anderen gehen sollen.«

»Ich sagte doch, dass es nicht um dich geht.« Er schien wütend zu werden. »Nicht alles, was ich tue oder sage, hat mit dir zu tun.«

»Oh, okay.« Ich verlagerte unbehaglich mein Gewicht. »Tut mir leid, ich wollte nicht, dass es um mich geht. Ich wollte mich nur für vorhin entschuldigen.«

»Mir tut es leid«, antwortete er. »Ich hab es nicht so gemeint. Ich fühle mich nur überfordert.«

»Willst du darüber reden?«, fragte ich sanft.

»Nicht wirklich«, gab er zu, seine Stimme grollte leise vor unterdrücktem Schmerz.

Ich stand auf, doch anstatt mich zurückzuziehen, wollte ich ihm näher sein. Mit einer ruhigen, fließenden Bewegung zog ich eine Decke von der Lehne meines Stuhls und setzte mich auf seinen Schoß. Ich drapierte sie über uns beide und legte meinen Kopf zwischen seinen Kragen und sein Kinn. Als ich mich an ihn schmiegte, war es fast so, als könnte ich spüren, wie die Anspannung von seinem Körper abfiel.

»Du weißt, dass du mir alles sagen kannst, oder? Ich meine nicht jetzt, sondern wenn du bereit bist«, flüsterte ich.

»Ich weiß.«

Ethan schlang seine Arme um mich und zog mich enger an sich. Dann, in der Sicherheit unseres Kokons, begann er wirklich mit mir zu reden.

»Es ist dieses Haus, dieses Schlafzimmer. Es kann erstickend sein, hierher zurückzukommen«, vertraute er mir mit einer Schwere in der Stimme an.

»Warum fühlt es sich so erdrückend an?«, fragte ich, weil ich spürte, dass er noch mehr verschwieg, und hoffte, er würde mir auch das erzählen.

Mit einem tiefen Atemzug öffnete er sich weiter. »Es ist nur … es ist voller Erinnerungen, die ich lieber nicht wieder ausgraben will. Ich hab so viel von meiner Kindheit hier verbracht, besonders in den Ferien. Ironischerweise sind es gerade die Ferien, die mir gegen den Strich gehen, denn diese Erinnerungen sind gar nicht so schlecht. Wir sind Ski gefahren, haben Lagerfeuer gemacht und Verstecken gespielt. Rückblickend war es gut«, gab er zu. »Die Clarks sind großartige Menschen, aber es war schwer, von dieser perfekten Familie umgeben zu sein, die nicht meine war. Es war einfach eine ständige Erinnerung daran, dass ich das nie haben würde.«

In stillem Mitgefühl saß ich da. Meine anfängliche Absicht, durch Worte Trost zu spenden, wandelte sich, als mir klar wurde, dass er vielleicht gar keine Antwort brauchte. Vielleicht wollte er nur jemanden, der ihm zuhörte. »Es tut mir leid«, sagte ich schließlich, und meine Stimme war ein leises Echo auf der stillen Veranda.

Er schüttelte leicht den Kopf. »Es ist nicht deine Schuld«,

beschwichtigte er. »Geh wieder schlafen. Ich komme bald nach.«

Widerstrebend nickte ich und drückte seine Hand, bevor ich aufstand und ihn mit seinen Gedanken und dem Knistern des Feuers allein ließ.

Als ich in unser Zimmer zurückkam und mich unter die Decke kuschelte, fragte ich mich, was ihm passiert war. Wie schlimm war es wirklich gewesen? Offensichtlich schlimm genug, um ihm Angst davor zu machen, sich zu verlieben. Obwohl meine Eltern geschieden waren, glaubte ich immer noch daran, dass die Liebe existierte. Sie war nie perfekt, nie sicher und hielt manchmal auch nicht für immer, aber ich war überzeugt davon, dass jeder Mensch mindestens einmal im Leben eine solche Erfahrung machen sollte. Mir tat das Herz weh bei dem Gedanken, dass er sich allein und ungeliebt fühlte. Ich wünschte, er könnte sehen, dass ich nichts weiter wollte, als ihn zu lieben, und ihn nie verlassen würde – wenn er es nur zuließ.

10

Ethan
Januar 2017

Ich starrte auf den Deckenventilator und folgte ihm mit den Augen, während er sich drehte und drehte und drehte. Die Rückkehr in das Schlafzimmer, das mir aus meiner Kindheit noch so vertraut war, ließ mich nicht zur Ruhe kommen. Nur lag ich dieses Mal nicht allein im Bett. Ich schaute hinüber zu Sloane, die mit dem Rücken zu mir tief und fest schlief.

Als ich jünger gewesen war und meine Ferien hier verbracht hatte, hatte ich nicht erwartet, dass sich diese Traditionen bis ins Erwachsenenalter fortsetzen würden. Ich hatte erwartet, dass meine Eltern eines Tages zurückkommen und wir wieder eine Familie sein würden. Erst vor ein paar Jahren hatte ich diese Hoffnung endgültig begraben. So ungern ich es auch zugeben wollte, dieses Haus war genauso sehr meins wie Grahams. Ich hatte offiziell das Alter erreicht, in dem ich länger bei seiner Familie gelebt hatte als bei meiner eigenen.

Vorsichtig glitt ich aus dem Bett und achtete dabei darauf, Sloane nicht zu wecken. Als ich den Flur betrat, blieb ich stehen und sah mir die Fotowand an, die ich normalerweise um jeden Preis zu meiden versuchte. Ein Bild, das mir besonders ins Auge stach, war das von Graham und mir am Morgen unseres Highschool-Abschlusses. Auf den ersten Blick sahen wir wie eine ganz normale Familie aus. Man hätte nie vermutet, dass das der schlimmste Tag meines Lebens gewesen war, zumindest bis jetzt. Ich hatte ihn in der Hoffnung verbracht, dass meine Mutter zur Feier erscheinen würde. Das war nie passiert. Ich versuchte, mir nicht anmerken zu lassen, wie sehr mich das traf, als ich mit den Clarks zum Abendessen ging und mich dann auf der Party unseres Freundes so sehr betrank, wie ich es noch nie getan hatte. Ich schlief bis mittags in einem Busch vor dem Haus, als Graham mich endlich fand.

Den Rest der Erinnerungen, die ich so sehr zu vergessen versucht hatte, ließ ich hinter mir, ging in die Küche, schenkte mir ein weiteres Glas Whiskey ein und öffnete die Schiebetür, die zur hinteren Veranda führte. Dort setzte ich mich in einen der großen Schaukelstühle und griff nach der Fernbedienung, um den Kamin einzuschalten. Während ich auf die weiten, verschneiten Berge blickte, fragte ich mich, wie meine Zukunft wohl aussehen würde. Dieses Haus gehörte nicht wirklich mir, sosehr es sich manchmal auch so anfühlte. Meine Kinder würden keine Großeltern haben – jedenfalls keine biologischen. Was für ein Vater würde ich sein? Würde ich im Vorgarten mit ihnen Fußball spielen? Ihnen das Fahrradfahren beibringen? Vielleicht würde ich nicht mal Kinder bekommen. Ich versuchte, meine Gedanken abzuschalten und sie in Whiskey zu ertränken, als ich hörte, wie sich mir jemand von hinten näherte.

»Hey«, sagte Sloane. »Alles in Ordnung?«

Was tat sie hier? Ich wollte kein Arsch sein, aber in meinem ganzen Leben hatte ich mir noch nie Unterstützung bei jemandem geholt, warum sollte ich jetzt damit anfangen? Sie konnte mich nicht reparieren, also warum versuchte sie es überhaupt?

»Ich brauchte etwas Abstand«, murmelte ich, den Blick auf die künstlichen Flammen gerichtet.

»Von mir?«

Ich wusste, dass Sloane ihre eigenen Probleme hatte, aber wie hätte jemand wie sie jemals meine verstehen können? Ihre Eltern liebten sich vielleicht nicht mehr, aber sie liebten sie. Ich konnte es an Sloanes Auftreten erkennen und an der Art, wie sie über sie sprach. Ich wollte mich ihr gegenüber nicht öffnen. Aber ich wusste, wenn ich ihr nicht irgendeine Antwort gab, würde es zu einem Streit kommen, und das war etwas, mit dem ich mich in diesem Moment wirklich nicht beschäftigen wollte.

Ich schüttelte leicht den Kopf. »Nein, Sloane.«

Ich hatte Mühe, ihr zu erklären, was ich fühlte.

Ich spürte ihren Blick auf mir, spürte ihren Drang, mich zu trösten, aber ich wollte ihr Mitleid nicht. Ich wollte nicht, dass sie in mir ein Projekt oder einen hoffnungslosen Fall sah. Die Leute betrachteten mich schon länger so, als ich zugeben mochte. Es wäre schön gewesen, an einem Ort neu anzufangen, wo niemand mich oder meine rührselige Geschichte kannte. Wieder hier zu sein, führte mir vor Augen, dass es nicht nur vertraute Menschen waren, die diese Gefühle auslösten, sondern auch Orte. Vielleicht brauchte ich nach meinem Abschluss einen Neuanfang.

Sloane machte es mir leichter als erwartet, einige der Mauern einzureißen, die ich mir mühsam aufgebaut hatte. Für die meisten Menschen wäre das tröstlich, doch stattdessen wollte ich einfach nur weglaufen.

Ich wusste schon seit einer Weile, dass sie dabei war, sich in mich zu verlieben – es stand ihr ins Gesicht geschrieben und war aus jeder Interaktion, die ich mit ihr hatte, herauszulesen. Ich fühlte mich schlecht, weil ich wusste, dass ich sie nie so würde lieben können wie sie mich. Es war nicht so, dass ich es nicht gewollt hätte. Ich wusste nur, dass ich nicht dazu fähig war. Und es war nicht fair, sie so lange hinzuhalten. Mir blieb keine andere Möglichkeit mehr.

11

Sloane
Februar 2017

Ethan drückte das Gaspedal durch, und mein Honda Civic raste die College Road entlang. Ich beobachtete ihn dabei, wie er zur Musik aus dem Radio mitsang, während seine Hand auf meinem Oberschenkel ruhte. Vor etwas mehr als sechs Monaten hatte ich ihn zum ersten Mal gesehen. Vor ihm hatte ich Angst gehabt, niemals auf den Richtigen zu treffen. Ich wollte so gern glauben, was die Leute über Seelenverwandte sagen – dass ich eines Tages jemanden kennenlernen würde, bei dem alles passte. Ich wünschte mir so sehr, Ethan wäre diese Person.

Er schob seine Hand in eines der Löcher meiner Jeans und sah vom Fahrersitz aus zu mir herüber, als ob er auf der Stelle über mich herfallen wollte.

»Hör auf!« Ich musste lachen.

»Komm schon, nicht mal ein Quickie? Ich finde schon einen Platz zum Anhalten«, flehte er.

»Ich dachte, das hier soll mein Geburtstagsessen werden«, beschwerte ich mich.

»Du weißt doch, dass ich nach dem Sex immer am Verhungern bin.« Er zwinkerte mir zu.

»Stichwort: *mein* Geburtstagsessen.«

Er richtete seine Aufmerksamkeit wieder auf die Straße. Körperliche Zärtlichkeiten waren die für mich unwichtigste der fünf Sprachen der Liebe, nur kommunizierte Ethan am liebsten über Berührungen. Es war nicht so, dass ich es nicht genoss, aber die Art, wie er mich berührte, fühlte sich manchmal so an, als ob er mich nur für eins wollte – Sex. Obwohl ich wusste, dass unsere Beziehung tiefer ging als körperliche Intimität, schwirrte mir der Gedanke noch immer oft im Hinterkopf herum.

Er bog auf den Parkplatz eines Outback Steakhouse, was für einen Studenten mit kleinem Budget keine schlechte Wahl war. In den letzten Monaten, in denen wir zusammen gewesen waren, hatte Graham uns dazu gebracht, andere Weine als Muskateller zu probieren. Während er und Lauren Weißwein bevorzugten, tendierten Ethan und ich eher zu Rotwein.

Er bestellte eine Flasche Pinot noir, und obwohl ich Cabernet lieber mochte, sagte ich nichts dazu. Ich war einfach nur froh, dass er mit mir ausging, denn die meisten unserer »Dates« beschränkten sich auf Fast-Food-Läden, Verbindungspartys oder gegenseitige Übernachtungen.

»Und warum weiß ich nicht, wann du Geburtstag hast?«, fragte ich, als der Kellner unsere Flasche und zwei Gläser brachte.

»Im Juli«, begann er. »Aber ich feiere ihn nicht gern.«

Ich versuchte nicht mal, weiter nachzubohren. Lieber wollte ich das Gespräch oberflächlich halten, denn ich wusste, dass er es hasste, über seine Vergangenheit zu sprechen. Das Letzte, was ich brauchte, war, dass ihm etwas die Stimmung vermieste oder dass er mich von sich stieß. Ich wollte keine Wiederholung unseres Wochenendes in den Bergen. Diesen Abend wollte ich wirklich genießen.

Als wir in die Wohnung zurückkehrten, war es dunkel und still. Während ich mich dem Ende des Flurs näherte, der unseren Eingangsbereich mit der Küche verband, schaltete ich das Licht ein und war schockiert von dem Anblick, der sich mir bot.

»Überraschung!« Eine Gruppe meiner engsten Freunde stand vor mir. »Happy Birthday, Sloane!«

Ich drehte mich um und starrte Ethan an, der noch immer in der Tür stand, als ob er es vermeiden wollte, Teil des großen Auftritts zu sein. Ich würde zwar erst in der folgenden Woche zweiundzwanzig werden, aber Lauren machte aus Geburtstagen immer eine Riesensache, und wie ich sie kannte, würden wir jeden Tag bis zum eigentlichen Datum durchfeiern.

»Ich hab dir was zum Anziehen aufs Bett gelegt. Den Body und den Rock, den du vor ein paar Wochen bei Vestique ins Auge gefasst hast!«, flüsterte Lauren. Manchmal fragte ich mich, ob sie meine Gedanken lesen konnte, aber wahrscheinlich kannten wir uns einfach gut. Ich drückte sie und entschuldigte mich, damit ich mich umziehen konnte.

Anstelle der üblichen Strandbars gingen wir in die Innenstadt zur Front Street. Für eine Februarnacht war es ungewöhnlich warm, also nutzten wir das Wetter voll aus und verbrachten die nächsten Stunden auf der hinteren Terrasse einer schäbigen Bar, wo wir Green Tea Shots tranken und den DJ um Throwback-Hits baten.

»Auf zur nächsten!« Mit einer Handbewegung forderte Graham uns auf, unsere Getränke zu leeren, damit wir uns auf den Weg zur nächsten Bar machen konnten.

Ich wollte mich eigentlich darauf freuen, für ein bisschen Late-Night-Karaoke ins Reel zu gehen, aber das tat ich nicht. Ethan hatte kaum zwei Worte mit mir gewechselt, seit wir aus dem Uber gestiegen waren, was mich nur noch nervöser machte und weniger in Feierlaune versetzte, zwei Dinge, die ich an so einem Tag nicht hätte fühlen sollen. Ich trank mein Wodka Soda zu schnell, während ich Lauren dabei zuhörte, wie sie immer wieder davon erzählte, dass Graham sie diesen Sommer zu seinem Familienurlaub nach Key West eingeladen hatte. Sie waren noch nicht mal ein halbes Jahr zusammen und planten bereits gemeinsame Urlaube, während ich mich immer noch fragte, ob Ethan dasselbe für mich empfand wie ich für ihn.

Ich stand hinter ihm in der Schlange und sah dabei zu, wie er sich mit seinen Freunden unterhielt und lachte, und wünschte mir, er würde mir ein Zeichen geben, mich zu ihm zu stellen, und seinen Arm um mich legen. Ich hätte alles getan, damit er mir auch nur das kleinste bisschen Aufmerksamkeit schenkte. Der Türsteher scannte meinen Ausweis und legte mir ein blaues Band ums Handgelenk, bevor er mir einen schönen Abend wünschte. Als ich zu unserer Gruppe zurückkam, wartete Ethan schon mit einem Shot und einem Drink auf mich.

»Was ist das?«, fragte ich und deutete auf das kleinere Glas.

»Prost.« Er zwinkerte mir zu und hob sein Glas an meins, ohne die Frage zu beantworten.

Wir kippten die Shots gleichzeitig runter, und ich spürte sofort, wie der billige Wodka mir wieder hochkam. Schnell rannte ich zur Toilette, wo ich mich für die nächste halbe Stunde in die Kabine für Menschen mit Behinderung einsperrte.

»Sloane, ich bin's.« Lauren klopfte an die Kabinentür. Ich wischte mir den Mund ab, bevor ich auf die Spülung drückte und mich sammelte.

»Lass uns nach Hause gehen«, bat ich, als ich die Kabine öffnete.

»Graham sitzt draußen im Auto.« Sie führte mich durch die Menge und aus der Bar hinaus.

»Wo ist Ethan?«, fragte ich, als sie die Tür des Autos öffnete, in dem nur der Fahrer und Graham saßen.

»Er wollte noch nicht gehen«, antwortete sie. Die Enttäuschung war aus ihrer Stimme herauszuhören. Ich merkte, dass sie mich nicht weiter aufregen wollte, sein Verhalten sie aber auch nicht überraschte.

Als wir wieder in der Wohnung ankamen, bedankte ich mich dafür, dass sie mich nach Hause gebracht hatten, und ging direkt in mein Zimmer. Ich schaffte es, mein Gesicht zu waschen und ein übergroßes T-Shirt anzuziehen, bevor ich mich ins Bett legte. Das Zimmer fühlte sich an, als würde es sich drehen, und die Reste des Wodkas brannten in meiner Kehle. Ich rollte mich aus dem Bett und schaffte es wie durch ein Wunder bis zur Toilette, wo mir alles hochkam. Schon wieder.

***

Am nächsten Morgen wachte ich mit dem Geschmack von saurem Schnaps und alter Pappe im Mund auf. Obwohl ich wusste, dass es in diesem Zustand besser war, in einem leeren Bett zu liegen, war ich trotzdem sauer auf Ethan. Wie hatte er mich nur so behandeln können? Und das so kurz vor meinem Geburtstag? Manchmal hatte ich das Gefühl, ihn überhaupt nicht zu kennen, und vielleicht war das wirklich der Fall. Wie er von einem Extrem wie der Planung einer Verabredung zum Abendessen ein paar Stunden später dazu übergehen konnte, so zu tun, als würde er mich kaum kennen, war mir unbegreiflich. In Momenten wie diesen wurde mir klar, dass ich diejenige in der Beziehung war, die mehr Gefühle hatte, und das war nie gut.

Meine Hand klatschte ein paarmal auf den Nachttisch, bevor ich endlich mein Handy fand. Ich hielt es dicht vor mein Gesicht, während ich die Home-Taste drückte und durch Dutzende von Benachrichtigungen scrollte. Ich suchte nach der einzigen, die mich interessierte: eine Nachricht oder ein Anruf von Ethan. Und da war sie.

02.22 Uhr
Ethan Brady: 1 verpasster Anruf

Bevor ich mich entscheiden konnte, ob ich ihn zurückrufen wollte oder nicht, klopfte es an meiner Zimmertür.

»Ich hab gerade erst die Augen aufgemacht, Laur. Kannst du mir wenigstens eine Stunde geben, bevor du mir einen Vortrag hältst?«, krächzte ich.

»Hier ist nicht Lauren.« Ich war überrascht, eine Männerstimme zu hören. »Kann ich reinkommen?«

»Wenn dich die getrocknete Kotze in meinen Haaren nicht stört«, antwortete ich.

Die Tür wurde geöffnet, und Graham lächelte mich an. In der Hand hielt er eine braune Papiertüte, in der ich einen Bagel vermutete, eine Packung Ibuprofen und ein blaues Gatorade.

»Das Katerfrühstück für Helden.« Er stellte alles neben

meinem Bett ab, und gerade als ich dachte, er würde wieder gehen, drehte er mit einer schnellen Bewegung meinen Schreibtischstuhl um und setzte sich mit der Lehne nach vorne breitbeinig darauf. »Wie fühlst du dich?«

»Nicht so toll, aber das sollte helfen.« Ich hielt zwei kleine Kapseln hoch, bevor ich sie mir in den Mund steckte, gefolgt von einem großen Schluck Elektrolyte.

»Du weißt genau, dass ich was anderes gemeint hab. Hast du mit Ethan gesprochen?«, fragte Graham.

»Nein«, seufzte ich. »Er hat mich gestern Abend angerufen, vermutlich auf dem Weg zu Hause. Es ist einfach scheiße von ihm, dass er denkt, er kann tun und lassen, was er will, und dann um zwei Uhr morgens in mein Bett kriechen, als wäre nichts passiert. Was glaubt er, wer er ist?«

»So ist Brady nun mal. Nicht, dass ich sein Verhalten rechtfertigen will, aber er ist ein Einzelkind und denkt zuerst an sich. Er kennt es nicht anders. Ich glaube nicht, dass er darin einen Fehler sieht«, sagte er.

»Wir haben beide so unsere Probleme mit festen Beziehungen, aber trotzdem sollte man den anderen doch mit dem nötigen Respekt behandeln. So was hätte ich ihm nie angetan. Ich würde jeden Tag mit ihm verbringen, wenn er es zulassen würde.« Ich warf mich zurück ins Kissen, da ich genau wusste, wie verzweifelt ich klang.

»Falls es irgendwie hilft, ich drück euch die Daumen, dass ihr das wieder hinbekommt. Du musst nur bedenken, dass er im Kern so ist, wie er ist. Ich weiß nicht, vielleicht ändert er sich ja noch. Sei einfach vorsichtig. Es hat mir nicht gefallen, dich letzte Nacht so verletzt zu sehen.« Und mit diesen Worten verließ Graham mein Zimmer.

Während ich so dasaß, wanderten meine Gedanken zu

Lauren und Graham. Sie schienen fast wie Kopien voneinander zu sein. Ich meine, ich hatte noch nie einen Typen wie Graham kennengelernt. Man sagte immer, Gegensätze zögen sich an, aber ich traute dieser Theorie nicht. Ethan und ich, wir waren wie Tag und Nacht. Vielleicht war das unser Problem.

Ich starrte auf die Anrufliste meines Handys, von der Ethans Name mir entgegenleuchtete. Nach kurzem Zögern beschloss ich, ihn zurückzurufen.

»Hey«, antwortete er nach dem dritten Klingeln.

»Du hast angerufen?« Meine Stimme klang schärfer, als ich beabsichtigt hatte, und meine Verärgerung war aus jedem Wort herauszuhören.

»Tut mir leid, dass ich gestern Abend nicht mit dir gegangen bin. Ich … war einfach noch nicht bereit dazu.« Ethans Entschuldigung klang aufrichtig, aber sie konnte den Schmerz nicht komplett lindern.

»Ja, hat Graham mir erzählt. Das war echt scheiße von dir, Ethan.« Ich konnte nicht anders, als mir meine Enttäuschung und den Schmerz anmerken zu lassen.

»Ich weiß, und es tut mir wirklich leid«, antwortete er.

Wir verfielen in unangenehmes Schweigen, die Luft war zum Schneiden dick vor lauter Ungesagtem.

Am Ende stellte ich ihm die Frage, die mich ständig verfolgte. »Was machen wir hier eigentlich, Ethan?«

Ich brauchte nicht näher darauf einzugehen, er wusste genau, was ich meinte.

»Ich weiß es nicht, Sloane«, gab er zu, und seine Stimme klang unsicher.

Ein weiteres Mal breitete sich Stille zwischen uns aus, diesmal war sie schwerer als zuvor.

»Offensichtlich mag ich dich«, durchbrach Ethan sie endlich. »Ich … brauche nur etwas Zeit zum Nachdenken. Ist das okay?«

»Ja«, seufzte ich und fühlte eine Mischung aus Traurigkeit und Erschöpfung. »Ich werde versuchen, noch etwas zu schlafen. Mein Kopf bringt mich um.«

»Ich schreib dir später. Hoffentlich geht's dir bald besser«, sagte er sanft, bevor er den Anruf beendete.

Als ich endlich beschloss aufzustehen, war es fast Zeit fürs Abendessen. Ich schaute auf mein Handy, in der Erwartung, eine Nachricht von Ethan zu finden, doch da war nichts. Ich schleppte mich ins Bad und ließ Taylor Swift auf Shuffle laufen, um mich in bessere Stimmung zu versetzen. Es gab nichts, was eine heiße Dusche und »All Too Well« nicht in Ordnung bringen konnten. Als ich aus der Dusche kam, hörte ich Jordan und Lauren in der Küche, also zog ich mir schnell etwas über und ging zu ihnen.

Jordan begrüßte mich lachend. »Wow, wir dachten, du wärst tot«, scherzte sie, ohne zu wissen, wie nah sie der Wahrheit kam.

»Sehr witzig.« Ich lächelte verkniffen, während ich den Wasserfilter aus dem Kühlschrank holte.

»Also, der Elefant im Raum …«, brach Lauren das Eis. »Hast du was von Ethan gehört?«

Sie war immer diejenige, die unbequeme Wahrheiten aussprach, und obwohl sie wusste, dass ich einen leichten Kater hatte, redete sie nicht um den heißen Brei herum.

»Wir haben vorhin telefoniert. Es hat aber nicht geholfen, ich glaube sogar, es hat mich noch mehr verwirrt. Diese ganze Situation ist einfach ätzend. Das ist genau das, was ich vermeiden wollte.«

»Ob es dir gefällt oder nicht, es passiert eben, Babe. Du und Ethan, ihr müsst euch zum DTR zusammensetzen.«

»DTR?«, fragte Jordan.

Ich schloss die Kühlschranktür mit Nachdruck, da ich nicht zugeben wollte, dass Lauren recht hatte. Ich seufzte. »*Define the relationship* – die Beziehung definieren.« Das Gewicht dieser Worte fühlte sich so schwer an wie der Krug, den ich in der Hand hielt. »Ja, ich weiß, ich weiß.«

Das Traurige daran war, dass ich es wirklich wusste. Es war mir nur egal. Ich hatte Angst, dieses Gespräch mit ihm zu führen, weil ich ihn dann womöglich für immer verlieren würde. Und obwohl mir das zwischen uns nicht reichte, war ich nicht bereit, es zu beenden.

✳✳✳

Ich hatte nichts mehr von Ethan gehört und war dementsprechend am Durchdrehen. Seitdem wir aufgelegt hatten, wartete ich auf eine Nachricht von ihm – doch sie kam nicht, und sosehr ich es mir auch schönreden wollte, wusste ich doch, was das zu bedeuten hatte. Also ging ich ihm aus dem Weg, so wie er mir aus dem Weg ging.

Das Wochenende über war mein Bett zu meinem Zufluchtsort geworden. Jordan versuchte, mich aus dem Haus zu locken, und versprach, dass eine Sigma-Chi-Party mich aufmuntern würde. Das tat sie aber nicht. Ich war nicht in der Stimmung, billiges Bier zu trinken oder mich für die Gespräche der Studentenverbindung zu interessieren. Ich vermisste Ethan – ich vermisste es einfach, Zeit mit ihm zu verbringen. Nachdem ich also eine Stunde lang hohle Gespräche ertragen und ein gezwungenes Lächeln aufgesetzt hatte, machte ich mich auf den Weg zurück in die Stille meines Zimmers.

Am liebsten wäre ich einfach in seine Wohnung marschiert, aber ich wusste, dass das keine gute Idee war. Ich hätte ihn gern angerufen und alles zurückgenommen, aber dafür war es zu spät. Vielleicht wäre er jetzt hier und läge neben mir im Bett, wenn ich mich weiterhin ruhig verhalten und ihn nicht in eine Beziehung gedrängt hätte. Stattdessen hatte ich keine Ahnung, wo er war, bei wem er war oder was er dachte. Ich hätte alles dafür gegeben, in seinen Kopf zu schauen.

Der Sonntagmorgen brach an, und ich schaffte es, bis kurz vor Mittag ungestört in meinem Zimmer zu bleiben, als mein Telefon irgendwo zwischen den Laken vibrierte.

11.47 Uhr
Ethan Brady: Sorry, dass ich mich nicht mehr gemeldet habe. Ich brauchte nur etwas Zeit, um über alles nachzudenken. Können wir in meinem Auto reden?

Er beendete es, bevor es überhaupt hatte beginnen können. Meine Hände zitterten, als ich einsilbig antwortete.

11.50 Uhr
Ich: Klar.

Ein paar Minuten später verließ ich die Wohnung und stellte fest, dass es zu regnen begonnen hatte. Ethans Nachricht, meine Angst und das Wetter waren die perfekte Formel für eine Trennung. Aber wäre es überhaupt eine? Schließlich waren wir nie zusammen gewesen.

Gespräche im Auto bedeuteten in der Regel nie etwas Gutes. So vieles, was mit der Liebe zu tun hatte, war in einem Auto passiert. Mein erster Kuss mit Carter, der Moment, in dem er mir gesagt hatte, dass er sich mit einer anderen traf, und – so ungern ich es zugab – die meisten unserer intimen Momente hatten auf dem Rücksitz seines Toyotas stattgefunden.

Ethans Scheinwerfer erschienen auf dem Parkplatz und durchdrangen den Regenvorhang. Er fuhr an den Bordstein heran und kam vor mir zum Stehen. Bevor ich die Hand nach dem Griff ausstreckte, atmete ich tief durch, um meine Nerven zu beruhigen.

Ich ließ mich auf den Beifahrersitz gleiten, meine Kleidung war feucht, und eine Gänsehaut überzog meinen ganzen Körper. Ethan langte nach der Heizung, drehte sie auf und fuhr dann hinter dem Gebäude in eine leere Parklücke. Ich bemerkte, dass er dasselbe Yankees-T-Shirt trug, in dem ich ihn kennengelernt hatte. Nostalgie durchströmte meine Adern, während ich mich auf das Ende von etwas vorbereitete, das nie eine Chance gehabt hatte zu beginnen.

»Hey«, begrüßte Ethan mich. Er hielt den Blick auf das Lenkrad gerichtet, seine Fingerknöchel waren weiß.

»Hi«, antwortete ich. Ich warf einen Blick auf sein Profil. Sein Kiefer war angespannt und seine Stirn gerunzelt. Ich hatte solche Angst vor dem, was jetzt kommen würde, dass ich es um jeden Preis verhindern wollte.

Draußen goss es weiter, und hinter der Windschutzscheibe verdunkelte sich alles. Das Trommeln der Regentropfen schien das Klopfen meines Herzens widerzuspiegeln. Ich beobachtete, wie er sich nervös die Handflächen an den Oberschenkeln abwischte.

Schließlich konnte ich das Schweigen nicht länger ertragen. »Ist alles in Ordnung?«

Endlich drehte er sich um und sah mich an, seine Augen voller Traurigkeit und Bedauern. »Ich weiß nicht, wie ich es sagen soll«, sagte er, und seine Stimme zitterte ein wenig.

»Was ist denn los?« Ich schluckte schwer.

»Die Sache zwischen uns ist so schnell eskaliert und wurde zu etwas, das mir einfach zu viel ist. Ich hätte es nie so weit kommen lassen dürfen. Ich denke, wir sollten uns nicht mehr sehen.«

»Hast du denn keine Gefühle für mich?« Meine Unterlippe zitterte.

»Doch«, sagte er so sachlich, dass es mich noch mehr verwirrte.

»Warum kriegen wir das dann nicht hin? Warum willst du mich gehen lassen?« Ich antwortete mit einem Kloß im Hals, während ich gegen die Tränen ankämpfte, die überzulaufen drohten.

Ethan vermied jeglichen Blickkontakt. »Ich wünschte, es wäre so einfach«, sagte er, und seine Stimme war voller Bedauern. »Du liegst mir mehr am Herzen, als dir klar ist, aber ich kann dir im Moment nicht geben, was du verdienst. Und wenn ich ehrlich bin, weiß ich nicht, ob ich jemals dazu in der Lage sein werde.«

Die Tränen, die ich mühsam zurückgehalten hatte, liefen mir nun über die Wangen, während ich den vielleicht einzigen Menschen anstarrte, den ich bisher geliebt hatte. Der Regen draußen spiegelte meine Gefühle wider, ein unerbittlicher Regenguss, der kein Ende zu nehmen schien.

»Warum darfst du entscheiden, was ich verdiene?« Meine Traurigkeit verwandelte sich plötzlich in Wut.

»Sloane, wir wissen beide, dass du eine Beziehung willst und verdienst. Jemanden, der die Sache klar labelt, der mit dir gesehen werden und deine Eltern kennenlernen will – so was eben. Ich bin nicht der Typ dafür. Ich werde nie der Typ dafür sein. Nicht für dich, für niemanden.« Seine Worte schmerzten.

»Wir müssen keine Beziehung führen. Ich hab dir gesagt, dass ich auch noch nicht sicher bin, ob ich für eine ernsthafte Beziehung bereit bin«, versuchte ich mich an einer Lüge. »Ich bin glücklich damit, wie die Dinge im Moment laufen.«

»Wir wissen beide, dass es irgendwann zu mehr werden muss. Wir können nicht ewig in diesem Schwebezustand bleiben«, sagte er. »Je länger wir so weitermachen, desto schlimmer wird es am Ende werden. Ich will dir wirklich nicht wehtun.«

»Bin ich dir nicht genug?«, gelang es mir, unter Tränen hervorzupressen.

Ihm entgleisten die Gesichtszüge. »Bitte denk nicht eine Sekunde lang, das alles wäre deine Schuld. Das ist es ganz und gar nicht. Du bist zu gut für mich. Ich hab dich nicht verdient. Ich will dich nicht mit in den Abgrund reißen.«

Ich konnte ihn nicht ansehen. Ich wollte aus dem Auto aussteigen und in meine Wohnung rennen, aber ich konnte mich nicht bewegen. Wie erstarrt saß ich auf seinem Beifahrersitz. Eine Hälfte von mir wollte ihn nie wieder sehen, und die andere Hälfte konnte den Gedanken nicht ertragen.

Es gab so viele Dinge, die ich noch sagen wollte. Wir hätten es schaffen können, das wusste ich. Wenn er sich nur ein bisschen mehr Mühe gegeben hätte und ich ihm ein bisschen mehr Freiraum. Ich könnte die Eine für ihn sein, wenn er mich nur ließe. Aber ich konnte ihn nicht umstimmen. Man kann niemanden durch seine Liebe verändern – das sollte man auch nicht müssen. Das wusste ich. Warum glaubte ich dann nicht daran?

Meine Hand zitterte, als ich sie nach dem Griff ausstreckte. Sobald ich ausgestiegen war, knallte ich die Tür zu und versuchte somit, ein Zeichen zu setzen. Ich stapfte über den Parkplatz, ohne mich umzudrehen, sosehr ich es auch wollte.

Ich musste akzeptieren, dass wir nie eine Chance bekommen würden. Wie hatte ich mich in jemanden verlieben können, der sich nicht sicher war, was er für mich empfand? Was war so falsch an mir, dass die Liebe jedes Mal, wenn ich ihr nahe kam, vor mir davonlief?

Die Wohnung war leer, als ich sie betrat. Klatschnass vom Regen schälte ich mitten im Flur ein Kleidungsstück nach dem anderen von meinem Körper und warf alles in die Waschmaschine. Meine Haare wickelte ich in ein Handtuch, dann legte ich mich ins Bett und vergrub mich unter den Laken. Innerhalb von Sekunden fing ich an, unkontrolliert zu schluchzen. Ich war noch nie so verletzt worden. Wenn ich gewusst hätte, dass es so wehtun würde, ihn zu lieben, hätte ich ihm nie auch nur einen zweiten Blick geschenkt.

12

Ethan
Februar 2017

Auf keinen Fall wollte ich Sloane verletzen. An dem Tag, als wir uns kennengelernt hatten, wusste ich, dass es mit ihr anders sein würde, also wäre es wohl besser, mich von ihr fernzuhalten. Ich war nicht auf der Suche nach einer Beziehung, aber irgendetwas an ihr brachte mich dazu, es versuchen zu wollen. Doch es reichte einfach nicht. Mir wurde klar, dass ich sie am Ende auf die eine oder andere Weise verletzen würde – noch mehr, als ich es bereits getan hatte. Als ich sie gestern Abend weinen sah, hätte ich ihr am liebsten alles gesagt. Ihr alles erklärt, damit sie es verstand, aber ich konnte nicht. So war ich nun mal, nachdem ich fast mein ganzes Leben mit einem gebrochenen Herzen verbracht und eine Enttäuschung nach der anderen hatte einstecken müssen.

Ich trennte mein Telefon vom Ladegerät und scrollte eine Weile ziellos. Mein Daumen wanderte über das Facebook-Symbol, bevor ich mich entschloss, es anzutippen. In der Suchleiste wurde ihr Name als kürzlich gesucht angezeigt: Laura Brady. Sie hatte ihren Nachnamen immer noch nicht geändert, obwohl sie wieder geheiratet hatte. Ich klickte auf ihr neuestes Profilbild, bei dem stand, dass es vor zwei Wochen gepostet worden war. Der Weihnachtsbaum im Hintergrund verriet mir, dass das Foto um die Feiertage herum aufgenommen worden war. Sie lächelte und posierte mit ihrer Tochter – der Halbschwester, die ich nie kennengelernt hatte und wahrscheinlich auch nie kennenlernen würde.

Ich schloss die App, bevor ich in ein noch tieferes Loch fiel, und drehte mich um. So ungern ich es zugeben wollte, ich vermisste Sloane. Ich vermisste die Geborgenheit, die ich dabei gefühlt hatte, jede Nacht ein Bett mit ihr zu teilen. Zu wissen, dass sie neben mir lag, ließ mich besser einschlafen. Ich hätte nie gedacht, dass ich das mal sagen würde.

***

Am nächsten Morgen rollte ich mich aus dem Bett und schleppte mich in die Küche, wo Graham einen riesigen Stapel Proteinpfannkuchen machte, während Jake Videospiele spielte. In den zwei Jahren, in denen wir nun schon zusammenwohnten, hatte sich absolut nichts geändert.

»Hey, Mann, willst du was?« Graham deutete auf den Teller mit dem Essen.

»Kein Bacon?«, fragte ich, als ich an der Theke Platz nahm.

»Im Ofen. Bin heute Morgen zu faul für die Sauerei«, antwortete er. »Hattest du vor, mir von Sloane zu erzählen?«

»Scheiße. Unser Gespräch ist kaum vierundzwanzig Stunden her. So was macht im Ascent schnell die Runde. Lauren, nehme ich an?«

»Jep. Also, was ist passiert?«

Ich drehte mich um, um zu sehen, ob Jake das Spiel unterbrochen hatte, um in das Gespräch einzusteigen, aber er hatte immer noch sein Headset auf, was bedeutete, dass ich ein wenig ehrlicher sein konnte. Es machte mir nichts aus, mit Jake über Dinge zu reden, es gab nur eine Menge, was er nicht über mich wusste und was ich ihm nicht erklären wollte.

»Ich wollte sie nicht länger hinhalten. Das ist nicht fair.«

»Äh, ja, das wussten wir ja alle. Aber ich dachte, du magst sie. Zumindest schien es so.« Graham holte das Blech mit dem Bacon aus dem Ofen und stellte es auf den Herd.

»So einfach ist das nicht«, sagte ich. »Ich bin noch nicht bereit für eine richtige Beziehung. Ich mag sie, aber eine Beziehung bedeutet auch gewisse Erwartungen und eine Verantwortung. Das will ich nicht. Also musste ich die Sache beenden, bevor wir zu tief drinstecken.«

»Sieht aus, als wärst du ein bisschen zu spät dran, Kumpel.« Er reichte mir einen Teller mit Bacon, und ich nahm mir eine Portion, bevor Jake sich den Rest schnappte.

»Wann wollen wir heute ins Gym?«, fragte Jake.

»Ich habe bis vier Uhr Kurse. Treffen wir uns danach?«, schlug Graham vor.

»Von mir aus.« Ich schob mir ein Stück Bacon in den Mund und klopfte Graham zum Dank auf die Schulter, bevor ich in mein Zimmer ging, um zu duschen und mich früher als sonst auf den Weg zum Campus zu machen, damit ich ihr nicht über den Weg lief. Ich wollte ihr nicht noch mehr wehtun, als ich es ohnehin schon getan hatte.

13

Sloane
März 2017

Zuerst erscheint es unmöglich, den Kontakt komplett abzubrechen. Es ist, als würde man auf kalten Entzug gehen. Man kann sich von der anderen Person nicht langsam entwöhnen. An einem Tag hat man sie, und am nächsten Tag ist es, als gäbe es sie nicht.

Mit der Zeit erinnert man sich an das Leben vor dem anderen. Man greift nicht mehr nach dem Handy, wenn man etwas sieht, was einen an den anderen erinnert. Man löscht alle Songs, die der andere einem gezeigt hat, aus seiner Playlist. Schließlich fängt man an, ihn ganz zu vergessen.

Ein Monat ohne Kontakt, und ich wurde ein anderer Mensch. Der Winter war langsam in den Frühling übergegangen, und die zusätzlichen Sommersprossen, die mir die Sonne bescherte, kamen wieder zum Vorschein. Ich hatte Geschichten auf Lager, die Ethan nie gehört hatte, und Erinnerungen geschaffen, bei denen er nicht dabei gewesen war. Ein Monat ohne Kontakt, und mir ging es endlich etwas besser.

Lauren schleppte mich zum alljährlichen Ball der Pike-Verbindung. In der Woche davor hatte ich mich noch geweigert hinzugehen, weil ich Ethan nicht über den Weg laufen wollte, aber dann wurde mir klar, dass ich mein Leben nicht für jemanden auf Eis legen durfte, der nicht mehr dazugehören wollte. Normalerweise fand die Feier über ein ganzes Wochenende in Savannah statt, aber da der örtliche Zweig der Verbindung auf Bewährung war, verlangten die Bruderschaftsregeln von ihnen, eine von der Universität überwachte Veranstaltung auf die Beine zu stellen.

»Sieh es doch mal so: Ihn bei einer offiziellen Feier zu treffen, ist besser als in einer Bar. So hast du ein Date dabei, das dich ablenkt. Außerdem ist Reese heiß. Das schadet nie.« Lauren zwinkerte mir zu.

»Gut, du hast recht, denke ich. Welche Schuhe?« Ich hielt zwei Paar High Heels hoch.

»Schwarz. Mit einem komplett schwarzen Look kann man nie was falsch machen.«

»Ladys, seid ihr bereit?« Graham klopfte, bevor er eintrat.

Wir kippten einen gemeinschaftlichen Shot Tequila, bevor wir uns auf den Weg zum Busparkplatz machten. Je näher wir dem Campus kamen, desto unbehaglicher wurde mir zumute. Ich musste nur dafür sorgen, dass ich nicht kotzte oder weinte, wenn ich Ethan sah. Eigentlich ganz einfach.

Als der Verbindungsanwärter, der heute Chauffeur spielen musste, vor uns zum Stehen kann, war der Parkplatz bereits voller Menschen. Zum Glück konnte ich Ethan nirgendwo entdecken. Mein Magen fühlte sich unbehaglich an, aber ich tat mein Bestes, mich zusammenzureißen.

»Lasst uns nach Reese suchen«, sagte Graham. »Sloane, ihr habt euch doch schon mal gesehen, oder?«

»Ein paarmal«, antwortete ich.

»Er ist echt in Ordnung. Ein guter Kerl«, versicherte er mir.

»Reese!« Lauren winkte ihn heran.

Reese Thompson war groß, weit über eins achtzig. Er hatte kurzes dunkelblondes Haar, und ich konnte erkennen, dass er sich kürzlich rasiert hatte, obwohl er nicht wie ein Typ aussah, dem viel Gesichtsbehaarung wuchs. Von Graham wusste ich, dass er letztes Jahr seinen Abschluss hätte machen sollen, aber ein zusätzliches Semester bleiben musste, weil ihm ein paar Credits fehlten.

»Du bist wirklich gekommen!« Reese streckte den Arm aus, um mich seitlich zu umarmen. »Bereit, euch abzuschießen?«

»Immer doch«, erwiderte Lauren, schnappte sich eine mit Wodka gefüllte Wasserflasche aus Grahams Gesäßtasche und reichte sie herum.

Ich suchte die Menge noch einmal nach einem Zeichen von Ethan ab, bevor wir in den Partybus stiegen. Vielleicht würde er ja doch nicht kommen. Ich spürte, wie ich mich immer mehr entspannte, und versuchte, den Abend zu genießen. Die Fahrt zum Veranstaltungsort dauerte etwas mehr als vierzig Minuten, aber zum Glück hatten wir jede Menge Getränke dabei. Nach der Hälfte der Fahrt nahm ich Platz, und als ich aufstand, um aus dem Bus zu steigen, spürte ich, wie der Smirnoff durch meinen ganzen Körper rauschte. Wodka war einfach nichts für mich.

»Woah.« Reese packte mich am Arm, damit ich das Gleichgewicht halten konnte. »Ich hab dich. Lass uns reingehen.« Er nahm meine Hand und half mir aus dem Bus.

»Richtig schön hier«, bemerkte ich.

Ich hatte zwar erwartet, dass sich das Restaurant ein wenig von den üblichen ranzigen Bars abheben würde, aber zu meiner Überraschung gab es dort weiße Tischdecken, eine Liveband und sogar ein Büfett mit Hähnchen- und Mozzarella-

Sticks. Es erinnerte mich an eine Low-Budget-Hochzeit, die von einem ehemaligen Vorsitzenden einer Studentenverbindung geplant worden war. Reese nahm meine Hand fest in seine und führte mich zur Bar, wo sich bereits eine riesige Schlange gebildet hatte. Ich schlang meine Hände um seinen Unterarm, um die Balance zu halten. Vom hinteren Teil der Menge aus konnte ich sehen, dass Lauren und Graham es bis fast nach ganz vorne geschafft hatten.

»Sollen wir uns vordrängeln?«, fragte ich.

»Es wird schnell gehen, sie haben vier Barkeeper«, sagte er. »Bist du bereit für den Abschluss?«

»Ja, ich denke schon«, antwortete ich. »Ich bin mir nur immer noch nicht sicher, was ich mit meinem Leben anfangen will.«

»Das wird schon, du hast noch genug Zeit. Ich ziehe nach New York, gleich nach den Abschlussprüfungen.« Reese versuchte, mitten in der lauten und überfüllten Bar mit mir ins Gespräch zu kommen. Ich konnte nicht sagen, ob er ernsthaft an mir interessiert war, mit mir schlafen oder einfach nur nett sein wollte. Aber egal, ich spielte mit.

»O ja, ich glaube, Graham hat das erwähnt. Ich liebe New York. Es war schon immer ein Traum von mir, dorthin zu ziehen und Schriftstellerin zu werden.«

»Welche Art von Schriftstellerin?«

»Ich weiß nicht. Ich liebe es einfach zu schreiben.« Da ich keine Lust darauf hatte, das Thema zu vertiefen, zuckte ich mit den Schultern.

»Falls du am Ende wirklich dort landest, wird es dir bestimmt gefallen. Ich hab da seit dem ersten Semester jeden Sommer ein Praktikum gemacht und möchte nie wieder weg. Zumindest, sobald ich im August hinziehe. Als ich im letzten

Sommer gegangen bin, wurde mir endlich eine Vollzeitstelle angeboten.«

Ich hörte Reese zu, während er mir von seinem neuen Chef erzählte, von der Wohnung, für die er und ein anderer Verbindungsbruder einen Mietvertrag unterschrieben hatten, und von den Orten, an denen er nach der Arbeit am liebsten abhing. Je näher wir an den Anfang der Schlange rückten, desto weniger interessierte es mich, was er zu sagen hatte. Ich schaute über die Bar, um zu sehen, ob es eine Getränkekarte oder besondere Angebote gab. Dann beugte ich mich über das Mädchen neben mir, um eine laminierte Karte unter einem Arm von jemandem hervorzuziehen, und streifte ihn dabei versehentlich.

»Darf ich die mal sehen?«, fragte ich und sah zu der Person auf, deren Arm auf der Getränkekarte ruhte.

Unsere Blicke trafen sich, und mir wurde flau im Magen.

»Oh, Entschuldigung«, antwortete ich schnell.

»Alles gut, du kannst sie haben.« Ethan hob seinen Arm von der Theke, und ich sah, wie er Reese einen Blick zuwarf. Schnell schnappte ich mir die Karte und drehte mich wieder um.

»Was hättest du gern?«, fragte Reese.

»Ein Wodka Soda, bitte.«

»Zwei doppelte Wodka Soda«, bestellte er.

Ich versuchte, den Abend mit Reese zu genießen. Obwohl ich, sobald mein wirrer Verstand sich für einen Moment klärte, nur an Ethan denken konnte.

***

Wie meistens am Morgen danach, wenn ich getrunken hatte, hämmerte es in meinem Kopf, und mein Mund war trocken.

Ich schaffte es, meine Augen zu öffnen, und erblickte grau gestreifte Bettlaken und ein Poster der Carolina Panthers an der Wand neben mir. In wessen Schlafzimmer auch immer ich mich befand, es kam mir halbwegs bekannt vor.

Ich drehte mich um, und da war Reese, der auf dem Rücken lag und so schwer atmete, dass es auch ein leichtes Schnarchen hätte sein können. Ohne ihn zu wecken, rutschte ich unter der Bettdecke hervor ans Fußende und ging auf Zehenspitzen ins Bad. Die Klopapierrolle war leer, was mich wunderte. Ich hätte ihn aufmerksamer eingeschätzt. Einen Moment lang sah ich mich um, bevor ich aufgab. Ich hatte gedacht, wenn diese Kerle mit der Absicht ausgingen, eine Frau mit nach Hause zu bringen, würden sie zumindest dafür sorgen, dass es ein Ort war, an dem sie sich wohlfühlte. Oder vielleicht war es auch Absicht, damit sie sich nie wieder blicken ließ. Wie auch immer, ich musste hier raus. Leise machte ich mich auf den Weg aus dem Badezimmer und suchte in Reeses Zimmer nach meinem Handy und meiner Handtasche.

»Morgen«, sagte er schläfrig. »Soll ich dich nach Hause bringen?«

Scheiße. Ich habe ihn geweckt.

»Ist schon okay. Sobald ich mein Handy gefunden hab, kann ich ein Uber oder Lauren anrufen.«

»Deine Sachen liegen unten auf dem Couchtisch. Du bist gestern Abend auf der Couch eingeschlafen, und ich hab dich ins Bett gebracht. Ich hab angeboten, die Couch zu nehmen, aber du hast gesagt, ich soll hier schlafen. Ich bin mir nicht sicher, an wie viel du dich erinnerst …« Er brach ab.

»Ich kann mich genau erinnern«, log ich. »Vielen Dank. Tut mir leid, dass ich so besoffen war, ich hätte beim Vorglühen nicht so übertreiben sollen.«

»Ernsthaft, lass mich dich einfach fahren.« Er stieg nur mit einem Paar Boxershorts bekleidet aus dem Bett. Sein Körper war durchtrainierter als erwartet.

»Hier.« Ich reichte ihm ein T-Shirt, das über der Rückenlehne seines Schreibtischstuhls hing. »Ich hol meine Sachen und warte im Flur.«

Die Autofahrt nach Hause verlief schweigend.

»Hier ist es.« Ich zeigte auf Gebäude Nummer drei.

»Möchtest du diese Woche vielleicht mal mit mir essen gehen?«, fragte er.

»Oh, ähm«, stotterte ich.

»Warum speicherst du nicht einfach deine Nummer ein und überlegst es dir?« Er reichte mir sein Handy. Ich tat, was er verlangte, und legte es zurück in den Becherhalter.

»Danke noch mal fürs Fahren.«

»Kein Problem.«

Ich stieg aus und ging auf die Treppe zu, ohne mich umzudrehen. Ich schaffte es sogar in die Wohnung, ohne Ethan zu begegnen, was ich als Sieg wertete.

Lauren sprang blitzschnell von der Couch auf, als ich die Tür hinter mir schloss. »O mein Gott, sieh an, der Geist unserer besten Freundin ist gekommen, um uns heimzusuchen!« Dramatisch warf sie die Arme in die Luft.

»Wir wollten gerade einen Suchtrupp losschicken. Alles in Ordnung?« Jordan schien ausnahmsweise besorgt.

»Ich hab ein bisschen zu viel getrunken, das ist alles. Reese hat mich bei sich übernachten lassen. Auf dem Weg zu ihm hat mein Akku aufgegeben. Tut mir leid, dass ihr euch Sorgen gemacht habt!«

»Habt ihr es getrieben?«, fragte Lauren.

»Stehst du auf ihn?«, fügte Jordan hinzu.

Immer noch in meinem Kleid vom Vorabend ließ ich mich auf die Couch sinken und spürte das Gewicht ihrer Blicke auf mir lasten.

»Nein, wir haben es nicht miteinander getrieben. Reese ist nett, und ja, ich fühle mich irgendwie zu ihm hingezogen«, gestand ich. »Aber so weit bin ich noch nicht, nicht wirklich«, murmelte ich und lehnte auf der Suche nach Solidarität den Kopf an Laurens Schulter.

Sosehr ich auch über Ethan hinweg sein und weitermachen wollte, die Begegnung mit ihm gestern Abend hatte mich nur daran erinnert, dass ich es nicht war.

Jordan scrollte durch ihr Handy und ließ ganz beiläufig eine Bombe platzen. »Ethan hat sich nach dir und Reese erkundigt«, sagte sie, ohne ihren Blick vom Display abzuwenden.

»Jordan!«, zischte Lauren.

Ich riss den Kopf hoch. »Hat er? Laur, warum wolltest du mir das nicht sagen?«

Lauren seufzte schwer. »Du hast dich so gut geschlagen. Ich wollte nicht, dass Ethan ... dich durcheinanderbringt. Er hat dich mit Reese gesehen, als er allein an der Bar saß, und ich glaube, das hat ihn überrumpelt.«

»Er hatte kein Date dabei?« Innerlich leuchtete ich auf.

»Nein. Aber interpretier da nicht zu viel rein, Sloane«, warnte Lauren und konnte trotzdem nichts gegen die Erleichterung tun, die mich augenblicklich überkam.

Kurz darauf breitete sich dann aber Frustration in mir aus. Ich wollte nicht, dass Ethan dachte, ich wäre so schnell oder überhaupt über ihn hinweggekommen. Ich wollte ihn, nicht Reese; wenn er das nur wüsste ...

Ich stand auf und streckte mich. »Ich muss mein Handy

aufladen und duschen«, erklärte ich und machte mich auf den Weg in mein Zimmer.

»Wir holen Bagels. Für dich wie immer?«, bot Jordan an.

»Unbedingt.«

Ich schloss mein Handy, dessen leerer Akku ein Sinnbild meiner Gefühlswelt war, an das Ladegerät an und widmete mich dann meinem ultimativen Katerheilmittel: einer eiskalten Dusche. Nachdem die zehn Minuten der Folter vorbei waren, wickelte ich mich in ein Handtuch und warf einen Blick in meine Inbox, um zu sehen, welche Nachrichten mich erwarteten.

22.15 Uhr
Lauren Ellis: Bist du gegangen??

22.45 Uhr
Jordan Coleman: Wo steckst du?!

02.07 Uhr
Ethan Brady: Hey

09.58 Uhr
Unbekannt: Hey, ich bin's, Reese!

Als ich Ethans Namen sah, fühlte ich mich sofort besser, als wäre das Leben wieder normal, obwohl ich wusste, dass dem nicht so war. Mir war klar, dass ich Ethans Nachricht am besten unbeantwortet gelassen hätte und mit Reese auf ein Date gegangen wäre. *Warum ist es immer so schwer, das Richtige zu tun?* Ich schrieb Ethan zurück und ließ Reeses Nachricht vorerst unbeantwortet. Wenn es um Ethan ging, hatte ich absolut keine Selbstbeherrschung, und das Traurige daran war, dass ich mir sicher war, er wusste es.

***

Eine Stunde später saßen wir in seinem Auto – an dem Ort, wo er mir erst vor ein paar Wochen das Herz gebrochen hatte.

»Ich schätze, ich werde es einfach sagen«, begann Ethan. »Diese Sache zwischen uns macht mir Angst. Ich weiß nicht, wie ich damit umgehen soll. Ich dachte, es wäre das Richtige, mit dir Schluss zu machen, für uns beide. Aber als ich dich mit jemand anderem gesehen habe, wurde mir klar, dass ich das nicht will. Ich weiß, du verdienst mehr als das, was ich dir geben kann, aber ich bin es uns schuldig, es wenigstens zu versuchen.«

Erleichterung machte sich in mir breit, und ein Lächeln erschien auf meinem Gesicht.

»Ich muss es immer noch langsam angehen lassen. Noch kein Label, okay? Ich sage nicht, dass wir nicht irgendwann an den Punkt gelangen, ich finde nur nicht, dass wir es überstürzen müssen.«

Ich versuchte zu ignorieren, dass ich mich mit so viel weniger zufriedengab, als ich eigentlich verdient hätte. Ich war bereit dazu, denn für mich war es immer noch besser als nichts.

Mit einem mulmigen Gefühl ging ich zurück in die Wohnung. Ich würde den Mädels erklären müssen, wo ich gewesen war. Es war nicht so, dass sie Ethan nicht mochten, sie mochten nur nicht, was er mit mir machte. Mich hinhalten, so nannten sie es gern. Aber sie kannten ihn nicht so gut wie ich. Ich wusste, dass er es versuchen wollte, er hatte es gerade selbst gesagt. Ich konnte sehen, dass er Angst hatte, zu versagen oder meinen Ansprüchen nicht gerecht zu werden. Aber das war alles egal, denn ich hatte mich längst in ihn verliebt, auch wenn er es nicht wusste. Doch sobald ich ihm das sagen würde, wäre es vorbei. Es war der einzige Trumpf, den ich noch in der Hand hielt, und ich wollte ihn so lange wie möglich für mich behalten.

»Wo warst du gerade?« Lauren saß am Küchentresen und arbeitete an Uniaufgaben.

»Ethan und ich haben uns unterhalten«, sagte ich verlegen.

»Sloane!« Jordan mischte sich in das Gespräch ein, ohne sich von der Couch zu bewegen. »Wir haben gerade erst darüber gesprochen!«

»Er hat mir letzte Nacht geschrieben, was ich erst vorhin gesehen habe, weil mein Akku leer war. Ich wollte nur hören, was er zu sagen hat.«

»Und … was hat er gesagt?«, fragte Lauren.

»Die Kurzfassung ist, dass er es noch mal versuchen will. Er tut mir leid. Ich weiß, dass das alles neu für ihn ist, genauso wie für mich, und ich habe das Gefühl, dass ich uns zu sehr unter Druck gesetzt habe. Wir lassen es langsam angehen und versuchen, Schritt für Schritt auf eine Beziehung hinzuarbeiten.«

»Komm schon. Hörst du dir eigentlich selbst zu? Eine Beziehung sollte nicht so schwierig sein. Klar, jedes Paar streitet sich und muss Kompromisse eingehen, aber das davor sollte nicht so lange dauern. Er sollte wissen, was er will, und wenn er es nicht weiß, ist das vielleicht ein Zeichen, dass du es nicht bist.«

Ich wusste, dass sie mich nur beschützen wollte, aber ihre Worte verletzten mich. Ich hatte mich noch nie über Lauren geärgert, doch jetzt stand ich kurz davor.

»Tut mir leid, ich weiß, das klingt hart. Ich will damit nur sagen, dass du aufhören musst, wegen jemandem den Verstand zu verlieren, der es nicht wert ist.«

»Er weiß, was er will, er weiß nur nicht, wie er es mir geben soll.«

»Inwiefern ist das besser? Warum ausgerechnet er? Was ist so besonders an Ethan?«

»Ich wünschte, ich könnte es in Worte fassen. Ich glaube, er ist meine erste Liebe, was seltsam klingt, weil ich zweiundzwanzig bin. Eine Zeit lang dachte ich, ich würde Carter lieben, aber je mehr ich darüber nachdenke, desto mehr war das, was ich mit ihm hatte, nichts Echtes. Es war eine Abhängigkeit. Er hat mich abgelenkt, als ich das gebraucht habe. Aber mit Ethan ist es anders«, fuhr ich fort. »Ich wusste sofort, dass die Chemie zwischen uns stimmt, und dann hat sich diese verwirrende, aber wunderschöne Verbindung entwickelt. Er ist der erste Mensch, dem ich jemals so nahe war, und ich weiß, das heißt nicht viel, aber für mich ist es etwas Besonderes.«

»Wir wollen nur, dass du glücklich bist«, schaltete sich Jordan ein.

»Dich verletzt zu sehen, tut uns einfach weh«, sagte Lauren. »Ich bin total für zweite Chancen, aber er sollte es nicht wieder versauen.«

Und in dem Punkt stimmte ich ihr vollkommen zu.

14

Sloane
April 2017

Ich wollte mich wirklich auf den Abschluss freuen, mich auf Jobs bewerben und auf Wohnungssuche gehen – aber in Wahrheit fürchtete ich mich vor alldem. Mein einstiges Lebensziel, nach New York zu ziehen und Schriftstellerin zu werden, war gegenüber meiner Beziehung zu Ethan in den Hintergrund getreten. Ich hatte nicht erwartet, mich zu verlieben. Ehrlich gesagt hatte ich an manchen Tagen den Glauben daran verloren, dass es jemals passieren würde. Aber dann war er aufgetaucht, und ich konnte (und wollte) mir ein Leben ohne ihn nicht mehr vorstellen. Also gab ich mein Bestes, das alles so lange hinauszuzögern, bis es nicht mehr ging.

»*Ich hab ihn!*«, schrie Lauren. Jordan und ich rannten den Flur hinunter und sahen, wie sie in ihrem Schlafzimmer herumsprang.

»Du hast was?«, fragten wir unisono.

»Den Job in New York! Sie haben gerade angerufen und schicken mir bis Ende der Woche meinen Vertrag zu!«

»Herzlichen Glückwunsch!« Ich umarmte sie.

»Das ist großartig, Laur!«, stimme Jordan mit ein.

»Du bist die Nächste!« Sie wandte sich an mich. »Sobald du ein Angebot bekommst, können wir offiziell mit der Wohnungssuche beginnen. Hast du schon eine Antwort von einer der Stellen, auf die du dich beworben hast?«

»Noch nicht. Wahrscheinlich muss ich mich ernsthafter auf die Suche machen.« Ich zuckte mit den Schultern und versuchte so zu tun, als wäre es keine große Sache, obwohl ich wusste, dass es eine war.

Ich freute mich sehr für Lauren, war aber gleichzeitig enttäuscht, dass ich immer noch nichts in Aussicht hatte. Ich belog meine Mutter seit Monaten und erzählte ihr, dass die Vorstellungsgespräche gut liefen und ich mich mit jedem Gespräch verbesserte. Die Wahrheit war, dass ich mich nur bei drei Stellen beworben und sich daraufhin noch niemand bei mir gemeldet hatte. Meine Noten waren dagegen sehr gut, was wahrscheinlich der Grund war, weshalb sie nicht weiter nachbohrte.

»Jordan, bist du sicher, dass du es nicht auch in New York versuchen willst? Nur für ein Jahr?«, schmollte Lauren.

»Seien wir ehrlich, ich werde Wilmington nie verlassen.« Jordan lachte. »Und Marketingkoordinatorin des Jachtclubs zu sein, ist wirklich nicht das Schlechteste. Denkt mal drüber nach – heiße Typen, heiße reiche Typen, heiße reiche Typen mit Booten …«

»Okay, okay, mach mich nicht eifersüchtig.« Lauren lachte. »Ich ruf jetzt meine Eltern an, um es ihnen zu sagen!«

Für den Rest des Tages suchte ich händeringend nach einem Job in New York, für den ich genug Erfahrung hatte, und davon gab es nicht so viele wie erhofft. Für die meisten Einstiegspositionen waren drei Jahre Erfahrung erforderlich. Wie ergab das Sinn?

Vor allem in den Redaktionen war es fast unmöglich, eine Einstiegsposition zu finden. Alle waren auf der Suche nach neuen, jungen Stimmen, aber man musste aus der Masse hervorstechen oder Kontakte haben, denn der Pool war riesig. Meine Mutter hatte recht: Um es als Schriftstellerin in New York zu schaffen, galt friss oder stirb. Ich war noch nicht mal dort und jetzt schon am Verhungern.

Nach ein paar Stunden gab mein Laptop den Geist auf. Ich hatte nicht die Energie, nach meinem Ladekabel zu suchen, und entschied, es mit der Jobsuche für heute gut sein zu lassen.

21.22 Uhr
Ethan Brady: Heyo, wie war dein Tag?

21.35 Uhr
Ich: Hätte besser sein können. Ich hab mich auf gefühlt hundert Jobs beworben. Lauren hat heute einen bekommen, und ich mache mir Sorgen, dass es bei mir nicht klappen wird ☹

21.37 Uhr
Ethan Brady: Hör auf, so was zu sagen. Du bist so klug und talentiert. Du wirst es zu etwas bringen, das weiß ich. Und gib dich mit nichts anderem zufrieden.

21.37 Uhr
Ich: Ach, es ist einfach nur anstrengend. Ich hätte schon vor Monaten anfangen sollen, mich zu bewerben.

21.39 Uhr
Ethan Brady: Sei nicht so hart mit dir. Im Ernst.
Sei weniger hart zu dir, als ich es bin ☺

21.40 Uhr
Ich: Du bist schlimm.

21.40 Uhr
Ethan Brady: Dir gefällt es. Nacht, Hart.

So nervig Ethan manchmal auch sein konnte, seine unbeschwerte Energie und seine Ratschläge zauberten mir sofort ein Lächeln ins Gesicht. In dieser Nacht träumte ich von New York und davon, wie das Leben dort sein würde. Mein Unterbewusstsein ließ Ethan bei jedem einzelnen Traum außen vor.

***

»Du hast mit ihm Schluss gemacht?« Ich hob die Stimme, während ich meine Tasche vor Lauren auf dem Tisch abstellte. »Warum das denn? Ist was passiert? Graham war doch der perfekte Freund. Er ist praktisch ein Märchenprinz.«

»Nichts ist passiert. Eine Fernbeziehung macht für uns einfach keinen Sinn«, sagte Lauren.

»Ich verstehe es nicht.« Ich konnte es wirklich nicht fassen, dass Lauren sich von Graham getrennt hatte. Im einen Moment war noch alles in Ordnung gewesen, im nächsten existierten sie nicht mehr.

»Wenn ich ehrlich bin« – sie nahm einen Bissen von ihrem Chicken-Sandwich, bevor sie weitersprach – »hat es sich in letzter Zeit eher wie eine Freundschaft angefühlt. Ich glaube, wir haben uns zu schnell in etwas hineingestürzt, und obwohl ich es nicht bereue, will ich mich nicht um etwas bemühen, bei dem ich mir nicht mehr sicher bin, vor allem, wenn wir Hunderte von Meilen voneinander entfernt sein werden.«

Manchmal fragte ich mich, wo Lauren all ihre Weisheit herhatte. Ich wünschte, ich hätte ihr Selbstvertrauen. Selbst in den unberechenbarsten Momenten schien sie immer genau zu wissen, was sie tat.

»Und, wie hat er es aufgenommen?« Ich nippte an meinem Dr. Pepper.

»Äh, nicht besonders gut. Ich glaube, er hat es nicht kommen sehen.« Es war offensichtlich, dass sie sich schlecht fühlte. »Aber hoffentlich können wir das hinter uns lassen und eines Tages Freunde sein. Vor allem, falls du mit Ethan zusammenbleibst.«

Falls. Ich hasste dieses Wort, aber ich wusste, dass sie recht hatte. *Falls* wir zusammenblieben. Die Chancen waren gering, doch ich ließ es darauf ankommen. Beim Thema Ethan ging ich auf volles Risiko.

»Ja.« Ich nickte. »Gehst du heute Abend trotzdem zur Luau-Party?«

»Darüber haben wir auch gesprochen. Er hat gesagt, dass er nicht will, dass es in den paar Wochen, die noch vom Semester übrig sind, komisch zwischen uns wird, und dass wir uns immer noch im selben Raum aufhalten können, solange wir einfach für uns bleiben. Ich komme mit, aber vielleicht können wir zu Hause vorglühen, nur wir Mädels?«

»Na klar«, sagte ich. »Ich hab Jordan versprochen, sie nach dem Mittagessen vom Ascent abzuholen, damit wir zu Goodwill und Target fahren können, um Outfits und Accessoires zu besorgen. Bist du dabei?«

»Tja, jetzt, da ich Single bin, muss ich besonders heiß aussehen. Also ja, natürlich bin ich dabei.«

Ich warf ihr einen gespielt strengen Blick zu.

»Sloane! Ich mach doch nur Spaß. Ich werde mich nicht vierundzwanzig Stunden nach der Trennung an andere Kerle ranschmeißen. Schon gar nicht vor Graham.«

»Ich wollte nur sichergehen. Lass uns abhauen. Wir haben noch eine Menge zu tun, und wir dürfen nicht zu spät zu unserer letzten Collegeparty kommen.«

***

Wir betraten das zweistöckige Haus, das mit allem, was man für ein Luau brauchte, geschmückt war. Aufblasbare Palmen standen in jeder Ecke, Laternen baumelten von der Decke, und am Geländer hingen Blumenketten, an denen man sich beim Hereinkommen bedienen durfte. Die Mädchen trugen Bikinioberteile und Shorts, die Jungs Badehosen und Tanktops. Irgendwie hatten sie es sogar geschafft, den Esszimmerboden mit Sand zu bedecken. Ich hatte Mitleid mit den Verbindungsbrüdern, die das am nächsten Morgen würden sauber machen müssen.

Ich entdeckte Ethan fast sofort und winkte ihm und Graham zu. Sosehr ich die Vorstellung hasste, vor meiner letzten Collegeparty ohne ihn vorzuglühen, so war es doch ganz besonders, die letzten vier Jahre mit den Mädchen ausklingen zu lassen, die mir geholfen hatten, sie zu überstehen.

»Sloaney!« Graham hob mich hoch und wirbelte mich herum. Anhand des neuen Spitznamens konnte ich erkennen, dass er bereits betrunken war.

»Lass mich runter!«, forderte ich.

»Okay, okay.« Er gehorchte. »Ladys, was wollt ihr trinken?«

»PJ ist in Ordnung«, antwortete Lauren. »Danke, Graham.«

Er schenkte ihr ein halbes Lächeln und bahnte sich seinen Weg in die Küche.

»Na, das war doch gar nicht so schlimm«, flüsterte Ethan.

»Ich kann dich hören, weißt du«, sagte Lauren.

»Laur, lass uns in den Keller gehen«, sagte Jordan. »Sloane, kommst du mit den Getränken nach, sobald Graham zurück ist?«

»Klingt gut!« Als sie aus meinem Blickfeld verschwunden waren, wandte ich mich an Ethan. »Wie geht es ihm?«

»Ganz okay. Er ist nur betrunken.« Ethan zuckte mit den Schultern.

»Sicher?« Doch ich wusste, dass ich nicht viel mehr aus ihm herausbekommen würde.

»Bitte sehr, Ladys!« Graham kam zurück, bevor er antworten konnte. »Wo sind denn alle hin?«

»Sie sind tanzen gegangen. Ich bringe ihre Drinks nach unten. Danke noch mal, Graham.« Ich umarmte ihn von der Seite. »Du weißt, dass du mich jederzeit anrufen kannst, oder?«

»Klar.«

Und damit verschwand ich die knarrende Holztreppe hinunter, die in den Keller führte, und betete, dass ich keinen der drei Drinks fallen ließ.

Um ein Uhr morgens waren die Fässer angezapft und die Kühlboxen mit PJ leer. Ich suchte den Keller voller verschwitzter Zwanzigjähriger ab, bis ich Ethan zusammen mit Jake in der Nähe der Bar entdeckte.

»Sollen wir uns ein Uber rufen?«, fragte Lauren.

Bevor ich antwortete, schaute ich wieder zu Ethan hinüber. Ich wollte hier bei ihm bleiben, statt auf Lauren aufzupassen, aber ich wusste, wenn die Rollen vertauscht wären, würde sie dasselbe für mich tun.

»Ja, kannst du das übernehmen?« Ich reichte ihr mein Handy. »Ich verabschiede mich kurz von Ethan.« Als ich in seine Richtung ging, sah ich, wie er mich musterte.

»Hey«, sagte er. »Gehst du schon?«

»Ja, ich bringe Lauren nach Hause.«

»Wo ist Jordan?« Ethan sah sich um.

»Sie ist vor einer Stunde oder so zu Sigma Chi gegangen.«

»Ich organisiere einen Anwärter für euch, der nüchtern ist. Du begleitest sie nach Hause, und dann fährt er dich hierher zurück.«

»Bist du sicher?«, fragte ich.

»Ja, wir wollen nach der Party noch zusammen abhängen, und ich will nicht, dass du schon nach Hause gehst«, beruhigte er mich.

Dann küsste er mich. Ich fühlte mich wie die Königin der Welt.

Ein Anwärter fuhr uns zurück zum Ascent und wartete auf dem Parkplatz, bis wir Lauren im zweiten Stock ankommen sahen. Sie winkte uns zu, und er fuhr zurück in Richtung Party.

»Du bist also Bradys Freundin?«, fragte er.

»Das würde ich nicht sagen«, antwortete ich. »Ich meine, ich weiß es nicht.«

Selbst nach all dieser Zeit wusste ich nicht, wie ich uns beschreiben sollte. Genau genommen waren wir nicht zusammen, aber wir waren exklusiv. Zumindest dachte ich das. Ich hasste es, wie ein Label unsere gesamte Beziehung infrage stellte. Meiner Meinung nach waren wir sehr verliebt. So verliebt, wie ich noch nie gewesen war. Aber was ihn anging? Tja, ich wusste nicht wirklich, was er fühlte. Und trotzdem war ich mir sicher, dass er mich liebte, tief im Inneren. Auch wenn er es mir noch nicht gesagt hatte, spürte ich es. Das gefiel mir mit am besten an uns.

»Cool«, antwortete er.

Dieser Typ erinnerte sich morgen wahrscheinlich nicht mal mehr an dieses Gespräch, während die Frage, die er mir gestellt hatte, mich noch Tage, vielleicht sogar Wochen beschäftigen würde.

Ich stieg aus dem Auto aus und bedankte mich für die Fahrt. Ich konnte es kaum erwarten, Ethan wiederzusehen. Es war immer irgendwie nervenaufreibend, das Haus der Studentenverbindung allein zu betreten. Ich trat durch die Vordertür ein und ging durch das Foyer, wo sich die Jungs auf den alten Ledersofas im Wohnzimmer niedergelassen hatten.

»Was geht, Sloane«, begrüßte mich einer von ihnen.

»Da ist sie ja wieder!«, stimmte Graham mit ein.

Ich nahm neben Ethan Platz, und er drückte meinen Schenkel. Ich war so froh, dass ich zurückgekommen war. Ich liebte, wie es sich anfühlte, wenn er mir auch nur das kleinste bisschen Aufmerksamkeit schenkte. Die Jungs reichten Stücke der Pizza herum, die sie bestellt hatten, als die Party zu Ende gewesen war. Mir wurde auch davon angeboten, aber ich lehnte ab. Ich hasste es, vor Leuten zu essen, besonders wenn ich was getrunken hatte.

»Lass uns nach Hause gehen«, flüsterte Ethan mir ins Ohr. *Nach Hause.*

Die Anwärter hatten ihren Chauffeurjob an den Nagel gehängt, sobald alle Partygäste gegangen waren, also rief Ethan uns ein Uber, und ich ließ mich neben ihm auf den Rücksitz fallen. Er zog mich so dicht an sich, dass ich fast auf ihm saß. Als er mich küsste, schmeckte sein Atem nach Whiskey. Nach Fireball, um genau zu sein. Ich genoss es. Ich öffnete meinen Mund für ihn und ließ auch das Glück hereinströmen. Der Fahrer ließ uns auf dem Parkplatz raus, und Ethan hielt die ganze Zeit meine Hand, während wir die drei Treppen zu seiner Wohnung hinaufstiegen.

Als ich den Kühlschrank öffnete und nach dem Wasserfilterkrug griff, zog Ethan an der Kordel meines Bikinioberteils, und es fiel zu Boden.

»Ethan!«, keuchte ich und bedeckte mich.

»Es ist niemand zu Hause.« Er grinste. »Lass es uns hier tun.«

»In der Küche? Was, wenn Graham oder Jake reinkommen?«

Er legte einen Finger auf meinen Mund, hob mich hoch und setzte mich auf die Granitarbeitsplatte. Mit der Kraft seines Unterkörpers spreizte er meine Beine und stellte sich zwischen sie.

Sein Mund kam meinem so nahe, dass ich erneut den Fireball riechen konnte, aber er ließ mich noch nicht davon kosten. Seine Hände fanden ihren Weg zum Knopf meines Jeans-Minirocks, während seine Lippen an meinem Hals verweilten.

Er hob mich hoch und schaffte es so, mir den Rock und die Unterwäsche auszuziehen, sodass ich völlig nackt war, bevor er mich wieder auf seinem Küchentresen absetzte. Innerhalb von Sekunden lag seine Badehose auf dem Boden, und er drang in mich ein.

In solchen Momenten hatte ich die Kontrolle. Ich wusste, was er für mich empfand, wenn wir miteinander intim waren, es stand ihm ins Gesicht geschrieben, aber ich konnte ihn nie dazu bringen, es zu sagen. Ich wusste, dass es für ihn mehr als nur Sex war. Man machte keine Liebe mit jemandem, den man nicht liebte, und das war genau, was wir taten. Niemand konnte mich vom Gegenteil überzeugen.

***

Der Kater am nächsten Morgen ließ mich schwören, für den Rest meines Lebens die Finger von PJ oder Wodka zu lassen. Wahrscheinlich war es gut, dass gestern mein letzter Tag an der Uni gewesen war.

»Endlich.« Ethans Stimme ließ meinen Kopf noch heftiger pochen. »Dein Handy klingelt schon seit zwanzig Minuten.«

Ich schnappte mir das Telefon vom Nachttisch und setzte mich so schnell auf, wie es ging, ohne dass mir schwindelig wurde. Als ich es entsperrte, hatte ich zwei verpasste Anrufe und eine Voicemail von einer 212er-Vorwahl. Wusste ich überhaupt, woher diese Vorwahl stammte? Ich hielt das Handy an mein Ohr, um die Nachricht abzuhören.

»Hi, Sloane, hier spricht Annie Walker. Ich bin leitende Redakteurin bei *The Gist*. Ich habe mir deine Bewerbung angesehen und würde gern mit dir über ein paar offene Stellen in unserem Unternehmen sprechen. Wenn du heute Zeit hast, ruf mich bitte unter dieser Nummer zurück. Danke!«

»O mein Gott!«, schrie ich.

Ethan eilte zurück ins Zimmer, in den Händen eine Packung Ibuprofen und ein Glas Eiswasser. Sein Gesichtsausdruck verriet mir, dass er Angst davor hatte, was ich ihm gleich sagen würde.

»Ich hab ein Vorstellungsgespräch!« Ich sprang aus seinem Bett. Er schlang die Arme um mich, und ich spürte, wie das Kondenswasser des Glases durch mein Shirt drang.

»Das ist fantastisch, aber du hast mich fast zu Tode erschreckt.« Ethan lachte und reichte mir zwei Tabletten. Ich steckte sie mir in den Mund und spülte mit einem großen Schluck Wasser nach.

»Es ist für eine Redaktion, von der ich nie gedacht hätte, dass sie sich bei mir melden. Ich hab ihnen eine Initiativbewerbung geschickt. Ich kann nicht glauben, dass sie sich meine Bewerbung angesehen haben! Ich muss sie zurückrufen.« Ich küsste ihn, schnappte mir meine Handtasche, meine Schuhe und meine Klamotten vom Vorabend und machte mich auf den Weg die Treppe hinunter in meine Wohnung.

Ich drückte auf die Rückruftaste, meine Finger klopften nervös auf die kühle Oberfläche meines Handys, während ich meine Zimmertür hinter mir schloss. Im Raum verstreut waren meine Abschlusskappe mit dem Talar, die zugehörigen Quasten und diverse Lehrbücher, ein Sinnbild des Chaos der Abschlusswoche.

»Hallo?«, sagte Annie.

»Hi, Annie, hier ist Sloane Hart. Ich habe gerade Ihre Nachricht erhalten!«, antwortete ich und versuchte, meine Stimme ruhig zu halten.

Am anderen Ende der Leitung hörte ich die subtilen Geräusche eines Büros – das entfernte Summen eines Gesprächs, das Klappern einer Tastatur. »Sloane, danke, dass du so schnell zurückrufst. Entschuldige die Eile. Ich fahre morgen auf eine einwöchige Geschäftsreise und hatte gehofft, mich vorher mit dir in Verbindung setzen zu können«, erklärte sie.

»Kein Problem. Tut mir leid, dass ich den Anruf verpasst habe. Es ist Prüfungswoche, und der Abschluss steht vor der Tür, gerade ist alles ein bisschen überwältigend«, log ich und blickte auf den Stapel Bücher und Notizen auf meinem Schreibtisch.

Annies Stimme wurde etwas leiser. »Das ist bestimmt eine aufregende Zeit für dich. Also, hör zu, ich komme gleich zur Sache. Ich weiß, dass du dich für eine Stelle als Redakteurin beworben hast, und obwohl mir einige deiner Arbeiten sehr gut gefallen, fürchte ich, dass es ihnen an emotionaler Tiefe mangelt«, sagte sie.

Mein Herz rutschte mir in die Hose, und eine Welle der Enttäuschung brach über mich herein, als ihre Worte bei mir ankamen. Abwesend zupfte ich an einer Haarsträhne und ließ den Blick sinken.

»Aber«, fuhr Annie fort, »ich wollte wissen, ob du an einer Assistenzstelle interessiert wärst, die gerade frei geworden ist. Wir haben endlich das Budget, um eine persönliche Assistenz für unsere leitenden Redakteure einzustellen. Die Person wäre mir unterstellt. Du würdest vor allem den Terminkalender und Reisen organisieren, Autoren hinterherrennen, die ihre Deadlines nicht einhalten – all so was. Ich weiß, es klingt nicht besonders glamourös, aber es gäbe Möglichkeiten, aufzusteigen. Dein Lebenslauf ist beeindruckend, und wie gesagt, deine Arbeit gefällt mir. Ich denke, du hast das Potenzial, dich als Autorin weiterzuentwickeln, und ich bin bereit, dir dabei zu helfen. Wenn du dich für die Stelle interessierst, werde ich dich mit der Personalabteilung connecten, damit ihr während meiner Abwesenheit schon mal ein Gespräch führen könnt.«

Ich wusste nicht, was ich sagen sollte. Es war nicht die Stelle, die ich mir erträumt hatte, aber zumindest ein Schritt in die richtige Richtung. Es war auch das einzige Vorstellungsgespräch, das mir angeboten worden war. Konnte ich also wirklich ablehnen?

»Ja«, antwortete ich schließlich, und ein zaghaftes Lächeln breitete sich auf meinem Gesicht aus. »Das klingt großartig! Vielen Dank, dass Sie an mich gedacht haben.«

»Super. Halte heute Nachmittag Ausschau nach einer E-Mail von mir. Du lässt uns wissen, wann es dir passen würde, und dann erhältst du Skype-Einladungen für Vorstellungsgespräche mit jedem unserer leitenden Redakteure. Wenn alles gut geht, findet deine letzte Runde in etwas mehr als einer Woche mit mir statt. Klingt das gut?« Annies Tonfall war fröhlich, was mich ermutigte.

»Klingt toll! Danke, Annie. Genießen Sie Ihren Urlaub«, sagte ich mit einem neu gewonnenen Gefühl von Optimismus, als ich den Anruf beendete. Ich stand einen Moment lang da, das Handy noch immer in der Hand, und fragte mich, was meine Mutter wohl denken würde. Doch darüber würde ich mir Gedanken machen, wenn, nein, *falls* es so weit kommen sollte.

15

Sloane
Mai 2017

Auch wenn meine Kindheit von unzähligen Unsicherheiten geprägt war, hatte ich eins schon immer gewusst: Ich wollte Schriftstellerin werden. Es spielte keine Rolle, dass damit nicht viel Geld zu verdienen war. Ich wollte meine Leidenschaft, das, was ich liebte, zum Beruf machen. Und diese Leidenschaft war das Schreiben, ein Ehrgeiz, der letztlich durch meine Einsamkeit angeheizt worden war. Ohne viele Freunde, Geschwister oder einen festen Ort, den ich mein Zuhause nennen konnte, war das Schreiben von Tagebüchern für mich zu einer Möglichkeit geworden, dem Alltag zu entfliehen. Ich brachte die Worte, vor denen ich zu viel Angst hatte, sie laut auszusprechen, zu Papier, in der Hoffnung, sie selbst besser zu verstehen. Wenn ich auch niemanden hatte, an den ich mich wenden konnte, so blieben mir immer noch ein Stift und ein Notizbuch. Worte waren zu meinem Zufluchtsort geworden. Mein Tagebuch würde mich nie verlassen. Das Schreiben war mein treuer Begleiter, so dachte ich zumindest.

Nicht mal zehn Minuten nach Beginn meines letzten Vorstellungsgesprächs bot Annie mir die Assistenzstelle bei *The Gist* an. Selbst nachdem ich mich wochenlang überall in der

Stadt beworben hatte, war niemand daran interessiert, mich einzustellen. Ich hatte wirklich unterschätzt, wie schwer es sein würde, einen Job zu finden. Glücklicherweise waren alle Redakteure, mit denen ich gesprochen hatte, freundlich und ermutigend gewesen. Sie alle wussten, dass es nicht die Stelle war, die ich wollte, aber sie hatten mir versichert, dass es ein Schritt in die richtige Richtung wäre. In meinem letzten Gespräch hatte Annie die Möglichkeit erwähnt, auch freiberuflich tätig zu werden. Sie hatte gesagt, ich könne ihr einen Beitrag pro Monat pitchen, sie könne nicht versprechen, dass er online veröffentlicht werden würde, aber sie würde mir Feedback geben und mir als Mentorin zur Seite stehen, wenn sie die Zeit dazu hätte.

Zwar war es nicht gerade das Leben, das ich mir immer ausgemalt hatte, trotzdem war ich aufgeregt. Ein Assistentinnenstelle war nicht vergleichbar mit der einer fest angestellten Redakteurin, und *The Gist* war nicht so angesehen wie die *New York Times* oder so beliebt wie die *Cosmo*, aber es war ein Anfang. Es war der Anfang meiner Geschichte, und ich konnte kaum erwarten, was sie noch für mich bereithalten würde.

Ich schaute mich in meinem Schlafzimmer nach Dingen um, die noch zu tun waren. Ich hatte es geschafft, meinen gesamten Kleiderschrank in zwei große Koffer zu packen. Vieles in der Wohnung hatten Lauren und ich auf Facebook Marketplace verkauft, da wir uns einig waren, dass sich der Aufwand eines Transports nach New York nicht lohnte. Dies war ein Neuanfang für uns, und so sollte er sich auch anfühlen. Ich musste nur noch den Rest meiner Kosmetikartikel einpacken, was ich erst tun konnte, nachdem ich heute Abend geduscht hatte.

Ich nahm mein Handy in die Hand, um auf die Uhr zu sehen; es war 10.54 Uhr. Heute war mein letzter Tag in Wilmington, und ich wollte ihn mit Ethan verbringen. Er würde mich in ein paar Minuten abholen, und ich war gespannt, was er für uns geplant hatte.

Als ich den Parkplatz betrat, wartete Ethan bereits in der Nähe unseres Gebäudes in Grahams Auto. Er hatte das Verdeck offen und hörte sein neues Lieblingsalbum von den Migos.

»Steig ein, Hart!« Er zog seine Sonnenbrille ein Stück herunter und langte über die Konsole, um mir die Beifahrertür zu öffnen.

»Wo ist dein Auto?«, fragte ich, während ich mich in den erhöhten Jeep hievte.

»Für das, was wir vorhaben, eignet der sich besser.« Er grinste.

Ich schnallte mich an, als er losfuhr, eine Hand auf dem Lenkrad, die andere auf meinem Oberschenkel. Aus den Augenwinkeln betrachtete ich ihn. Sein Haar, das er länger als gewöhnlich hatte wachsen lassen, wehte im Wind, und er hatte ein breites Lächeln im Gesicht, während er jedes einzelne Wort zu »Get Right Witcha« mitrappte. Er hatte das gesamte Album innerhalb einer Woche nach Veröffentlichung im Januar auswendig gelernt, und seitdem hatte ich kaum noch etwas anderes zu hören bekommen. Er und Graham hatten in dieser Saison schon ein paar Tage am Strand verbracht, weshalb die Sommersprossen auf seinen Armen und in seinem Gesicht mehr als sonst zum Vorschein kamen.

Ich legte meine Hand auf seine und drückte sie, in der Hoffnung, er würde verstehen, was es bedeutete: Ich wollte, dass der heutige Tag nie endete, denn ab morgen früh würde ich ihn einen Monat lang nicht sehen. Unsere Leben waren im Begriff, sich zu verändern, mir war nur noch nicht klar, wie drastisch.

Wir fuhren meilenweit Richtung Süden, bis wir das Ende von Kure Beach erreichten. Ich stellte keine Fragen, obwohl ich unglaublich neugierig war. Stattdessen lebte ich im Moment und genoss jede Sekunde, die mir mit Ethan blieb.

Er parkte vor einem kleinen Bürogebäude inmitten von Sanddünen und kam dann zu mir, um mir die Tür zu öffnen.

»Ist das hier unser Ziel?« Verwirrt sah ich ihn an.

»Nicht ganz. Wir fahren an den Strand. Ich zeige dir, wie du die Luft aus den Reifen lässt, während ich reingehe und die Tageskarte hole.«

Ich sprang aus dem Auto und setzte mich zu ihm auf den Bordstein.

»Du schraubst also einfach die Kappe von jedem Ventil ab und steckst dann meinen Briefkastenschlüssel rein, um die Luft abzulassen. Die Reifen sollten etwa eins Komma vier Bar haben, du kannst den Druck auf dem Armaturenbrett überprüfen. Ich brauche nur ein paar Minuten, wenn ich zurück bin, helfe ich dir«, erklärte Ethan.

»Verstanden.« Ich nickte.

»Bist du sicher?«

»Ja, Ethan. Das ist kein Hexenwerk. Hol die Karte. Ich komm schon klar!«

Während ich dort saß und auf Ethans Rückkehr wartete, schweiften meine Gedanken wieder zum Umzug ab. Ich nahm meine Umgebung in mich auf, die salzige Luft, den blauen, wolkenlosen Himmel, den Sand in den Ritzen des Zements unter mir. Ich zog von einem Extrem ins nächste. Obwohl der Umzug nach New York City schon immer mein Lebenstraum gewesen war, wurde ich das flaue Gefühl in meinem Magen nicht los. War ich bereit für das alles?

»Karte gesichert«, rief Ethan ein paar Minuten später hinter mir. »Wie sieht's mit den Reifen aus?«

»Zwei sind geschafft, zwei fehlen noch«, antwortete ich.

»Du kannst dich ins Auto setzen und eine Pause machen. Ich kümmere mich um den Rest«, bot er an.

»Ist schon in Ordnung. Es geht schneller, wenn wir es zu zweit machen.«

Fünf Minuten später saßen wir wieder im Jeep.

»Schnall dich an, und pass auf deinen Kopf auf. Die Fahrt kann holprig werden. Nicht, dass du an unserem letzten Tag noch eine Gehirnerschütterung bekommst«, sagte er.

Unser letzter Tag.

Ich tat, wie mir geheißen, und beobachtete aus dem Beifahrerfenster, wie er uns auf den Sand manövrierte. Eine Träne lief mir über die Wange. Ich versuchte, sie so schnell wie möglich wegzuwischen, damit Ethan sie nicht sah. Ich wollte nicht auf unseren letzten Tag zurückblicken und mich an Tränen erinnern. Stattdessen tat ich mein Bestes, mich zusammenzureißen und mich auf die Zeit zu freuen, die uns noch blieb.

»Hier sieht es gut aus«, sagte Ethan, als er den Wagen parkte und den Schlüssel abzog. »Willst du mir beim Ausladen helfen?«

Ich schaute auf den Rücksitz, wo eine prall gefüllte Tragetasche stand. Sofort erschien ein Lächeln auf meinem Gesicht. Ich konnte nicht glauben, wie viel Mühe er sich gemacht hatte. Das Mindeste, was ich tun konnte, war, es nicht durch mein Geheule zu ruinieren.

»Was ist das alles?«, fragte ich.

»Das wirst du schon noch sehen.« Er zwinkerte mir zu.

Ich schnappte mir die Tragetasche, während er die Kühlbox, die ich ihm für das Strandwochenende bemalt hatte, aus dem Kofferraum holte.

»Soll ich dir was sagen, Hart?«, fragte Ethan.

»Immer.«

»Das ist eins meiner liebsten Geschenke, die ich je bekommen habe«, sagte er und deutete auf die Kühlbox.

Das Bemalen von Kühlboxen war bei den meisten Studentenverbindungen Tradition – ihre Dates für die alljährlichen Berg- oder Strandwochenenden übernahmen das Bemalen und Füllen, als Gegenleistung dafür, dass die Jungs für das Wochenende bezahlten. Ich wollte, dass meine perfekt wurde, also hatte ich über einen Monat lang daran gearbeitet. Zu hören, dass sie ihm gefiel, war all diese Stunden mehr als wert.

Ethan breitete eine Decke im Sand aus und packte alles aus, während ich mich zurücklehnte und ihm zusah. Er hatte uns Sandwiches von Jersey Mike's, eine Flasche Prosecco mit einem kleinen Behälter Orangensaft und zum Nachtisch saure Gummibären mit Wassermelonengeschmack mitgebracht.

»Das ist wirklich lieb von dir«, sagte ich. »Danke. Das habe ich gebraucht.«

»Jederzeit, Hart.« Er erwiderte das Lächeln. »Willst du den Korken knallen lassen, oder soll ich?«

Ich begann unkontrolliert zu lachen.

»Was?«, fragte er.

»Ethan«, fuhr ich fort und konnte kaum noch atmen. »Es ist ein Schraubverschluss.«

Er senkte den Blick und stellte überrascht fest, dass ich recht hatte. Wir lachten, als er die Flasche öffnete und jedem von uns einen Mimosa machte.

Er versuchte sich zu verteidigen. »Du weißt, dass ich normalerweise keinen Wein trinke.«

»Ich weiß, ich weiß. Das war einfach zu lustig.«

»Ihr habt also das ganze Wochenende Zeit, euch einzuleben, bevor es am Montag mit der Arbeit losgeht. Was wollt ihr unternehmen?«, wechselte er das Thema.

»Laurens Eltern kommen mit den Sachen, die wir nicht im Flugzeug mitnehmen können. Ich glaube, Freitag fahren sie uns zu IKEA, und dann gehen wir irgendwo in der Gegend essen. Ich glaube kaum, dass wir viel mehr unternehmen werden.«

»Bist du aufgeregt wegen des Jobs?«

»Ich weiß nicht, ob *aufgeregt* das richtige Wort ist. Eher extrem nervös. Ich hab ständig Albträume, dass ich die falsche Bahn nehme oder meine Haltestelle verpasse und zu spät komme. Deshalb werde ich Lauren bitten, am Sonntag mit mir die Strecke abzufahren.«

»Na also! Ich bin sicher, dass es einschüchternd wirkt, aber wenn du es ein paarmal gemacht hast, bist du ein Profi. Du hast einen guten Orientierungssinn. Weißt du noch, als ich auf dem Rückweg von unserem Wochenende in den Bergen falsch abgebogen bin? Du hast uns zurück auf den Highway gelotst«, erinnerte mich Ethan.

»O mein Gott, ja.« Ich gluckste. »Das war gruselig, aber auch lustig, und dann wieder gruselig, als ich dachte, ich müsste kotzen vor lauter Drehungen und Wendungen. Ich kann immer noch nicht glauben, dass du so durcheinandergekommen bist. Seid ihr früher nicht ständig dorthingefahren?«

»Graham saß meistens am Steuer. Ich hatte eine Zeit lang kein eigenes Auto.« Ethan zuckte mit den Schultern.

Ein Anflug von Bedauern überkam mich. Manchmal war es leicht zu vergessen, dass er ganz anders aufgewachsen war als ich.

* * *

Als die Sonne unterging, führte Ethan mich zum Abendessen in mein mexikanisches Lieblingsrestaurant aus, und ein paar Margaritas später war ich beschwipst und bereit, nach Hause zu gehen. Ich hatte es geschafft, den ganzen Tag zu überstehen, ohne das gefürchtete Thema anzusprechen, was nach meinem Umzug mit uns geschehen würde. Und ich hatte auch kein einziges Mal geweint. Bis wir über die Brücke fuhren.

Ich versuchte es zu verstecken, doch als er die Lautstärke runterdrehte, wusste ich, dass er es bemerkt hatte.

»Sloane?« Er benutzte nie meinen Vornamen. »Alles okay? Soll ich rechts ranfahren?«

»Mir geht's gut«, schniefte ich.

»Warum weinst du dann?«

»Weil ich Angst habe.«

»Wovor? Dem Umzug?«

Ich nickte, bevor ich hinzufügte: »Vor dem, was aus uns werden wird.«

Ethan griff nach meiner Hand und versuchte, seinen Blick zwischen der Straße und mir hin und her zu lenken. »Mach dir darüber jetzt keine Gedanken. Du gehst nach New York, und ich bleibe hier, und in einem Monat besuche ich dich. Wie klingt das?«

»Gut«, brachte ich hervor.

»Es hat keinen Sinn, sich wegen dem Unbekannten verrückt zu machen. Lass uns schauen, wie der erste Monat so läuft. Wir können meinen Flug buchen, wenn wir wieder im Ascent sind«, bot er an.

»Wirklich?« Meine Laune hellte sich ein wenig auf.

»Wirklich. Ich glaube, es ist sogar noch Zeit für einen Taylor-Swift-Song.« Er reichte mir sein Handy, und ich scrollte durch Spotify, bis ich den einzigen Song fand, den er kannte. Auf dem restlichen Heimweg sangen wir »You Belong With Me«.

Als wir auf den Parkplatz fuhren, stellte Ethan den Wagen ab und drehte sich mir zu.

Er strich mit dem Daumen über meine Wange und dann unter meinem Auge entlang, vermutlich um verlaufende Wimperntusche wegzuwischen.

»Versprichst du mir was, Hart?« Er klang aufrichtig. »Egal, wie sehr du mich oder Wilmington vermisst, lass dich davon nicht unterkriegen. Du hast dir das dein ganzes Leben lang gewünscht. Jetzt ist es endlich so weit. Pack New York bei den Eiern, und genieße es. Ich werde dich anfeuern, egal, wie weit weg ich bin.«

»Ich versuch's.«

»Jetzt muss ich dich ins Bett bringen, denn es gibt Dinge, die können wir Hunderte von Meilen voneinander entfernt nicht tun.«

»Du denkst ständig an Sex«, scherzte ich.

»Nur in deiner Nähe.«

War das sein Eingeständnis, dass wir exklusiv waren? Solche Worte hätte ich nie von ihm erwartet. Aber es waren auch die einzigen Worte, die es schafften, dass ich mich besser fühlte, obwohl ich am nächsten Tag Hunderte von Meilen wegziehen würde.

16

Sloane
Mai 2017

Unter mir ratterten die Räder der Bahn, als ich mich für einen halben Tag im Büro auf den Weg nach Midtown machte. Die Bahn kam zum Stillstand, und ich stieg schnell an meiner Haltestelle aus, die praktischerweise direkt gegenüber dem Gebäude lag, in dem *The Gist* angesiedelt war. Wie die meisten Büros in Midtown befanden sich die Räumlichkeiten in einem Hochhaus wie jedem anderen. Als ich das Gebäude betrat, drückte ich auf den Knopf für Stockwerk sechzehn und starrte auf die Gucci-Pantoletten, die mir mein Vater zum Collegeabschluss geschenkt hatte. Ich wusste, dass wahrscheinlich ein beträchtlicher Teil seines Unterhaltsschecks für sie draufgegangen war, weshalb ich sie diese Woche jeden Tag getragen hatte. Als sich die Fahrstuhltüren in der Lobby öffneten, wurde ich von einem hellen Neonschild und einem eleganten, modernen Arbeitsbereich begrüßt.

»Morgen, Kim!« Ich winkte ihr zu, als ich das Großraumbüro betrat.

Kim war die Assistentin des CEO, fungierte aber auch als Sekretärin an der Rezeption, ihrer Meinung nach, weil sie die sympathischste Mitarbeiterin war.

»Die erste Woche ist geschafft! Gar nicht so schlecht, oder?«, rief sie mir nach.

»Überhaupt nicht!«

Das war nicht gelogen. Letzte Woche um diese Zeit hatten meine Ängste mich noch voll im Griff. Ich war darauf trainiert, Veränderungen zu hassen – sie waren mir immer aufgezwungen worden. Doch diese Veränderung geschah freiwillig. Also beschloss ich, New York City ein Jahr Zeit zu geben. Falls es nichts für mich wäre, würde ich wieder in den Süden ziehen. Und falls doch, könnte ich für immer bleiben. Ich hatte jetzt die Kontrolle. Das war einfach eine neue Situation, an die ich mich noch gewöhnen musste.

»Da bist du ja endlich!« Mila drehte sich auf ihrem Stuhl um, als ich vor ihrer Arbeitsnische stand.

»Du bist früh dran.« Ich lachte.

Mila hatte am selben Tag wie ich bei *The Gist* angefangen, nur dass sie eine bessere Stelle bekommen hatte als ich. Sie war eine typische New Yorkerin – okay, genau genommen stammte sie aus Long Island –, und als Redakteurin im Bereich Lifestyle hatte sie diese pulsierende Energie, die ansteckend war. Und dann war da ich, eine Assistentin, die mit Terminen und Büromaterial jonglierte und insgeheim hoffte, eines Tages ihre eigene Kolumne auf der Website zu sehen. Wenn Annie Zeit hatte, erteilte sie mir Schreibaufträge und gab mir Feedback, um mir zu helfen, mein Handwerk zu verbessern. Sie tat das freiwillig, und ich war ihr mehr als dankbar für dieses Angebot.

»Ich war schon um fünf wach, dank einer Kakerlake in meinem Bett. Ich bin noch nie so schnell aufgestanden. Dann habe ich gefrühstückt und über ein paar Themen für die Redaktionssitzung nächste Woche gebrütet. Verschickst du bald die Tagesordnung?«

»Ja, Annie und ich setzen uns gleich zusammen, um sie zu überarbeiten, damit sie noch heute in euren Posteingängen landet«, antwortete ich. »Hast du dich nach einer neuen Wohnung umgesehen?«

»Meine einzige Möglichkeit sind meine Eltern. Wir müssten ein paar Tausend zahlen, um unseren Mietvertrag vorzeitig zu kündigen, also kann ich mir nichts anderes leisten.«

Die Wohnung, in der sie lebte, befand sich über einem Lebensmittelgeschäft, das regelmäßig Berge von Müll in der Hintergasse ablud. In der vergangenen Woche hatten ihre Mitbewohner acht Kakerlaken getötet und zwei Mäuse gefangen.

»Ich beneide dich um deinen Mut. Wenn auch nur eine einzige Maus es wagt, meinen Weg zu kreuzen, flüchte ich zurück nach Wilmington«, witzelte ich, allerdings nur halb im Scherz.

»Irgendwann wird es auch dir passieren. Das ist ein Aufnahmeritus der Stadt.« Sie lachte, während ich bei dem Gedanken erschauderte.

»Ich wollte mir einen Kaffee machen, soll ich dir auch einen bringen?«, bot ich ihr an.

»Würdest du? Heute brauche ich so viel Koffein, wie ich nur kriegen kann.«

»Milch und Zucker?«

»Perfekt.«

Während ich darauf wartete, dass der Kaffee durchlief, bewunderte ich die Aussicht vom Flur neben dem Pausenraum. Ich war von großen Fenstern umgeben, die das Stadtbild einrahmten, und erinnerte mich daran, warum ich mich überhaupt dazu entschlossen hatte, mich in diesen Betondschungel zu wagen.

»Kommst du heute zur Happy Hour?«, erkundigte sich Mila, als ich zu unseren Arbeitsnischen zurückkehrte.

Ich runzelte leicht die Stirn. »Äh, ich bin mit Lauren zum Abendessen verabredet.«

»Sie findet ziemlich früh statt, etwa vierzehn Uhr. Schaffst du vielleicht beides?«

»Das könnte funktionieren. Gibt es einen speziellen Anlass?« Mein Stirnrunzeln verwandelte sich in ein Lächeln.

Mila lachte freimütig. »Nein, nur ein ganz normaler Sommerfreitag. Weißt du, Sarah aus der Unterhaltung hat erwähnt, dass das hier so üblich ist – inoffizielle Happy Hours jeden Freitag im Sommer.«

»Sommerfreitag?« Ich runzelte verwirrt die Stirn.

»Annie hat es dir nicht gesagt?!« Ihr Gesichtsausdruck hellte sich auf. »Jeden Freitag vom Memorial Day bis zum Labor Day dürfen wir um vierzehn Uhr Feierabend machen. Die Happy Hours sind kein Muss. Ich denke, das ist einfach *The Gists* Art, uns eine kleine Sommerpause zu gönnen.«

***

»Prost auf eure erste Woche und den ersten Sommerfreitag, Ladys.« Annie lächelte warm. »Willkommen im Team.«

Die goldenen Strahlen der Sonne tanzten auf dem Bürgersteig, und wir fanden uns in Gesprächen wieder, die übers Berufliche hinausgingen. Eine Runde Drinks später spürte ich langsam eine Wärme – sowohl von der Sommersonne als auch vom Alkohol – durch mich hindurchströmen.

Gelächter erfüllte die Luft, während Bürogeschichten ausgeplaudert wurden, und ich wurde vom Gemeinschaftsgefühl mitgerissen.

»Noch eins für unterwegs?«, schlug Mila vor und hob ihr Glas.

»Wer sagt, dass es bei einem bleiben muss?« Ich zwinkerte. »Besonders, wenn die Firma zahlt.«

Milas Frage kam wie aus dem Nichts, beiläufig formuliert, aber gar nicht unverfänglich: »Also, du und dein Freund, wie habt ihr euch kennengelernt?«

Ich überging das Detail, dass Ethan gar nicht offiziell mein Freund war, zum einen war das durchaus etwas demütigend, und außerdem hätten wir es in meinem Herzen genauso gut sein können.

»College!«, platzte ich heraus, ein wenig zu aufgeregt, über ihn zu sprechen. »Wir waren Nachbarn.«

»O Gott, das muss ein Spaß gewesen sein. Die ganzen vier Jahre?«, fragte sie.

Ich schüttelte den Kopf und lachte über die Erinnerungen. »Nein, nur im letzten Jahr. Meine Mitbewohnerin kam mit seinem Mitbewohner zusammen, und der Rest ist Geschichte.«

Mila nickte, und ihr Lächeln zeigte, dass sie ganz Ohr war. »Ich habe während meiner Zeit an der NYU bei meinen Eltern gewohnt. Das Wohnheim-Drama habe ich verpasst. Ich meine, New York ist ein riesiger Campus, aber es ist nun mal nicht so, wie man es von einem College erwartet.«

»Du Glückliche«, gab ich mit etwas zu lauter Stimme zurück, während sich der Raum sanft zu drehen begann. »Hier aufzuwachsen, muss toll gewesen sein!«

Je länger die Happy Hour andauerte, desto lauter wurde geredet, desto mehr wurde gelacht, und desto intimer wurden die Gespräche. Sogar Annie erzählte ein paar ihrer Dating-Geschichten.

Erst als ich auf dem Rücksitz eines Ubers saß und die Lichter der Stadt an mir vorbeizogen, wurde mir das Gewicht meiner Worte bewusst. Die Angst kochte in mir hoch. Hatte ich die Grenze zwischen Kollegen und Freunden überschritten? Das Letzte, was ich wollte, war, im Büro als diejenige abgestempelt zu werden, die alles rumerzählte, oder – schlimmer noch – damit am Ende meine Karriere zu gefährden. Ich konnte schon das »Ich hab's dir ja gesagt« meiner Mutter hören. Die gesamte Fahrt nach Hause schämte ich mich schrecklich.

17

Sloane
Juni 2017

»Ich glaube, er ist hier!«, rief Lauren von der anderen Seite der Wohnung aus.

Ich lief in ihr Zimmer und sah mit ihr aus dem Fenster. Ethan trug ein marineblaues T-Shirt und die grauen Lululemon-Shorts, die ich mit ihm ausgesucht hatte. Seine Haare steckten unter einer Baseballmütze, aber ich konnte erkennen, dass sie länger geworden waren, weil sie hinten herausschauten.

»Ich bin ganz schön nervös«, gab ich zu.

Schmetterlinge flatterten in meinem Magen – es fühlte sich an wie bei unserer ersten Begegnung.

»Schnapp ihn dir.« Sie stupste mich an. »Ich trinke noch was mit euch, und dann geht es auf mein Date.«

In der Woche, nachdem wir umgezogen waren, hatte Lauren angefangen, verschiedene Dating-Apps auszuprobieren, da wir noch kaum jemanden in der Stadt kannten. Es war eine ziemliche Umstellung, wenn man in einer Kleinstadt wie Wilmington jeden kannte und in New York City niemanden.

Ich beschleunigte mein Tempo, als ich die Treppe zu unserem Apartment im dritten Stock hinunterging. Durch die

Milchglastür konnte ich Ethans Silhouette erkennen. Kaum zu glauben, dass er endlich hier war. Es fühlte sich unwirklich an.

»Hey, du.« Er strahlte über das ganze Gesicht, als ich die Tür öffnete und ihn hereinließ.

»Hi.« Ich lächelte zurück und spürte, wie mein Gesicht heiß wurde.

Die Tür fiel hinter ihm ins Schloss, und er ließ seine Tasche auf den Boden fallen, um mich in die Arme zu ziehen. Wir blieben einen Moment so stehen, bevor er mein Gesicht mit beiden Händen umfasste und mich anstarrte.

»Du hast mehr Sommersprossen«, bemerkte er.

»Du auch.« Ich strich mit dem Finger über seine Wangen und seine Nase.

Dann küsste er mich.

Gott, wie hatte ich es vermisst, ihn zu küssen. Seine Lippen waren mein Zuhause, und mir war nicht bewusst, wie groß mein Heimweh gewesen war, bis ich sie wieder küssen durfte. Ich wusste, dass wir uns voneinander lösen mussten, aber ich war noch nicht bereit. Wie konnte man jemanden loslassen, der sich so vertraut anfühlte?

»Ich habe dich vermisst«, sagte ich, als sich unsere Lippen schließlich trennten.

Doch anstatt zu antworten, küsste Ethan mich einfach noch mal.

»Geh du voran, Hart.«

»Lauren ist zu Hause, aber sie hat gleich ein Date. Wie ich sie kenne, wird sie die ganze Nacht unterwegs sein«, scherzte ich.

Wir erreichten die Wohnungstür, und ich beobachtete, wie Ethan sich umsah. Unsere Wohnung war nicht gerade umwerfend, aber wir hatten das Beste daraus gemacht. Es gab ein großes Wohnzimmer und eine kleine, fensterlose Küche. Zum Glück kochten wir nicht oft.

»Hey, Leute, ich hoffe, es macht euch nichts aus, dass ich mir zur Beruhigung schon mal was eingeschenkt hab.« Lauren stand an unserer provisorischen Bar, die nur aus einem hohen Konsolentisch und Barhockern bestand, die mit dem Rücken zu unserer Couch standen.

»Hey, Lauren.« Ethan umarmte sie. »Wie läuft es so in der Großstadt?«

»Richtig gut! Ich bin mir ziemlich sicher, dass die Jungs, für die ich Nanny spiele, Ausgeburten der Hölle sind, aber ansonsten ist alles super. Wenn man in Manhattan lebt, kann man über nichts wirklich traurig sein. Weißt du?«

»Verständlich.« Er lachte, dann drehte er sich zu mir um. »Wo ist dein Zimmer? Ich würde kurz duschen und mich umziehen, wenn das okay ist.«

»Den Flur entlang rechts. Und das Bad ist die Tür geradeaus zwischen unseren beiden Zimmern. Auf meiner Kommode liegt ein Handtuch für dich.«

Als Ethan im Flur verschwunden war, drehte ich mich zu Lauren um und schenkte ihr ein breites Lächeln. Ich liebte es, was seine Anwesenheit in mir auslöste.

»Hör schon auf, mich so eifersüchtig zu machen«, spottete sie.

»Also, wo findet dein Date statt?«, fragte ich.

»In irgendeiner Bar im West Village.« Sie zuckte mit den Schultern. »Ich glaube, sie liegt in der Nähe seiner Wohnung. Ich will heute Abend nicht bei euch übernachten.«

»Du sollst nicht das Gefühl haben, hier nicht willkommen zu sein!«, versicherte ich ihr.

»Ich weiß, ich hab nur wirklich keine Lust.« Lauren lachte.

»Okay, ich hau dann mal ab. Viel Spaß heute Abend!«

Als Lauren weg war, machte ich mich auf den Weg in den Flur, um Ethan zu suchen. Die Dusche lief nicht, aber die Badtür war noch geschlossen. Ich klopfte sachte und streckte meinen Kopf hinein, bevor er antworten konnte.

»Hey!« Schnell bedeckte er sich.

»Ach komm schon, kannst du dich endlich fertig machen, damit wir wirklich Zeit miteinander verbringen können?« Ich schlang meine Arme um seinen Oberkörper und drückte meine Wange an seinen Rücken. Es war mir egal, dass meine Kleidung nass wurde von den Stellen, die er nicht vollständig abgetrocknet hatte.

»Für dich immer.« Er ergriff meine Hand und küsste sie.

»Im Ernst.« Ich führte ihn ins Schlafzimmer, damit er sich anziehen konnte.

»Ist Lauren weg? Was, wenn wir einfach …«« Mit einer raschen Bewegung presste er meinen Körper an seine nackte Brust.

»Ich hab einen Tisch reserviert!« Ich runzelte die Stirn, auch wenn ein Teil von mir nur zu gerne nachgegeben hätte.

»Schon gut, schon gut.«

***

Der Sommer in Manhattan war überraschend heiß, vor allem unter der Erde. Als wir aus der U-Bahn stiegen, waren wir für unsere Reservierung fünf Minuten zu spät dran. Laut meinen Kolleginnen musste man diesen Sommer unbedingt das Restaurant The Smith ausprobieren. Wir bekamen einen Platz an einem Zweiertisch im hinteren Teil des Lokals, umgeben von anderen Paaren. Ich bestellte uns eine Vorspeise und eine Flasche Wein zum Teilen.

»Ich frage nur ungern, aber«, setzte Ethan an, »macht es dir etwas aus, wenn wir uns die Rechnung teilen? Ich musste für das Flugticket an mein Erspartes, und auf dem Golfplatz bekomme ich nicht so viele Schichten, wie ich gehofft hatte.«

»Stopp«, unterbrach ich ihn. »Ich wollte das Abendessen heute sowieso bezahlen, aber wir können uns übers Wochenende alles andere teilen. Ich bin nur froh, dass du hier bist.«

»Danke.« Er schenkte mir ein halbes Lächeln.

Nachdem wir mit unseren Hauptgerichten und der Flasche Wein fertig waren, bezahlte ich die Rechnung und schrieb Lauren, um nachzufragen, wo sie gerade war, damit wir uns treffen konnten. Ich war noch nicht bereit, den Abend enden zu lassen.

»Lauren meint, sie sind noch unterwegs«, sagte ich. »Ich dachte, wir könnten auf einen Drink vorbeischauen?«

»Ich bin todmüde. Wollen wir nicht einfach zu dir gehen und einen Film anschauen?«

»Klar.« Ich seufzte und versuchte dadurch, meine Enttäuschung zum Ausdruck zu bringen.

»Sloane.« Er nahm meine Hand und hielt sie in seiner. »Ich brauche nur eine Verschnaufpause. Lass uns morgen was unternehmen.«

Als wir wieder zu Hause waren, zog ich mir ein übergroßes T-Shirt und Pyjamashorts an, während Ethan uns beiden ein Glas Wein einschenkte. Bis der Film endete, hatten wir eine Flasche Rotwein ausgetrunken und er spielte mit dem Kordelzug meiner Shorts. Ein kleiner Teil von mir war wütend und wollte der Versuchung nicht nachgeben, aber ich erinnerte mich daran, wie sehr ich ihn in dem Monat, den wir getrennt gewesen waren, vermisst hatte, und im nächsten Moment schob ich meine Hand unter den Bund seiner Boxershorts. Ich wollte dafür sorgen, dass ihm klar wurde, wie sehr er mich vermisst hatte und wie sehr er mich brauchte. Vielleicht würde er dann in Erwägung ziehen, hierherzuziehen.

Wir machten uns küssend auf den Weg in mein Schlafzimmer und stolperten dabei immer wieder über unsere Füße. Ich schob ihn aufs Bett und kletterte auf ihn, solange wir beide noch vollständig bekleidet waren. Dort küsste ich ihn weiter und zog ihn Stück für Stück aus. Nichts erregte mich mehr, als zu wissen, dass ich ihn so scharf machte.

Er übernahm schnell die Kontrolle, und mit einer schnellen Bewegung war er über mir.

»Soll ich dich so ficken, als hätte ich dich vermisst?«, flüsterte er.

Zuerst war es sanft, aber dann wurde es immer drängender. Ich schlang die Beine um seine Taille, eine Bewegung, die mir nur allzu vertraut war. Ich mochte es, wenn er oben war, so fühlte es sich intimer an. Ich konnte sein Gesicht sehen, ihm in die Augen schauen und ihn in mehr als einer Hinsicht spüren.

Er schloss seine Finger um meine Kehle, während seine Zunge wieder in meinen Mund eindrang. Mein Rücken wölbte sich, und ich stöhnte leise auf, als sich seine Zähne in meine Unterlippe gruben.

In den nächsten Minuten vergaß ich, wie es war, ihn zu vermissen, und erinnerte mich daran, wie es war, ihn zu haben.

***

Bevor mein Wecker klingelte, wachte ich an Ethans Arm geschmiegt auf, während er auf dem Rücken lag und schnarchte. Es war ein kleiner, unbedeutsamer Moment, aber einer, der mir bewusst machte, wie sehr ich mir wünschte, jeden Tag so zu beginnen. Nach ein paar Minuten, in denen ich von einer Zukunft mit Ethan träumte, kroch ich aus dem Bett und ging ins Bad, um mich frisch zu machen. Ich warf einen kurzen Blick in Laurens Zimmer, um zu sehen, ob sie zurückgekommen war, aber ihr Bett war unberührt und leer. Ich zog mir schnell einen Sport-BH, Shorts und Turnschuhe an, bevor ich mich auf den Weg zu unserem Lieblingsbagelladen machte.

Als ich mit dem Frühstück zurückkehrte, lag Ethan nur mit seinen Boxershorts bekleidet auf der Couch und scrollte auf seinem Handy. Ich stellte die braune Tüte auf den Couchtisch und reichte ihm einen kleinen, heißen schwarzen Kaffee. Genau so, wie er ihn mochte.

»Du solltest dir was anziehen. Lauren wird wahrscheinlich bald zurück sein.«

»Es ist einfach so heiß hier drin. Diese Fenster-Klimaanlage nervt.«

Ich rollte mit den Augen. Es war, als würde er versuchen, alles an der Stadt zu hassen, ohne ihr überhaupt eine Chance gegeben zu haben. Ich antwortete nicht und beschloss stattdessen, unter die Dusche zu springen. Ethan kam ein paar Minuten später dazu, und ich ließ ihn, weil ich keine Minute mit ihm verpassen wollte.

»Warum haben wir das nicht schon früher gemacht?«

Ich drückte ihm einen kleinen Kuss auf die Lippen und wickelte das Handtuch um meinen fröstelnden Körper. Mit jemand anderem zu duschen, war eine der unangenehmsten Erfahrungen, die ich je gemacht hatte, aber das würde ich ihn

168

nie wissen lassen. Ich hätte fast alles getan, um ihn glücklich zu machen. Ich wollte ihm zeigen, dass ich mehr als genug war.

»Was steht heute auf dem Programm?« Seine Stimmung schien sich aufgehellt zu haben.

»Ich dachte, wir könnten in SoHo spazieren gehen und zu Mittag essen. Da war ich noch nicht. Dann kommen wir zurück und ziehen uns fürs Yankees-Spiel um.«

»Was?«

»Ich hab uns Karten für das Spiel heute Abend besorgt. Ich weiß, es ist kein wichtiges, aber wenigstens haben wir gute Plätze. Durch meine Arbeit bekomme ich einen Rabatt.«

»Sloane, das ist großartig. Vielen, vielen Dank.« Er umfasste mein Gesicht und küsste es von oben bis unten. Ich liebte es, ihn glücklich zu machen.

***

Wir brauchten über eine Stunde in die Bronx. Die Fahrt mit der U-Bahn war anstrengend, aber wir hatten Wodka in eine Wasserflasche geschmuggelt, sodass sie wenigstens erträglich war.

Als wir durch die Schlange ins Yankee-Stadion gelangten, warteten wir in einer anderen Schlange auf Bier, bevor wir uns auf den Weg zu Sitzbereich 103 machten.

»Die Plätze sind genial!«, sagte Ethan.

»Du kannst dich bei *The Gist* bedanken. Mein Gehalt ist zwar nur auf Einstiegslevel, und meine Stelle ist vielleicht nicht die, die ich wollte, aber wenigstens bekomme ich ein paar Vergünstigungen.«

»Suchen sie noch Mitarbeiter?«, scherzte er.

»Sehr witzig. Können wir, bevor das Spiel losgeht, ein Foto für meine Story machen?« Ich öffnete die App, richtete die

Frontkamera auf uns und neigte meinen Kopf näher zu seinem. Wir lächelten beide, als ich das Foto knipste.

Kurz darauf sagte er: »Das kannst du nicht posten.«

Ich nahm meine Sonnenbrille ab und sah ihn an. »Ist das dein Ernst?«

»Du kannst es speichern. Aber poste es einfach nicht.«

»Warum denn nicht?« Langsam wurde ich sauer.

»Keine Ahnung. Ich verstehe nur nicht, warum Frauen jedes Mal, wenn sie was unternehmen, Bilder veröffentlichen müssen.«

»Kaum zu fassen, dass du mich in New York besuchst, ich dich zu einem Yankees-Spiel mitnehme und ich dazu auch noch was posten möchte! Was hast du? Das ist ja wohl wirklich keine große Sache. Früher hab ich doch auch Fotos von uns hochgeladen.«

»Von mir aus. Mach, was du willst.«

Ich speicherte das Foto und postete es nicht. Mittlerweile wollte ich das auch gar nicht mehr. Warum führte er sich so auf? Wollte er es geheim halten, dass er mich besuchte? Wollte er mich verstecken? Das ganze Spiel über konnte ich an nichts anderes denken.

Am Ende des fünften Innings ging Ethan los, um uns was zu essen und weitere Getränke zu besorgen. Ich blieb auf unserem Platz und schrieb Lauren. Ich wusste, dass sie es verstehen würde.

»Hier, bitte.« Ethan reichte mir einen Hotdog und ein Bier. »Ich hoffe, das ist okay.«

»Wie viel hat das alles gekostet?«

»Mach dir darüber keine Gedanken.«

Ich stopfte meinen Hotdog in mich hinein und wartete darauf, dass das Spiel endete. Ich wäre gern irgendwo anders gewesen, aber selbst mit dem Rabatt waren die Plätze nicht billig gewesen. Also saß ich schweigend da, bis die Yankees gewonnen hatten. Wenigstens eine positive Sache. Nach dem Spiel gingen wir in eine ranzige Bar am Ende der Straße, wo ich zu viel trank, sodass Ethan uns ein Uber zurück in die Stadt rufen musste. Meine letzte Erinnerung an den Abend war, dass ich auf dem Rücksitz einschlief.

Als der Morgen anbrach, ärgerte ich mich darüber, dass ich Ethans letzten Abend in der Stadt wegen eines kleinen Streits versaut hatte. Ein paar Stunden später würde er abreisen, und am liebsten hätte ich die Zeit zurückgespult und das Wochenende noch mal von vorne begonnen.

»Ich wünschte, du könntest noch bleiben.« Ich drehte mich auf die Seite, damit ich ihm näher war.

»Ich auch.« Er streichelte mein Haar.

»Dieses Wochenende hat sich anders angefühlt.« Die Worte kamen mir über die Lippen, bevor ich sie stoppen konnte.

»Ja, irgendwie schon.«

Um vom Thema abzulenken, legte ich mich auf ihn und begann ihn zu küssen. Ich wollte ihm klarmachen, wie viel er mir bedeutete, und ich wusste, wie sehr er Sex am Morgen liebte.

Ich zog ihm das T-Shirt aus, dann die Boxershorts, und innerhalb von Sekunden war er in mir.

»Genau so«, stöhnte er. »Du fühlst dich so gut an.«

»Küss mich«, murmelte ich.

Er tat noch mehr als das. Ethan drehte mich um, sodass er auf mir lag. Er küsste mich, und ich genoss jede Sekunde davon. Dann beschleunigte er das Tempo, sobald meine Atemzüge abgehackter wurden, und mir war klar, dass uns nur noch wenige Sekunden blieben.

Ich war noch nicht bereit.

Ich war noch nicht bereit, ihn gehen zu lassen.

»Ich bin kurz davor.« Er drückte seinen Mund an mein Ohr.

Ich war es nicht, aber ich konnte mich auf nichts anderes konzentrieren als auf den Gedanken, dass er heute Nacht nicht in meinem Bett verbringen würde. Ich stieß ein paar leise Stöhnlaute aus, und mehr brauchte es nicht.

»Scheiße, Sloane.« Er rollte sich auf das Kissen neben mir und stieß einen tiefen Seufzer aus. »Vielleicht haben wir Zeit für eine zweite Runde«, schlug er vor, aber wir wussten beide, dass wir die nicht hatten.

Eine Stunde später stand er im Wohnzimmer, frisch geduscht, mit gepackter Tasche und bestelltem Uber. Ich begleitete ihn die Treppe hinunter, während wir auf den Wagen warteten. Keiner von uns sagte etwas, weil wir nicht wussten, was. Ich hasste Abschiede, und dieser war schlimmer, als ich erwartet hatte.

Es wirkte, als würde Ethan merken, dass ich den Tränen nahe war, denn er zog mich zu sich und schloss mich in seine Arme. Die Wärme seines Körpers spendete mir Trost, bis das Auto vor uns zum Stehen kam. Er wartete noch eine Minute, bevor er einstieg.

»Bis bald, Hart.«

Ich sah zu, wie das Auto sich entfernte, und mir lief eine Träne über die Wange. Warum musste es so schwer sein? Unsere Beziehung war schon immer schwierig gewesen, mittlerweile war ich mehr als bereit dafür, dass es einfacher wurde. Hatten wir nicht wenigstens das verdient?

***

Es wurde schon dunkel, und ich hatte noch nichts von Ethan gehört. Ich nahm an, dass er gut zu Hause angekommen war, schrieb ihm jedoch, um sicherzugehen. Er flog nicht allzu oft, also wusste er vielleicht einfach nicht, dass es sich gehörte, sich vor dem Start und nach der Landung zu melden.

Der Zeiger der Uhr tickte unerbittlich – zwei Stunden und drei ungelesene Nachrichten später vibrierte endlich mein Handy. Ich verkrampfte mich, als ich einen Blick auf die Länge seiner Antwort warf, die längste, die ich je von ihm bekommen hatte, und spürte, wie sich plötzlich ein Loch in meinem Magen auftat.

22.18 Uhr

Ethan Brady: Es tut mir leid, dass ich es auf diese Weise mache, aber ich hab einfach nicht die richtigen Worte gefunden. Ich glaube nicht, dass ich das mit uns noch kann. Ich fühle mich so schlecht, das zu sagen, aber du verdienst jemanden, der bereit ist, sich ganz auf dich einzulassen. Ich bin einfach noch nicht so weit. Ich weiß nicht, ob ich es jemals sein werde. Ich konnte mir nie vorstellen, eine Beziehung einzugehen oder zu heiraten, aber dann habe ich dich kennengelernt und war ziemlich durcheinander. Das bin ich immer noch. Ich will das Beste für dich, aber das bin nicht ich.
Ich hab Probleme, in die du nicht mit hineingezogen werden willst, und obwohl es mich fertigmacht, weiß ich, dass ich dich gehen lassen muss. Du verdienst so viel mehr als mich.

Ethans Worte auf meinem Display fühlten sich kalt und endgültig an, aber sie waren nichts, was ich nicht schon mal gehört hätte.

Es tut mir leid, dass ich es auf diese Weise mache ... Die Nachricht hallte in meinem Kopf nach, als ich sie noch einmal durchlas. Unglaube und Wut kochten in mir hoch. Mit klopfendem Herzen drückte ich auf das Anrufsymbol, und jedes Klingeln jagte mir einen Schauer über den Rücken.

Sobald er ranging, ließ ich alles raus. »Willst du mich eigentlich verarschen, Ethan?«

»Sloane, ich ....«

»Nein, lass es«, unterbrach ich ihn. »Du verbringst das ganze Wochenende hier und schaffst es nicht mal, mir das ins Gesicht zu sagen?«

»Ich weiß.« Er seufzte schwer. »Ich wollte ja. Ich ... ich konnte es einfach nicht. Ich wusste, wie emotional es sein würde, und diese Beziehung war für uns beide schon schwer genug. Ich wollte es nicht noch schlimmer machen.«

»Tja, du hast es aber hinbekommen, es noch weitaus schlimmer zu machen. Ich hasse dich, Ethan. Mit jeder Faser meines Körpers hasse ich dich dafür. Das ganze letzte Jahr. Wie konntest du mir das antun? Du hast zugelassen, dass ich mich in dich verliebe. Du hast mich glauben lassen, du würdest irgendwann so weit sein. Du hast sogar das ganze Wochenende so getan, als wäre alles in Ordnung. Du hattest so oft die Gelegenheit, es zu beenden, und entschließt dich dafür, es so zu tun? Ich hätte es wissen müssen ...« Mein Tonfall war schneidend.

Ich kam vielleicht tough rüber, aber tatsächlich stand ich kurz davor, zusammenzubrechen.

Als er erneut zu einer Antwort ansetzte, war seine Stimme leise. »Es tut mir leid, Sloane. Es tut mir so, so leid.«

Ich beendete den Anruf und schleuderte mein Handy gegen die Wand. Wie konnte jemand, den ich einfach nur geliebt hatte, mich im Gegenzug derartig verletzen? Meine Brust zog sich zusammen und erschwerte mir das Atmen. Mir war noch nie so das Herz gebrochen worden, dass es mir körperliche Schmerzen bereitet hatte.

Als ich mich umdrehte, stand Lauren mit großen Augen in der Tür. Mit Sicherheit hatte sie alles gehört. Sie kam auf mich zu und umarmte mich, was mich noch mehr zum Weinen brachte. Für jemanden, der endlich anfing, sein Leben selbst in die Hand zu nehmen, fühlte ich mich erstaunlich machtlos.

»Es tut mir so leid.« Sie löste sich aus der Umarmung, um nach meinem Handy zu greifen und sicherzustellen, dass es nicht kaputt war.

Leider war das nicht der Fall.

»Willst du in Ruhe gelassen werden? Oder Wein trinken?«

»Wein, auf jeden Fall Wein«, sagte ich.

»Klar.«

Wir saßen auf der Couch, während im Hintergrund eine sinnlose Realityshow lief, bis ich bereit war, die unglücklichen Ereignisse des Wochenendes mit Lauren zu besprechen.

»Ich dachte wirklich, dass es dieses Mal anders laufen würde«, sagte ich. »Ich komme mir so unfassbar dumm vor, weil ich dachte, wir könnten eine Fernbeziehung am Laufen halten, obwohl wir nicht mal als Nachbarn in der Lage waren, eine funktionierende Beziehung zu führen.«

»Sloane, du bist nicht dumm. Die Liebe macht einfach blind. Du warst blind und hoffnungsvoll, niemals dumm.«

»Ich dachte wirklich, dass er dieses Mal bereit wäre. Oder ich habe es zumindest gehofft.«

»Manche Menschen werden einfach nie so weit sein, egal, wie viel Zeit man ihnen gibt. Nichts wird sich ändern, bis sie sich dazu entscheiden, bereit zu sein«, erklärte Lauren. »Man kann nur nicht ewig auf sie warten.«

»Aber ich liebe ihn.« Erneut fing ich an zu weinen. »Ich habe noch nie jemanden so sehr geliebt.«

»Du wirst das nicht hören wollen, Sloane, aber wir sind noch jung. Die richtige Person für dich ist da draußen. Mit ihr wirst du dir keine Sorgen machen müssen, ob sie an Bord ist oder nicht. Du willst niemanden, der zu dir zurückkommt, du willst jemanden, der dich nie verlässt.«

»Ich wollte einfach nur, dass Ethan der Richtige ist.«

»Weiß ich doch.«

Ich verkroch mich ins Bett, zog mir die Decke über den Kopf und versuchte zu schlafen. Selbst als ich die Augen schloss, sah ich nur ihn. Schon seltsam. Am einen Tag wusste man nicht, dass eine Person existierte, und am nächsten konnte man sich ein Leben ohne sie nicht mehr vorstellen.

18

Ethan
Juni 2017

Sloane hatte aufgelegt. Ich konnte es ihr kaum übel nehmen. Warum musste ich das größte Arschloch der Welt sein und per SMS Schluss machen? Warum konnte ich nicht ein einziges Mal in meinem Leben einfach verletzlich und ehrlich sein? So viel schuldete ich ihr, das wusste ich. Ich konnte es ihr nur nicht geben.

Graham verkündete, er wolle zu einer Party im Haus eines Verbindungsbruders in Wrightsville gehen, und so beschloss ich mitzukommen, um mich abzulenken. Im Moment wäre mir nichts lieber gewesen, als betrunken oder bekifft zu sein. Nachdem ich geduscht hatte, zog ich mir ein Pike-T-Shirt, Khaki-Shorts und Nikes an und fand Graham im Wohnzimmer, wo er sich gerade ein Bier aufmachte.

»Bereit?«, fragte ich.

»Nimm dir erst mal was zu trinken.« Er zeigte auf den Kühlschrank. Ich öffnete mir eine Dose und setzte mich neben ihn auf die Couch. »Also, was ist mit Sloane passiert?«

»Hat sie dich angerufen?«, fragte ich.

»Kumpel, ich konnte dich am Telefon hören. Du warst nicht gerade leise.«

»Ich hab die Sache mit ihr beendet.« Ich wusste, dass Graham nicht aufgeben würde, bis ich es ihm sagte. »Es war ihr gegenüber einfach nicht fair.«

»Was genau?«

»Sie hinzuhalten, wenn ich nicht mit ihr zusammen sein kann. Ganz zu schweigen von der Tatsache, dass wir eine Fernbeziehung geführt haben, ohne überhaupt in einer Beziehung zu sein.«

»Waren wir nicht schon mal an dem Punkt? Warum willst du nicht mit ihr zusammen sein? Ich verstehe die Sache mit der Entfernung, aber es geht um mehr als das, oder?«

»Ich weiß es nicht. Ich will heute Abend wirklich nicht mehr darüber reden.«

Graham bohrte nicht weiter nach. Wir tranken unser Bier aus, und als Jake von der Arbeit nach Hause kam, machten wir uns auf den Weg zur Party. Wie die meisten Partyhäuser in Wrightsville war auch dieses ein heruntergekommenes Drecksloch, trotzdem war es ungewöhnlich voll für einen Sonntagabend im Sommer.

Vor Sloane hatte es andere Frauen gegeben. Natürlich hatte es andere Frauen gegeben. Viele, wenn ich ehrlich war. Ich war ständig von attraktiven Frauen umgeben – in den Kursen, beim Vorglühen, auf Partys waren immer mindestens fünf im Raum, mit denen ich schlafen würde. Aber das war's. Es blieb eine einmalige Sache. Ein One-Night-Stand. Ich ging mit ihnen nach Hause, wir hatten Sex, und dann erfand ich eine Ausrede, warum ich gehen musste, damit ich in meinem eigenen Bett schlafen konnte. Bis ich *sie* kennengelernt hatte.

Sloane war anders. Ich konnte es nicht erklären, aber ich hatte sofort eine Verbindung zu ihr, wie ich sie bei niemandem zuvor gespürt hatte. Sie war witzig, klug und kümmerte sich um alle in ihrem Umfeld. Ganz zu schweigen davon, dass sie auch noch heiß war. Ich genoss es, Zeit mit ihr zu verbringen, und zwar so sehr, dass ich sie näher an mich heranließ als je jemanden zuvor. Sie wusste fast so viel über mich wie Graham, nur nicht den Grund, warum ich so war, wie ich war. Das klang vielleicht wie etwas Gutes – sich zu öffnen, verletzlich zu sein, jemanden an sich heranzulassen –, und sicher, vielleicht war es das für manche, aber nicht für mich. Ich wäre nie in der Lage, so ein Mensch zu sein, wie Sloane ihn wollte, so ein Mensch, wie sie ihn verdiente.

Ich versuchte mich abzulenken, indem ich zwei Becher Fassbier runterkippte, bevor ich mich zu Graham an den Bier-Pong-Tisch auf der hinteren Veranda setzte.

»Meint ihr, wir könnten es als Nächstes mit euch aufnehmen?« Zwei halbwegs attraktive Mädchen hüpften herbei und warfen sich das Haar über die Schultern, als würde das irgendeinen Unterschied machen. Sie wussten genau, dass wir sie spielen lassen würden.

»Wie wäre es, wenn wir tauschen, damit ihr eine Chance habt zu gewinnen? Eine von euch mit einem von uns?«, schlug Graham vor. »Wie heißt ihr denn?«

»Ich bin Jamie«, sagte die Größere.

»Und ich Marissa.«

»Jamie, du bist in meinem Team«, platzte ich heraus und gab mein Bestes, wie ein Alpha zu wirken. Frauen liebten Männer, die die Kontrolle übernahmen.

»Hi, Marissa. Ich bin Graham.« Seine Herangehensweise war weitaus geschmeidiger.

»Und dein Name ist?«, fragte Jamie mit hochgezogener Augenbraue.

»Ethan.« Einfach Ethan, kein Grund für Nachnamen auf einer Party, vor allem nicht mit einem Mädchen, das ich nach heute Abend nicht mehr wiedersehen wollte.

Wir spielten, wir gewannen, und dann machten wir es uns auf der Couch bequem, wo wir eine Bong herumreichten. Als Jamie und Marissa auf die Toilette gingen, gaben Graham und ich uns mit Whiskey die Kante. Normalerweise trank ich so etwas nicht, aber heute Abend hätte ich alles getan, um nichts mehr zu fühlen.

»Hey.« Jamie rutschte später an mich heran, ihre Stimme war leise. »Ich hab irgendwie keine Lust mehr auf die Party.«

»Ich auch nicht. Gehen wir zu dir?«, warf ich beiläufig ein.

Ihre Augen leuchteten auf. »Ich dachte schon, du würdest nie fragen. Lass uns zu Fuß gehen, es ist nicht weit von hier.«

Das war einfacher, als ich gedacht hatte.

In meinem betrunkenen Dämmerzustand und dem Schein der Straßenlaternen versuchte ich, Jamie genauer in Augenschein zu nehmen, während wir einen Block weiter zu ihrem Haus gingen. Sie war viel größer als Sloane, hatte mittellanges blondes Haar, das kraus gelockt war, und war angezogen, als wäre sie auf diese Party gegangen, um gefickt zu werden. Ultrakurze Shorts, aus denen fast ihr Arsch raushing, und ein weißes Croptop, durch das man ihre Nippel sehen konnte.

»Da wären wir.« Sie zeigte auf ein kleines weißes Haus.

Als wir reingingen, fing ein winziges Fellknäuel an zu kläffen. »Willst du was trinken oder so?« Jamie war schon auf halbem Weg in ein anderes Zimmer.

»Passt schon. Ich warte einfach hier.« Ich ließ mich auf die Couch plumpsen und kramte mein Handy aus der Tasche.

Ich checkte meine Nachrichten und fragte mich, ob eine von Sloane dabei war. Nichts. Aber was hatte ich erwartet?

Jamie spielte keine Spielchen. Sie kam zurück, nahm mich bei der Hand und führte mich auf direktem Weg in ihr Zimmer. Ich versuchte, nicht zu viel nachzudenken, als wir anfingen uns zu küssen. Es fühlte sich komisch an, jemanden zu küssen, der nicht Sloane war, aber ich gab mein Bestes, sie aus meinen Gedanken zu streichen, ein Bier, einen Shot, einen Kuss nach dem anderen.

Ich ließ sie auf das Bett sinken und zog ihr schnell und effizient die Klamotten aus. Ich wollte es einfach hinter mich bringen. Ich dachte, das bräuchte ich, und vielleicht war es auch so, aber irgendetwas daran fühlte sich immer noch nicht richtig an. Es war alles so mechanisch. Nichts fühlte sich noch richtig an, seit das Uber sich von Sloanes Wohnung entfernt hatte. Aber das würde es. Eines Tages würde alles Sinn ergeben.

19

Sloane
Juni 2017

Über den Morgen nach einer Trennung wird nicht oft genug geredet. Geschwollene Augen. Aufwachen – wenn man das Glück hatte, zu schlafen – und sich fragen, ob es nur ein Albtraum gewesen war. Feststellen, dass das nicht der Fall war. Das Herz tat einem von Neuem weh. Kein *Guten Morgen*. Kein *Tut mir leid, dass ich es versaut hab*. Nichts. Das war die neue Realität. Ein kaltes Bett, ein leerer Magen und ein Schmerz in der Brust, von dem ich fürchtete, er würde nie wieder verschwinden.

Ich betrachtete mich selbst in der Frontkamera meines Handys, weil ich nicht wusste, ob ich es schaffen würde, aufzustehen. Meine Augen waren so groß wie Golfbälle, ein Wunder, dass ich sie überhaupt öffnen konnte. Ich würde es auf keinen Fall schaffen, mich im Büro einen ganzen Tag lang zusammenzureißen, und selbst wenn ich es könnte, würde mein Aussehen alle meine neuen Kollegen verschrecken.

»Kannst du dich heute krankmelden?« Lauren stand am Fußende meines Bettes. Ich hasste es, zu lügen, aber ich wusste, dass das meine einzige Möglichkeit war. Also reichte ich Lauren mein Handy, damit sie Annie für mich eine Nachricht schicken konnte. Ich sah ihr dabei zu, wie sie tippte, auf *Senden* drückte und das Smartphone wieder auf mein Bett legte.

»Willst du, dass ich zu Hause bleibe?«, bot sie an.

»Dann verlieren wir noch beide unseren Job.« Ich stieß ein schwaches Lachen aus.

»Du weißt, ich würde bleiben, wenn ich könnte. Ruf mich an, wenn du was brauchst, und fang frühestens um vier an zu trinken. Okay?«

Die Stille, nachdem die Wohnungstür zugefallen war, fühlte sich schwer an, beladen mit dem Gewicht der Endgültigkeit. Meine Finger zitterten leicht, als ich nach meinem Telefon griff und zu der einen Person scrollte, die immer Antworten zu haben schien. Na ja, zumindest, was Ethan betraf.

»Hallo?«, sagte er schläfrig.

»Hey, Graham«, antwortete ich.

»Alles in Ordnung? Du rufst nie so früh an.« Seine Stimme war belegt, und ich wusste, dass er verkatert war. Ich wollte ihn fragen, was er letzte Nacht getrieben hatte, aber wahrscheinlich hatte es mit Ethan zu tun, und der ging mich leider nichts mehr an.

Ich drückte meine freie Hand gegen meine Stirn, um die Tränen zurückzuhalten. »Ich … Wie geht es dir?«

»Sloane, lass den Scheiß. Was ist los?« Er klang nun etwas wacher.

Nach einem tiefen Atemzug, der mich kaum beruhigte, gestand ich: »Ethan hat mit mir Schluss gemacht. Per SMS. Ich verstehe es einfach nicht. Bin ich nicht genug für ihn?« Ich begann zu schniefen.

Es entstand eine Pause, und ich konnte fast hören, wie Graham nach den richtigen Worten suchte. »Hör zu, Sloane, es geht nicht darum, ob du genug bist oder nicht. Ethan hat Probleme … damit, Leute an sich ranzulassen. Um ehrlich zu sein, bin ich ziemlich überrascht, dass er dich überhaupt so nah an sich herangelassen hat.«

»Wow, danke, Graham.« Ich konnte mir das leicht sarkastische Lachen nicht verkneifen.

»Nein, nein, ich meine …« Er räusperte sich. »Tut mir leid, ich bin noch nicht so richtig wach. Was ich damit sagen will, ist, dass Ethan sich noch nie jemandem gegenüber so geöffnet hat wie dir. Vielleicht braucht er nur ein bisschen Freiraum … Vielleicht kommt er wieder zu sich.«

»Ich sollte niemanden wollen, der zurückkommt. Ich sollte jemanden wollen, der nie geht. Stimmt's? Ich meine, das hat Lauren jedenfalls gesagt. Ich sollte mit jemandem zusammen sein, der sich sicher ist, was mich angeht.«

Am anderen Ende der Leitung war ein schwerer Seufzer zu hören, der verriet, dass er seine nächsten Worte sehr genau abwog. »Okay, ich werde dir jetzt was erzählen, und Brady würde völlig ausrasten, wenn er wüsste, dass ich es dir sage …«

»Was denn?« Meine Neugierde war geweckt.

»Das bleibt unter uns. Kapiert? Nicht mal Lauren darf es erfahren.«

Ich schluckte, und meine Angst wuchs. Ich war schrecklich darin, Geheimnisse für mich zu behalten.

»Okay?«, fragte er erneut.

»Ich werde nichts sagen«, versprach ich.

»Ich kenne immer noch nicht alle Einzelheiten, nur das, was ich durch ihn, meine Eltern und einige Zeitungsartikel mitbekommen habe«, begann Graham. »Als er dreizehn war, wurden seine Eltern verhaftet. Sie saßen betrunken am Steuer und haben einen Radfahrer überfahren.«

Ich war sprachlos, also fuhr er fort. »Bradys Vater war schon ein paarmal mit Alkohol am Steuer erwischt worden. Ihm gehörte eine kleine Bar in Carolina Beach, also hat er wahrscheinlich viel getrunken, während er dort war. Anscheinend hat in der Nacht des Unfalls eine Party in der Bar stattgefunden, weshalb Ethans Mutter auch im Auto saß. Sie wurde zu einem Jahr Haft verurteilt, hauptsächlich weil sie Informationen über den Fall verschwiegen hatte, und sein Vater zu zehn Jahren. Als seine Mutter entlassen wurde, hatten wir alle erwartet, dass sie zu ihm zurückkommen würde. Das war der Plan, laut Brady. Sie tauchte nie auf, und das hat ihn gebrochen. Er hat es nie zugegeben, aber wir wussten es. Es war in allem zu erkennen, was er tat. Meine Mutter hat ein paarmal versucht, mit ihr in Kontakt zu treten, aber sie tat so, als hätte dieser Teil ihres Lebens nie existiert. Soweit meine Familie weiß, ist seine Mutter irgendwo nach Oklahoma oder Texas gezogen, keine Ahnung, wohin genau, aber sie hat noch mal geheiratet und ein weiteres Kind bekommen. Sein Vater kommt nächstes Jahr raus, aber ich glaube, sie haben keinen Kontakt.«

»O mein …« Ich konnte meinen Satz nicht mal beenden. Ich wusste wirklich nicht, was ich sagen sollte. Was erwiderte man auf so etwas?

»Ja, also, ich denke, das ist alles. Brady ist ein guter Kerl, er schleppt einfach eine Menge mit sich rum, deshalb wollte ich es dir sagen. Es ist nicht so, dass er nicht mit *dir* zusammen sein kann. Er kann einfach mit niemandem zusammen sein. Er weiß nicht, wie das geht. Hilft dir das irgendwie? Oder hab ich alles noch schlimmer gemacht?«

»Das hilft sehr. Ich fühle mich nur schlecht, weil ich es nicht erkannt habe. Wie konnte ich es nicht sehen?«

»Gib nicht dir die Schuld. Du wusstest es nicht und darfst es auch eigentlich gar nicht wissen. Sprich es ihm gegenüber bitte nie an! Ich hatte nur gehofft, dass du ihn dadurch ein bisschen besser verstehst. Er muss noch viel an sich arbeiten, aber ich mag euch zusammen.«

»Danke, Graham.« Ich wischte mir eine Träne von der Wange. »Ich vermisse dich.«

»Du fehlst mir auch, Sloane.«

Meine Gedanken rasten, während ich versuchte, mir einen Reim auf die Situation zu machen. Ich fühlte mich schlecht, schrecklich sogar, und ich wollte es verstehen, konnte es aber einfach nicht.

Wenn man jemanden liebte, also wirklich liebte, war man dann bereit, ihn einfach so gehen zu lassen? Vor allem wegen etwas aus der Vergangenheit, das man nicht kontrollieren konnte? Die Scheidung meiner Eltern hatte mir zugesetzt. Eine Zeit lang hatte ich mich gefragt, ob ich jemals jemanden wirklich lieben könnte. Würde ich nicht ständig Angst haben, dass derjenige mich eines Tages einfach so verlässt? Doch dann hatte ich Ethan kennengelernt, und diese Gedanken waren mir nicht ein einziges Mal mehr in den Sinn gekommen.

Also nein, ich wollte ihn nicht gehen lassen. Aber ich wusste, sobald der Schock und der anfängliche Schmerz abgeklungen waren, würde ich es tun müssen, denn genau das hatte er mit mir gemacht. Er hatte mich gehen lassen, einfach so, und ich glaubte, das war es, was am meisten wehtat – gedacht zu haben, dass ich ihm etwas bedeutete, nur um von ihm gezeigt zu bekommen, dass es nicht so war.

***

Am nächsten Morgen fühlte ich mich gut genug, um wieder zur Arbeit zu gehen. Ich lief den langen Flur vom Aufzug zu meinem Schreibtisch entlang und fragte mich, ob ich mich auf etwas anderes als Ethan konzentrieren könnte. In der Tür zu meiner Arbeitsnische blieb ich stehen und bewunderte den Blumenstrauß, der vor meinem Monitor stand. Ich legte meine Tasche ab und zog den Zettel heraus, der zwischen den Pfingstrosen steckte.

Sloane, eine Karte und Blumen machen es nicht besser, aber ich schenke sie dir trotzdem. XO, Annie

Woher wusste Annie von der Trennung? Ich wühlte in meiner Tasche, bis ich mein Handy fand, und rief sofort die Nachricht auf, die Lauren ihr gestern in meinem Namen geschickt hatte.

07.08 Uhr
Ich: Hi, Annie, hier ist Sloanes Mitbewohnerin.
Ich will ganz ehrlich sein: Gestern Abend wurde mit ihr Schluss gemacht, und es geht ihr nicht besonders gut. Sie muss sich wirklich den Tag freinehmen. Ich hoffe, Sie haben dafür Verständnis und feuern sie deswegen nicht!

»Hast du eine Sekunde?« Annie erschien vor meinem Schreibtisch.

»Es tut mir so leid.« Ich hielt mein Handy hoch, auf dem unsere Konversation zu sehen war. »Ich hatte keine Ahnung.«

»Das muss dir nicht leidtun. Ich weiß die Ehrlichkeit zu schätzen. Du hast eine tolle Mitbewohnerin.« Sie lehnte sich an die Kante meines Schreibtisches. »Die Zwanziger sind hart, und mit Trennungen ist nicht zu spaßen. Warum versuchst du nicht, darüber zu schreiben? Vielleicht kannst du mir nächste Woche ein paar Artikel pitchen? Oder wann immer du so weit bist. Nur keine Eile! Hab einfach keine Angst, dich verletzlich zu zeigen und deine Gefühle in Worte zu fassen. Du wirst überrascht sein, wie heilend das sein kann. Und es könnte dir helfen, die Tiefe zu finden, nach der du suchst.«

Annie hatte recht. Ich schloss meinen Laptop an den Monitor an und schickte Mila eine Einladung zu einem Meeting am Nachmittag.

»Trennungs-Brainstorming?« Ihr Kopf tauchte hinter der halbhohen Wand auf, die uns trennte. »Was ist passiert? Ich dachte, du hast dich so auf euer gemeinsames Wochenende gefreut.«

»Um es kurz zu machen: Er ist noch nicht so weit. Zu viel zu früh. Hättest du diese Woche etwas Zeit, um mir bei einem Pitch für Annie zu helfen? Sie ist anscheinend daran interessiert, was ich zu sagen habe … Ich muss nur herausfinden, was genau das ist.«

»Natürlich! Das mit der Trennung tut mir allerdings leid. Das ist scheiße. Ich bin zwar noch nie abserviert worden, aber ich kann mir zumindest vorstellen, dass es scheiße ist.«

»Du bist noch nie abserviert worden?« Ich beneidete sie.

»Nein, ich bin immer die, die Schluss macht, bevor mit mir Schluss gemacht werden kann. Das erspart mir eine ganze Menge Herzschmerz.«

»Merk dir das fürs Brainstorming.« Ich lachte und scheuchte sie weg.

***

»Lass uns Themen sammeln.« Mila stand vor einem White-board. »Wenn wir die Leserinnen und Leser in jeder Trennungsphase begleiten wollen, sollten wir mit etwas Kleinem anfangen und uns dann zu den tiefgründigeren Dingen vor-arbeiten«, erklärte ich. »Vielleicht so was wie: *Wir haben eine Trennungs-Playlist erstellt, damit du es nicht tun musst?*«

»Genial«, sagte sie. »Was kommt als Nächstes?«

»*Bevor du dich auf eine Beinahe-Beziehung einlässt, solltest du das hier lesen, einen offenen Brief an den Mann, der keine Beziehung mit mir führen wollte.*«

Wir saßen bis weit nach siebzehn Uhr in diesem Konferenzraum und sprachen über Ratschläge, Geschichten aus vergangenen Beziehungen und über Dinge, die wir gelesen oder in Filmen gesehen hatten und die uns im Gedächtnis geblieben waren.

Ich verbrachte die gesamte U-Bahn-Fahrt nach Hause damit, Artikelentwürfe in die Notizen-App auf meinem Handy zu tippen. Ich schwor mir, dass ich mir persönlich ein Grab schaufeln und mich darin vergraben würde, wenn jemals irgendjemand Zugang zu diesen Notizen erhielt. Mitternächtliche Gedanken, betrunkene Wortfetzen, Dinge, die ich nie jemandem erzählt hätte. Gut, dass sie passwortgeschützt waren. Hoffentlich gefielen Annie meine Texte. Vielleicht verhalfen sie mir endlich zum großen Durchbruch.

20

Sloane
September 2017

In den Monaten, die auf unsere inoffizielle Trennung folgten, stürzte ich mich in die Arbeit. Ich blieb lange im Büro, schrieb einen Entwurf nach dem anderen, und Annie gefielen sie. *The Gist* veröffentlichte drei meiner Artikel, von denen einer besonders gut ankam: *Ein offener Brief an den Mann, der keine Beziehung mit mir führen wollte.* Annie hatte mir eine Chance gegeben und meiner Stimme erlaubt, sich aus meiner Notizen-App ins Rampenlicht einer Schlagzeile zu erheben, und es hatte sich gelohnt.

Allmählich wurde mir klar, wie weitverbreitet Beinahe-Beziehungen waren. So viele Menschen hatten diese eine Person, die sie liebten, mit der sie aber nie wirklich zusammen waren, doch kaum jemand sprach darüber. Langsam fing ich an, mich mit der Tatsache abzufinden, dass Ethan und ich vielleicht füreinander bestimmt, aber nicht für die Ewigkeit gemacht waren. Es tat weh, so über uns zu denken, aber es schien nun mal so zu sein.

»Sloane! Dein Artikel von letzter Woche hat eine Million Aufrufe!«, rief Annie aus der Tür ihres Büros, gefolgt von Jubel und Gratulationsrufen von den umliegenden Schreibtischen.

Ich konnte nicht anders, als zu weinen. Mila reichte mir ein paar Taschentücher und umarmte mich.

»Ich bin so stolz auf dich«, sagte sie.

»Danke, Annie«, presste ich gerade so hervor, »für die Chance.«

»Magst du kurz in mein Büro kommen?« Ihr Tonfall war gelassen, aber da war ein Funkeln in ihren Augen, das auf mehr hindeutete. Ich nickte, tupfte mir die Augen ab und machte mich auf den Weg zu ihr.

In Annies Büro war das Gejubel aus dem Redaktionsbüro nur noch gedämpft zu hören. Mit einem Lächeln wies sie auf den Stuhl vor ihrem Schreibtisch.

»Ich komme gleich zur Sache«, begann sie, die Hände ineinander verschränkt, als ob sie ihre Begeisterung unterdrücken wollte. »Eine Million Klicks ist keine kleine Leistung. Es ist außergewöhnlich. Und es ist mir – und der Leserschaft da draußen – klar, dass du noch viel mehr zu sagen hast.«

Ich saß da und wartete darauf, dass sie fortfuhr, während die Reste meiner Tränen auf meinen Wangen trockneten.

»Also was würdest du von einer Beförderung zur fest angestellten Redakteurin halten?« Annies Frage schwebte zwischen uns in der Luft. Ich konnte nicht glauben, dass mein Traum endlich zum Greifen nahe war.

Ich blinzelte, und das Gewicht der Verantwortung legte sich auf meine Schultern. »Ich … das wäre toll, aber ich …«

»Du müsstest dich vorerst noch um deine derzeitigen Aufgaben kümmern. Wir beabsichtigen, bis zum Jahresende jemand Neues einzustellen. Aber, Sloane, wie du schreibst« – sie hielt inne, ihr Blick war unbeirrt auf mich gerichtet – »es ist roh, es ist echt, und es ist das, was wir brauchen.«

Das Büro fühlte sich plötzlich zu klein an für die Größe des Augenblicks. Fest angestellte Redakteurin. Endlich war es so weit. Vielleicht hatte ich keinen Ethan, aber ich hatte alles andere, was ich wollte. Meine Gefühle waren ein Cocktail aus Angst und Aufregung. Würde ich diesen neuen Erwartungen gerecht werden können?

»Danke, Annie. Ich werde dich nicht enttäuschen.« Die Worte kamen aus meinem Mund, bevor ich sie aufhalten konnte.

Annies Lächeln wurde breiter. »Das weiß ich doch. Und jetzt geh feiern. Du hast es dir verdient.«

Als ich ihr Büro verließ, wurde mir die Bedeutung ihrer Worte immer klarer. Mein neuer Titel fühlte sich wie ein Abzeichen an, ein Zeugnis dessen, dass ich den Herzschmerz überlebt und ihn in etwas verwandelt hatte, das eine Million Seelen bewegte. Und vielleicht, nur vielleicht, war das der erste Schritt, um endlich über ihn hinwegzukommen.

***

»Wir hätten gern eine Flasche Prosecco«, sagte Lauren zum Barkeeper und wandte sich dann an mich. »Und, wie fühlt es sich an?«

»Wie fühlt sich was an?« Ich zog eine Augenbraue hoch.

»Diesen Herzschmerz in etwas Gutes zu verwandeln.«

»Es ist schwer zu erklären.« Ich lehnte mich in meinem Sitz zurück. »Ich lese diese Worte, und manchmal glaube ich sie, aber manchmal kann ich nicht mal fassen, dass ich sie geschrieben habe. Es sind erst drei Monate vergangen, also weiß ich, dass ich noch nicht ganz über ihn hinweg bin, aber ich bin auf dem besten Weg dahin. Die Kommentare und

Posts von Frauen, die meinen Artikel gelesen haben und ihn nachempfinden können, helfen mir dabei, den Prozess zu beschleunigen. Sie helfen mir, damit abzuschließen – etwas, das er nie getan hat.«

»Ich bin so stolz auf dich.«

Wir prosteten uns zu. Nachdem wir die Flasche ausgetrunken hatten, landeten wir in einer Pianobar in der Upper East Side, gleich um die Ecke von unserer Wohnung.

»Wir brauchen wirklich mehr Freunde in der Stadt«, seufzte Lauren, als wir uns an einem Zweiertisch nahe dem Fenster niederließen. »Das wäre der perfekte Abend, um auszugehen, *richtig* auszugehen! Nicht nur in eine Bar in der Nähe.«

»Wen kennen wir hier noch?«, sagte ich und scrollte durch meine Kontakte.

»Keinen Schimmer.« Lauren rollte mit den Augen und nahm einen Schluck von ihrem Wodka Soda.

Mein Handy vibrierte, und obwohl ich aus Respektgründen normalerweise keine Nachrichten las, wenn ich mit jemandem zusammensaß, nahm ich es sofort in die Hand, in der Hoffnung, dass es jemand war, auf dessen Nachricht ich gewartet hatte. So verwirrend es auch war, das zuzugeben, ich glaubte, ein Teil von mir hatte diesen Artikel in der Hoffnung geschrieben, dass Ethan ihn lesen würde. Es war schließlich ein offener Brief an ihn. Die Romantikerin in mir wünschte sich, er würde die Worte lesen, genauso empfinden, sich einen Flug buchen und mir seine Gefühle, sein Trauma, jeden einzelnen seiner Gedanken beichten. Aber so etwas passierte nur in Filmen.

Anstelle einer Nachricht von Ethan war es eine von der letzten Person, von der ich erwartet hätte, etwas zu hören.

20.37 Uhr

Reese Thompson: Hey, du. Ich hab gehört, dass du in die Stadt gezogen bist, und bin vorhin auch auf deinen Artikel gestoßen. Herzlichen Glückwunsch zu allem! Hättest du diese Woche Zeit für einen Drink oder ein Abendessen?

»O mein Gott.«

»Was?«, fragte Lauren. »Ethan?«

»Nein … Reese Thompson.« Ich legte mein Handy zurück auf den Tisch.

»Stopp! Du wirst ihm doch antworten, oder? Warte, ich wette, er hat Mitbewohner. Sag ihnen, sie sollen heute Abend mit uns ausgehen!«, flehte Lauren.

Ich spielte mit. »Von mir aus.«

Was hatte ich schon zu verlieren?

Anderthalb Stunden und zwei weitere Wodka Soda später standen Lauren und ich in der Schlange vorm The Gem Saloon. Da wir erst vor ein paar Monaten in die Stadt gezogen waren, hatten wir noch nicht viele Lokale außerhalb unseres Viertels erkundet. Laut Reese war das Gem eine der besseren Bars für unter der Woche.

»Ich bin nervös«, sagte ich zu Lauren, während sich die Schlange langsam vorwärtsbewegte.

»Das musst du nicht sein! Reese ist großartig. Außerdem war er total besessen von dir«, sagte sie.

»Ach, war ich das?«, antwortete eine Stimme hinter uns. Ich drehte mich um, und da war er – Reese Thompson höchstpersönlich.

»Nur ein Scherz! Hey, Reese!« Lauren umarmte ihn und machte sich daran, sich seinen Freunden vorzustellen.

»Hey, du.« Er schenkte mir eine halbe Umarmung.

»Das eben tut mir leid.« Ich lief rot an.

»Mach dir nichts draus, es war schmeichelhaft. Jetzt komm mit, ich kenne die Türsteher.« Reese nahm meine Hand und führte uns selbstbewusst an der wartenden Menge vorbei. Der Türsteher, ein breitschultriger Mann mit einem ungezwungenen Lächeln, lachte auf, als Reese ihm Geld zusteckte. Mit einem freundlichen Nicken geleitete er uns durch die Tür.

The Gem Saloon war wie jede andere unscheinbare Bar, nur dass sie eine anständige Größe hatte und viele Fenster, was für New York selten zu sein schien. Reese führte uns vor der Geräuschkulisse aus lebhaftem Geplauder und klirrenden Gläsern zur Bar im hinteren Teil – und davor befand sich eine weitaus kürzere Schlange. Er bestellte mit einer Vertrautheit, die mir verriet, dass er schon viele Abende hier verbracht hatte. Der Barkeeper reihte unsere Getränke auf, und nachdem Reese sie an die Gruppe verteilt hatte, ergriff er meine Hand. Und plötzlich hoffte ich, dass er sie nicht mehr loslassen würde.

Der DJ legte einen Mix von Calvin Harris auf, einer von Laurens Lieblingskünstlern. Reeses Blick traf auf meinen, eine unausgesprochene Frage hing zwischen uns in der Luft. Ich nickte, und ohne ein Wort zu sagen, führte er mich auf die Tanzfläche. Seine Freunde folgten uns.

Mit jedem Beat schien sich der Abstand zwischen Reese und mir weiter aufzulösen. Mein Herz raste, nicht nur weil ich mich bewegte, sondern auch wegen der Schwärmerei, die ich versucht hatte zu leugnen. Reese war ein netter Kerl, von dem ich wusste, dass er mich gut behandelt hätte, hätte ich ihm die Chance dazu gegeben. Stattdessen war ich jemandem hinterhergejagt, der mich kaum beachtete. Nun war ich, Monate später, Hunderte von Meilen von Wilmington entfernt und tanzte mit Reese und nicht mit Ethan. Es war schon komisch, wie das Leben so spielte.

Als das Lied zu Ende ging, verlangsamten sich unsere Bewegungen, und wir fanden uns in einer ruhigen Ecke der Bar wieder. Reeses Blick war intensiv, intimer, als es die schummrige Beleuchtung der Bar rechtfertigte. Er beugte sich vor, seine Stimme leiser als die ausklingende Musik.

»Weißt du, ich habe immer gedacht, dass da was zwischen uns ist«, gestand er.

»Vielleicht ist es immer noch da«, flüsterte ich zurück.

Und dann, in einem Moment, der sich sowohl wie das Ende einer Reise als auch wie der Beginn einer anderen anfühlte, trafen seine Lippen auf meine. Der Kuss war sanft, anfangs zögerlich, wie eine Frage. Aber ich küsste ihn zurück und bestätigte damit, was wir beide fühlten.

In dieser Nacht wurde mir klar, dass der Verlust von jemandem nicht unbedingt bedeutete, dass man verloren hatte. Manche verließen dein Leben, doch dafür kam auch immer wieder jemand Neues dazu. Man konnte jemanden verlieren, man konnte aber auch jemand noch Besseres dazugewinnen.

Ein offener Brief an den Mann,
der keine Beziehung mit mir führen wollte

Von Sloane Hart

Lieber Ex-Irgendwas,

ich schreibe dir diesen Brief in der Hoffnung, dass er mir dabei hilft, abzuschließen, so wie du es nie konntest.

Diese Woche ist der 1. September, und das bedeutet,
es beginnt der dritte Monat ohne dich. Drei Monate ohne
dich in meinem Bett, in meiner Inbox und in meinem
Herzen als jemand, der es mir nicht gebrochen hat. Es ist
seltsam zu beobachten, wie die Jahreszeit sich verändert.
Als würde die Zeit schnell und doch so langsam verge-
hen. Ich denke an den Abend im Juni zurück, an dem du
Schluss gemacht hast. Manchmal kommt es mir vor,
als wäre es vor einem Jahr passiert, manchmal, als wäre
es erst gestern gewesen. Die Tage überstehe ich gut,
aber die Nächte sind schwer, denn dann vermisse ich dich
am meisten.

Was ich allerdings nicht vermisse, ist der Schmerz. Ich
meine, es tut mir immer noch weh, aber nicht mehr so
wie damals, als wir zusammen waren. Die ständige
Fragerei: Bin ich nicht genug für ihn? Warum bin ich es
nicht? Warum liebt er mich nicht so, wie ich ihn liebe?
Wird er mich jemals lieben? Allein das Tippen dieser
Fragen tut mir im Herzen weh.

Irgendwann auf der Reise, mich in dich zu verlieben,
dich zu hassen, dich zu vermissen und dich dann wieder
zu hassen, habe ich erkannt, dass du alles getan hast, was
du konntest. Wir sind nicht füreinander bestimmt, egal,
wie sehr ich versucht habe, es mir einzureden. Wobei
dich das nicht von jeglicher Schuld freispricht. Ich habe
so viel mehr verdient, als du mir je zu geben bereit warst.
Und trotzdem dachte ich, dass ich nichts davon verdiene?
Ich dachte, ich wäre der Liebe nicht würdig, und ich habe
unendliches Mitleid mit der Version von mir, die das so

*sah. Ich verdiene eine richtige Beziehung. Ich verdiene
ein Label. Ich verdiene Ehrlichkeit. Ich verdiene Klarheit.
Das weiß ich jetzt.*

*Ich wollte daraus nichts lernen, ich wollte einfach, dass es
Liebe ist. Aber wenn wir nicht für die Ewigkeit bestimmt
waren, dann kann ich nur hoffen, dass du aus unserer
gemeinsamen Zeit etwas mitnimmst, sie als Grund
siehst, dich zu ändern. Ich habe nie viel von dir verlangt,
aber um eines muss ich dich bitten: Behandle niemanden
mehr so, wie du mich behandelt hast. Ich hasse es, das zu
sagen – mir dreht sich der Magen um bei dem Gedanken,
dass du mit jemand anderem zusammen bist –, aber ich
weiß, dass es irgendwann so weit sein wird, und ich
hoffe, dass diese Beziehung anders ist als unsere. Ich
hoffe, du triffst eines Tages ein Mädchen, das deine Welt
auf den Kopf stellt. Ich hoffe, du liebst sie genug, um
deine Rüstung abzulegen und den Kampf aufzugeben.
Ich hoffe, dass du endlich erkennst, dass du es verdienst,
auf eine Art und Weise geliebt zu werden, die du nie
zuvor erfahren hast, auf eine Art und Weise, die du mir
nicht zurückgeben konntest.*

*Doch so habe ich zumindest eine Geschichte, die ich
meiner zukünftigen Tochter eines Tages erzählen kann,
wenn sie ihren ersten Liebeskummer durchmacht.*

*xx,
das Mädchen, das dich über alles geliebt hätte*

Teil 2: HEUTE

21

Sloane
Januar 2018

Ich drehe mich auf die Seite und lasse meinen Blick über Reeses Profil wandern. Er schläft fast ausschließlich auf dem Rücken, was sein Schnarchen nur noch schlimmer macht. Während ich ihm beim Schlafen zusehe, lasse ich die vergangenen Monate, die wir zusammen verbracht haben, Revue passieren.

Reese tauchte genau dann in meinem Leben auf, als ich ihn am meisten brauchte. Ich erinnere mich daran, dass ich schon bei unserem ersten Date dachte: *So sollte es sich anfühlen.* Also klammerte ich mich daran, ich verschränkte meine Hand mit seiner und ließ sie nie wieder los.

»Wo bringst du mich hin?«, fragte ich, nachdem er darauf bestanden hatte, mich vor unserer ersten offiziellen Verabredung abzuholen.

Ich sage *offiziell*, weil ich in der Nacht, in der wir uns im Gem wiedergesehen haben, mit ihm geschlafen habe. Ich dachte nicht, dass es irgendwo hinführen würde, und wollte den ersten Sex nach der Sache mit Ethan schnell hinter mich bringen. Ich hätte definitiv nicht erwartet, dass er mich zwei Wochen später fragen würde, ob ich seine Freundin sein wolle. Es war alles ein bisschen verrückt und überstürzt. Lauren fand das auch, aber gleichzeitig fühlte es sich auch richtig an.

»Das kann ich dir nicht sagen«, scherzte er. »Was ich dir sagen kann, ist, dass ich weiß, dass es dir gefallen wird.«

»Ich will ja nicht nerven, aber woher willst du das wissen? Du kennst mich doch erst seit zwei Wochen«, hielt ich dagegen.

»Tja, wenn du es genau wissen willst … Ich kenne dich jetzt seit etwa sechs Monaten. Vertrau mir einfach.«

Er bestand darauf, zu Fuß zum Abendessen zu gehen, und auf dem Weg dorthin machten wir einen Abstecher in eine Cocktailbar. Es war eines dieser schicken Lokale ohne Karte, in denen man gefragt wird, welchen Alkohol man gerne mag, und je nach Antwort ein Drink zubereitet wird.

»Sag mir wenigstens, was wir essen.«

»Italienisch.« Sein Mund verzog sich zu einem Lächeln.

Als ob ich seine Gedanken lesen könnte, wusste ich sofort, welche Überlegungen hinter dieser Entscheidung steckten. Nach dem Gem gingen wir zu ihm, tranken ein Glas Wein und redeten über eine Stunde. Über alles Mögliche, auch über unsere Familien. Ein Thema, das in meinen Gesprächen mit Ethan kaum zur Sprache gekommen war. Ich erzählte ihm, dass mein Vater ein geniales Rezept für Penne mit Wodkasoße hatte. Kurz vor der Scheidung, ein paar Monate bevor ich aufs College gehen sollte, hatte er mir gezeigt, wie man es zubereitete. Ich habe das Rezept in meiner Notizen-App gespeichert und koche es immer, wenn ich ihn vermisse. Reese wollte es nicht nur probieren, sondern bestand auch darauf, dass ich es ihm eines Tages beibringe. Hähnchen Parmigiana mit Wodkasoße war seine »Geheimbestellung« beim Italiener.

»Wenn sie beides auf der Speisekarte haben, machen die meisten Lokale das. Vor allem, wenn ich ein bisschen mit dem Kellner flirte«, sagte er.

Ich liebe es, dass er mir zuhört, wirklich zuhört, und sich bei jeder Interaktion – egal, wie groß oder klein – Gedanken macht und Mühe gibt.

Bei unserem dritten Date nahm er mich zu einem Yankees-Spiel mit, weil er wusste, dass sie das Lieblingsteam meines Vaters waren. Es war mein zweites Spiel, aber davon wusste Reese nichts. Ich brachte es nicht übers Herz, ihm zu sagen, dass ich schon mal dort gewesen war, und ich war bereit, dort neue Erinnerungen zu schaffen, die nichts mit Ethan zu tun hatten.

»Unsere Plätze sind direkt an der ersten Base«, sagte Reese, während wir in der Hotdog-Schlange warteten – seiner Meinung nach die besten in der ganzen Stadt. »Nichts ist so gut wie ein Stadion-Hotdog.«

Zuerst hatte ich Angst, zu dem Spiel zu gehen. Ich machte mir Sorgen, dass ich die ganze Zeit an Ethan denken würde, dass ich ihn zu sehr vermissen würde. Vielleicht würde ich ihm sogar eine Nachricht schicken, die ich am nächsten Tag bereuen würde. Aber Reese bewies mir das Gegenteil. Ich dachte nur ein einziges Mal an Ethan, als ich an dem Bereich vorbeikam, in dem wir damals gesessen hatten, und die lebhaften Erinnerungen an Wut, Verwirrung und Verlegenheit überkamen mich. Ethan hielt mich auf Abstand, als würde er mich verstecken, und Reese hebt mich auf seine Schultern, als wolle er mich der ganzen Stadt zeigen. Sie könnten nicht unterschiedlicher sein.

Reese dreht sich auf den Rücken, als wüsste er, dass ich an ihn denke, und zieht mich an sich. Ich drücke mein Gesicht an seine nackte Brust und atme ein, um seinen Duft in mich aufzunehmen – eine dezente Note von Kiefernholz, die noch von dem Parfüm stammt, das ich ihm gekauft habe. Seine weichen Hände gleiten an meinem Rücken auf und ab, seine Sanftheit hat immer eine beruhigende Wirkung auf mich. Ich speichere jeden Teil von ihm ab, weil ich ihn nie vergessen will.

»Baby«, flüstert er. »Warum bist du wach?«

»Ich kann nicht schlafen.« Ich würde ihm nie sagen, dass sein Schnarchen mich fast jede Nacht aufweckt.

»Wie kann ich helfen?« Er öffnet die Augen.

»Wie kannst du real sein?«

Er gluckst. »Wovon redest du?«

»Ich konnte nicht schlafen, und du lagst einfach so friedlich da, und ich habe an die letzten Monate mit dir zurückgedacht. Manchmal fühlen sie sich nicht echt an. Ich habe mein ganzes Leben auf einen Mann wie dich gewartet«, sage ich an seiner Brust.

»Gewöhn dich besser daran, denn ich gehe nicht mehr weg.« Er drückt seine Lippen auf meine Stirn, und dann finden sie ihren Weg auf meine.

Er war etwas gewöhnungsbedürftig, der Sex mit Reese im Gegensatz zum Sex mit Ethan, als wären die Beziehungen völlig gegensätzliche Erfahrungen. Zwischen Ethan und mir herrschte diese unerklärliche Chemie, als wären unsere Körper Magneten und würden sich selbst in den überfülltesten Räumen gegenseitig anziehen. Bei Reese hat es etwas gedauert. Ich musste ihm beibringen, was ich mag – *langsamer, schneller, mach weiter, hör nicht auf.*

Reese ist bei allem, was er tut, sanft. Er küsst mich stundenlang, bis ich ihm sage, was ich als Nächstes will, so wie auch jetzt.

»Zieh mich aus«, flüstere ich.

»Wenn ich das tue, kann ich nicht mehr einschlafen.«

»Dann ist es eben so. Schlaf ist sowieso überbewertet.«

Er folgt meiner Anweisung und zieht mir das labbrige T-Shirt über den Kopf. Ich streiche mit meinen Händen seinen Hals entlang, dann greife ich in sein Haar, während er seine Hände in meinem vergräbt. Schließlich finden seine Finger ihren Weg zu meiner Unterwäsche und in mich hinein, und ich stöhne in seinen Mund.

»Sloane, du bist so …« Er muss den Satz nicht mal zu Ende bringen.

»Ich will dich, Reese.«

»Und ich will, dass du nie aufhörst, das zu sagen. Sag es mir noch mal, Baby.« Er dringt in mich ein, und ich schließe genussvoll die Augen. Als ich sie endlich wieder öffne, geht gerade die Sonne auf, und das Licht scheint durch die Jalousien auf seine Bettdecke.

Sein Stöhnen wird immer lauter, bis er sich kraftlos neben mir auf die Matratze sinken lässt.

»Ich will bitte jeden Morgen so aufwachen.«

»Ich auch«, antworte ich und drücke ihm einen sanften Kuss auf die Lippen.

22

Sloane

Januar 2018

Auf meinem Heimweg von der Arbeit ist die U-Bahn fast leer. Unser Büro hat seit Neujahr geöffnet, aber die meisten, vor allem diejenigen mit Kindern, gehen erst in der zweiten Januarwoche wieder zur Arbeit, wenn die Schule beginnt.

Annie hat mir eine Nachricht geschickt, in der sie mich bittet, heute Abend über eine Veranstaltung zu berichten, weil sie es nicht rechtzeitig aus New Jersey zurückschafft. Seit sie eine Assistentin eingestellt haben, die mich ersetzt, hat sie mich unter ihre Fittiche genommen. Bei der Veranstaltung handelt es sich um die Launchparty einer neuen Hautpflegemarke, also wird es garantiert eine Menge Gratisproben geben. Ich sage zu und bin gerade dabei, die Details in meinen Kalender einzutragen, als ich an der Ampel warten muss. Ich schiebe mein Handy in meine Tasche und warte auf das Fußgängerzeichen – da sehe ich sie.

Aus der Menschenmenge vor mir sticht eine marineblaue Baseballkappe der New York Yankees hervor. Ich habe schon lange nicht mehr an ihn gedacht – wochen-, vielleicht sogar monatelang. Aber der Anblick dieser Kappe, genau so eine, wie er sie hat, genau so eine, wie sie Tausende von Menschen in der Stadt haben, lässt eine Flut von Erinnerungen in mir aufwallen, die ich eigentlich längst begraben hatte. Offenbar nicht tief genug.

Jetzt, da ich mich erinnere, kann ich sie nicht mehr vergessen. Die Berührungen, die Küsse, das Lachen, die Tränen, die Zeit, die Gefühle, die Energie. Ich erinnere mich an alles. Wie bekommt man so etwas aus dem Kopf? Ich will vergessen. Ich will ihn vergessen und jede schreckliche Erinnerung, die mit ihm einhergeht. Aber ist das bei der ersten großen Liebe überhaupt möglich?

Für den Rest des Heimwegs bin ich in Gedanken. Sie werden von ihm beherrscht und das alles nur wegen einer blöden Baseballkappe. Was wäre, wenn ich *ihn* gesehen hätte? Anders als zu Beginn des Sommers bin ich dankbar für die vielen Meilen, die zwischen uns liegen.

Als ich unsere Wohnung betrete, ist Lauren bereits zu Hause, sitzt auf der Couch und schaut wie immer Reality-TV.

Unsere neue Wohnung ist ungefähr so groß wie die letzte, hat aber etwas mehr Wohnfläche, was bedeutet, dass wir mehr Zeit miteinander verbringen. Nachdem wir in einem Hochhaus ohne Aufzug gelebt hatten, wussten wir, dass wir ein moderneres Gebäude wollten, vorzugsweise eines mit einem Portier und einem Lift. Viele meiner Kollegen rieten uns, uns in Murray Hill und Kips Bay umzusehen, da dies beliebte Wohngegenden für Leute seien, die frisch vom College kamen. Reeses Mitbewohner Blake (auch ein Pike in Wilmington) wies uns auf ein passendes Gebäude hin, und dort sind wir dann auch gelandet.

Ehrlich gesagt könnte es nicht perfekter sein. Wir können jede Bar in Murray Hill zu Fuß erreichen, wir haben eine Waschküche im Gebäude und eine Klimaanlage, die tatsächlich funktioniert. Endlich leben wir das Leben, von dem wir während des Studiums geträumt haben.

»Willkommen zu Hause!«, begrüßt Lauren mich. »Wie war die Arbeit?«

»Entspannt. Ich kann nicht glauben, dass wir eines der wenigen Büros sind, die diese Woche geöffnet haben. Wie geht's den Jungs?«

Als wir in die Stadt zogen, hatte Lauren eigentlich eine Stelle als Grundschullehrerin in der Bronx angenommen. Sie wusste, dass es hart werden würde – sie würde nur knapp über dem Mindestlohn verdienen, und der Arbeitsweg war nicht der beste. Aber der Grund, warum sie Pädagogik studiert hat, war nicht das Geld, sondern der Wunsch, etwas für unterprivilegierte Kinder zu tun. Um die Zeit bis zum Beginn des Schuljahres zu überbrücken, fand sie eine Vollzeitstelle als Kindermädchen bei der Familie Bauer. Sie verbrachte den ganzen Sommer mit den beiden fünfjährigen Zwillingen, und kurz nach Schuljahresbeginn kündigte sie ihren Job als Lehrerin, um weiterhin als Nanny zu arbeiten. Das Haus der Bauers ist wie ein zweites Zuhause für sie – meistens jedenfalls.

»Nervig. Ich hab sie den ganzen Tag am Hals, bis die Schule wieder anfängt. Was sollen wir zum Abendessen machen?«

»Hast du Lust, heute Abend mit mir zu einem Arbeitsevent zu gehen? Es ist eine Launchparty für eine neue Hautpflegemarke, und ich berichte darüber. Es gibt sicher jede Menge zu futtern und Gratisproben«, versuchte ich sie zu locken.

»Du hattest mich schon beim kostenlosen Essen, aber Gratisprodukte? Jetzt bin ich zu tausend Prozent überzeugt. Ich mach mich schnell fertig.«

In meinem winzigen Schlafzimmer ist gerade so Platz für einen Schminktisch, den ich aber auch brauche, da wir uns ein Bad mit einem Säulenwaschbecken teilen. Ich setze mich auf den Hocker und betrachte mich im Spiegel. Ich denke an die Zeit zurück, als ich mich auf dem College zurechtgemacht habe. Mein Gesicht war ein wenig runder und meine Augen ein wenig strahlender. Nach dem Umzug und der Trennung habe ich abgenommen. Das sieht man mir am meisten am Gesicht an – meine Wangen und mein Kiefer sind jetzt definierter, was mich meiner Meinung nach reifer aussehen lässt. Ich lege eine Playlist auf, während ich Mascara, Rouge und eine dünne Schicht Lippenstift auftrage. Schon Sekunden nach dem ersten Lied fängt mein Handy an zu vibrieren.

Eingehender Anruf: Reese Thompson

»Hey«, sage ich ein wenig unterkühlt.

»Hey! Viel zu tun heute Abend? Ich hatte früher Feierabend als erwartet und dachte, wir könnten die neue Cocktail-Lounge bei mir um die Ecke ausprobieren.« Im Hintergrund ist das geschäftige Treiben der Stadt zu hören, was mir sagt, dass er wahrscheinlich gerade das Gebäude verlassen hat.

»Heute Abend findet ein Event statt, zu dem ich hinmuss. Lauren kommt auch mit«, sage ich kurz angebunden.

»Scheiße, tut mir leid, Baby.«

Baby. Gott, ich hasse Kosenamen. »Schon gut, ich werde es überleben.«

»Ein andermal dann? Vielleicht Freitag?«

Ich zögere einen Augenblick zu lang. »Mal sehen.«

»Alles in Ordnung?«, fragt er. »Du klingst, als hättest du schlechte Laune.«

»Ja, tut mir leid.« Ich seufze und weiß, dass er nichts für meine Gefühle ihm gegenüber kann. »Es war ein langer Tag, und ich freue mich nicht gerade darauf, dass er noch länger wird. Lass uns Freitag ausmachen.«

»Hm, ich hoffe, es wird bald besser. Gönn dir einen Drink zur Entspannung. Ich schreib dir später«, sagt er, bevor er auflegt.

Ich habe ein schlechtes Gewissen, wenn ich Reese so behandle, als hätte er einen Fehler gemacht, denn das hat er nicht. Bis heute habe ich eine ganze Weile nicht an Ethan gedacht, und jetzt, da ich es getan habe, ist es schwer, damit aufzuhören. Immer wieder vergleiche ich meine Beziehung zu Reese mit der zu Ethan. Beide sind so unterschiedlich.

Reese ist anders als alle Typen, die ich je kennengelernt habe. Er ist aufmerksam, macht immer Pläne für uns und ist richtig gut im Kommunizieren. Fast zu gut. Reese ist das Gegenteil von Ethan. Mit Reese ist es unkompliziert, und wir haben Spaß, genau deshalb mag ich ihn. Ich denke, dass ich ihn eines Tages vielleicht sogar lieben könnte, aber so weit bin ich noch nicht.

***

Die Party ist atemberaubend. Als wir ankommen, reicht ein Kellner uns jeweils ein Glas Champagner und eine Karte mit dem Programm des Abends. Die Party findet in einer Bar im Moxy Hotel statt, und der Raum ist voller Lifestyle-, Beauty- und Modejournalisten. Ich weiß jetzt schon, dass ich in den nächsten achtundvierzig Stunden auf Instagram nichts anderes zu sehen bekommen werde.

»Für deinen Job würde ich töten«, sagt Lauren, während sie nach einem weiteren Glas Champagner greift. »Heute Abend tue ich so, als wäre ich eine angesehene Modejournalistin.

Morgen laufe ich dann wieder mit den zwei kleinen Kobolden in Tribeca herum.«

»Ach, hör auf, sie sind keine Kobolde.«

»Ich weiß ja, sie sind süß. William hat gestern sein Fußballspiel gewonnen und war so stolz. Morgen wird er bestimmt über nichts anderes reden.« Sie verdreht kurz die Augen und schiebt ein Lächeln hinterher. Auch wenn manche Tage hart sind, weiß ich, dass sie ihren Job liebt – er ist wie für sie gemacht.

»Der Satz gerade hat mir das Gefühl gegeben, dass wir vierzigjährige Mütter sind, die einmal im Monat Ausgang haben.« Ich lache.

»Touché. Komm, wir holen uns Martinis und mischen uns unter die Leute. Mit wem sollen wir zuerst reden?«

Wir nähern uns der Bar und bestellen zwei Extra Dirty Martinis, für mich mit Oliven und für Lauren ohne, dann scanne ich den Raum nach bekannten Gesichtern ab.

»Da drüben in der Ecke ist die Marketingchefin. Ich mache ein paar Bilder mit ihr und hole mir ein Statement von ihr für unseren Instagram-Account. Such du mal nach ein paar neuen Freunden für uns!«

Ich lasse Lauren zurück und gehe nervös auf die Gruppe von Leuten zu, die ich nur vom Sehen her kenne. Nach einer Stunde Small Talk finde ich Lauren an der Bar, in ein Gespräch vertieft.

»Hey, bist du bereit, nach Hause zu gehen?«, frage ich und tippe ihr auf die Schulter.

»Ich glaube, ich bleibe noch, ich muss morgen früh erst später anfangen.« Sie dreht sich zu mir um und nickt unauffällig in Richtung des Typen, der neben ihr sitzt. »Schreib mir kurz, wenn du daheim bist!«

Ich reiche ihr den Rest meines Drinks, damit er nicht vergeudet ist, und hole mein Handy hervor, um mir ein Uber zu rufen. Auf keinen Fall werde ich so spät noch allein mit der U-Bahn fahren. Dazu bin ich noch nicht New Yorkerin genug.

Der Wagen hält vor unserem Gebäude, hinter dessen Doppeltüren der Pförtner sitzt. Pförtner gehören zu den Dingen, die ich an der Stadt am liebsten mag – sie geben mir ein Gefühl von Sicherheit, so als käme ich von einem Date nach Hause, wo mein Vater auf der Couch auf mich wartet.

»Danke, Phillip!«, grüße ich ihn, als ich durch die offene Tür in die Lobby trete.

»Ist mir ein Vergnügen, Sloane. Soll ich Ihre Post holen, wenn Sie schon mal da sind? Apartment 405, richtig?«, fragt er.

»Klar, das wäre toll.« Ich zücke gerade mein Handy, um Lauren zu schreiben, dass ich es nach Hause geschafft habe, als ich den Summer höre, der ankündigt, dass jemand das Gebäude betritt. Instinktiv schaue ich auf, und mein Herz rutscht mir augenblicklich in die Kniekehlen.

Kann ich meinen Augen noch trauen? Hat jemand was in meinen Drink getan? Werde ich wahnsinnig?

»Hey, Hart.«

Ihn sprechen zu hören, macht es irgendwie real. Ich würde diese Stimme überall wiedererkennen. Er ist nicht nur ein Hirngespinst. Ethan Brady steht direkt vor mir, in Manhattan, in meinem Wohnhaus. Ich möchte weglaufen. Mich umdrehen und durch die Eingangstür rennen oder in den Aufzug flüchten und mindestens fünf Tage unter meiner Decke bleiben. Ich möchte überall sein, nur nicht hier.

»Ich schätze, jetzt wäre ein guter Zeitpunkt, dir zu sagen, dass ich nach New York gezogen bin, und, wie es aussieht, ins

212

selbe Gebäude wie du«, sagt er und kann mich dabei kaum ansehen.

»D-du wohnst hier?«, stottere ich.

In dem Moment kommt Phillip zurück und bemerkt, dass er etwas unterbrochen hat. Er legt meine Post bei der Rezeption ab und geht zurück in sein Büro.

»Ich dachte, euer Apartment ist in der Upper East Side? Aber ja, Sloane, ich wohne hier.« Ich hasse es, wie er meinen Namen sagt, so als würde er ihn gegen mich verwenden.

»Das war nur für sechs Monate zur Untermiete, bis wir herausgefunden hatten, in welcher Gegend wir leben wollen«, sage ich. »Wie bist du hier gelandet?«

Ich habe so viele Fragen, aber mehr kriege ich nicht heraus.

»Kennst du Blake King? Er war ein älterer Pike, kann sein, dass er mit dem Studium fertig war, bevor du regelmäßig vorbeigekommen bist.«

Natürlich kenne ich Blake. Er ist der Mitbewohner meines Freundes. Ich nicke, und er fährt fort.

»Er hat das Gebäude vorgeschlagen, hat gesagt, er habe letztes Jahr hier gewohnt, bevor er ins West Village gezogen ist. Bei der Arbeit hab ich ein paar Leute getroffen, die unbedingt aus Brooklyn wegwollten, und wir hatten Glück. Wir haben die letzte Dreizimmerwohnung bekommen, die sie bis zum Sommer frei hatten. Ich hatte wirklich keine Ahnung, dass du hier wohnst.«

Wut kocht in mir hoch, aber auch etwas anderes. Traurigkeit? Herzschmerz? Nostalgie? Von allem ein bisschen? Ich bin mir nicht ganz sicher.

»Dir kam nicht in den Sinn, dich zu melden, als du ein Stellenangebot hier angenommen hast?«, frage ich. »Kein Anruf? Nicht mal eine kurze Nachricht? Hätte ich das nicht verdient?«

»Ich hatte es vor.« Er klingt aufrichtig. »Ich wollte es. Ich wusste nur nicht, was ich sagen sollte.«

»Hey, Sloane, ich wollte dir nur Bescheid geben, dass ich nach New York ziehe?«, schlage ich vor.

»Es tut mir leid, du hast recht. Ich wollte keine alten Wunden aufreißen und eine große Sache daraus machen.« Er blickt zu Boden.

»Tja, jetzt ist es definitiv eine große Sache.«

Dieses Mal sieht er mich an. Endlich sieht er mich *richtig* an. Seltsam, dass sich Menschen nie ändern. Ich meine, nicht wirklich. Er hat immer noch dieselben durchdringenden braunen Augen, die mich irgendwie trösten und mir gleichzeitig das Herz brechen. Wenn ich in sie blicke, sehe ich den zuckerwattebunten Himmel durch die Fenster der Berghütte. Ich sehe die Straßenlaternen, die durch die Windschutzscheibe glitzerten, als wir über die Brücke fuhren. Seine Augen geben mir das Gefühl, wieder an diesen Orten zu sein, in genau diesen Momenten. Ich vermisse diese Momente. Ich vermisse ihn. Auch wenn ich weiß, dass es eine Million Gründe gibt, warum ich es nicht tun sollte. Wie sind wir nur an diesen Punkt gelangt?

Ich drehe ihm den Rücken zu und flüchte zum Aufzug. Ich spüre, wie sich ein Gefühlsklumpen den Weg in meinen Hals bahnt und mir Tränen in die Augen steigen. Als ich endlich im dritten Stock ankomme, kann ich sie nicht mehr zurückhalten und fange an zu schluchzen.

Bis Lauren nach Hause kommt, sitze ich im Dunkeln auf der Couch und spiele unser Aufeinandertreffen wieder und wieder in meinem Kopf durch. Ich überlege, ob ich mir ein Glas Wein einschenken soll, weiß aber, dass mehr Alkohol die Situation nur noch schlimmer machen würde.

»O Sloane«, sagt sie, als sie durch die Tür kommt. »Es tut mir so leid.«

»Warum kann ich ihn nicht einfach vergessen? Warum muss er immer wieder auftauchen? Ich kann nicht noch mal seine Nachbarin sein, Lauren, das schaffe ich nicht. Ich kann es kaum ertragen, ihm ins Gesicht zu sehen, ohne zu heulen. Wie soll das denn funktionieren?«, schniefe ich.

»Hör mir zu.« Lauren lässt sich neben mich plumpsen. »Ich werde jetzt mal brutal ehrlich sein. Er ist deine erste große Liebe, also wirst du ihn nie vergessen, jedenfalls nicht wirklich. Ein Teil von dir wird ihn immer lieben, aber nicht so, wie du es früher getan hast. So wie du einen alten Freund liebst, mit dem du nicht mehr sprichst, so wie du ein Restaurant liebst, in das du nicht mehr gehen kannst, weil es geschlossen hat – es ist eine leere Art von Liebe. Man ist glücklich, sie erlebt zu haben, und vielleicht ist man von Zeit zu Zeit traurig, dass es vorbei ist, aber man weiß, dass es nicht dazu bestimmt war, für immer zu halten.«

»Danke, Laur.« Ich wische mir eine Träne von der Wange. »Meinst du, Graham wusste es? Ich hätte gedacht, er würde mich vorwarnen.«

»Letzten Endes geht es Graham nur um sich selbst. Er ist wahrscheinlich zu beschäftigt mit seiner neuen Freundin, um an dich und Ethan zu denken. Aber wenn du mich fragst, ich bin mir sicher, dass er es wusste. Sie sind beste Freunde.« Sie steht auf.

»Du hast recht.« Ich strecke meinen Arm aus, damit sie mir helfen kann, dasselbe zu tun. »Ich hasse sie beide so sehr.«

»Das solltest du auch«, sagt sie, nur halb im Scherz.

23

Ethan
Januar 2018

Fuck.

Wie kann es sein, dass wir im selben Gebäude wohnen? Ist das hier nicht die bevölkerungsreichste Stadt Nordamerikas? Wenn sie es nicht eh schon getan hat, hasst Sloane mich jetzt erst recht.

Ich stelle das Essen, das ich mir gerade geholt und auf das ich gar keinen Appetit mehr habe, auf dem Tresen ab. Dabei lasse ich normalerweise nie eine Mahlzeit aus. Meine Mitbewohner Noah und Alex sind noch unterwegs, also ziehe ich mich im Flur bis auf die Boxershorts aus und gehe ins Bad. Ich steige unter die Dusche und lasse heißes Wasser auf meinen Rücken prasseln, während ich über alles nachdenke, was Sloane und ich in den letzten anderthalb Jahren durchgemacht haben.

Nachdem ich die seltsamste Zeit meines Lebens habe Revue passieren lassen, mache ich mir die Bowl von Chipotle warm und setze mich zum Essen auf die Couch. Ich scrolle durch Netflix und stelle fest, dass es nichts Neues gibt, was mich interessiert, also beschließe ich, Graham über FaceTime anzurufen.

Mit den Worten »Sieh mal einer an« geht er ran.

»Ist das Ethan? Wie ist es so in der großen Stadt?« Hinter Graham taucht Emily auf, ein breites Lächeln im Gesicht.

»Hey, Em«, begrüße ich sie. »Es ist fucking kalt.«

»Es ist ja auch Januar. Ist sonst alles in Ordnung?«, fragt Graham. »Was macht die Arbeit? Mitbewohner?«

»Der Job ist toll, meine Mitbewohner sind cool.« Ich halte inne. »Es gibt allerdings eine Sache …«

Graham wechselt die Position des Handys, als wäre er erst jetzt ganz bei der Sache. »Was denn?«

»Also, äh, Sloane wohnt im selben Gebäude wie ich.« Der Name liegt mir wie Blei auf der Zunge.

Ihm bleibt der Mund offen stehen. »Du verarschst mich doch, oder?«

»Schön wär's, Mann. King hat mir dieses Haus vorgeschlagen, muss ziemlich beliebt sein.«

»Warte, Blake King?«, fragt Graham, noch immer ungläubig.

»Ja, ich hab ihm geschrieben, bevor ich hergezogen bin.«

»Kann doch nicht wahr sein … King ist der Mitbewohner von Sloanes Freund, du Idiot.«

»Blake King und Reese Thompson sind Mitbewohner?« Ich bin verwirrt. »Ich wusste, dass Sloane und Reese zusammen sind, aber ich wusste nicht, dass die Jungs immer noch Kontakt haben.«

Er lacht und schüttelt den Kopf. »Du solltest dich wirklich mehr auf Social Media rumtreiben. Du hättest nicht mal gewusst, dass sie einen Freund hat, wenn ich es dir nicht erzählt hätte. Also werdet du und Sloane darüber reden?«

»Wahrscheinlich nicht.« Ich zucke mit den Schultern.

»Ich versteh dich nicht, Mann.«

Ich schenke ihm ein Lächeln. »Ich auch nicht.«

Als wir aufgelegt haben, starre ich auf den dunklen Fernseher. Ich frage mich, wo Noah und Alex sind. Schnell schicke ich eine Nachricht in unseren Gruppenchat, in der Hoffnung, dass sie noch eine Weile bleiben, wo auch immer sie gerade sind. Ich brauche einen Drink.

**

»Da ist er ja!« Noah winkt mich heran. »Nimm dir ein Bier aus dem Eimer, du hast gewonnen.«

Darts ist typisch für New York City. Ich glaube nicht, dass es in Wilmington auch nur eine einzige Bar gibt, in der man spielen kann, zumindest war ich bisher in keiner.

»Und, wie läuft deine erste offizielle Woche in der Stadt? Macht dir die Arbeit schon zu schaffen?«, fragt Alex.

»Geht so. Zum Glück noch nicht«, antworte ich.

»Fick dich, Alex«, sagt Noah und nimmt die Darts vom Board. »Brady, du bist dran.«

»Hat dir schon mal jemand gesagt, dass du ein schlechter Verlierer bist?«, verspottet Alex Noah.

»Jeden verdammten Tag.«

Obwohl ich erst seit genau acht Tagen hier lebe, kann ich schon jetzt sagen, dass es mir gefallen wird. Ich habe mich nie als Stadtmensch gesehen, aber ich hätte auch nie gedacht, dass ich einen Job wie diesen bekommen würde. Ich bin den Clarks dankbar, dass sie mir ein Leben ermöglichen, das ich mir nie erträumt hätte. Ich hatte immer Angst davor, aber ich glaube, ich merke jetzt, dass Veränderungen etwas Gutes bedeuten können. Etwas wirklich Gutes.

24

Sloane
Februar 2018

Reese lächelt mich von der anderen Seite des Tisches aus an und nimmt dann einen Schluck aus seinem Weinglas. Ich stochere in meinem Salat, während er von neuen Kunden erzählt. Ein Wunder, dass er noch nicht bemerkt hat, wie abwesend ich schon den ganzen Abend bin.

Heute ist Valentinstag. Ich habe diesen Tag noch nie mit jemandem gefeiert, außer mit Lauren natürlich. Er hat uns drei Monate im Voraus einen Tisch reserviert, mir ein Dutzend Rosen ins Büro geschickt und vor meinem Haus gewartet, als ich von der Arbeit kam. Ich kann das Gefühl nicht abschütteln, ihn zu betrügen.

Seit ich herausgefunden habe, dass Ethan mein Nachbar ist, stelle ich meine Beziehung zu Reese infrage. Er hat keine Ahnung von alldem, weil ich mir Zeit lassen wollte, das alles zu verarbeiten. Es ist jetzt etwas über einen Monat her, und ich kann mich immer noch nicht dazu durchringen, es ihm zu sagen. Die Dinge mit Reese sind so einfach, wie sie es mit Ethan nie waren. Unsere Beziehung ist verlässlich und vorhersehbar. Warum fühlt es sich dann trotzdem so an, als wäre es nicht genug?

»Wenn dieser Deal abgeschlossen ist, möchte ich für ein Wochenende mit dir wegfahren«, sagt er. »Wir sind noch nie zusammen verreist.«

»Das wäre schön«, sage ich, während ich meine Serviette über den kaum gegessenen Salat lege.

»Wohin willst du? Irgendwohin, wo es warm ist?«

»Ja! Ein Strand wäre schön. Ich vermisse das Meer.«

»Hat dir dein Essen nicht geschmeckt? Bestell ruhig was anderes«, bietet er an.

»Mein Hunger ist nicht so groß, ich hab spät zu Mittag gegessen.« Ich hasse es, ihn anzulügen.

Reese ist mir vertraut geworden. Ich habe mich daran gewöhnt, abends neben ihm einzuschlafen. Ich mag es, wie er riecht, wenn er frisch aus der Dusche kommt, und wie es sich anfühlt, wenn er die Arme um mich legt. Unter der Woche bestellen wir abends was zu essen, und am Wochenende erkunden wir die Stadt. Er schenkt mir die Art von Beziehung, von der ich mir so lange eingeredet habe, dass ich sie nicht verdiene.

»Was hältst du davon, wenn wir zurück nach Wilmington fahren? Meine Eltern verbringen das Frühjahr normalerweise in unserem Ferienhaus in Kure Beach, und ich würde sie dir gern vorstellen.«

Der Wein, zusammen mit dem überwältigenden Gefühl von Schock, führt dazu, dass ich mich verschlucke und anfange zu husten. Ich kann nicht mit ihm zurück nach Wilmington fahren. Ich war seit meinem Abschluss nicht mehr dort. Alles in dieser Stadt erinnert mich an Ethan. Dort habe ich mich zum ersten und einzigen Mal verliebt.

»Tut mir leid, hatte was im Hals.« Ich tupfe mir mit der Serviette den Mund ab. »Klingt gut.«

»Überleg es dir. Wir fahren, wohin du willst.« Er lächelt und bittet den Kellner, die Rechnung zu bringen. »Wollen wir heute bei dir übernachten? Ich hab ein schlechtes Gewissen, weil du so oft mit zu mir kommst. Auf der Arbeit wird es sicher bald entspannter.«

»Wir können noch mal zu dir, meine Laken sind noch im Trockner.« Und schon wieder lüge ich.

Ich kann den Gedanken nicht ertragen, unter demselben Dach wie Ethan zu schlafen, während Reese neben mir liegt. Irgendetwas daran fühlt sich einfach … falsch an.

In den wenigen Nächten, die ich in meinem eigenen Bett verbrachte, fragte ich mich, ob er auch so dalag und an die Decke starrte. Es ist, wie wenn man die Sterne anschaut und weiß, dass die Person, die man vermisst, sich unter demselben Himmel befindet, und hofft, dass sie, wenn sie nach oben schaut, auch an einen denkt.

Ich kann einfach nicht begreifen, wie das passieren konnte. Über acht Millionen Menschen gibt es in dieser verdammten Stadt, und ausgerechnet der einzige Typ, der mir je das Herz gebrochen hat, wohnt im selben Gebäude wie ich. Wie ist das nur möglich? Zuerst dachte ich, es wäre vielleicht so etwas wie ein Zeichen. Dass wir füreinander bestimmt sind. Aber manchmal ist es eben auch einfach nur ein Zufall, nicht jede Supermarkt-Begegnung hat immer etwas zu bedeuten. Manchmal ist man wirklich einfach nur zur selben Zeit am selben Ort wie jemand, den man eigentlich gar nicht sehen möchte. Und es gibt zwei Möglichkeiten, damit umzugehen.

Möglichkeit eins: Man überzeugt sich selbst davon, dass es Absicht war, und versucht, den Sinn dahinter zu verstehen.

Option zwei: Man erkennt, dass es reiner Zufall war, und macht weiter wie gehabt.

Den Rest der Woche übernachte ich bei Reese, um jegliche Gedanken an Ethan zu vermeiden. Wenn ich in dieser Blase bin, allein mit Reese, ist alles großartig. Wenn ich allein bin, gerate ich in eine Gedankenspirale.

***

»Ich hab dir Kaffee mitgebracht, Baby.« Als ich die Augen öffne, sitzt Reese auf der Bettkante und streichelt meinen Arm, um mich zu wecken. »Ich muss zu dieser Radsportveranstaltung mit den Jungs, aber sag mir Bescheid, was du heute Abend vorhast. Wir können uns alle zusammen treffen.«

Auf dem Tresen hinterlässt er einen Schlüssel für mich, und ich drehe mich in seinem Bett um. Manchmal fühlt es sich falsch an, hier zu sein. Zu wissen, dass er mich mehr mag als ich ihn. Ich greife auf dem Nachttisch nach meinem Handy, das in der Sekunde zu vibrieren beginnt.

»Hallo?«, sage ich, ohne vorher zu checken, wer anruft.

»Ich hab dich die ganze Woche nicht gesehen! Mir kommt es schon so vor, als würde ich allein leben. Brunch?«, fragt Lauren. »Ein paar Mädels aus meiner Nanny-Gruppe treffen sich in Midtown und haben uns bei der Reservierung eingeplant. Kannst du in einer Stunde zu Hause und bereit zum Ausgehen sein?«

»Ja, wir sehen uns in ein paar Minuten.« Ich lege auf und steige schnell aus dem Bett.

Ich putze mir die Zähne mit der rosafarbenen elektrischen Zahnbürste, die Reese für mich gekauft hat und die zu seiner blauen passt. Ich trage eines seiner T-Shirts und habe Reste

222

von Wimperntusche im Gesicht, da ich gestern Abend zu faul war, mich abzuschminken. Ich seufze, als ich das verwirrte Mädchen anstarre, das mir im Spiegel entgegenblickt.

Warum kann ich nicht einfach zufrieden sein? Doch wäre es dann Liebe? Liebe bedeutet ganz bestimmt nicht, sich zufriedenzugeben, nur weil die Person, mit der man zusammen ist, einen so liebt, wie man selbst einen anderen geliebt hat. Ich glaube fest daran, dass eine Beziehung nur dann ein Leben lang hält, wenn beide ineinander vernarrt sind. Und so sehr ich mich auch bemühe, manchmal mache ich mir Sorgen, dass ich nie so für Reese empfinden werde.

Lauren und ich kommen mit weniger als fünf Minuten Verspätung zum Brunch, was für sie eine Rekordzeit ist. Normalerweise gehen wir mindestens zwanzig Minuten später los, als Lauren angekündigt hat. In der Zeit wechselt sie mindestens viermal das Outfit, verlegt ihr Handy oder ihren Ausweis und frischt ihr Make-up auf. Ich würde nicht sagen, dass ich besonders geduldig bin, aber bei Lauren muss ich es sein. Es macht mir auch nichts aus, auf sie zu warten, zumindest meistens.

»Da sind sie!«, verkündet eine der Frauen unseren Auftritt. »Der Brunch ist offiziell eröffnet.«

Wir haben nur ein kurzes Zeitfenster. Normalerweise bekommt man pro Tisch anderthalb bis zwei Stunden, man kann also nicht den ganzen Tag mit einer Fünfzig-Dollar-Rechnung dasitzen. Die Kellner müssen irgendwie Geld verdienen, und das tun sie, indem sie fleißig Alkohol ausschenken und Trinkgeld von angeheiterten Gästen einsammeln. Wir sind gerade mal ein paar Minuten da, als ich eine Nachricht von Annie bekomme, was für einen Samstagmittag untypisch ist.

13.07 Uhr

Annie Walker: Ich frage nur ungern, aber besteht die Möglichkeit, dass du diese Woche nach Boston fährst, um bei einer Podiumsdiskussion für mich einzuspringen? Meine Kinder sind krank. Sag Bescheid.

Eine Welle der Erleichterung überschwemmt mich. Ich kann es kaum erwarten, ein paar Tage aus der Stadt rauszukommen. Es gibt wohl kaum einen besseren Weg, um den Kopf freizubekommen. In Boston war ich noch nie, daher hätte ich auch nichts dagegen, mir die Stadt anzusehen.

»Von wem ist die? Reese?« Lauren ist vernarrt in ihn.

»Nein, von der Arbeit. Ich muss diese Woche nach Boston fahren, um Annie auf einer Konferenz zu vertreten.«

»Buh«, schmollt sie und zieht die Augenbrauen zusammen.

Eine der anderen unterbricht uns. »Lasst uns später in die Lower East Side weiterziehen! Ich wette, da finden wir gute Livemusik.«

Sobald wir beim Brunchen unser Zeitlimit erreicht haben, machen wir uns auf den Weg zur U-Bahn. Ich habe schon ordentlich was intus, aber ein oder zwei Drinks mehr schaden sicher nicht. Außer Lauren und Mila habe ich keine Freunde in der Stadt. Als wir hierhergezogen sind, habe ich mich ganz auf die Arbeit und die Fernbeziehung mit Ethan konzentriert. Als das vorbei war, ging es um die Arbeit und darum, über Ethan hinwegzukommen. Ich wünschte, ich hätte erkannt, wie wichtig es ist, in einer so großen Stadt Freunde zu finden.

Wir entscheiden uns für eine Kneipe und verbringen die nächsten Stunden damit, Darts zu spielen und Coverbands zuzuhören. Als mein Handy in meiner Gesäßtasche vibriert, habe ich noch ein paar Drinks mehr intus. Ich lasse die Mailbox rangehen und sehe, dass ich drei ungelesene Nachrichten von Reese habe.

19.39 Uhr
Reese Thompson: Wir glühen gleich im Gem vor.

21.17 Uhr
Reese Thompson: Sind hinten bei der Tanzfläche.

21.45 Uhr
Reese Thompson: Du fehlst mir, Baby.

Die Nachrichten wecken in mir den Wunsch, noch einen Shot zu kippen. Der Alkohol, den ich trinke, lässt mich an Ethan denken und Reese vergessen. Es ist scheiße von mir, ich weiß. Aber ich kann nicht anders. Bevor ich mein Handy weglege, checke ich kurz Social Media, um zu sehen, ob Ethan heute irgendwelche Beiträge gepostet hat. Nichts. Vielleicht sollte ich mich einfach bei ihm melden? Ich fechte einen inneren Kampf aus, von dem ich Lauren nichts erzähle, weil ich genau weiß, was sie mir raten würde. Und sie hat ja recht.

Trotzdem drücke ich auf *Senden*.

***

Weniger als eine Stunde später bin ich in Ethans Wohnung, die nur zwei Stockwerke über meiner eigenen liegt. Es fühlt sich an, als würde ich in ein vergangenes Leben eintauchen – zurück im Ascent. Ich lasse mich auf die Couch sinken, deren abgenutztes Leder sich auf der nackten Haut meiner Beine kalt anfühlt. Obwohl es tiefster Winter ist, kombiniere ich zum Ausgehen am liebsten Rock, Strumpfhose, Bodysuit und hohe Stiefel. Gott sei Dank gibt es in New York City meistens Garderoben. Ich nehme seine Wohnung in Augenschein, die zusammengewürfelten Möbel, die er wahrscheinlich vor dem Sperrmüll gerettet hat, zwei Fernseher, der Traum eines jeden Footballfans, und kahle Wände, die sicher nie dekoriert werden.

»Willst du einen Drink?«, ruft Ethan mit ruhiger, vertrauter Stimme aus der Küche.

»Gern«, antworte ich, meine Stimme selbstsicherer, als ich mich fühle. Mein Limit war bereits vor sieben Drinks erreicht.

»Ich hab nur Whiskey da«, sagt er.

Ich nehme das Glas entgegen und beobachte ihn einen Moment lang. Er wählt einen Platz am anderen Ende der Couchgarnitur, sodass wir uns in dem winzigen Universum seines Wohnzimmers Welten voneinander entfernt fühlen. Es wirkt, als ob er die Grenzen, die zwischen uns gewachsen sind, respektiert, doch alles in mir drängt danach, sie zu überwinden. Ich nehme einen Schluck, und er brennt in meiner Kehle.

»Noch mal sorry wegen dem Ganzen«, sagt er und durchbricht damit die Stille, die sich auf angenehme Weise zwischen uns ausgebreitet hat.

»Ist schon okay, du wusstest es nicht«, beschwichtige ich ihn, wie ich es immer tue.

»Na ja, ich wusste immerhin, dass du in der Stadt wohnst. Das Mindeste, was ich hätte tun können, war, dir zu schreiben.«

»Stimmt.« Ich nicke.

»Also, warum hast du mir geschrieben?«, fragt er. »War das alles, was du wolltest? Eine Entschuldigung und einen Drink?«

Ich zögere. »Kann ich nicht genau sagen.«

»Warum nicht?« Er zieht eine Augenbraue hoch.

»Das ist nicht mein erster Drink heute Abend, Ethan.« Ich lache und schwenke spielerisch das Glas, bis ein paar Tropfen Whiskey in meinem Schoß landen.

»Okay, okay. Gib schon her.« Er rückt näher und greift nach dem Glas. Für einen Moment blende ich alles aus, außer uns.

»Auf keinen Fall!«, protestiere ich.

Ich neige meinen Körper von ihm weg und halte das Glas so hoch und weit von ihm entfernt, wie es mir möglich ist. Ethan schnappt es sich trotzdem und stellt es auf den Couchtisch, wobei er halb auf mir liegt. Jetzt, da er mir näher ist, übt seine Gegenwart eine Anziehungskraft auf mich aus, der ich mich nicht entziehen kann.

»Darf ich dich noch was fragen?«, erkundigt er sich und lehnt sich ein Stück zurück.

»Klar«, antworte ich, doch es klingt mehr nach einer Frage. Er zögert, bevor er fortfährt: »Also … der Artikel.«

In meinem Hals bildet sich ein Kloß.

»Du musstest davon ausgehen, dass ich ihn lese. Ich meine, deshalb hast du ihn ja geschrieben. Stimmt's?«, fügt Ethan hinzu.

»Ich weiß es nicht.« Ich lehne mich in die Couch zurück, in der Hoffnung, zwischen den Kissen zu versinken und diesem Gespräch zu entkommen. »Es fing damit an, dass ich mich selbst davon abhalten wollte, mich bei dir zu melden. Ich hab dir die ganze Zeit geschrieben. In meinem Tagebuch, in der Notizen-App, in Form von SMS, die ich wieder gelöscht habe. Für mich war das wie eine Art Therapie. Ich war erst nicht sicher, ob ich diese Dinge wirklich veröffentlichen will, aber eines Tages beschloss ich einfach, es Annie zu pitchen, und ich bin froh, dass ich es getan habe. Ich hätte nur nicht gedacht, dass so viele Leute es lesen würden. Auch nicht du.«

»Tja …« Seine Stimme wird leiser.

»Es tut mir leid.«

»Sloane«, flüstert er. »Es gibt nichts, was dir leidtun müsste. Ich bin derjenige, dem es leidtut. Ich habe mich so lange dafür gehasst, was ich dir angetan habe. Ich wollte dir nie wehtun.«

»Ich weiß. Das Traurige ist, sosehr ich es auch versucht habe, ich konnte dich nicht hassen. Ich glaube nicht, dass ich dich jemals hassen könnte.«

Plötzlich berührt seine Hand meinen Oberschenkel, und sein Gesicht ist nur wenige Zentimeter von meinem entfernt. Meine Wangen werden heiß, und mein Herzschlag beschleunigt sich. Das ist es, was Ethan jedes Mal mit mir macht.

»Hi«, sage ich nervös.

»Hi«, murmelt er in mein Haar. »Ist das okay?«

Ich weiß noch, als ich ihm gehörte und er nicht fragen musste, ob das, was er tat, in Ordnung war – er konnte es einfach tun, weil er wusste, dass ich es wollte. Ich erinnere mich auch daran, dass ich jetzt zu jemand anderem gehöre. Jemand, der lieb ist. Jemand, der fürsorglich ist. Jemand, der nie tun würde, was Ethan mir angetan hat. Jemand, der mich liebt.

»Nein«, sage ich mit aller Kraft und ziehe mich von ihm zurück. »Es tut mir leid. Ich weiß nicht, was ich hier mache. Ich hätte nicht kommen sollen.«

Der Abstand zwischen uns wächst, nicht nur in Zentimetern, sondern in der Erkenntnis, dass manche Entfernungen nicht messbar sind. Der Whiskey bleibt auf dem Tisch stehen, als ich aufstehe, um zu gehen. Der Geschmack des Bedauerns und der Was-wäre-wenn-Fragen liegt mir auf der Zunge. Ich schnappe mir meine Handtasche und gehe zur Tür, während ich darauf warte, dass er mir sagt, ich solle stehen bleiben. Doch er tut es nicht. Natürlich nicht. Ich greife nach der Türklinke und noch immer nichts. Als sich die Tür hinter mir schließt, kullert mir eine Träne über die Wange. Wie bin ich schon wieder an diesen Punkt gelangt? Nach Monaten, in denen ich daran gearbeitet habe, über ihn hinwegzukommen, fühle ich mich wieder so wie an dem Morgen, als er zum Flughafen aufgebrochen ist.

Ich gehe die Treppe hinunter, die zu meiner Wohnung führt, und ziehe mein Handy hervor, um Reese anzurufen.

»Hey!«, brüllt er über die laute Musik hinweg.

»Kannst du vorbeikommen?«

»Ich dachte, du würdest nie fragen. Lass die Tür auf, ich bin auf dem Weg.« Damit legt er auf.

Ich ziehe mein Lieblings-Joggingset an und mache mich frisch, damit er nicht merkt, dass ich geweint habe. Während ich mir die Wimperntusche unter den Augen wegwische, starre ich mein Spiegelbild an, so, wie ich es heute Morgen getan habe, und frage mich, zu wem ich geworden bin. Ich bin in jemanden verliebt, der mich nicht zurückliebt und mir das schon öfter gesagt hat, als ich zählen kann. Reese ist sich sicher mit mir. Seine Gefühle für mich haben nie geschwankt, und das ist alles, was ich je wollte. Ich werde mir das immer wieder ins Gedächtnis rufen, bis es in mir verankert ist.

»Sloane?«, ruft Reese.

»Hier drin!«

Er setzt sich auf mein Bett und streckt die Arme aus, um mir so ein Zeichen zu geben, zu ihm zu kommen. Ich stelle mich zwischen seine Beine und lege meine Hände auf seine

Schultern. Seine ruhen an meiner Taille, und er sieht zu mir auf, darauf wartend, dass ich ihn küsse. Reese zu küssen, ist anders, als Ethan zu küssen. Es ist sanfter und weniger leidenschaftlich.

Ich küsse ihn drängender und warte darauf, dass sein Mund mir folgt. Er versteht und schiebt eine Hand unter die Vorderseite meines Shirts. Dann spüre ich, wie seine andere meinen Rücken hinaufwandert und meinen BH öffnet, bevor er ihn mir zusammen mit meinem Sweatshirt auszieht. Schließlich übernimmt er das Kommando. Ich bewege mich von seinem Schoß und lege mich aufs Bett. Meine Hose und Unterwäsche strampele ich mir über die Knöchel, während er sich vorbeugt, um ein Kondom von meinem Nachttisch zu holen. Mit Ethan habe ich nie Kondome benutzt, aber Reese besteht fast immer darauf.

Sex mit Reese ist in Ordnung – aber mehr auch nicht. Manchmal denke ich an Ethan, während ich mit Reese schlafe. Das ist ziemlich abgefuckt, ich weiß, aber ich kann es nicht ändern. Heute Abend auch wieder.

Ich frage mich oft, ob ich jemals wieder so empfinden werde, wie ich es mit Ethan getan habe. Ist das die Art von Liebe, die man nur ein einziges Mal im Leben erfährt? Kurz bevor Reese zum Höhepunkt kommt, kehre ich ins Hier und Jetzt zurück und wünschte fast, ich hätte es nicht getan.

»Ich liebe dich, Baby«, flüstert er zwischen zwei Atemzügen.

Das sagt er mir bereits zum zweiten Mal, ohne darauf zu warten, dass ich es erwidere. Ich klammere mich fester an ihn und beiße leicht in seine Schulter, um nicht sofort etwas sagen zu müssen. Die Antwort darauf muss ich so lange wie möglich hinauszögern.

Er zieht sich aus mir zurück und küsst mich, bevor er sich an mich schmiegt. So liegen wir ein paar Minuten da, bevor ich aufstehe, um ins Bad zu gehen.

»Warte, noch nicht.« Er packt mich am Arm und versucht, mich wieder zu sich zu ziehen.

»Ich muss pinkeln.«

Ich küsse entschuldigend seinen Unterarm und suche nach einem Shirt, das ich überziehen kann, bevor ich im Bad verschwinde. Ich drehe den Hahn auf, damit Reese nicht hört, dass ich nicht aufs Klo gehe, während ich mich im Spiegel betrachte. Zum Teil schäme ich mich, aber hauptsächlich bin ich verwirrt.

»Alles klar?«, fragt Reese und klopft an die Tür. Ich drücke auf die Spülung und drehe am Türknauf, um ihn reinzulassen.

»Ich musste mir das Gesicht waschen«, sage ich und hoffe, dass das Wasser mehr als nur die körperlichen Spuren einer Nacht beseitigt hat, auf die ich nicht besonders stolz bin.

»Komm ins Bett«, sagt er. Kein Befehl, sondern eine Bitte, verpackt in drei kleine Worte.

Er ergreift meine Hände und zieht mich an sich. Seine Hände finden ihren Weg zu meinen Hüften und dann zu meinem Hintern. Er hebt mich hoch und trägt mich die zwanzig Schritte bis in mein Zimmer. Ich glaube, ich könnte ihn lieben. Aber als wir uns in die Wärme meiner Laken schmiegen, kommen mir die Zentimeter zwischen unseren Körpern wie Meilen vor.

»Ist irgendwas?«, fragt Reese.

»Nein, was soll sein?«, antworte ich etwas zu schnell und frage mich, ob er ahnt, wo ich noch vor einer Stunde war.

Die Matratze bewegt sich, als er sich umdreht, und die Straßenlaternen draußen werfen Lichtstreifen in den Raum, die mich einen Hauch von Besorgnis in seinem Gesicht erkennen lassen. »Zuerst wollte ich es nicht ansprechen, aber ich habe dir jetzt zweimal gesagt, dass ich dich liebe, und du hast es nicht erwidert. Ich wollte dir etwas Zeit geben, aber ich denke, wir sollten darüber reden.«

Ich drehe mich so, dass ich ihm ins Gesicht sehen kann. Ich weiß nicht, wie ich seine Frage beantworten soll, also greife ich zu einer weiteren Lüge.

»Beide Male war es beim Sex. Ich will es sagen, wenn ich es in einem anderen Moment fühle.«

»Verdammt, tut mir leid, Baby. Ich liebe dich immer, nicht nur beim Sex.« Seine Hände umfassen mein Gesicht, seine Daumen fahren die Kontur meines Kiefers nach, während er mich in einen Kuss zieht, der mit den Worten erfüllt ist, die ich nicht bereit bin, zu sagen.

***

»Wo wollen wir frühstücken?« Reese weckt mich auf, indem er mit den Fingern über meine Wange streicht.

»Ich hab keinen großen Hunger.« Und es stimmt. Seit Ethan zurück ist, habe ich kaum noch Appetit. Dafür sorgen meine Ängste.

»Was wäre, wenn ich sagen würde, dass ich uns in einer Stunde eine Reservierung im La Mercerie besorgen kann?«, fragt er.

»Ernsthaft?« Das Wort entweicht mir halb geflüstert, halb gekeucht, während ich mich auf die Ellbogen stütze.

Er antwortet mit einem spielerischen Funkeln in den Augen, und seine Mundwinkel verziehen sich zu einem Lächeln. »Mach dich schnell fertig«, sagt er lachend.

Wir versuchen jetzt schon seit Wochen, dort einen Tisch zu bekommen. Reese hat eine Weile im Ausland studiert und sagt, dass das La Mercerie an der Ostküste den französischen Bäckereien am nächsten kommt. Also muss ich natürlich sicherstellen, dass er nicht übertreibt.

Als die Fahrstuhltüren aufgleiten, entfaltet sich wie in Zeitlupe ein Moment, den ich nie erleben wollte. Reeses Hand liegt warm in meiner, bis ich den Blick hebe – und Ethan sehe, der steif wie eine Statue vor uns steht. Die Luft wird dicker, und ich spüre, wie sich mein Magen verkrampft. Ich komme nicht gut mit unangenehmen Situationen zurecht, vor allem nicht mit solchen, in denen ich jemanden anlüge, der mir etwas bedeutet. Ich habe bisher noch nicht den richtigen Zeitpunkt gefunden, um Reese von meinem neuen Nachbarn zu erzählen.

Im Gleichschritt gehen wir schweigend an Ethan vorbei. Ich halte den Atem an und klammere mich noch immer an Reeses Hand, in der Hoffnung, dass die Stille niemals endet. Aber Stille ist, genau wie die Wahrheit, zerbrechlich.

Reeses Griff wird unmerklich fester, seine Finger bohren sich in meine Haut – ein stummer Indikator für die Wut, die er offensichtlich empfindet. Wir treten hinaus an die frische Morgenluft, und die Geräusche der Stadt füllen die Leere zwischen uns. Erst als Reese meine Hand loslässt und seine Stimme durch die Luft schallt, wird mir klar, wie wütend er wirklich ist.

»Ernsthaft, Sloane? Du willst mich doch verarschen, oder?« Er wird immer lauter, während er mir die Autotür öffnet.

»Ich kann es erkl…«

Er unterbricht mich sofort: »Ich werde das nicht mit dir diskutieren. Das ist verdammt erbärmlich. Warum ist er hier?« Auf der engen Rückbank des Ubers löchert er mich mit Fragen.

»Hör auf.« Ich nicke unauffällig in Richtung des Fahrers, dessen Unbehagen deutlich spürbar ist.

»Hör auf, davon abzulenken, dass wir in dem Gebäude, in dem du wohnst, gerade deinem Ex begegnet sind. Warum war er dort, Sloane?« Mittlerweile schreit er mich an.

»Ich schätze, dein Freund Blake hat es dir nicht erzählt?« Ich tue es ihm gleich, denn jetzt bin ich auch wütend. Wenn Blake nicht gewesen wäre, wäre keiner von uns in diesem Schlamassel gelandet. »Er hat Ethan geholfen, eine Wohnung zu finden.«

»Scheiße.« Geschlagen lässt er den Kopf hängen. »Ich glaube nicht, dass Blake eine Ahnung hat, dass ihr beide mal was miteinander hattet. Wie lange weißt du es schon? Warum hast du es mir nicht gesagt?«

»Ich hab es erst vor Kurzem erfahren. Vor ein paar Tagen bin ich ihm in der Lobby begegnet«, lüge ich.

Tage, Wochen, was macht das für einen Unterschied? Im Rückspiegel sehe ich die wachsamen Augen des Fahrers und frage mich, was er wohl denkt.

Stille legt sich über uns, und ich konzentriere mich auf die Stadt, die an uns vorbeizieht. Cafés und Restaurants, die wir mögen, Ecken, an denen wir uns geküsst, Zebrastreifen, an denen wir Händchen gehalten haben. Ist dies das Ende von uns? Wenn ja, dann habe ich es verdient, schätze ich.

»Es tut mir leid.« Er atmet aus. »Ich habe wahrscheinlich überreagiert. Es war wie ein Schlag in die Magengrube. Warum hast du es mir nicht erzählt? Mir gefällt es nicht, dass ich es auf diese Weise herausgefunden habe.«

»Ich weiß.« Meine Stimme ist sanft. Ich lege meine Hand vorsichtig auf seinen Oberschenkel, als Friedensangebot. »Mir tut es auch leid. Ich hab ehrlich gesagt gar nicht darüber nachgedacht, wie du dich dabei fühlen würdest, und das hätte ich tun sollen.«

»Schon gut. Ich hätte nicht so ausrasten dürfen.« Er nimmt meine Hand und verschränkt seine Finger mit meinen. »Ich liebe dich, das weißt du doch, oder?«

»Ich liebe dich auch.«

Endlich sage ich es, und ich glaube nicht, dass es eine Lüge ist. Die Vorstellung, ihn zu verlieren, lässt mich erkennen, dass ich mich vielleicht doch in ihn verliebt habe. Ich drücke seine Hand, und dann küsst er mich auf die Stirn.

Drei Worte können so viel verändern. Drei Worte können einen dazu bringen, jemandem komplett zu verzeihen und zu vergessen, warum man überhaupt wütend auf ihn war. Drei Worte können einem das Gefühl geben, der wichtigste Mensch auf Erden zu sein, und für Reese bin ich das. Das weiß ich.

25

Sloane
Februar 2018

Ich fand es schon immer entspannend, allein zu reisen. Ich bin gern schon etwas früher am Flughafen, auch wenn ich durchs vorherige Einchecken schneller durch die Sicherheitskontrolle komme. Normalerweise suche ich mir eine Bar und bestelle ein Glas Sauvignon blanc mit Pommes, während ich die Leute beobachte und ein bisschen arbeite. Es inspiriert mich, den Flugzeugen beim Starten und Landen zuzusehen und mich zu fragen, wer drinsitzt, wohin die Passagiere fliegen oder wo sie gerade lieber wären.

Ich bezahle meine Rechnung und mache mich auf den Weg durchs Terminal, um mein Gate zu finden. Irgendwie schaffe ich es, zwischen den vielen Menschen, die auf ihren Flug nach Boston warten, einen Platz zu ergattern. Ich entdecke den Post, als ich gerade durch mein Handy scrolle und darauf warte, dass das Boarding beginnt – Graham hat Emily einen Antrag gemacht.

Die Kennenlerngeschichte der beiden ist süß. Sie trafen sich auf einer Firmenfeier der Familie Clark, wo ihr Vater Marketingleiter ist. Am nächsten Morgen schrieb mir Graham, dass er seine Zukünftige getroffen habe. Im ersten Moment habe ich darüber gelacht, aber jetzt weiß ich, dass er es ernst meinte. Ich kann nicht glauben, dass manche Menschen es einfach so wissen. Ich frage mich, ob es dieses Gefühl war, das durch meinen Körper schoss, als ich Ethan kennenlernte, oder ob das nur die Art meines Körpers war, mir zu sagen, dass ich mich von ihm fernhalten soll. Ich freue mich sehr für die beiden, aber ich kann nichts dagegen tun, dass ich mich ein wenig nostalgisch und traurig fühle. Grahams Hochzeitstag hatte ich mir so anders vorgestellt.

Ethan und ich hätten uns zusammen ein Hotelzimmer genommen. Ich hätte mein Kleid angezogen, während er gerade aus der Dusche gekommen wäre. Er hätte in einer unangemessenen Lautstärke Frank Sinatra geschmettert, weil es mich immer zum Lachen bringt. Er hätte versucht, mit mir zu tanzen, und ich hätte ihn spielerisch weggeschoben, wobei ich darauf geachtet hätte, dass er meine Frisur und mein Make-up nicht ruiniert. Ich hätte mich aber trotzdem von ihm küssen lassen. Ich lasse mich immer von ihm küssen. Na ja, zumindest bis auf letztes Wochenende.

»Gruppe fünf bereit zum Boarding«, schallt die Stimme des Flughafenmitarbeiters durch die Lautsprecher.

Ich werde in die Realität zurückkatapultiert, schnappe mir meine Tasche und reihe mich in die Warteschlange ein. Als ich dran bin, scanne ich meine Bordkarte und begebe mich zu Sitz 13A. Ich wähle immer einen Fensterplatz, und ich habe mich schon gefragt, ob sich das ändern würde, würde ich mit Ethan verreisen. Würde ich ihm den Fensterplatz überlassen? Oder wären wir das Paar, das sich auf zwei Gangplätzen gegenübersitzt? Jetzt werde ich es wohl nie erfahren. Wie kann es sein, dass er immer noch so oft in Erinnerungen auftaucht, von denen er nie ein Teil war?

Nach der Hälfte des Fluges langweile ich mich so sehr, dass ich anfange, die Bilder auf meinem Handy auszusortieren, also scrolle ich zum Anfang des Albums. Das bringt mich zu meinen allerersten iCloud-Fotos, die zufällig vom Einzugstag des Abschlussjahrgangs sind. Normalerweise versuche ich es zu vermeiden, mir Fotos von Ethan und mir anzusehen, aber manchmal, spät nachts, nachdem ich ein paar Gläser Wein getrunken habe, bringt mich der Liebeskummer dazu, durch die Bilder zu blättern, die ich nicht löschen kann. Heute ist es bereits am Nachmittag so weit.

Ich swipe durch die auf meinem Handy gespeicherten Erinnerungen und sehe dabei zu, wie sich unsere Geschichte entfaltet. Ein verschwommenes Foto von den Jungs, die am ersten Abend, an dem wir zusammen abhingen, auf unserer Couch saßen und Karten spielten. Ein Selfie von Lauren und Graham, in das Ethan sich reingeschummelt hat. Das Foto, das wir kurz vor meinem zweiundzwanzigsten Geburtstag nur von uns beiden gemacht haben. Es ist alles da. Es ist so einfach, zurückzublicken und die Zeit zu romantisieren. Das Lachen, die Küsse, die Dates, die Roadtrips. Aber was ist mit den Streitereien? Dem Geschrei, dem Geheule, den Nächten, in denen er aus dem Zimmer stürmte und sich in sein eigenes Bett zurückzog? Nie dokumentiert, kaum besprochen. Es ist, als hätte es sie nie gegeben. Es ist leicht, sich an die guten Momente zu erinnern, wenn man nichts anderes zu sehen bekommt.

In diesem Flugzeug, inmitten von Bildern, von denen ich wünschte, es hätte sie nie gegeben, zerbricht endlich etwas in mir. So sollte es mit uns nicht sein. Ich sollte zu ihm nach Hause fliegen, während wir irgendwie versuchen, mit unserer Fernbeziehung klarzukommen. Stattdessen sauge ich ihn durch alte Erinnerungen in mich auf. Ich bitte meinen Sitznachbarn, mich vorbeizulassen, damit ich zur Toilette kann, und versuche, mich nicht an den Kopfstützen der Sitze anderer Leute festzuhalten, während ich mich auf den Weg zum vorderen Teil des Flugzeugs mache. Ich schließe mich in die Toilettenkabine ein und stütze meinen Kopf in die Hände. Zum Glück ist der Flug bald vorbei.

***

Mein Wecker klingelt früher als sonst, und ich bleibe noch ein paar Minuten liegen, bevor der Tag beginnt. Ich sehe mich in dem kalten, modernen Hotelzimmer um und versuche mich daran zu erinnern, wie ich früher davon träumte, einen Job zu finden, wie ich ihn jetzt habe, und allein zu verreisen. Dieser Gedanke und das Verlangen nach einem Vanille-Latte treiben mich aus dem Bett und unter die Dusche. Ich bin immer noch überrascht, dass Annie mich ausgewählt hat, um beim diesjährigen Boston Writers Workshop für sie zu präsentieren, aber ich bin sicher, dass es daran lag, dass mein offener Brief bei *The Gist* immer noch den Titel »meistgelesener Artikel des Jahres« trägt.

In der Hotellobby gibt es einen Starbucks, also mache ich einen Zwischenstopp, bevor ich zur Konferenz fahre. Wenn ich nicht so spät dran wäre, würde ich mir ein Café in der Nähe suchen, aber das muss reichen. In Boston ist es im Februar noch kälter als in New York, was ich nicht für möglich gehalten hätte. Selbst mit Handschuhen und dem heißen Kaffee in den Händen kann ich meine Finger kaum spüren. Zum Glück ist das Konferenzzentrum nur einen Block entfernt, sodass ich nicht allzu weit gehen muss. Ich spüre, wie mein

Telefon in der Tasche meines Trenchcoats vibriert, und greife danach.

»Hallo?«, antworte ich.

»Morgen, Baby«, sagt Reese am anderen Ende der Leitung. »Ich war mir nicht sicher, ob ich dich noch erwische. Wie geht's dir heute?«

»Ganz gut. Ziemlich nervös, aber ich freue mich. Ich bin gestern immer wieder alles im Kopf durchgegangen. Allerdings bin ich spät dran und gleich da, also sollte ich wohl besser auflegen«, erkläre ich hektisch.

»Ich weiß«, sagt er, und seine Stimme ist ein ruhiger Kontrast zu meiner.

»Wie meinst du das?« Ich richte den Henkel der Tasche auf meiner Schulter und schaue kurz nach oben, um mich zu vergewissern, dass ich das richtige Gebäude betrete.

»Ich bin hier«, verkündet Reese, und als ich den Blick hebe, um seine Behauptung zu überprüfen, steht er direkt vor mir in der Lobby.

»Was machst du hier?«, keuche ich erschrocken, während er mich in eine beruhigende Umarmung zieht.

»Ich hab heute Morgen den ersten Flug genommen und meinem Chef gesagt, dass ich von unserem Büro in Boston aus arbeite und mich mit einigen Kunden treffe, wenn er mir den Vormittag für die Reise freigibt. Ich muss zwar ein paar Anrufe erledigen, aber während deinem Vortrag hab ich einen Slot in meinem Kalender blockiert, damit ich dabei sein kann. Betrachte es als verfrühtes Geburtstagsgeschenk.«

»Das hättest du nicht tun müssen«, sage ich, gerührt davon, wie aufmerksam er ist, und mit einem noch stärkeren Schuldgefühl, weil ich ihm nicht gleich alles über Ethan erzählt habe.

»Ich wollte aber. Ich hab ein schlechtes Gewissen, weil ich mich am Wochenende danebenbenommen habe, und ich weiß, wie viel dir das hier bedeutet, also wollte ich dich unterstützen. Außerdem hat mich die Vorstellung, dass du auf der Bühne einen Vortrag hältst, ein bisschen scharf gemacht.« Sein Ton ist spielerisch.

»Ach, so ein Quatsch.« Ich werde rot. »Ich muss mich anmelden und vorbereiten. Kommst du allein zurecht, bis ich fertig bin?«

»Ja, ich arbeite im Café gegenüber und komme gegen halb elf zurück. Dein Teil wird etwa eine Stunde dauern, richtig? Musst du für die anderen dableiben, oder hast du danach noch Zeit, um mit mir Mittag zu essen? Ich war seit Jahren nicht mehr in Boston, aber ich möchte dir ein paar Orte zeigen.«

»Zum Mittag- und Abendessen gehöre ich ganz dir«, verspreche ich, bevor ich ihm einen Kuss auf die Wange gebe und mich auf den Weg zum Empfang mache.

Kennt ihr diese kleinen Momente, nach denen man sich in einer Beziehung sehnt? Dies ist einer von ihnen. Ich wollte immer, dass mich jemand überrascht. Sei es, dass er unangekündigt an meine Tür klopft, mir einfach so Blumen ins Büro schickt oder zu einem besonderen Event auftaucht, bei dem ich es nicht erwartet hätte. Dass Reese hier ist, gibt mir das Gefühl, besonders zu sein.

Ein paar Stunden später präsentiere ich Annies Folien über die Bedeutung des Geschichtenerzählens, bei deren Erstellung ich ihr geholfen habe, und achte darauf, meine eigene Persönlichkeit einzubringen. Auf dem College habe ich vieles von dem, was mir in den Kursen erklärt wurde, nicht sofort verstanden, also achte ich darauf, dass die Präsentation nachvollziehbar und leicht zugänglich ist. Als Beispiel habe ich meinen Artikel *Ein offener Brief an den Mann, der keine Beziehung mit mir führen wollte* verwendet. Der Grund, warum der Artikel sozusagen über Nacht so viel Anklang fand, war nicht nur, dass es sich um ein Thema handelt, über das schon oft geschrieben und gesprochen wurde, sondern auch, weil ich mich darin verletzlich zeige. Ich habe meine Geschichte erzählt und den Rest dem Schicksal überlassen.

Als ich in die Lobby zurückkehre, sitzt Reese auf einer Bank direkt vor der Tür.

»Baby, du warst genial.« Er packt mein Gesicht und küsst mich. »Ernsthaft, das war der Hammer.«

Das überrascht mich, immerhin ging es stellenweise um jemanden, den er verachtet.

»Okay, okay. Beruhige dich«, sage ich kichernd, obwohl ich gar nicht will, dass er aufhört.

»Ich wollte nur, dass du weißt, wie stolz ich auf dich bin. Es ist cool zu sehen, wie leidenschaftlich du an deine Arbeit rangehst.« Er stupst mich an. »Also, lass uns die Stadt erkunden. Und natürlich feiern.«

»Was ist mit deinen Meetings?«

»Die hab ich verschoben. Wenn wir schon mal hier sind, sollten wir das ausnutzen.« Er grinst.

Ich bin nicht besonders spontan. Ich würde mich eher als Planerin beschreiben, und ich bereite mich gern auf alles vor, aber in dem Moment ergreift etwas Besitz von mir. Bevor wir ein Lokal zum Mittagessen suchen, stellen wir seinen Koffer in meinem Hotelzimmer ab. Ich habe mich dafür entschieden, in Seaport zu übernachten, weil dort die Konferenz stattfindet, aber Reese will mir natürlich die Stadt zeigen und mich zu seinen Lieblingsplätzen führen. Gutes Essen ist ihm wichtiger als mir, also trotte ich ihm normalerweise einfach hinterher und vertraue darauf, dass er in einem guten Restaurant für uns reserviert.

Sobald wir vor der Tür meines Hotelzimmers stehen, überkommt mich eine Welle der Spontaneität. Ich schließe auf, und Reese folgt mir hinein und stellt seine Sachen in der Nähe des Schranks ab. Von hinten schlinge ich meine Arme um ihn.

»Da ist aber jemand gut drauf.« Er dreht sich um, und ich sehe ihn mit einem Blick an, der hoffentlich sagt: *Küss mich.*

Er überragt mich, und in dem Augenblick wird mir klar, dass ich es liebe, wie groß er ist. Seine Lippen berühren meine, und ich verliere völlig den Verstand.

Reese drückt mich sanft gegen die Schranktüren und küsst mich weiter, aber diesmal intensiver. Ich presse mich an ihn, und mein Mund folgt seinen Bewegungen, bis er sich zurückzieht und mich zum Bett führt.

Wir ziehen uns gleichzeitig aus, und ich bedeute Reese, sich aufs Bett zu legen, während ich auf ihn klettere. In diesem Moment brauche ich das Gefühl, die Kontrolle zu haben.

Als wir fertig sind, küsse ich ihn, und dann liegen wir schwer atmend nebeneinander.

Ich hebe meine Hose vom Boden auf und falte sie, während ich versuche mich daran zu erinnern, welche anderen Klamotten ich für die Reise eingepackt habe, damit ich nicht den Rest des Tages Slacks tragen muss. Ich wühle in meinem Koffer und ziehe meine Lieblingsjeans und einen dicken, neutralen Rollkragenpullover hervor – das perfekte Outfit für kaltes Wetter.

»Dein Handy klingelt die ganze Zeit.« Reese reicht es mir, während er seinen Gürtel durch eine Schlaufe am Bund seiner dunkelblauen Hose zieht. Ich nehme es entgegen und sehe, dass ich vier verpasste Anrufe von Lauren habe.

»What the fuck!«, schreit sie ins Telefon.

Reese sieht mich mit einem »Alles in Ordnung?«-Ausdruck an, und ich nicke, während ich mich seelisch auf das vorbereite, das gleich kommen wird.

»Du hast den Post gesehen?«, nehme ich an.

»Du wusstest davon? Warum hast du mich nicht angerufen? Oder mir geschrieben?« Lauren ist wütender, als ich erwartet hätte.

»Ich hab ihn gesehen, als ich gerade mein Handy auf Flugmodus schalten musste, und dann hab ich auf dem Flug zwei Gläser Wein getrunken, und als ich gelandet bin, hab ich wohl vergessen, dass es passiert ist. Es tut mir so leid, Laur.«

»Ist schon in Ordnung. Ich meine, es ist nicht in Ordnung, aber ich verstehe es. Ich kann das einfach nicht glauben! Wie lange sind sie jetzt zusammen, nicht mal ein Jahr! Wir sind erst dreiundzwanzig, wozu die Eile?« Sie redet sich immer weiter in Rage. »O mein Gott, glaubst du, sie ist schwanger?«

»Ich glaube nicht, dass sie schwanger ist. Wahrscheinlich ist er einfach bereit, sich dauerhaft zu binden. Außerdem ist ihre Familie wohl sehr konservativ. Bevor sie nicht verheiratet sind, wollen sie nicht, dass sie zusammenziehen.«

»Wusstest du, dass es passieren wird?«

»Nein, ich hatte keine Ahnung.«

»Das ist beruhigend.« Ich höre sie seufzen. Ich kann mir kaum vorstellen, wie sie sich fühlen muss, und hoffe, dass es dabei bleibt. »Wie ist es heute gelaufen? Wann kommst du nach Hause? Ich vermisse dich.«

»Es war großartig! Ich bin gerade zurück auf dem Zimmer und werde jetzt was essen gehen, aber ich komme morgen wieder. Wollen wir dann ausgehen?«, schlage ich vor.

Ich halte mich damit zurück zu erwähnen, dass Reese mich in Boston überrascht hat. Das ist nicht der richtige Zeitpunkt.

»Ein Beste-Freundinnen-Date? Bin dabei. Ich reserviere uns einen Tisch, und danach können wir noch durch die Bars ziehen. Ich hab dich lieb. Hoffentlich wird heute Abend nicht so schlimm. Versuch, irgendwo anders hinzugehen als ins Hotelrestaurant!«

Lauren weiß, dass ich es hasse, allein essen zu gehen, weil ich mich dabei einsam fühle. Ich schaue quer durch den Raum zu Reese, der geduldig auf mich wartet, ohne sich zu beschweren.

»Werde ich. Hab dich auch lieb.« Ich lege auf und stoße einen Seufzer aus, den ich wohl unterdrückt hatte.

»Bereit fürs Mittagessen?«, fragt Reese und geht auf die Tür zu.

Während ich ihm den Flur entlang folge, frage ich mich, ob Ethan schon von Grahams Verlobung weiß. Denkt er dabei auch an mich, so wie ich an ihn?

***

Am nächsten Tag kehre ich nach New York City zurück und weiß immer noch nicht, wie es ist, mit einem Partner im Flugzeug zu sitzen, da Reese beruflich in Boston geblieben ist. In gewisser Weise bin ich froh darüber. Der Uber-Fahrer holt mein Gepäck aus dem Kofferraum, und ich bedanke mich für die Fahrt, bevor ich Phillip an unserer Tür begrüße.

»Sie haben diese Woche Gäste von außerhalb, wie ich gehört habe?«, sagt er.

»Haben wir?« Ich frage mich, ob Lauren die Mädels aus ihrer Nanny-Gruppe eingeladen hat.

»Schönen Abend noch, Sloane.« Er nickt und lässt meine Frage unbeantwortet.

Ich gehe weiter durch die Lobby und fahre mit dem Aufzug hoch. Als sich die Türen öffnen und ich in den dritten Stock trete, höre ich laute Musik und Gelächter, das von unserer Seite des Flurs kommt. Wenigstens ist Lauren besser gelaunt als beim letzten Gespräch mit ihr. Ich schließe unsere Wohnungstür auf und sehe ein Paar Schuhe unter unserer Garderobe, das ich nicht kenne.

»Ich bin zu Hause!«, verkünde ich.

»Ist das Sloane?«, ruft eine vertraute Frauenstimme. Ich brauche eine Sekunde, um zu erkennen, wer es ist.

»Jordan!« Ich lasse mein Gepäck fallen und renne in die Küche. »Heilige Scheiße, was machst du denn hier?«

»Jemand musste ja kommen, um die Scherben aufzusammeln, stimmt's?« Sie deutet auf Lauren, und wir müssen alle lachen. »Aber ich bin auch hier, um deinen Geburtstag vorzufeiern!«

»Mitbewohnerinnen-Wiedervereinigung!«, wirft Lauren ein und grinst von Ohr zu Ohr.

Ich laufe den Flur entlang, um mich fertig zu machen. In meinem Schlafzimmer öffne ich den Koffer und ziehe meine Lieblingsjeans heraus, die wahrscheinlich eine Wäsche nötig hat, aber ich beschließe, dass sie es noch eine weitere Nacht ohne aushalten kann. Ich starre in das kleine schwarze Loch, das sich mein Kleiderschrank nennt, und versuche mich für ein Oberteil zu entscheiden, bevor meine Wahl schließlich auf einen schwarzen Body fällt. Ein weiteres meiner Lieblingsteile. Ich kombiniere das Outfit mit einem Paar schwarzer Ankle Boots und richte mein Make-up, bevor ich zum Vorglühen zurück in die Küche gehe.

Ein Wochenende mit Lauren und Jordan bringt einen Cocktail von Gefühlen mit sich – vor allem Aufregung und Angst. Ich habe so sehr versucht, die Person, die ich im College war, hinter mir zu lassen. Ich möchte neue Erinnerungen schaffen, mich verlieben und aufhören, alles mit Ethan zu vergleichen. Mit Jordan hier fühlt sich das unmöglich an.

»Geht's dir gut?«, flüstert Jordan mir zu.

»Ich bin nur erschöpft von der Reise«, lüge ich. »Aber es ist so schön, dass du hier bist!«

»Ich hab euch unglaublich vermisst. Wilmington ist ohne euch nicht dasselbe«, antwortet sie.

»Zieh hierher, J! Hast du noch nicht die Leute gesehen, die mithilfe von Trennwänden fünf Mitbewohner in eine Zweizimmerwohnung quetschen? Das könnten wir doch auch machen.« Ich bin nicht ganz sicher, ob Lauren das ernst meint oder nicht.

»Vielleicht überlege ich es mir nächstes Jahr. Ich kann mir Schöneres vorstellen als Trennwände im Schlafzimmer. Da würde ich euch beide ständig beim Sex hören. Apropos, Lauren hat mich geupdatet. Ethan? Er wohnt in diesem Gebäude? So seltsam.« Jordan wendet sich mir zu.

Ich erzähle den beiden von der unangenehmen Begegnung zwischen Reese und Ethan in der Lobby, wie wütend Reese danach war und wie er mich dann auf meiner Geschäftsreise überrascht hat. Wenn ich es laut ausspreche, hört sich mein Leben gar nicht so schlecht an. Ich gebe zu, das ist es auch nicht. Schlecht, meine ich. Wenn sie nur wüssten, was ich wirklich fühle. Normalerweise würde ich es ihnen sagen, aber heute Abend geht es um Lauren.

»Zweites Date hat vorgeschlagen, sich mit ein paar Freunden mit uns zu treffen!«, verkündet Lauren. Jordans Gesichtsausdruck verrät, dass sie mehr als verwirrt ist. »Willst du irgendwo Bestimmtes hin, J? Wenn nicht, kann das baldige Geburtstagskind sich was aussuchen.«

»*Zweites Date* ist sein Spitzname«, erkläre ich, während ich auf ihre Frage hin den Kopf schüttle. »Er ist der einzige Typ in der Stadt, der es bis zum zweiten Date geschafft hat. Wie heißt er noch mal richtig?«

»Miles, aber wir wollen nicht voreilig sein.«

Jordan und ich werfen uns einen dramatischen Blick und ein Lächeln zu. Ich habe das Gefühl, dass er mehr als ein zweites Date für Lauren ist, und Jordan scheint das auch so zu sehen.

✶✶✶

Die Schlange am Flying Cock ist nicht lang, sodass wir schnell durch sind. Miles bestellt eine Runde Tequila-Shots mit Orangenscheiben, und ich kann verstehen, warum Lauren ihn so mag. Er ist nicht nur groß, gut gebaut und sieht gut aus, sondern kümmert sich auch um sie und ihre Freundinnen. Für Lauren ist das ein Muss.

»Lass uns noch eine Runde holen.« Jordan hakt sich bei mir unter und zieht mich in Richtung Bar. »Wie ist Miles' Freund so?«

»Welcher? Ich kenne keinen von ihnen wirklich, aber ich kann versuchen, es rauszufinden«, antworte ich.

»Der kleinere«, sagt sie. »Du kennst sie nicht? Seid ihr nicht schon alle zusammen unterwegs gewesen?«

Jetzt mache ich mir Gedanken. War ich Lauren eine schlechte Freundin? Ich kenne Miles nicht, ich war nicht für sie da, als Graham seine Verlobung verkündet hat, und ich weiß nicht mal die Namen der Leute, mit denen sie die letzten Wochen Zeit verbracht hat.

Ich war so sehr in der Ethan-und-Reese-Saga gefangen, dass ich alles andere vernachlässigt habe. Dabei dachte ich, dass ich so etwas nie tun würde, wenn ich in einer Beziehung bin.

Und doch bin ich hier und tue genau das.

»Ehrlich gesagt habe ich nicht viel Zeit mit ihnen verbracht. Lass uns zurück zu den anderen gehen! Wir können uns vorstellen, und ich bin mir sicher, Lauren wird dich verkuppeln.« Jordan folgt mir durch die Menge.

Drei Stunden, zwei Drinks und einen weiteren Shot später stehe ich in der Schlange vor der Toilette und checke mein Handy. Keine Nachrichten. Ich gehe zurück in die Ecke, wo wir die ganze Nacht gestanden haben, und stelle fest, dass die Gruppe kleiner geworden ist.

»Wir wollen noch zu ihm«, flüstert Lauren. »Ich glaube, J hat was mit Miles' Freund am Laufen, also bieten wir ihnen an, sie mitzunehmen. Willst du mitkommen?«

»Nein danke. Langsam werde ich müde. Ich ruf mir ein Uber, damit ich morgen frisch bin. Brunch?«

»Auf jeden Fall.«

Kurz darauf bin ich die Einzige aus unserer Gruppe, die noch übrig ist. Ich gehe ein letztes Mal auf die Toilette, bevor ich mich auf den Heimweg mache. Zum Glück habe ich immer ein Paar Handschuhe in der Manteltasche. Als ich die

Third Avenue entlanglaufe, muss ich an Ethans Besuch denken. Er war so überfordert von der Stadt, dass ich dachte, er würde sie hassen. Jetzt lebt er hier. Wie ist das nur möglich? Ich weiß, ich sollte es nicht tun, aber ich wähle seine Nummer.

»Ja, Hart?« Er geht schneller ran, als ich erwartet hätte.

»Kannst du mich abholen? Ich versuche, vom Flying Cock nach Hause zu laufen, und ich glaube, ich gehe in die falsche Richtung. Ich kann den Wegbeschreibungen von Apple Maps nie folgen.« Meine Stimme schwankt, und ich überlege, ob ich auflegen soll.

»Wo bist du? Was siehst du?« Seine Fragen kommen wie aus der Pistole geschossen.

»Ich bin in der Nähe eines Waschsalons und einer Drogerie.« Ich umklammere das Handy ein wenig fester.

»Das ist alles andere als hilfreich. Kannst du mir deinen Standort schicken?« Sein Ton ist pragmatisch, beruhigend.

»In Ordnung.« Ich entsperre mein Smartphone und folge seinen Anweisungen. »Erledigt.«

»Bleib, wo du bist, ich komme gleich«, versichert er mir.

Innerhalb weniger Minuten stehe ich Ethan Brady gegenüber und weiß nicht, was ich fühlen und wie ich mich verhalten soll.

Mein ganzer Körper leuchtet auf, als ich ihn sehe. Wie soll etwas mit diesem Gefühl konkurrieren? Das ist unmöglich.

»Du solltest nicht allein nach Hause gehen. Wo ist Lauren?«, fragt er.

»Sie sind alle schon vor mir los.« Ich marschiere weiter, und er folgt mir.

Hoffentlich erwähnt er Reese nicht, denn ich weiß natürlich, dass das, was ich tue, falsch ist. Ich will nicht daran denken, dass ich Reese damit verletze. In diesem Moment will ich nur an Ethan denken. Ich will so tun, als wären wir wieder da, wo wir am Abend waren, bevor er in den Flieger nach Wilmington stieg. Ich will da weitermachen, wo wir aufgehört haben, als hätten wir nie Schluss gemacht, denn in meiner Vorstellung haben wir das nicht.

»Also, wo steckt Reese?«

Scheiße.

»Er ist beruflich unterwegs.« Ich beiße mir auf die Zunge und wünschte, wir würden über irgendetwas oder irgendjemand anderes reden.

»Wie ist das zwischen euch eigentlich passiert?« Seine Frage ist sanft, doch sie weckt ein Gefühl, dem ich mich nicht stellen will.

»Müssen wir wirklich darüber reden?« Ich plädiere nicht nur für ein anderes Thema, sondern auch für eine Pause von meinem eigenen Gewissen.

Er hält kurz inne. »Nein, ich denke, das müssen wir nicht.«

Als wir uns unserem Gebäude nähern, zieht sich ein Knoten der Beklemmung in meinem Magen zusammen. Ich werde das Gefühl nicht los, dass Phillip mich im Stillen verurteilt, obwohl er nirgends zu sehen ist. Das beklemmende Gefühl verschwindet, als wir den Aufzug rufen und sich die Türen sofort öffnen. Noch mal Glück gehabt.

Ethan und ich betreten einen Raum, der viel zu intim erscheint. Mein Herzschlag erhöht sich, als sich die Türen schließen und uns einsperren. Ich strecke die Hand aus, um auf den Knopf für den dritten Stock zu drücken, und Ethan tut dasselbe, um den fünften Stock zu erreichen. In einem Moment, der sich fast wie choreografiert anfühlt, berühren sich unsere Hände.

Dann, ohne Vorwarnung, bewegt sich Ethans Hand vom Knopf zu meinem Handgelenk. Sein Griff ist fest, aber angenehm. Mit einer schnellen Bewegung kommt er näher und drückt mich sanft gegen die kalte Metallwand des Fahrstuhls. Unsere Gesichter sind nur Zentimeter voneinander entfernt, unser Atem vermischt sich, seine Augen suchen in meinen nach einem Zeichen, irgendeinem Zeichen, das ihm sagt, dass es okay ist. Ist es das? Ich kann nicht atmen, geschweige denn denken, wenn er mir so nah ist.

»Zu dir oder zu mir, Hart?«

Plötzlich sind wir wieder einundzwanzig, auf dem Parkplatz des Ascent, und Ethan stellt mir dieselbe Frage, kurz bevor wir zum ersten Mal zusammen nach Hause gehen. Ich würde alles geben, um dorthin zurückzukehren und uns zu erzählen, wie alles ausgeht. Ich bin mir nur nicht sicher, ob das etwas ändern würde.

Der Aufzug läutet und kündigt mein Stockwerk an, und ich nehme allen Mut zusammen, um genau das zu sagen, was ich denke.

»Zu mir.«

Es ist ein gewagter Schritt, angetrieben von einer Mischung aus Angst und Verlangen. Ich ziehe ihn mit mir, meine Finger mit seinen verschränkt, und führe ihn aus dem Aufzug und den Flur entlang zu meiner Wohnung.

Vorfreude durchströmt mich, während ich mit meinem Schlüssel herumfummele und meine Hände die lässige Haltung, die ich zu bewahren versuche, Lügen strafen. Ich erinnere mich daran, dass das hier mein Werk ist, dass es zu meinen Bedingungen passiert und dass ich die Kontrolle über diesen Moment habe – sozusagen. Ethan Brady hat mich in der Hand, und ich weiß, dass er sich darüber im Klaren ist.

»Eure Wohnung ist ganz anders als unsere. Ihr habt viel mehr Platz«, sagt er, als wir das Apartment betreten.

»Ich wette, sie sind gleich groß. Wahrscheinlich habt ihr bloß ein kleineres Wohnzimmer wegen des zusätzlichen Schlafzimmers«, sage ich. »Willst du was trinken?«

»Eigentlich nicht«, antwortet er.

»Lass uns in mein Zimmer gehen«, schlage ich vor. Wir wissen beide, dass es falsch ist, doch er folgt mir und bleibt in der Tür stehen, um das Zimmer zu begutachten.

»Verreist du?«, fragt er und deutet auf den Koffer auf dem Boden, der aussieht, als wäre er durchwühlt worden.

»Nein, ich bin heute zurückgekommen«, weise ich die Frage zurück.

Sich aufs Bett zu setzen, fühlt sich irgendwie zu intim und doch nicht intim genug an. Mit einem Klaps auf die Bettdecke biete ich ihm an, zu mir zu kommen. »Kann ich dich was fragen?«

»Hast du mich deshalb eingeladen? Um mich zu verhören?« Er lacht. »Frag ruhig.«

»Warum konntest du mit mir nie weitergehen?« Die Frage hängt in der Luft und wartet auf eine Antwort.

Er seufzt.

Mit Sicherheit hat er etwas anderes erwartet, als mein Name nach Mitternacht auf seiner Anruferliste auftauchte. Er dachte wahrscheinlich, dass ich für Sex anrufe. Das ist zwar nicht unbedingt falsch, aber das Ganze ist an Bedingungen geknüpft. Ich brauche einen sauberen Abschluss, bevor ich mit meinem Leben weitermachen kann.

»Ich weiß es nicht, Sloane.« Dass er meinen Vornamen anstelle von Hart benutzt, zeigt mir, dass wir uns nicht mehr in seichten Gewässern bewegen. »Ich kann es nicht in Worte fassen. Es geht nicht um dich. Es geht um mich. Ich kann einfach mit niemandem zusammen sein. Wenn ich es könnte, dann mit dir«, gibt er zu, und in diesem Eingeständnis steckt eine rohe Ehrlichkeit, die mich tröstet.

Das ist alles, was ich hören muss. Ich drehe mich zu ihm und lege meine Hand auf sein Bein, um ihm still zu vermitteln, was ich will. Er versteht die Sprache unserer Körper besser als unsere Worte und küsst mich endlich.

»Das hat mir gefehlt«, murmelt er an meinem Mund, und mein Herz fühlt sich an, als würde es gleich explodieren.

»Mir auch«, sage ich.

Ich habe mich oft gefragt, ob ich Ethan jemals wieder küssen würde. Ich kann nicht glauben, dass es jetzt so weit ist.

Schon bald tragen wir beide nur noch Unterwäsche. Ich bekomme eine Gänsehaut, als seine Finger meinen Bauch rauf und runter wandern.

»Willst du, dass ich dich berühre?«

Mich überkommt ein kurzer Anflug von Ehrlichkeit – ich weiß, dass das, was ich Reese antue, falsch ist, aber dieser Moment mit Ethan fühlt sich so richtig an. Ist es schlimm, wenn ich sage, dass ich mich nicht im Geringsten schuldig fühle? Das ist es, was Ethan mit mir macht. Er bringt mich dazu, meine Moralvorstellungen über Bord zu werfen wie einen BH, den ich schon den ganzen Tag lang ausziehen wollte.

Anspannung steigt in mir auf, und statt ihm zu antworten, nehme ich seine Hand und führe sie genau dorthin, wo ich sie haben will. Er schiebt seinen Mund an mein Ohr, weil er weiß, dass mich das schwach macht. Ich drücke den Rücken durch, und mein ganzer Körper erzittert. Ich verliere mich in ihm.

»Ich will dich«, flehe ich.

»Ich hatte gehofft, dass du das sagen würdest.« Seine Stimme ist belegt.

Meine Hand findet den Weg zu seiner Unterwäsche, und ich kann spüren, wie hart er ist. Ich ziehe sie ihm aus und greife dann nach einem Kondom.

Mit einem Gefühl der Vertrautheit dringt er in mich ein, und Erleichterung durchströmt mich. Die letzten Monate ohne ihn waren durchzogen von Heimweh, und in diesem Moment, bei ihm, bin ich zu Hause.

Als wir fertig sind, liegen wir bewegungslos da. Seine Atemzüge sind schwer und meine kurz. Ich drehe ihm den Rücken zu und ziehe die Laken über meinen nackten Körper.

»Ethan?« Sein Name kommt mir geflüstert über die Lippen.

»Ja?« Seine Stimme ist leise.

»Ich glaube, dass ich immer für dich bereit wäre«, gestehe ich. »Nicht, dass ich hier rumsitze und auf dich warte, aber wenn du mir sagst, dass du mich zurückhaben willst, gibt es wohl nichts, was ich nicht für dich aufgeben würde.«

Er sagt nichts, aber er zieht mich näher zu sich heran und kuschelt sich an mich, wobei sich mein Rücken an seine Brust schmiegt. Ich habe es vermisst, von ihm gehalten zu werden. Ich habe es vermisst, wie er riecht. Ich habe es vermisst, wie er sich anfühlt. Ich habe ihn vermisst.

In dieser Position schlafen wir ein, und es ist wie ein Traum, aus dem ich nie wieder aufwachen möchte.

***

Als ich am nächsten Morgen die Augen öffne, ist meine Wange an Ethans nackte Brust gepresst, und ich hebe den

Kopf, um sicherzugehen, dass ich ihn nicht angesabbert habe. Sein leichtes Schnarchen beruhigt mich für eine Sekunde, bis ich mich daran erinnere, wo wir sind und dass er nicht hier sein sollte. Ich schieße aus dem Bett hoch, um mich anzuziehen, und werfe dabei seine Klamotten auf die Matratze.

»Dir auch einen guten Morgen«, stöhnt er.

»Ach, halt die Klappe. Wir wissen beide, dass du gehen musst«, fahre ich ihn an. »Na ja, zuerst muss ich sichergehen, dass noch niemand zu Hause ist. Jordan könnte hier übernachtet haben. Bin gleich wieder da.«

»Jordan ist hier?« Er gähnt.

Ich ziehe mir ein T-Shirt über, bevor ich aus meinem Zimmer gehe und die Lage sondiere. Ich sehe keine Handtaschen auf dem Tresen oder Schuhe vor der Tür, außer Ethans. Das wäre ein eindeutiges Zeichen gewesen, dass sie letzte Nacht hierher zurückgekommen sind.

»Okay, die Luft ist rein«, rufe ich ihm zu.

»Es ist gerade mal acht Uhr morgens, und du dachtest, die beiden wären schon zu Hause?« Er greift nach seinen Schuhen, macht sich aber nicht die Mühe, sie anzuziehen. »Weißt du nicht mehr, wie sie auf dem College waren?«

»Ich war mir nicht sicher, ob Jordan hier schläft oder nicht«, erkläre ich.

»Mach dir nicht so viele Sorgen.« Er zieht mich in eine Umarmung und küsst mich auf die Stirn. »Tschüss, Hart.«

»Tschüss«, antworte ich und schließe die Tür hinter ihm.

Auf meinem Gesicht breitet sich ein Grinsen aus. Ich kann nicht anders, als mich zu freuen und erneut auf eine Zukunft mit Ethan zu hoffen, selbst nach dem, was ich gerade Reese angetan habe.

O Gott, Reese.

Ich suche nach meinem Handy, und zu meiner Überraschung habe ich keine verpassten Anrufe oder Nachrichten von ihm. Also beschließe ich, unter die Dusche zu springen und darüber nachzudenken, was ich nun tun soll. Ich drehe das Wasser auf und warte, bis es heiß ist, bevor ich mich darunter stelle. Für einen Moment lasse ich es einfach auf meine Haut prasseln, bevor ich die Temperatur ein wenig herunterregle. Nach einer heißen Dusche ist normalerweise alles wieder gut. Diesmal nicht.

Ich weiß nicht, was Ethan an sich hat, das mich alles und jeden vergessen lässt. Wir hatten schon immer diese Verbindung, die keinen Sinn ergibt. Wahrscheinlich war mir immer klar, dass es mit uns am Ende wohl nichts wird. Aber ich kann nicht anders, als zu hoffen, dass es doch so kommt.

26

Ethan
Februar 2018

Es klingt scheiße, aber ich weiß genau, was ich Sloane antue. Ich weiß, ich sollte nicht hier sein – in New York City, in ihrer Wohnung, in ihrem Leben. Ich sollte sie in Ruhe lassen, aber ich kann nicht. Na ja, ich kann, aber ich weiß nicht, ob ich will.

Ich beobachte, wie sie sich durch die Küche bewegt, während sie ein Glas Wasser holt und mir einen Schluck anbietet, den ich ablehne. Sie hat abgenommen, nicht, dass es da viel abzunehmen gab, aber ihr Gesicht ist schmaler, und ihre Beine sind knochiger. Ich frage mich, ob ich etwas damit zu tun habe.

An der Art, wie sie ins Wohnzimmer torkelt, kann ich erkennen, dass sie mehr getrunken hat, als sie zugibt. Ich bin mir nicht sicher, wie ich mich in ihrer Nähe fühlen soll, wenn sie betrunken und verletzlich ist, aber ich gebe der Versuchung nach und beschließe, ihr trotzdem den Flur entlang in ihr Schlafzimmer zu folgen.

Ohne Luft zu holen, löchert sie mich mit Fragen. So läuft es immer, wenn sie betrunken ist.

»Warum konntest du mit mir nie weitergehen?« Ihre haselnussbraunen Augen sind traurig.

Ich schweige eine Sekunde lang und überlege, wie ich ihr antworten soll. Ich will ehrlich sein, aber ich weiß nicht, wie. Wann ist der richtige Moment gekommen, ihr zu sagen, dass meine Eltern verhaftet wurden, als ich noch klein war, und ich deshalb bei Grahams Familie aufgewachsen bin? Wie soll ich ihr sagen, dass meine Familie mich nicht genug geliebt hat, um bei mir zu bleiben? Wie soll ich ihr sagen, dass ich befürchte, dass ich sie eines Tages verlassen werde, so wie meine Eltern mich verlassen haben?

Ich frage mich, wie die Liebe für andere Menschen aussieht. Fühlt sie sich leicht an? So schwer sollte sie jedenfalls nicht sein. Aber all das ist zu persönlich, um es laut auszusprechen. Stattdessen erzähle ich ihr einen Haufen Bullshit, von dem ich weiß, dass sie ihn hören will.

»Es geht nicht um dich. Es geht um mich. Ich kann einfach mit niemandem zusammen sein. Wenn ich es könnte, dann mit dir«, beschönige ich die Wahrheit.

Und einfach so gehört sie wieder mir.

27

Sloane
April 2018

Es ist über einen Monat her, dass ich mit Ethan geschlafen habe, und ich bekomme die Nacht immer noch nicht aus dem Kopf. Ich habe es weder Reese noch Lauren erzählt. Nicht, dass ich es nicht gewollt hätte – ich habe es sogar ein paarmal versucht –, aber es ist weitaus schwieriger als erwartet. Die Vorstellung, einen von ihnen zu enttäuschen, erdrückt mich. Ich habe auch nichts von Ethan gehört, außer die kurze Nachricht, die er mir an meinem Geburtstag geschickt hat. Ist es falsch von mir, mehr zu erwarten?

»Sloane?«, ruft Lauren. »Du und Reese, habt ihr heute Abend Zeit, essen zu gehen?«

»Mit dir und Miles?«, erkundige ich mich, als ich aus meinem Zimmer komme.

»Mit wem sonst? Miles hat uns um neun einen Tisch im Dante reserviert. Passt das? Ich dachte, es wäre mal an der Zeit für ein Doppeldate mit unseren Freunden.«

»Freund, hm?« Ich ziehe eine Augenbraue hoch.

»Endlich! Oder? Ich hatte schon Angst, dass ich mich an die Dreimonatsregel halten muss, aber er hat vorher gefragt. Gott sei Dank!«

»Dreimonatsregel?«

»Hast du noch nie davon gehört?«, fragt sie. »In ein paar Podcasts, die ich höre, geht es darum. Genau genommen gibt es zwei Dreimonatsregeln. Die eine besagt, dass jemand, der sich drei Monate lang um dich bemüht, mit dir zusammen sein will. Die andere, dass du einem Mann, den du exklusiv datest, maximal drei Monate Zeit geben solltest, um es offiziell zu machen. Wenn er es nicht tut, bist du raus.«

»Interessant. Das gefällt mir.« Die Rädchen in meinem Kopf beginnen sich zu drehen.

»Sorry, ich wollte nicht … na ja, du weißt schon.« Sie bezieht sich eindeutig auf Ethan.

»Weiß ich doch. Ich mag die Dreimonatsregel. Ich glaube, das Problem dabei ist, dass man sich, wenn man schon drei Monate dabei ist, manchmal denkt: *Na ja, jetzt warte ich eh schon so lange …* Verstehst du? Das hätte ich auch gesagt, wenn mir auf dem College jemand davon erzählt hätte. Ich habe gewartet, und genau das ist das Problem. Ich dachte, er ändert sich, sodass sich alles zum Guten wendet. Ich hab so lange gewartet. Und plötzlich war fast ein Jahr um, und ich hab immer noch gewartet.«

»Ich weiß, und deshalb ist die Regel so gut. Hoffentlich hält sie Leute wie dich davon ab, ihre Zeit mit jemandem zu verschwenden, der nicht dazu bestimmt ist, länger als drei Monate in ihrem Leben zu bleiben.«

»Ja, hoffentlich«, antworte ich und weiß, dass ich, wenn mir jemand früher gesagt hätte, wie die Sache mit Ethan ausgehen würde, immer noch alles genauso gemacht hätte.

Ich werde das mit ihm nie bereuen.

***

Als wir im Restaurant ankommen, ist es genau so, wie ich es mir vorgestellt habe. Die Böden sind mit karierten Kacheln gefliest, und salbeigrüne Akzente ziehen sich durch den gesamten Raum. Freunde und Verliebte lachen bei Drinks und Vorspeisen. Es ist vielleicht das einzige Restaurant hier, das die Aura der Stadt und das Gefühl, hier zu leben, perfekt einfängt.

Der Kellner führt uns zu einem Tisch in der Nähe des Fensters, und beide Paare entscheiden sich dafür, nebeneinander zu sitzen anstatt einander gegenüber. Während ich die Getränkekarte durchblättere, legt Reese seine Hand auf mein Bein und küsst mich auf die Wange.

Ich schaue auf, um zu sehen, ob es Lauren oder Miles auffällt, aber sie sind zu sehr in die Gesellschaft des anderen vertieft und zeigen kichernd auf die Getränkekarte, während sie überlegen, was sie zuerst probieren wollen. Reese war diesen Monat beruflich viel unterwegs, sodass wir nicht viel Zeit miteinander verbracht haben. Mir war es ganz recht, um herauszufinden, wie ich ihm sagen soll, was mit Ethan passiert ist. Mir ist klar, dass ich es ihm sagen muss, wir müssen nur erst irgendwie dieses Dinner überstehen.

Als wir fertig sind, gibt Reese dem Kellner seine Karte, um zu bezahlen, und ich wünschte, ich könnte ihn davon abhalten, ohne eine Szene zu machen. Nicht nur fühle ich mich schuldig, weil ich mit Ethan geschlafen habe, jetzt lüge ich ihm auch noch ins Gesicht und lasse ihn eine teure Rechnung bezahlen. Ich habe mich noch nie so schlecht gefühlt. Auf dem Gehweg trennen wir uns von Lauren und Miles, bevor Reese und ich zu ihm gehen, da er nicht weit vom Restaurant entfernt wohnt.

»Alles in Ordnung?«, fragt er, während er nach meiner

Hand greift und seine Finger in meinen verschränkt. »Du warst so still beim Essen.«

»Ja, alles gut. Ich bin nur müde«, antworte ich und ringe mir ein halbherziges Lächeln ab.

»Miles ist cool, und Lauren scheint glücklich zu sein. Wie findest du ihn?«, fragt er.

Ich halte inne und überlege. »Er ist nett, und ich weiß, dass er sie sehr mag. Ich mache mir nur Sorgen, dass sie es überstürzen könnten.« Die Worte sprudeln nur so aus mir heraus und spiegeln meine eigenen Zweifel wider.

»Zu schnell?« Reese wirft mir einen fragenden Blick zu, seine Stirn ist leicht gekräuselt. »Gehen sie nicht schon seit einer Weile miteinander aus?«

»Ja, ich weiß auch nicht, es fühlt sich einfach schnell an.« Ich zucke mit den Schultern und versuche, das Thema abzutun.

»Du weißt aber schon noch, dass wir nach zwei Wochen zusammengekommen sind, oder?« Er lacht.

Ich antworte nicht.

Die nächsten paar Blocks gehen wir Hand in Hand, bis wir bei Reeses Wohnung ankommen. Ich will nicht mal einen Fuß in sein Gebäude setzen, geschweige denn die Nacht hier verbringen. Aber ich will auch nicht dieses Gespräch mit ihm führen. Keine Ahnung, was schlimmer ist.

»Willst du Wein oder irgendwas anderes? Wir könnten die eine Folge von *The Walking Dead* zu Ende schauen«, schlägt Reese vor, als wir uns seiner Tür nähern.

»Können wir einfach ins Bett gehen? Ich bin todmüde«, sage ich.

»Ja, natürlich. Bist du sicher, dass es dir gut geht?« Er sucht meinen Blick.

Ich nicke. Er folgt mir in sein Zimmer und gibt mir zum Schlafen eines seiner T-Shirts. Ich ziehe meine Jeans, den Rollkragenpullover und den BH aus, sodass ich nur noch sein Shirt und meine Unterwäsche trage. Dann lasse ich mich in sein Bett gleiten und frage mich, ob ich zum letzten Mal darin liege. Ich habe ein schlechtes Gewissen, weil es so endet, aber egal, wie sehr ich versucht habe, Reese zu lieben, es wird nie an meine Gefühle für Ethan heranreichen.

Reese steigt nach mir ins Bett und will mich berühren. Seit Boston hatten wir keinen Sex mehr. Ich kann den Gedanken nicht ertragen, mit ihm zusammen zu sein, nach dem, was ich mit Ethan getan habe. Ich weiß, dass ich es ihm sagen muss.

»Irgendetwas ist doch los. Bitte sag es mir einfach«, fleht er.

»Ich hatte Sex mit Ethan.«

Die Worte verlassen meinen Mund, bevor ich überhaupt merke, was ich da sage. Ich liege mit dem Rücken zu ihm und finde irgendwie den Mut, mich aufzusetzen und Blickkontakt mit ihm aufzunehmen. Er steht am Fußende seines Bettes und starrt mich ausdruckslos an.

»Fuck. Ich wusste es.« Ich kann die Enttäuschung in seinem Tonfall hören. »Ich bin nicht blind, Sloane. Ich hab schon geahnt, dass es irgendwann passieren wird, und trotzdem gehofft, dass es nicht so weit kommt. Ich hatte gehofft, dass ich dir mehr bedeute.«

»Es ist nicht so, dass du mir nichts bedeutest …«

»Aber ich bin nicht er. Niemand kann sich mit einem Geist messen, Sloane. Du rennst einem Kerl hinterher, bei dem du dir nie sicher sein wirst, während ich hier vor dir stehe und dich sehe, dich will, dich wähle – und dich interessiert es nicht mal.«

Seine Worte tun weh.

»Du verstehst es einfach nicht«, flüstere ich.

»Was verstehe ich nicht, Sloane? Dass du alles für jemanden tun würdest, der sich einen Dreck um dich schert?« Seine Frage ist rhetorisch. »Was war denn das mit mir? Hast du mich überhaupt geliebt? War ich nur eine Ablenkung, bis du zu ihm zurückfindest?«

Ich spüre, wie mir eine Träne über die Wange läuft. Und ganz im Gegensatz zu sonst scheint Reese sich nicht dafür zu interessieren.

»So ist es nicht. Ich habe dich geliebt, das habe ich wirklich. Aber jetzt, da er wieder da ist, ist es einfach … anders. Ich kann nicht in einer Beziehung sein mit all diesen ungeklärten Gefühlen. Das ist uns beiden gegenüber nicht fair«, sage ich in dem Versuch, die Fassung zu bewahren.

Ich stehe auf und nehme meine Klamotten mit ins Bad, um mich wieder umzuziehen, denn die Vorstellung, in seiner Gegenwart noch ein einziges Mal nackt zu sein, verursacht mir eine Gänsehaut. Ich lege das T-Shirt zusammen, platziere es auf seiner Kommode und spüre, wie er jede meiner Bewegungen beobachtet.

»Ich hoffe, eines Tages wirst du es begreifen«, sagt er. »Er wird sich nie ändern. Ich weiß, dass du das denkst, aber das wird er nicht. Er wird dich wieder verletzen.«

Mir schnürt sich die Kehle zu, als er fortfährt.

»Er wird dir erneut wehtun, und das nächste Mal werde ich nicht da sein, um dich wieder zusammenzusetzen.«

Keine fünf Minuten später sitze ich auf der Treppe vor seinem Haus mitten im West Village und frage mich, was ich als Nächstes tun soll. Ich rufe mir ein Uber, weil ich meinen Eltern versprochen habe, so spät nicht mehr allein mit der U-Bahn zu fahren. Dafür nutze ich die Kreditkarte meiner Mutter und warte dann darauf, dass der Wagen vorfährt.

Als ich durch das Fenster des schwarzen Toyota Camry starre, der nach Zigaretten stinkt, frage ich mich, ob ich die richtige Entscheidung getroffen habe. Auf dem Papier ist Reese der ideale Heiratskandidat. Er ist freundlich, aufmerksam, zuverlässig und hört mir zu – er schenkt mir Aufmerksamkeit und versteht, was ich will und brauche. Das ist eine Eigenschaft, die man nur selten bei einem Mann findet. Ich glaube nur nicht, dass ich jemals das Gefühl loswerde, dass er nicht der Richtige ist.

Vielleicht ist Ethan es auch nicht, aber ich muss unbedingt noch einmal die Chance nutzen, um das herauszufinden.

Ich zögere, aus dem Auto auszusteigen, als es vor meinem Gebäude hält. Ich bin allein. Ist das gut? Oder habe ich gerade einen riesigen Fehler gemacht, weil ich einen Mann aufgegeben habe, mit dem die meisten Frauen ihr Leben verbringen würden? Was habe ich getan?

Die Lobby ist völlig leer, selbst Phillip ist nicht da. Ich warte auf den Aufzug und drücke den Knopf, der mich in den fünften Stock bringt. Vor der Tür von Ethans Wohnung bleibe ich stehen. Warum noch mal habe ich gedacht, das wäre eine gute Idee? Er ist wahrscheinlich nicht mal zu Hause.

Ich überlege, ob ich wieder nach unten gehen soll, klopfe aber trotzdem an die Tür. Wenige Sekunden später öffnet er sie.

»Das ist aber eine Überraschung«, begrüßt mich Ethan. »Alles in Ordnung?«

Ich komme gleich zur Sache. »Ich hab mit Reese Schluss gemacht. Kann ich heute Nacht hier schlafen?«

»Warum hast du das getan?«, fragt er und öffnet die Tür, um mich reinzulassen.

»Fragst du das ernsthaft? Wir hatten Sex, Ethan. Ich habe meinen Freund betrogen. Wie sollte ich mit jemandem in einer Beziehung sein, dem ich so etwas angetan habe?«

»Ich weiß es nicht. Tut mir leid, Hart.«

»Warum hast du mir nicht geschrieben, nachdem wir miteinander geschlafen haben?«, frage ich.

»Na ja, bis jetzt dachte ich, du hättest einen Freund. Ich hab mich schon beschissen genug gefühlt wegen dem, was passiert ist. Ich wollte es wirklich nicht noch schlimmer machen.«

Ich schweige.

»Hast du wegen mir mit ihm Schluss gemacht?«, fragt Ethan.

»Nein«, antworte ich sofort. »Er ist einfach nicht der Richtige für mich. Ehrlich gesagt weiß ich nicht, ob meine Gefühle für jemand anderen jemals mit meinen Gefühlen für dich mithalten können.«

»Sag so was nicht. Stell mich nicht auf ein Podest. Das hab ich nicht verdient.«

»Ich kann nicht anders. Schon bevor ich dir wiederbegegnet bin, hab ich daran gedacht, wie sehr ich dich vermisse. Auf eine seltsame Art und Weise hänge ich an dir, als wären unsere Wege dazu bestimmt, sich immer wieder zu kreuzen.«

»Versteh ich«, sagt er leise, als wolle er nicht zugeben, dass er dasselbe fühlt.

Ein paar Minuten lang sagt keiner von uns etwas, bis Ethan in die Küche geht, um mir ein Glas Wasser zu holen. Als er zur Couch zurückkehrt, setzt er sich so dicht neben mich, dass sich unsere Beine fast berühren.

Obwohl ich ihn mittlerweile seit fast zwei Jahren kenne, macht es mich extrem nervös, wenn sein Körper mir so nah ist. Ich schwinge meine Beine hoch, sodass sie über seinen Oberschenkeln liegen, und er legt eine Hand auf mein Knie. Wir reden über die Arbeit und darüber, was in letzter Zeit in unserem Leben passiert ist. Für eine Sekunde fühlt es sich so an, als würden wir genau da weitermachen, wo wir aufgehört haben. Er führt mich in sein Zimmer. Ich schlüpfe unter seine marineblaue Bettdecke, und er zieht mich zu sich heran.

Wir haben keinen Sex. Stattdessen schlafen wir mit ineinander verschlungenen Beinen ein, mein Kopf auf seiner Brust und seine Arme um mich gelegt. Ich wünschte, so könnte es jede Nacht sein.

***

Am nächsten Morgen schleiche ich mich zurück in unsere Wohnung, ohne Lauren und Miles zu wecken. Ich ziehe eine Jogginghose und ein T-Shirt an und krabble ins Bett. Doch anstatt wieder einzuschlafen, scrolle ich durch meinen Feed. Graham und Emily arbeiten an ihrer Hochzeitswebsite, Jordan war mit ein paar Kollegen zum Sushi-Essen verabredet, und Reese hat nichts gepostet – was nicht ungewöhnlich ist, vor allem wenn man bedenkt, was letzte Nacht passiert ist, aber ich gebe seinen Namen trotzdem in die Suchleiste ein.

Kein Benutzer gefunden.

Er hat mich blockiert. Ich schleudere mein Handy weg und ziehe mir die Decke über den Kopf. Vielleicht brauche ich doch noch ein paar Stunden Schlaf, bevor ich mich dem heutigen Tag stellen kann. Immerhin weiß ich, dass Lauren nicht gerade begeistert sein wird, wenn ich ihr erzähle, was passiert ist.

***

»Du hast was getan?« Ihre Augen weiten sich ungläubig. »Was für einen Grund gibt es bitte, mit ihm Schluss zu machen?«

Miles hält inne, ein Hauch von Unbehagen flackert über sein Gesicht, bevor er Lauren einen Kuss auf die Wange drückt.

»Ich … werd dann mal gehen. Ich schreib dir später.« Damit macht er auf dem Absatz kehrt und läuft zur Tür, als würde die Decke gleich einstürzen.

»Fang von vorne an«, fordert sie.

Ich nehme einen tiefen Atemzug. »An dem Wochenende, als Jordan zu Besuch war, habe ich Ethan angerufen. Ich war betrunken. Wir haben miteinander geschlafen, und danach habe ich nicht mehr mit ihm gesprochen.«

»Ernsthaft?« Ein skeptischer Ausdruck wandert über ihr Gesicht.

»Ich schwöre. Ich wollte es Reese sofort sagen, nachdem es passiert ist, aber dann war er fast jede Woche beruflich unterwegs, und je länger ich gewartet habe, desto schwieriger wurde es. Nach dem Essen gestern konnte ich es einfach nicht mehr für mich behalten. Also habe ich es ihm erzählt.«

Lauren nimmt einen Schluck von ihrem dampfenden Kaffee, während sie meine Worte verarbeitet.

»Wie hat er reagiert?«, fragt sie.

»Er sagte, er habe geahnt, dass es passieren würde. Ich meine, er war sauer, aber er war nicht überrascht. Ich weiß nicht, ob das unbedingt hilfreich war, aber ich denke, die Tatsache, dass es nicht völlig aus dem Nichts passiert ist, macht es vielleicht leichter für ihn, es zu verdauen.« Die Erinnerung daran tut weh.

Zwischen uns entsteht eine Pause.

»Ihr habt einfach so ... gut zusammen gewirkt. Jedenfalls bevor du wusstest, dass Ethan hier ist.«

»Vielleicht hab ich es danach aussehen lassen, aber meine Beziehung zu Reese war so einseitig. Ich wusste, dass er mich liebt, und ich hab ihn hingehalten, weil es sich gut angefühlt hat, jemandem alles zu bedeuten. Ich konnte aber nie dasselbe für ihn empfinden«, erkläre ich.

Lauren denkt über meine Worte nach, bevor sie fragt: »Und was ist jetzt mit Ethan?«

»Ich weiß es nicht. Ich war dieses Mal offener zu ihm. Bisher hat es ihn noch nicht abgeschreckt, also denke ich, das ist ein gutes Zeichen«, gestehe ich.

»Hat er sich überhaupt geändert? Wieso sollte es dieses Mal anders laufen?« Sie beugt sich vor, ihre Frustration ist offensichtlich.

»Ich weiß es noch nicht«, sage ich erneut. Ihre Frage wiegt ungewohnt schwer. »Es ist noch nicht mal vierundzwanzig Stunden her, dass ich mit Reese Schluss gemacht habe. Ich brauche Zeit, um alles zu verarbeiten, bevor ich über die Zukunft nachdenke.«

»Warum immer noch, nach so langer Zeit?« Sie schüttelt den Kopf. »Was hat er nur an sich? Es ist, als hätte er dich mit irgendwas in der Hand.«

Ich seufze, bevor ich versuche, das Irrationale zu rationalisieren. »Manchmal fühlt es sich so an. Es mag verrückt klingen, aber es ist, als würde mir eine Stimme sagen, dass ich noch ein kleines bisschen warten soll. Dass sich bald etwas tun wird. Ich weiß, dass er immer noch an mich denkt und Gefühle für mich hat, ich warte nur darauf, dass er bereit ist, dementsprechend zu handeln.«

»Das ist es ja gerade. Wahrscheinlich hat er noch Gefühle für dich, aber das ist nicht wichtig. Was zählt, ist, was er damit macht, und das ist nichts. Solange er nichts in diese Beziehung investiert, solltest du das auch nicht tun. Nicht mit deinem fast perfekten Freund für ihn Schluss machen. Du verdienst jemanden, der sich Mühe gibt, um dir zu zeigen, dass er dich in seinem Leben haben will.« Mir ist klar, dass sie recht hat.

»Wenn ich nicht mit Reese Schluss gemacht hätte, hätte ich ihm das Gleiche angetan wie Ethan mir. Das war nicht fair.«

Ihr Blick wird weicher. »Ich hoffe nur, du weißt, was du tust.«

Ich gehe den Flur entlang, schließe meine Zimmertür und wähle Grahams Nummer. Nach dem Gespräch mit Lauren brauche ich die Gewissheit, dass ich nicht gerade einen großen Fehler gemacht habe, und ich habe das Gefühl, dass Graham der einzige Mensch ist, der meine Beziehung zu Ethan versteht. Wahrscheinlich, weil er der einzige Mensch auf der Welt ist, der Ethan versteht. Und darum beneide ich ihn.

»Hey!«, sagt er.

»Hi, tut mir leid, dass ich so aus dem Nichts anrufe. Wie läuft es mit der Hochzeitsplanung?« Ich gebe mein Bestes, mich langsam vorzutasten.

»Geht so. Was ist los? Wenn du anrufst, gibt's normalerweise einen Grund dafür«, stichelt er.

»Du lässt mich wie eine schlechte Freundin klingen«, sage ich. »Du weißt ja, dass ich seit ein paar Monaten mit Reese zusammen bin, oder? Na ja, ich hab vor Kurzem mit Ethan geschlafen und es ihm gestern Abend endlich gesagt.«

»Gott, Sloane …« Er verstummt.

Ich versuche, seine Enttäuschung zu ignorieren, und fahre fort: »Ich hab mit ihm Schluss gemacht. Ich meine, das wollte ich die ganze Zeit tun, glaube ich. Es war schön, weil es bequem mit ihm war, aber es war nie so wie mit Ethan.«

»Kann ich was dazu sagen?«, wirft er ein. »Es wird nie mit jemandem so sein wie mit Ethan. Das wäre ziemlich ungesund. Ihr beide seid die erste große Liebe des jeweils anderen. Und ehrlich gesagt war das mit euch ziemlich toxisch.«

Ich kann nicht anders, als meine Gefühle zu verteidigen, obwohl sich ein Teil von mir fragt, ob er recht hat. »Wir sind nicht toxisch«, sage ich, mehr zu mir selbst als zu ihm.

»Darum geht es doch gar nicht. Hast du mit Ethan geredet? Ist er bereit für eine Beziehung?« Seine Frage ist spitz.

»Na ja, nein«, gebe ich zu.

»Ganz genau. Du stehst also wieder am Anfang. Ich sage nicht, dass du nicht mit Reese hättest Schluss machen sollen, weil du offensichtlich nicht mit ihm zusammen sein willst. Aber du musst nicht zurück zu Ethan gehen. Du kannst auch allein sein oder jemand anderen daten. Das weißt du doch, oder?«

Ich stoße die Luft aus, die ich unwissentlich angehalten habe. »Ich weiß. Aber glaubst du, dass es jemals mit ihm klappen könnte?«

Am anderen Ende der Leitung ist ein tiefer Seufzer zu hören.

»Keine Ahnung. Es ist schwer, Ethan zu lieben.« Er wird leiser. »Er hat in seinem Leben schon viel Mist durchmachen müssen. Ich weiß nicht, ob er sich jemals binden oder heiraten will. Und du kannst nicht ewig darauf warten, das herauszufinden.«

Die Wahrheit seiner Worte dringt zu mir durch. Er hat recht.

»Danke, Graham.«

»Dafür bin ich doch da, oder?« Er lacht in einem Versuch, die Stimmung zu lockern. »Bei euch werden bald Einladungen reinflattern. Oh, und Emily und ich planen in den nächsten Monaten einen Trip in die Stadt. Wir würden gern mit dir essen gehen.«

»Klingt toll! Sag mir einfach, wann, und ich reserviere uns einen Tisch.«

Nachdem wir uns verabschiedet und aufgelegt haben, bin ich noch verwirrter als vor den Gesprächen mit den beiden. Ich weiß, dass Graham und Lauren recht haben. Wenn ich mich wieder mit Ethan treffe, muss ich das an ein paar Bedingungen knüpfen. Er muss voll dabei sein. Ich weiß nur nicht, ob ich stark genug bin, ihn damit zu konfrontieren.

28

Sloane
Juni 2018

Ich habe den Sex mit Ethan vermisst.

Die Chemie zwischen uns ist anders als alles, was ich je erlebt habe, und der Sex ist sogar noch besser geworden. Vielleicht liebe ich es so sehr, mit ihm zu schlafen, weil das die einzige Zeit ist, in der er etwas von sich preisgibt. Es ist die einzige Zeit, in der ich das Gefühl habe, dass wir auf Augenhöhe sind.

»Holst du mir ein Handtuch?«, frage ich.

»Jep, mach ich«, murmelt Ethan.

Nachdem ich mit Reese Schluss gemacht hatte, haben Ethan und ich da weitergemacht, wo wir vor fast einem Jahr aufgehört haben. Ich habe nie den Mut gefunden, mit ihm darüber zu reden, was wir sind. Ich lasse es so weiterlaufen wie bisher, weil es bedeutet, dass er zurück in meinem Leben ist, und das genügt mir im Moment. Er reicht mir ein Handtuch und schlüpft wieder unter die Bettdecke, bevor er meinen Fernseher einschaltet.

Bzzz. Bzzz. Bzzz. Sein Telefon liegt mit dem Display nach unten auf seinem Bauch, während er es klingeln lässt.

»Willst du nicht nachsehen, wer es ist?«, frage ich.

Er zeigt mir das Display, damit ich sehen kann, dass es sich um eine unbekannte Nummer mit einer Vorwahl aus Wilmington handelt. Er dreht das Handy wieder um und scrollt weiter durch Netflix, um etwas zu finden, das wir uns anschauen können.

»Wieso gehst du nicht ran?«, frage ich erneut.

»Wahrscheinlich ist es nur Spam«, antwortet er unbeeindruckt.

Ich lasse es auf sich beruhen und lege meinen Kopf auf seine Brust. Er entscheidet sich für unsere Lieblingsserie *Breaking Bad* und schaltet die Lampe neben sich aus, sodass nur noch das Licht meines zweiunddreißig Zoll großen Flachbildschirms den Raum erhellt.

Ich hebe den Kopf, um ihn anzusehen, denn manchmal fühlen sich kleine Momente wie dieser nicht real an. Früher habe ich in diesem Bett gelegen und mich nach ihm gesehnt, und jetzt ist er wieder da, als wäre er nie weg gewesen. Er lächelt und streichelt über mein Haar, während ich neben ihm einschlafe.

***

»Also, Graham kommt gegen Mittag an. Ich werde mich nach dem Mittagessen mit den Jungs von der Arbeit mit ihnen in ihrem Hotel treffen«, sagt Ethan, den Mund voller Zahnpasta.

»Hat er gesagt, welches? Wir brauchen wahrscheinlich eine Reservierung. Es ist Freitag«, schlage ich vor, während ich mich beeile, meine Tasche für die Arbeit zu packen und ein Paar Schuhe zu finden, das ich tagsüber und abends tragen kann.

»Bin mir nicht sicher. Deshalb werden sie versuchen, um drei Uhr dort zu sein. Um wie viel Uhr fangen deine Sommerfreitage normalerweise an?«

»Gegen zwei. Ich wollte hierher zurückkommen, um mich umzuziehen, aber vielleicht packe ich einfach ein zusätzliches Outfit in meine Tasche.«

»Warum umziehen? Du siehst toll aus.« Sein Kompliment jagt mir einen Schauer über den Rücken.

Ethan tritt hinter mich, während ich mich in meinen verspiegelten Schranktüren betrachte. Ich habe mich für ein hellblaues Minikleid mit winzigen bestickten Blümchen entschieden, gepaart mit einem weißen Oversized-Blazer, denn im Büro ist es immer kalt. Ich muss mich nur noch zwischen weißen Ankle Boots und Sneakern entscheiden.

»Nimm die Sneaker«, flüstert er mir ins Ohr, umfasst meine Taille und küsst meinen Hals.

»Okay, gut, in denen kann ich auch besser laufen.« Ich drehe mich um und küsse ihn zurück. »Gleich bin ich spät dran.«

»Es wird sich lohnen.« Ich spüre, wie er sich an mich drückt.

»Im Ernst, Ethan«, flehe ich. »Es ist nicht der richtige Morgen dafür.«

Irgendetwas an Ethan in seinem Button-down-Hemd und der Anzughose macht mich an. Ich küsse ihn zum Abschied und lasse ihn in meiner Wohnung zurück, um sich fertig zu machen. Ich habe ihm eine Kopie unseres Schlüssels besorgt, ungefähr einen Monat, nachdem wir angefangen hatten, uns wieder regelmäßig zu sehen. Lauren war kein großer Fan von der Idee, aber sie hat auch nicht Nein gesagt. Sie verbringt so viel Zeit bei Miles, dass sie praktisch dort wohnt.

276

Ich komme etwas früher zur Arbeit, in der Hoffnung, dass ich auch früher gehen kann. Das Büro ist menschenleer, die übliche Hektik des Tages hat noch nicht begonnen. Mein Arbeitsplatz ist zu einer Collage aus Klebezetteln geworden, ein Mosaik aus Terminen und Erinnerungen. Heute ist ein guter Tag, um aufzuräumen, also beginne ich damit, ein paar veraltete Zettel zu entfernen, bevor ich mich daranmache, neue Artikel zu planen.

»Gem heute Abend?« Milas Stimme durchbricht die Stille, als sie sich an dem Schreibtisch gegenüber von meinem niederlässt.

»Unsere College-Freunde kommen heute in die Stadt und wollen in eine Rooftop-Bar, aber ich werde auf jeden Fall versuchen, sie zu überreden, danach ins Gem zu gehen«, antworte ich, während ich weitertippe.

**

»Sloane? Hast du einen Moment Zeit?« Annie ruft mich zu sich, und mein Magen zieht sich vor Nervosität kurz zusammen. Normalerweise treffen wir uns nur zu unseren wöchentlichen Einzelgesprächen in ihrem Büro, deshalb bin ich ein wenig nervös, da ich nicht weiß, was dieses Gespräch mit sich bringen wird. Ich betrete ihr Büro, meinen Laptop als eine Art Schutzschild vor der Brust, und bleibe in der Tür stehen.

»Setz dich.«

Ihr Gesichtsausdruck ist nicht zu deuten.

»Also«, beginnt sie und faltet die Hände auf dem Schreibtisch, »du hast die Besucherzahlen unserer Website in weniger als einem Jahr im Alleingang auf fünfzehn Millionen gesteigert. Das ganze Team ist beeindruckt, also habe ich mit der Personalabteilung gesprochen … Du bekommst eine Gehaltserhöhung.«

»Eine Gehaltserhöhung?!«, sage ich völlig überrascht.

»Ja«, bestätigt Annie mit einem Nicken. »Als Anerkennung deiner Arbeit und des Einflusses, den du auf *The Gist* hast. Dein Gehalt muss die wachsende Bedeutsamkeit deiner Beiträge widerspiegeln.«

»Ich weiß nicht, was ich sagen soll«, bringe ich hervor. »Vielen Dank!«

»Du hast es dir verdient.« Ihr Lächeln ist warm und echt. »Und jetzt mach weiter. Starte früher ins Wochenende und feiere.«

Deutlich leichter ums Herz kehre ich an meinen Schreibtisch zurück und erledige schnell den Rest meiner Aufgaben. Mit einem Blick auf die Uhr entscheide ich, dass es Zeit ist, zu gehen. Auf dem Weg zur U-Bahn schreibe ich Ethan eine Nachricht und überlege, ob ich meine Eltern wegen der guten Neuigkeiten anrufen soll. Gerade als ich ihre Nummer wählen will, vibriert mein Handy mit einer neuen Nachricht.

12.45 Uhr
Ethan Brady: Ich geh jetzt zum Mittagessen. Graham und Emily bestehen aufs Mr. Purple. Treffen wir uns dort, wenn du fertig bist?

12.45 Uhr
Ich: Du weißt, was ich vom Mr. Purple halte …

12.46 Uhr
Ich: Das war ein Scherz (so halb). Ich bin früher fertig geworden, also bis gleich!

Ich drücke auf *Senden*, während ich die Stufen zur U-Bahn hinunterlaufe, um die nächste Bahn zur Lower East Side zu erwischen. Alle New Yorker, die ich kenne, fanden das Mr. Purple nur in den ersten paar Monaten nach seiner Eröffnung gut. Heute geht dort niemand mehr hin, vor allem wegen der vielen Touristen. Aber ich verstehe, warum Emily es sehen will.

»Sloane!« Emily winkt mir vom anderen Ende der Dachterrasse aus zu.

»Hi, Leute!«, sage ich, als ich mich dem Tisch nähere.

»Es ist so schön, dich endlich kennenzulernen!« Sofort umarmt sie mich.

Emily ist überraschend nett und passt viel eher zu Grahams Art als Lauren. *Nichts für ungut, Laur.* Sie hat wunderschönes, langes braunes Haar und ein Lächeln, das ihr Gesicht nie zu verlassen scheint. Laut Graham ist Emily freundlich, aufrichtig und bringt ihn immer zum Lachen. Obwohl ich sie erst seit ein paar Minuten kenne, weiß ich sofort, dass sie füreinander bestimmt sind.

»Was willst du trinken?«, fragt Ethan mich.

»Nimm einen Brombeer-Mojito! Die sind so gut!«, meldet sich Emily zu Wort.

»Den nehme ich.« Ich lächle und sehe ihm dabei zu, wie er zur Bar geht. »Also, wie geht's euch?«

»Du kannst dir gar nicht vorstellen, wie anstrengend die Hochzeitsplanung ist. Ständig passiert irgendwas anderes. Ich will gar nicht erst davon anfangen, wie teuer Blumen sind. Wer hätte das gedacht?« Emily lacht.

»Was ist mit dir?«, unterbricht Graham uns, bevor wir so tief ins Hochzeitsgespräch einsteigen, dass wir nicht mehr herauskommen.

»Wenn du so fragst« – ich halte inne, bis Ethan mit meinem Getränk den Tisch erreicht – »heute hab ich eine Gehaltserhöhung bekommen! Es kam total überraschend, und meine Chefin sagt, sie will damit meine gute Leistung honorieren, also würde ich sagen, es läuft großartig.«

»Ich bin so stolz auf dich«, flüstert Ethan und küsst mich auf die Wange.

Der Erfolg an sich ist schon großartig, aber durch seine Bestätigung fühle ich mich noch besser. Ethan legt seinen Arm um mich, während die anderen mich ebenfalls beglückwünschen und Graham uns zur Feier des Tages eine Runde Shots bestellt.

»Lauren ruft an«, murmle ich und schaue auf mein Handy.

Ich entschuldige mich und stelle mich in eine ruhigere Ecke, bevor ich rangehe. »Hey!«

»Hey, wo bist du?« Laurens Stimme dringt gedämpft an mein Ohr.

Scheiße. Schuldgefühle steigen in mir hoch. Ich hatte nie die Gelegenheit, ihr zu sagen, dass Graham dieses Wochenende in die Stadt kommt.

»Arbeitest du länger? Ich will ausgehen!«, sagt sie erneut.

»Bitte hass mich nicht ...«, setze ich an. »Ich hab ganz vergessen, dir zu erzählen, dass Graham dieses Wochenende hier ist. Ich bin mit ihm und Ethan unterwegs.«

»Ist Emily auch da? Wäre es seltsam, wenn ich dazukomme? Ich will heute Abend nicht zu Hause bleiben.« Es klingt wirklich so, als ob sie gern mit dabei wäre.

»Sie ist hier, aber ich denke, es wäre in Ordnung. Kommt Miles mit? Auch wenn ich gerade nicht weiß, ob das hilfreich wäre oder nicht«, überlege ich.

»Ich kann ihn wahrscheinlich überreden. Wo seid ihr?« Mittlerweile klingt sie fröhlich.

»Mr. Purple«, sage ich lachend.

»Nicht dein Ernst«, antwortet sie. »Okay, wir sind in dreißig Minuten da.«

Als ich zum Tisch zurückkehre, überlege ich, wie ich ihnen am besten sage, dass Lauren und ihr Freund auf dem Weg sind. Nachdem wir in die Stadt gezogen sind, hat Graham aufgehört, sie zu erwähnen, und sie ihn, zumindest, bis er sich verlobt hat. Jetzt, da sie Miles hat, denke ich, ist sie weniger eifersüchtig.

Ich blicke von meinem Handy auf und teile der Gruppe zögerlich die Neuigkeiten mit: »Lauren kommt mit ihrem Freund, ist das okay?«

»Ja, alles gut. Ich freue mich für sie. Ist er ein guter Kerl?«, fragt Graham.

Ich nicke mit einem Lächeln auf den Lippen. »Ist er.«

»Mehr muss ich nicht wissen.«

Nach einer unbeholfenen Vorstellungsrunde und ein paar weiteren Drinks beschließen wir, etwas essen zu gehen, bevor wir ins Gem weiterziehen.

Zwei Blocks entfernt befindet sich eines der besten mexikanischen Restaurants der Stadt, zumindest behauptet das Miles, der meint, sich auszukennen. Wir bestellen eine Runde Margaritas, Tequila-Shots, Queso und Guacamole, bevor wir uns für unsere Hauptgerichte entscheiden. Als wir aufbrechen wollen, bin ich mehr als beschwipst, aber die Nacht ist noch jung, also versuche ich, mich zusammenzureißen.

»Scheiß auf die Schlange«, beschwert sich Lauren, als wir schließlich vor dem Club stehen.

»So schlimm ist es nicht«, entgegnet Graham in dem Versuch, den Frieden zu wahren.

Ethan und ich tauschen einen vielsagenden Blick aus. Ich schaue durch das Fenster und beobachte, wie alle drinnen tanzen und sich unter die Leute mischen. Plötzlich beschleunigt sich mein Puls. Da ist Reese.

»Wir könnten es auch im Flying Cock versuchen?« Verzweiflung schwingt in meiner Stimme mit, während ich versuche, irgendeine Ausrede zu finden, um nicht reingehen zu müssen.

»Da ist es zu ruhig. Lass uns später dahin«, sagt Ethan.

»Bist du sicher? Die haben fast nie eine Schlange, und das hier dauert ewig«, sage ich in der Hoffnung, dass mir jemand zustimmt.

»Wir haben jetzt schon so lange gewartet«, entgegnet Graham.

Ich wende mich an Ethan und flüstere: »Reese ist da drin.«

Er versucht mich zu beschwichtigen. »Es wird schon gut gehen, wahrscheinlich laufen wir ihm nicht mal über den Weg.«

Im Inneren der Bar verschlingt uns die Menge. Ethans Hand in meiner ist wie ein Anker in dem Meer von Menschen. Er führt uns zur Bar und bestellt mit einer Zuversicht, die mich vergessen lässt, wie unwohl ich mich fühle, eine Runde Getränke. Doch als wir uns wieder durch die Menge bewegen, stößt Ethan mit der Schulter gegen jemanden. Ich erstarre. Es ist Reese.

Seine Stimme ist rau und voller Zorn. »Also, was ist das hier? Seid ihr jetzt zusammen oder was?«

Ethans Reaktion kommt sofort und ist etwas überraschend.

»Sprich nicht so mit ihr, Reese«, warnt er.

»Oder was, Brady? Willst du sie wieder hinter meinem Rücken ficken?«, lallt er, deutlich betrunkener als der Rest von uns.

»Ich meine es ernst, Mann, lass einfach gut sein. Du bist besoffen.« Ethans Ton ist fest und selbstsicher.

In einer blitzschnellen Bewegung schlägt Reese Ethan das Getränk aus der Hand, und das Glas zerschellt auf dem Boden. Mein Herz klopft wie wild in meiner Brust, als ich mich zwischen die beiden stelle.

»Hört auf, alle beide!«, fordere ich.

Innerhalb von Sekunden versammeln sich unsere Freunde um uns. Graham ermutigt Reese, zu seiner Gruppe zurückzufinden, während der Rest von uns beschließt, dass es für uns an der Zeit ist, unsere Drinks zu leeren und nach Hause zu gehen.

***

Ich steige ins Bett und spüre den Kontrast der kühlen Laken auf meiner Haut, die noch warm vom Abend ist. Ethan liegt bereits da und starrt gedankenverloren an die Decke.

»Tut mir leid wegen der Sache mit Reese«, sage ich, bevor ich das Thema wechsle. »Graham und Emily sahen so glücklich aus.«

»Ja, stimmt. Ich kann nicht fassen, dass Graham heiratet.« Ethan dreht sich mir zu.

Der Knoten in meiner Brust zieht sich zusammen, und ich sammle all meinen Mut. »Ethan, glaubst du, wir gehen zusammen auf Grahams Hochzeit?«

Er hält inne, sein Blick sucht meinen.

»Ich weiß nicht, Sloane, das ist noch ein Jahr hin.«

»Und? Was machen wir dann bitte? Wir können dem Unausweichlichen nicht länger aus dem Weg gehen. Das ist ja wie früher.«

»Es ist gerade mal ein paar Wochen her, dass du mit Reese Schluss gemacht hast. Das alles ist noch ziemlich frisch, das hat seine Reaktion heute Abend doch gezeigt. Ganz zu schweigen davon, dass ich erst seit sechs Monaten hier lebe. Im Moment läuft doch alles, Sloane. Kannst du dich nicht einfach auf das Gute konzentrieren statt auf das Schlechte?« Ethan seufzt, ein Hauch von Frustration liegt in seiner Stimme.

»Was meinst du?«

»Es erinnert mich einfach ans College. Du hast immer wieder Streit angefangen oder einen Weg gefunden, einen schönen Moment in einen schlechten zu verwandeln. Ich beantworte eine Frage anders, als du erwartest, und schon ist der Abend gelaufen«, sagt er.

Wut überkommt mich. »Gut zu wissen, dass du so denkst.«

Ethan antwortet nicht, dreht mir nur den Rücken zu und versucht zu schlafen. Mir kommt in den Sinn, dass man nie zerstritten ins Bett gehen sollte, aber dieses Mal gebe ich nicht nach. Sobald ich mir sicher bin, dass er schläft, schnappe ich mir mein Kissen und eine Decke und ziehe auf die Couch um. Lauren ist nicht zu Hause, und ich will, dass Ethan meine Abwesenheit bemerkt, sobald er aufwacht.

***

Der Morgen beginnt mit dem Duft von Kaffee.

Ich öffne die Augen, immer noch auf der Couch, und sehe, dass Ethan mit einem bedauernden Ausdruck in der Küche steht.

Er reicht mir eine Tasse, sein Blick trifft auf meinen. »Tut mir leid wegen gestern Abend. Natürlich werden wir zusammen auf die Hochzeit gehen. Ich hab nur nicht so weit im Voraus gedacht.«

Ich möchte ihm glauben, auf seine Worte vertrauen, aber ein kleiner Zweifel bleibt bestehen. Mit einem leichten Nicken nehme ich seine Entschuldigung an, lasse die Wärme des Kaffees in meine Hände ziehen und frage mich, wo wir in einem Jahr stehen werden.

29

Ethan
Juli 2018

In New York City zu leben, ist anstrengend. Bei Zehn-Stunden-Tagen im Büro, gefolgt von Happy Hours und Übernachtungen bei Sloane bleibt nicht viel Zeit für mich selbst. Früher war ich jeden Tag im Fitnessstudio, jetzt habe ich Glück, wenn ich es einmal in der Woche dorthin schaffe. Ich sehe und spüre einen Unterschied, und das gefällt mir nicht.

Seit unserem letzten Streit fühlt sich die Sache mit Sloane für mich seltsam an. Ich hätte nicht erwartet, dass es mit uns wieder so schnell gehen würde, aber das passiert wohl, wenn man mit seiner Ex schläft, die in einer anderen Beziehung war. Sie hat einen anderen für mich aufgegeben, also bin ich es ihr wohl schuldig, es zu versuchen. Sloane fragt mich jetzt immer öfter über unsere Beziehung aus. Jedes Mal, wenn sie mehr als zwei Gläser Wein getrunken hat, fängt sie an, über die Zukunft zu reden. Ich kann sie ja verstehen, aber ich weiß nicht, wie lange ich das noch aushalte.

Das Fitnessstudio ist voll, und ich frage mich, warum ich fast zweihundert Dollar im Monat bezahle, um nicht mal ein freies Gerät zu finden. Ich will den Kopf freibekommen, wenn ich hierherkomme, nicht noch mehr Stress. Nach einer Stunde

Hanteltraining setze ich mich in die Sauna und lehne meinen Kopf gegen die Holzpaneele. Ich hatte ganz vergessen, wie sehr ich diese ungestörte Zeit vermisst habe. Kein Handy, keine Menschen, keine Gedanken. Ich schließe die Augen und bleibe sitzen, bis ich das Gefühl habe, gleich wegzudämmern, dann hole ich meinen Rucksack aus dem Schließfach und fahre mit der U-Bahn nach Hause.

»Hey!«, begrüßt mich Sloane aus der Küche, noch bevor ich die Tür hinter mir schließen kann. »Noah hat mich reingelassen. Lauren und Miles haben bei uns zu Hause gekocht, also dachte ich mir, ich bringe was vom Essen mit, damit du dich darum nicht kümmern musst. Ich weiß, du hattest einen langen Tag.«

Ich bin nicht nur leicht genervt, weil sie sich selbst eingeladen hat, sondern überhaupt, weil sie hier ist. Ich komme vollkommen verschwitzt aus dem Fitnessstudio und der stickigen U-Bahn, jetzt habe ich mich auf eine ruhige Wohnung und eine eiskalte Dusche gefreut. Ich zwinge mich zu einem Lächeln, als ich die Küche betrete.

»Danke, das hättest du nicht tun müssen«, sage ich. »Ich bin ganz verschwitzt, also dusche ich kurz, bevor ich esse. Du kannst aber schon mal anfangen.«

Ich gehe weiter ins Bad, ohne mich umzudrehen und Sloane anzusehen, denn ich weiß, dass ihr die Enttäuschung ins Gesicht geschrieben steht. Sie meint es gut, und ich schätze ihre Bemühungen, aber manchmal ist es einfach zu viel. Ich dusche extra lange, um meine Laune wieder zu heben, aber danach fühle ich mich immer noch genauso beschissen. Ich ziehe mir ein Paar Boxershorts und eine Basketballhose an, bevor ich mich auf den Weg zurück ins Wohnzimmer mache, wo Sloane schon auf mich wartet.

»Soll ich gehen?«, fragt sie. »Tut mir leid. Ich hätte vorher schreiben sollen.«

»Nein, nein, ist schon gut. Mir tut es leid. Ich bin nur müde«, lüge ich in dem Versuch, sie zu beruhigen. Ich ziehe sie in eine Umarmung und lege mein Kinn auf ihren Kopf. Manchmal vergesse ich, wie klein sie ist.

»Okay … wenn du dir sicher bist. Soll ich dir dein Essen aufwärmen?«

»Das wäre toll. Ich such uns einen Film raus.« Ich küsse sie und mache es mir dann auf der Couch bequem. Jetzt habe ich ein schlechtes Gewissen, weil ich so abweisend war.

Ein paar Minuten später reicht sie mir eine Schüssel mit Hibachi-Hühnchen und Reis aus der Mikrowelle, dann setzt sie sich gegenüber von mir auf die Couch. Sie ist wohl sauer wegen meines Verhaltens vorhin, aber ich versuche, nicht zu viel darüber nachzudenken. Wir schauen uns einen neuen Film aus der Top-Ten-Liste von Netflix an. Als er zu Ende ist, stelle ich fest, dass Sloane mehr als eine halbe Flasche Wein allein getrunken hat. Auf den Wein folgt normalerweise ein Streit oder Tausende Fragen, aber bevor sie die Gelegenheit hat, etwas zu sagen, fange ich an, sie zu küssen. Ich hebe sie von der Couch hoch und küsse sie den ganzen Weg in mein Schlafzimmer, wo ich sie ausziehe und sie im Schein der Straßenlaternen betrachte. Sloane stützt sich auf die Ellbogen, und obwohl ich es nicht sehen kann, weiß ich, dass sie rot wird.

Sie liegt auf dem Rücken, während ich mich auf ihr bewege, und zwischen schweren Atemzügen und Stöhnen sagt sie es – die Worte, vor denen ich mich schon lange fürchte. »Ich liebe …« Sie hält inne, als ihr klar zu werden scheint, was sie gleich sagen wird. »Wie du mich fickst.«

Ich verschließe ihren Mund sofort mit meinem, um jedes weitere Wort im Keim zu ersticken. Als wir fertig sind, verharren wir noch ein paar Sekunden schweigend in unseren Positionen, bevor ich aufstehe, um ins Bad zu gehen.

Als ich zurückkomme, liegt sie in einem meiner T-Shirts auf der anderen Seite des Bettes und hat mir den Rücken zugewandt. Ich steige ins Bett und rutsche näher an sie heran. Ich merke, dass sie wütend auf mich ist, aber anstatt es anzusprechen, lege ich mich hinter sie, bis sie eingeschlafen ist. Dann drehe ich mich um und scrolle eine Weile durch mein Handy, bis mir die Lider schwer werden.

Worauf habe ich mich da nur eingelassen?

30

Sloane
September 2018

Plötzlich haben die Jahreszeiten gewechselt. Der Herbst in New York sorgt regelmäßig für einen Serotoninrausch. Die frische Luft, die orangefarbenen Blätter, die Regentage und die kühleren Temperaturen bringen an den New Yorkern eine ganz andere Seite zum Vorschein. Ich schwöre, von September bis Dezember werde ich in der U-Bahn durchgängig angelächelt. Die Stadt verliert nie ihren Zauber, aber im Herbst ist sie ganz besonders schön.

Ich beschließe, mich nach der Arbeit auf den Weg nach SoHo zu machen, um mir zu Ehren des kühleren Wetters einen kleinen Einkaufsbummel zu gönnen. Ich schlendere durch die Läden, bis ich ein neues Paar Jeans, ein paar Pullover und eine Jacke gefunden habe. Nachdem ich gefühlt einen halben Gehaltsscheck ausgegeben habe, rufe ich Lauren an, um sie zu fragen, ob sie sich mit mir zum Abendessen treffen will.

Sie hebt fast sofort ab. »Wo bist du? Ich bin seit zwei Stunden zu Hause und hab Hunger.«

»Willst du dich in SoHo treffen? Annie war heute nicht da, also hab ich eine Stunde früher Schluss gemacht und bin ein bisschen shoppen gegangen.«

»Ohne mich? Geht's noch«, scherzt Lauren. »Ja, klar, bis gleich.«

Es ist noch früh, und das Restaurant ist fast leer, also besorge ich uns Plätze an der Bar und bestelle zwei Extra Dirty Martinis, Laurens Lieblingsdrink.

»Martinis an einem Mittwoch?« Sie schleicht sich von hinten an. »Gibt's einen speziellen Anlass?«

Ich lächle sie an und spüre die Wärme unserer Freundschaft. »Nur, dass wir so tolle Mitbewohnerinnen sind. In letzter Zeit haben wir nicht viel voneinander gehabt«, sage ich mit einem leisen Seufzer. »Das gefällt mir nicht.«

»Ich weiß, mir auch nicht. Die Jungs kommen uns in die Quere!« Ihr Lachen ist ansteckend. Wir stoßen an und nehmen einen Schluck.

»Und wie läuft es mit Miles?«, frage ich.

»Er ist großartig, Sloane. Er ist wirklich der beste Mensch, den ich je kennengelernt habe – abgesehen von dir natürlich«, fügt sie schnell hinzu, wobei ihre Wangen leicht erröten. »Ich kann mir eine Zukunft mit ihm vorstellen.«

»Das freut mich so für dich!«, sage ich und hebe erneut mein Glas zu einem stillen Toast.

»Was ist mit Ethan? Wie läuft es denn so? Ihr scheint sehr viel Zeit miteinander zu verbringen, was gut ist! Oder?« In einem Anflug von Besorgnis zieht sie die Brauen zusammen.

»Es läuft gut!«, lüge ich. »Alles wie immer.«

Die Zeit vergeht wie im Flug, und unser lockeres Geplauder erfüllt die Luft. Die Martinis machen uns gesprächiger.

Das Klingeln von Laurens Handy lässt unsere Blase platzen. Mit einem sanften Nicken fordere ich sie auf, den Anruf anzunehmen, denn ich kann sehen, dass es Miles ist.

»Hey!«, sagt sie. »Sloane und ich sind was trinken. Ja, lassen wahrscheinlich bald die Rechnung kommen, wir hatten schon drei. Okay, kein Problem. Wir sehen uns dann vorm Haus. Ich liebe dich auch.«

Sie sagen schon »Ich liebe dich«? Gedanklich zähle ich die Monate, die sie bereits zusammen sind. Na ja, ich schätze, es sind ungefähr sechs. Ist es nach sechs kurzen Monaten gerechtfertigt, sich die Liebe zu gestehen?

Als wir nach Hause kommen, wartet Miles schon draußen auf Lauren. Sie kommen für ein paar Minuten mit nach oben, damit sie eine Tasche mit Wechselklamotten packen kann. Ich verabschiede mich und gehe in mein Zimmer, um Ethan anzurufen, in der Hoffnung, dass er heute Abend mit mir abhängen will.

»Hey«, antwortet er. »Alles in Ordnung?«

»Ja, muss denn immer irgendwas sein, wenn ich anrufe?«, frage ich, defensiver als beabsichtigt.

»So hab ich das nicht gemeint. Was ist los?«

»Willst du heute Abend was unternehmen?« Mein Ton ist hoffnungsvoll.

Das folgende Gespräch hinterlässt ein Gefühl der Leere in mir, das mir nur allzu vertraut ist.

»Nicht heute Abend«, antwortet er, während ich seufze. »Morgen? Da läuft ein Spiel. Wir können es uns zusammen ansehen und was zu essen bestellen. Ich kann auch Wein mitbringen.«

»Von mir aus.« Ich bin alles andere als begeistert, eine weitere Nacht getrennt von ihm zu verbringen.

»Geh schlafen, kleine Schnapsdrossel. Gute Nacht.« Sein Lachen soll tröstlich sein, aber es hallt in der Distanz zwischen uns wider.

»Nacht«, flüstere ich, bevor ich auflege.

Manchmal fühlt es sich so an, als würde ich in der Tür seines Schlafzimmers darauf warten, dass er mich reinlässt. Wird es jemals so weit sein?

***

Am nächsten Abend kommt Ethan mit einer großen Pizza und einer Flasche Cabernet vorbei. Er benimmt sich seltsam, irgendwie distanziert, aber genau benennen kann ich es nicht.

»Dein Handy klingelt«, sage ich und deute auf den Couchtisch. Ich beobachte, wie Ethan es in die Hand nimmt und sofort wieder hinlegt.

Er winkt ab. »Spam.«

In den letzten Wochen habe ich festgestellt, dass er immer wieder Anrufe von derselben Nummer erhält. Ich bin mir nicht sicher, ob er weiß, dass ich das mitbekommen habe. Jedes Mal, wenn ich ihn darauf anspreche, tut er es ab, als wäre nichts. Der logische Teil meines Verstands sagt mir, dass er lügt, und der emotionale Teil sagt, dass vielleicht mehr dahintersteckt, als ich wissen will.

Könnte es jemand anderen geben?

Ich werde das Gefühl nicht los, dass das eine Option ist, aber wenn ich Ethan nicht verlieren will, muss ich es wohl noch eine Weile ignorieren. Im selben Moment klingelt mein Handy und unterbricht meine Gedanken.

Ich hebe ab und gehe ins Schlafzimmer. »Hey, Mom. Was gibt's?«

»Hast du schon Pläne für Thanksgiving? Wir überlegen, ob wir für ein paar Wochen nach London fliegen, und na ja, das überschneidet sich mit Thanksgiving. Ich will dich nicht allein lassen, aber …« Sie lässt mich kaum zu Wort kommen.

»Das solltet ihr auf jeden Fall machen! Ich hab noch nicht über Thanksgiving nachgedacht, aber schlimmstenfalls kann ich Dad besuchen. London klingt großartig. Ich wollte schon immer mal dorthin.«

»Ich auch«, sagt sie. »Bist du dir sicher, Schatz?«

»Ja, bin ich. Ich hab dich lieb, Mom.«

»Ich dich auch.« Damit legt sie auf.

Ich setze mich wieder auf die Couch, diesmal näher zu Ethan. Er legt den Arm um mich und zieht meinen Kopf an seine Schulter. Ich wünschte, ich könnte für immer in diesem Moment verharren.

»Was machst du an Thanksgiving?«, frage ich und habe ein bisschen Angst vor der Antwort.

»Weiß ich noch nicht genau«, sagt Ethan. »Warum?«

»Meine Mutter fliegt nach London. Ich könnte wahrscheinlich einfach meinen Vater anrufen, aber ich weiß nicht …« Ich lasse den Satz unbeendet.

»Ich werde ziemlich sicher in der Stadt sein, also könnten wir einfach das hier tun?«, bietet er beiläufig an. »Wir bestellen uns was zu essen und schauen was an.«

»Das wäre schön.«

Vielleicht sind all die Gefühle der Unsicherheit nur in meinem Kopf. Vielleicht ist es ihm nicht egal. Vielleicht versucht er es. Es ist schwer zu wissen, wenn er es mir nicht sagen will, und selbst wenn er es mir versichern würde, könnte ich es nicht wirklich glauben. Er hat mein Vertrauen missbraucht, als er mich in New York besuchte und so tat, als wäre alles in Ordnung, nur um dann mit einer kurzen Nachricht mit mir Schluss zu machen. Wie kommt man über so etwas hinweg?

***

Am nächsten Morgen gehe ich früher zur Arbeit, weil heute die Deadline für einen Artikel ist, den ich schon die ganze Woche vor mir herschiebe: *Warum werden so viele Ehen geschieden?*

Ich habe sechs Personen interviewt, einige verheiratet, andere geschieden, einige hatten Eltern, die bis zu ihrem Tod zusammenblieben, und andere Eltern, die sich trennten, bevor sie überhaupt geboren wurden. Die Interviews waren anstrengender als erwartet, deshalb habe ich eine einwöchige Schreibpause eingelegt, und jetzt bleiben mir nur noch neun Stunden, um den Artikel fertigzustellen. Ich klappe meinen Laptop auf, öffne das Dokument und lese mir durch, was ich bis jetzt geschrieben habe:

»Es muss sich ganz besonders anfühlen, mit der Liebe seines Lebens verheiratet zu sein. Neben seinem Seelenverwandten aufzuwachen und einzuschlafen, klingt nach dem perfekten Beginn und Ende eines jeden Tages. Alle Konflikte erscheinen vermutlich weniger weltbewegend, wenn man jemanden hat, mit dem man sie gemeinsam bewältigen kann. Ich hoffe, dass jeder diese Art von Liebe eines Tages erleben darf. Einschließlich mir.«

»Meine Frau und ich sind seit zehn Jahren zusammen, seit sechs Jahren verheiratet, und ich freue mich immer noch jeden Tag, sie zu sehen, wenn ich von der Arbeit nach Hause komme. Sie macht selbst die schlimmsten Tage erträglich, indem sie einfach da ist.«

Ich klappe meinen Laptop zu und stütze meinen Kopf in die Hände. Warum nur habe ich dieses Thema gepitcht? Es bricht mir nicht nur erneut das Herz, wenn ich daran denke, wie sich die scheinbar perfekte Ehe meiner Eltern eines Tages in Luft aufgelöst hat, sondern es lässt mich auch an einer Zukunft zwischen Ethan und mir zweifeln.

Wenn er eines Tages, in fünf Jahren, auf der Straße angehalten und nach der Liebe seines Lebens gefragt würde, was würde er dann sagen? Vorausgesetzt, er würde an mich denken, versteht sich. Würde er sagen, dass er noch nie jemanden wie mich kennengelernt hat? Dass ich ihm das Gefühl gebe, eine andere, bessere Version seiner selbst zu sein? Dass er sich sicher fühlt, wenn er mit mir zusammen ist? Ich frage mich, ob er mich jemals so lieben wird, wie ich ihn liebe. Ich frage mich, ob er überhaupt zu einer so tiefen Liebe fähig ist.

Die Uhr auf meinem Handy zeigt 19.18 Uhr an, als ich den Artikel endlich zur Endkorrektur abgebe und meine Sachen zusammenpacke. Das Büro ist wie ausgestorben, die Räume sind leer, und ich höre den Staubsauger im Flur rumoren. Hoffentlich bin ich nie wieder die Letzte. Es ist nicht so, wie es im Fernsehen dargestellt wird. Ich fühle mich weniger wie ein Girl Boss und mehr wie ein potenzielles Mordopfer.

Als ich aus dem Gebäude eile, vibriert mein Handy in meiner Tasche. Ich krame darin, um es zu finden, und als ich es hervorziehe, sehe ich Laurens Namen auf dem Display.

»Hey, sorry, ich komme gerade erst von der Arbeit«, sage ich.

»Dachte ich mir. Ich hab Sushi und Wein mitgebracht. Sehen wir uns in zwanzig Minuten zu Hause?«

»Wir sehen uns«, versichere ich ihr.

***

»Du bist zu Hause!«, schallt Laurens Stimme aus der Küche.

»Endlich.« Ich muss lachen, als ich den langen Tag zusammen mit meinen Schuhen vor der Tür lasse.

Ich betrete die Küche und bin überrascht. Lauren hat eine Kerze angezündet, zwei Gläser Rotwein eingeschenkt und vier Sushi-Rollen auf dem Brett arrangiert, das wir normalerweise für Aufschnitt verwenden.

»Was ist der Anlass?« Ich frage, weil ich weiß, dass sie sich normalerweise nicht so viel Mühe für ein gewöhnliches Abendessen unter der Woche gibt.

»Oh, setz dich einfach«, beharrt sie.

Ich gehorche und nehme einen Schluck von meinem Wein, weil ich Angst vor dem habe, was gleich kommt.

»Ziehst du aus New York weg?« Die Worte platzen einfach so aus mir heraus.

Laurens Antwort kommt schnell. »Nein, o mein Gott. Nur aus der Wohnung. Miles will, dass ich bei ihm einziehe. Ich weiß, es geht schnell, aber ich möchte es wirklich. Ich verbringe sowieso fast jede Nacht dort, also macht es Sinn, aber das ist nicht der einzige Grund. Ich liebe ihn, Sloane. Ich liebe ihn wirklich. Ich glaube, er ist der Richtige für mich.«

Ich halte inne und lasse ihre Worte auf mich wirken, während ich einen weiteren Schluck nehme.

Meine Stimme ist fest, denn ich möchte ihr zeigen, dass ich meine, was ich sage. »Ich freue mich für dich. Ernsthaft.«

»Ach, halt den Mund«, stichelt sie, um die Schwere des Augenblicks zu überspielen. Ich lache mit, aber mein Herz ist voll und schwer zugleich.

»Nein, wirklich, ich freue mich für dich! Ich werde dich nur vermissen. Die letzten zwei Jahre sind so schnell vergangen, und ich glaube, dank *New Girl* und *Friends* hatte ich diese Vorstellung, dass wir bis in unsere Dreißiger hinein zusammenleben würden.«

»Das verstehe ich. Die hatte ich auch. Ich hätte nie gedacht, dass ich so schnell jemanden kennenlernen würde. Oder überhaupt jemanden.« Sie nickt.

Ich freue mich für sie, das tue ich wirklich. Doch ich kann einfach nicht anders, als ihre Beziehung zu Miles mit meiner zu Ethan zu vergleichen. Werden wir jemals mehr sein als ein Vielleicht?

31

Ethan
Oktober 2018

Ich starre auf mein Handy, als es in meiner Hand vibriert, weil eine unbekannte Nummer anruft. Ich weiß genau, wer am anderen Ende der Leitung ist. Ich kann mich nur nicht dazu durchringen, ranzugehen. Ich setze mich auf die Kante meines Bettes und starre auf das Display, bis der Anruf auf die Mailbox weitergeleitet wird. Dort haben sich die letzten Wochen über elf neue Nachrichten angesammelt, und ich frage mich ständig, wann es aufhören wird.

Im Juni rief Mrs. Clark an, um mir mitzuteilen, dass mein Vater aus dem Gefängnis entlassen werden würde. Sie und Mr. Clark schienen davon auszugehen, dass er sich bei ihnen oder mir melden würde, aber nach dem, was meine Mutter getan oder besser gesagt nicht getan hat, bezweifelte ich das sehr. Einen Monat später riefen sie wieder an, um mir zu sagen, dass er bei ihnen zu Hause gewesen sei, und ich stimmte zu, dass sie ihm meine Nummer gaben, ohne zu erwarten, je von ihm zu hören.

Noah und Alex sind diese Woche beruflich verreist, und Sloane ist mit Lauren auf einen Drink verabredet, also habe ich den Abend für mich, was eine nette Abwechslung ist. Ich suche die Bong und schalte Football ein. Alle paar Minuten werfe ich einen Blick auf mein Handy, das mit dem Display nach unten neben mir auf der Ledercouch liegt, und nach ein paar Zügen an der Bong nehme ich es endlich in die Hand. Ich zögere, bevor ich die erste Mailboxnachricht antippe, und halte das Telefon an mein Ohr.

»Ethan, hier ist dein, ähm, Vater – falls ich mich überhaupt so nennen darf. Ich habe versucht, dich zu erreichen, und ich weiß, dass du meine Anrufe ignorierst, aber ich würde wirklich gern mit dir reden. Die Clarks sagten, du seist jetzt in New York. Ich habe dich nie als Stadtmenschen gesehen, aber ich kenne dich ja auch nicht als Erwachsenen. Wie auch immer, ich hoffe, du passt auf dich auf. Ruf mich zurück, wenn du kannst. Okay, also, tschüss.« Seine Stimme klingt anders, als ich erwartet habe. Älter, rauer. Ich frage mich, wie er jetzt wohl aussieht.

Anstatt das Handy quer durch den Raum zu werfen, höre ich die nächste Nachricht ab. Dann die nächste und die übernächste, bis ich die erreiche, die er heute Abend hinterlassen hat. Danach gehe ich im Wohnzimmer auf und ab und überlege, was ich tun soll. Soll ich ihn anrufen? Was könnte er wohl zu sagen haben?

Es tut mir leid, dass ich dein Leben ruiniert habe?

Es tut mir leid, dass ich mich nicht mehr gemeldet habe?

Es tut mir leid, dass deine Mutter nie zu dir zurückgekehrt ist?

Ich stütze meinen Kopf in die Hände und schließe die Augen, bevor ich meine Entscheidung treffe. Ich scrolle durch meine Anrufliste, bis ich Grahams Namen finde, und tippe ihn an.

»Hey, Brady, bist du heute Abend nicht unterwegs?«, fragt er.

»Ich brauchte einen ruhigen Abend zu Hause. Hast du ein paar Minuten Zeit zum Reden?«, frage ich, meine Stimme ist tiefer als sonst.

»Ja, natürlich, was gibt's? Klingt ernst.«

Ich zögere, weil ich das Thema nur ungern anspreche. »Mein Vater hat angerufen.«

»Scheiße. Was will er?« Seine Antwort ist schneidend, das Gegenteil von seinem sonst so entspannten Ton.

»Das ist es ja, ich weiß es nicht. Er sagt, er müsse unbedingt mit mir reden, und ich kann mich nicht entscheiden, ob ich ihn zurückrufen soll. Haben deine Eltern dir gegenüber etwas erwähnt?«

In der Leitung bleibt es einen Moment lang still, bevor er sagt: »Sie meinten vor ein paar Monaten, dass er aus dem Gefängnis entlassen wird. Was wirst du tun?«

»Ich weiß es nicht, Mann.« Plötzlich merke ich, wie angespannt ich bin.

»Wenn du mich fragst, dann solltest du ihn zurückrufen. Ich weiß, die beiden haben dich wirklich gefickt, und es ist okay, ihnen nie zu verzeihen, aber vielleicht hilft es, mit ihm zu reden. Wenn du erfährst, was genau passiert ist oder warum er sich nicht mehr gemeldet hat, kannst du ihn womöglich besser verstehen.« Sein Rat ist überraschend aufschlussreich.

»Ja, vielleicht hast du recht«, seufze ich.

»Wie läuft es mit Sloane?«, fragt er.

»Ganz gut, denke ich«, antworte ich.

»Aha.« Graham glaubt mir kein Wort. »Eins muss dir klar sein: Wenn du so weitermachst, verlierst du sie für immer, und soweit ich das beurteilen kann, bedeutet sie dir was. Eine Frau wie Sloane wird nicht ewig auf dich warten.«

»Schon gut, schon gut. Bis bald, Mann.« Ich lege auf und schmeiße das Handy auf die Couch, bevor ich einen weiteren Zug von der Bong nehme.

Bin ich bereit, etwas auszugraben, das vor über zehn Jahren passiert ist? Ich will einfach nur vergessen, dass es je passiert ist, und ein Telefonat mit meinem Vater würde genau das Gegenteil bewirken. Ich beschließe, eine Nacht darüber zu schlafen – ich muss mich ja nicht sofort entscheiden, also warum verhalte ich mich dann so?

Ich schreibe Sloane, dass die Tür unverschlossen ist, weil ich heute Nacht nicht allein sein will, und keine fünfzehn Minuten später liegt sie zusammengerollt neben mir. Manchmal merke ich gar nicht, wie sehr ich sie brauche.

32

Sloane
November 2018

Ich liege auf dem Bett und beobachte, wie Lauren geschäftig durch ihr Zimmer läuft, bis das Geräusch des Reißverschlusses ihres Koffers die Stille durchschneidet. Sie hält inne und schaut mich besorgt an.

»Nimm morgen einfach die Bahn. Ich will nicht, dass du an Thanksgiving allein bist! Miles' Mutter hat gesagt, dass du mitkommen kannst. Sie haben mehr als genug zu essen«, drängt sie.

Letzte Woche, genau zehn Tage vor Thanksgiving, hat Ethan mir eröffnet, er werde über den Feiertag nach Wilmington fahren. Er hat mich nicht gefragt, ob ich mitkommen will, und ich schätze, das habe ich nicht mal erwartet, aber trotzdem tut es weh. Es ist offiziell: Ich werde Thanksgiving allein verbringen.

»Ist schon in Ordnung, wirklich! Es ist schön, mal einen Tag für mich zu haben. Ich hab überlegt, ob ich zur Parade gehen soll, aber meine Kolleginnen sind schon vor fünf Uhr morgens dort, darauf habe ich definitiv keine Lust.« Mein Lachen ist echt, wenn auch ein bisschen gezwungen, um meine Enttäuschung zu verbergen.

»Nächstes Jahr können wir deine Eltern einladen, vielleicht kommen meine auch, und dann gehen wir alle zusammen zur Parade«, schlägt sie vor. »Die wollte ich schon immer mal live sehen!«

Lauren wird nach Connecticut fahren, um Miles' Eltern kennenzulernen, und so nett es auch war, dass sie mich eingeladen haben, weiß ich doch, dass ich stören würde. Das Gute daran, an Thanksgiving in der Stadt zu sein, ist, dass alle Läden geöffnet sind, sodass ich unendlich viele Möglichkeiten habe, mir Essen zu bestellen.

»Und was machst du dann morgen?«, fragt Lauren.

»Wahrscheinlich *Sex and the City* schauen und eine Flasche Wein trinken«, antworte ich. Sobald ich es laut ausgesprochen habe, klingt es doch ganz verlockend.

Lauren lässt sich neben mich auf die Matratze sinken, die unter unserem Gewicht leicht nachgibt. Ihr Gesichtsausdruck wird weicher.

»Das erinnert mich an unsere Collegezeit«, sagt sie mit einem Hauch von Nostalgie. »Weißt du noch, wie wir stundenlang im Bett der anderen lagen, ohne zu reden? Wie wir durch Instagram gescrollt und Candy Crush gespielt haben?«

»Ich werde es vermissen, deine Mitbewohnerin zu sein«, gebe ich zu.

»Ich auch«, sagt sie.

Dies ist wahrscheinlich der intimste Moment, den wir je geteilt haben. Unsere Freundschaft ist tief, aber sie war nie besonders emotional. Das ist das Schöne an Lauren, sie ist immer so unbeschwert. Dieser Moment ist anders. Ich kann spüren, wie unsere Freundschaft beginnt, sich zu verändern. Ich habe Angst um die Zukunft und frage mich, ob ich meine Beziehung zu Ethan ernster nehmen sollte. Zwar will ich gar nicht daran denken, dieses Gespräch mit ihm zu führen, aber noch weniger kann ich mir vorstellen, Single zu sein, während all meine Freunde verliebt sind, heiraten und Kinder bekommen.

Mit Ethan weiß ich, dass es mehr als nur ein Thanksgiving allein geben wird. Ich werde ohne ihn auf Hochzeiten und Betriebsfeiern gehen, bei denen ich gefragt werde, wo denn mein Freund steckt. Ich erinnere mich an die Zeit, als ich es genossen habe, Single zu sein. Ich glaube, ich könnte wieder an diesen Punkt gelangen. Es ist nicht die Vorstellung, allein zu sein, die mir Angst macht, sondern die Vorstellung, ihn zu verlieren.

Ihn zu lieben, ist schwer, aber ihn zu verlassen, wäre noch schwerer.

Warum kann es nicht mal einfach sein?

***

Ich greife zur Fernbedienung, um die vierte *Sex-and-the-City*-Folge des Abends zu starten. Bevor ich auf *Play* drücke, nehme ich mein Handy in die Hand, um zu sehen, ob Graham oder Ethan etwas gepostet haben. Wahrscheinlich sind sie in der Stadt oder in einer der Strandbars. Es ist schließlich der Abend vor Thanksgiving. Meine Angst übermannt mich, also gehe ich in die Küche und schenke mir noch ein Glas Wein ein. Ich leere den Rest der Flasche in mein Glas und werfe sie dann in den Müll.

Ich lehne mich auf meiner Lieblingsseite des Sofas zurück und beschließe, den Film statt der Serie einzuschalten. Jedes Mal, wenn ich die Szene sehe, in der Mr. Big Carrie vor dem Altar stehen lässt, muss ich weinen. Und gerade ist mir nach Heulen zumute.

Ich rolle mich unter einer Decke zusammen, während ich einer fiktiven Figur dabei zuschaue, wie sie etwas durchmacht, wovor ich riesige Angst habe. Wenn ich mich davor fürchte, warum stellt sich ein kleiner Teil von mir immer noch vor, dass es zwischen Ethan und mir passiert? Warum will ich mit jemandem zusammen sein, von dem ich glaube, dass er mir so etwas antun könnte? Selbst die kleinste Andeutung dieses Gefühls sollte einem sagen, dass man nicht für diesen Mann bestimmt ist. Warum bin ich dann noch mit ihm zusammen?

»Manche Liebesgeschichten sind keine epischen Romane. Manche sind Kurzgeschichten, aber deswegen sind sie nicht weniger erfüllt mit Liebe«, sagt Carrie.

Ausnahmsweise gibt sie mal etwas Sinnvolles von sich.

Tränen fließen über mein Gesicht. Ist Ethan mein Mr. Big? Eigentlich mochte ich Big nie, aber diese Szene hat mir vor Augen geführt, was mich schon die ganzen letzten Wochen unbewusst beschäftigt. Ich habe solche Angst, Ethan zu verlassen, auch wenn ich weiß, dass es das Richtige ist. Ich kann nicht länger darauf warten, dass mich jemand liebt, der es nicht tut. Vielleicht liebt er mich ja doch. Aber es reicht einfach nicht.

Normalerweise hasse ich es, mich selbst zu bemitleiden, aber heute Abend kann ich nicht anders. Ich verbringe Thanksgiving allein in meiner winzigen Wohnung in New York City, während zwei meiner Lieblingsmenschen in unserer ehemaligen Collegestadt sind, ohne mich. Ethan merkt wahrscheinlich nicht mal, wie beschissen es ist, dass er mich hier zurückgelassen hat. Aber das ist es. Es ist wirklich beschissen. Er hat vermutlich keine Ahnung, wie es ist, jemanden zu haben, der einen lieben will, jemanden, der einen nicht verlassen will, aber das gibt ihm nicht das Recht, mich zu behandeln, als würde ich nicht existieren.

Am nächsten Morgen wache ich mit pochenden Kopfschmerzen auf (*vielen Dank auch, Wein*) und habe keine Nachrichten oder verpassten Anrufe auf dem Handy. Was für ein toller Start in den Feiertag.

Ich stöhne, weil ich keinen Fernseher in meinem Zimmer habe, und mache mich langsam auf den Weg ins Wohnzimmer, um die Parade einzuschalten und mir eine Tasse Kaffee zu kochen. Während ich darauf warte, dass die Maschine durchläuft, rufe ich meine Mutter an.

»Hi, Schatz, frohes Thanksgiving!« Die Wärme in ihrer Stimme erinnert mich daran, wie sehr ich sie vermisse.

»Hey, Mom. Dir auch ein frohes Thanksgiving! Wie ist es so in London?«, antworte ich.

»Oh, es ist wunderbar, Süße. Und wie geht es dir? Bist du bei der Parade?«, fragt sie hoffnungsvoll.

»Nein, ich bin gerade erst aufgewacht.« Ein Gähnen unterstreicht meine Antwort.

»Nun, euer Portier sollte unten ein bisschen Champagner für dich bereithalten. Tut mir leid, dass wir heute nicht zusammen sind, aber wir sehen uns ja in ein paar Wochen zu Weihnachten. Ich habe uns neue Pyjamas im Partnerlook bestellt. Deine Lieblingstradition!«

»Ich glaube, du meinst *deine* Lieblingstradition«, necke ich sie.

»Wenn du meinst. Hör zu, Schatz, ich muss jetzt los, aber ich hoffe, du hast einen schönen Tag. Ich hab dich lieb!«

Ich beende den Anruf mit einem leisen »Ich hab dich auch lieb, Mom«.

Damit wären schon mal vier Minuten vom Tag totgeschlagen. Als ich gerade durch meine Kontakte scrolle, um meinen Vater anzurufen, vibriert es. Und überraschenderweise ploppt Ethans Name auf.

10.11 Uhr
Ethan Brady: Frohes Thanksgiving, Truthahn. Ich kann es kaum erwarten, nach Hause zu kommen und dich zu verschlingen.

10.12 Uhr
Ich: Omfg, du bist schrecklich.

10.13 Uhr
Ich: Frohes Thanksgiving, grüß Graham von mir!

10.15 Uhr
Ethan Brady: Das war noch gar nichts.

Für ein paar Sekunden muss ich wegen der Nachricht lächeln und vergesse, dass er der Grund dafür ist, dass ich den Feiertag ganz allein verbringe.

33

Ethan
November 2018

Ich hasse Flughäfen, und ich hasse es, zu fliegen. Keine Ahnung, wie manche Menschen das genießen können. Alle haben es eilig, mein Flug hat fast immer grundlos Verspätung, und am Ende sitze ich meistens vor einem Kind, das die ganze Zeit gegen meinen Sitz tritt. Dieser Flug war nicht anders. Ich warte, bis die meisten Passagiere das Flugzeug verlassen haben, hänge mir meine Reisetasche über die Schulter und folge ihnen. Zum Glück holt mich Graham ab, was bedeutet, dass wir noch was trinken gehen, bevor wir zu ihm fahren. Das habe ich jetzt dringend nötig.

»Wo ist dein Anzug?«, ruft er.

Graham wartet in seinem Jeep Wrangler mit geöffnetem Verdeck auf mich. Es ist ein ungewöhnlich warmer Tag für Ende November, aber so ist North Carolina nun mal, immer unberechenbar.

»Ich dachte, die Jungs aus New York City tragen ständig nur Anzüge. Zumindest sieht es in den Filmen immer so aus«, fährt er fort.

Für den unfassbar schlechten Witz sollte er bestraft werden. »Welche Person bei klarem Verstand würde auf einem

Flug, der achtzig Dollar hin und zurück kostet, einen Anzug tragen?«

»Stimmt. Willst du ins Dockside? Ich dachte, wir könnten uns nach draußen setzen und ein paar Bierchen trinken, bevor wir uns mit meinen Alten treffen.«

»Ich dachte schon, du würdest nie fragen.« Ich drehe die Lautstärke auf, und wir hören »Stir Fry« von Migos, gefolgt von ein paar anderen Songs aus demselben Album, bis wir den Parkplatz des Restaurants erreichen.

»Fühlt es sich gut an, zurück zu sein?«

Ich zucke mit den Schultern. »So lange war ich doch gar nicht weg.«

»Kumpel, es ist schon fast ein Jahr her«, sagt Graham.

Scheiße, er hat recht. Im Januar vor einem Jahr habe ich meine Sachen gepackt, um Wilmington zu verlassen und in eine Stadt zu ziehen, von der ich dachte, dass ich sie hasse.

»Die Zeit ist so schnell vergangen.« Ich folge ihm zur Outdoor-Bar, wo wir Platz nehmen und uns ein Bier bestellen.

Die Luft riecht salzig und nostalgisch. Einerseits vermisse ich den Strand. Ich vermisse es, unsere Surfbretter einzupacken und in die Wellen zu springen, um unseren Problemen zu entkommen. Ich vermisse es, in jeder Ritze meines Autos Sand zu finden. Ich vermisse es, ein Auto zu haben. Aber ich vermisse nicht die Erinnerungen, die dieser Ort in mir hervorruft.

»Wie läuft's denn so? Was macht Sloane über Thanksgiving?«, erkundigt er sich.

Ich hätte es wissen müssen. Es hat nicht mal eine halbe Stunde gedauert, bis Graham sie erwähnt. Das passiert immer, wenn ich ohne sie irgendwohin gehe. So als gäbe es uns nur im Doppelpack. Was hat es für einen Sinn, nicht in einer

Beziehung zu sein, wenn trotzdem alle davon ausgehen, dass wir eine führen? Ich habe es satt, dass alle mehr an uns interessiert sind als an mir. Mir ist klar, wie egoistisch das klingt, aber das ist mir egal.

»Können wir über was anderes reden? In letzter Zeit hab ich das Gefühl, dass sich jedes Gespräch, das ich führe, um Sloane dreht.« Ich nippe an meinem Bier. »Wie geht's dir?«

»Tut mir leid, Kumpel, war nicht böse gemeint«, beschwichtigt Graham. »Mir geht's gut. Zu Hause wird es allerdings langsam langweilig. Ich wünschte, die Hochzeit ließe sich vorverlegen, damit Emily und ich endlich zusammenziehen können. Ihre Eltern sind so traditionell, dass es wehtut.«

»Habt ihr euch schon Wohnungen angeschaut?«

»Wir haben sogar schon eine gefunden. Eine Zweizimmerwohnung in Mayfaire, aber bis zur Hochzeit wohnt sie allein dort. Ich bleibe öfter über Nacht – ganz schön wild, ich weiß. Wir werden wahrscheinlich ein oder zwei Jahre dort leben und uns dann nach einem Haus umsehen.« In seiner Stimme liegt ein Hauch von Aufregung.

»Gratuliere, Mann.«

Wir trinken unser Bier aus und machen uns dann auf den Weg zu ihm. Ich weiß jetzt schon, dass es ein langes Wochenende werden wird, auf das ich nicht mal im Entferntesten vorbereitet bin.

***

»Bist du sicher, dass du nicht mitkommen willst?«, fragt Graham ein letztes Mal, bevor er aus dem Auto steigt.

»Vielleicht später. Ich sag dir Bescheid. Noch mal vielen Dank, dass ich dein Auto ausleihen darf«, antworte ich.

»Jederzeit. Komm einfach nach, oder hol uns später ab. Viel Glück.« Er schlägt die Beifahrertür zu, und ich sehe ihm und Emily nach, wie sie Hand in Hand in die Bar gehen.

Ich gebe die Adresse eines Motels zwanzig Minuten außerhalb von Wilmington in meine Navigations-App ein. Dann drehe ich die Lautstärke des Radios auf, damit ich meine eigenen Gedanken nicht mehr hören muss, aber sie schleichen sich trotzdem ein.

Was mache ich hier eigentlich? Es sind zehn Jahre vergangen. Zehn Jahre, in denen er nicht versucht hat, anzurufen oder zu schreiben. Warum also jetzt? Helfe ich ihm nur, sein schlechtes Gewissen zu beruhigen? Sollte ich einfach umdrehen? Den Abend mit Graham verbringen, dem Mann, der alles mit mir durchgestanden hat? Oder sollte ich es einfach hinnehmen und mir anhören, was er zu sagen hat, damit ich mich nicht den Rest meines Lebens frage, was er wohl von mir wollte?

Als ich auf den Parkplatz des Motel 6 fahre, beginnen meine Handflächen zu schwitzen. Ich sitze noch ein paar Minuten im Auto, bevor ich endlich den Motor abstelle und aussteige. Ich überfliege die Nummern an den Türen, bis ich die 105 sehe. Bevor ich klopfe, zögere ich einen Moment.

Als sich die Tür öffnet, bin ich schockiert. Ich weiß nicht, was ich erwartet habe, wie mein Vater nach zehn Jahren im Gefängnis aussehen würde, aber aus irgendeinem Grund dachte ich, er wäre derselbe Kerl, an den ich mich erinnere. In vielerlei Hinsicht ist er das auch, aber er ist älter und schmächtiger als damals.

»Sieh dich an«, sagt er und lächelt leicht.

Ich stehe in der Tür und starre ihn noch immer an. Ich bringe ein halbes Lächeln zustande, bevor er mich in eine Umarmung zieht. Ich klopfe ihm auf den Rücken und warte unbeholfen darauf, dass er sich zurückzieht. Das hier ist so viel schlimmer, als ich erwartet habe.

Er hat eindeutig getrunken, aber ich stimme trotzdem widerwillig zu, mit ihm essen zu gehen. Während meiner Kindheit habe ich meine Eltern nie als Alkoholiker betrachtet. Sie hatten eine Bar, also dachte ich, dass das Trinken zu ihrem Job gehört, zumindest, was meinen Vater angeht. Erst als ich älter wurde, verstand ich, dass er ein Problem hat.

Er steigt in Grahams Wagen, und ich fahre uns zu einem Restaurant, das nur wenige Minuten vom Motel entfernt ist. Die Fahrt verläuft hauptsächlich schweigend, aber meine Gedanken lassen sich nicht abschalten. Ich kann nicht glauben, dass der Mann auf dem Beifahrersitz derselbe ist, der mich aufgezogen hat. Der Typ, den ich Dad nannte, der mir beibrachte, wie man einen Football wirft und Fahrrad fährt. Er ist nur noch ein Schatten des Mannes, an den ich mich erinnere, und noch dazu ist er ein Ex-Häftling mit grauem Haar und einem eingefallenen Gesicht voller Falten.

Wir sitzen uns am Tisch gegenüber, und er bestellt uns zwei Bier. Seine Finger trommeln auf den Flaschenhals, bevor er mir die Frage stellt, vor der ich mich schon lange fürchte.

»Hast du mit ihr geredet? Mit deiner Mutter, meine ich.«

»Nicht, seit sie entlassen wurde. Du etwa?« Ich nehme einen großen Schluck Bier.

»Ihre Nummer ist seit Jahren nicht mehr vergeben. Ich hatte gehofft, du hast ihre neue«, fährt er fort, bis ihm klar zu werden scheint, was ich gerade gesagt habe. »Du meinst, du hast seit ihrer Entlassung nicht mehr mit ihr gesprochen?«

»Ganz genau«, bestätige ich.

Er wendet den Blick ab, seine Enttäuschung ist offensichtlich. »Sie sollte dich holen kommen. Das war unsere Abmachung.«

»Tja, das hat sie nicht. Laut Facebook ist sie nach Texas gezogen, hat wieder geheiratet und hat jetzt eine Tochter«, sage ich verbittert.

»Fuck.« Er reibt sich die Schläfe, bevor er einen weiteren Schluck Bier trinkt. »Scheiß auf sie. Du hast also die ganze Zeit bei den Clarks gelebt?«

»Jep.« Meine Antwort ist knapp.

Er wirkt erleichtert. »Sie sind gute Menschen. Wirklich gute Menschen.«

»Was war denn so wichtig, dass du unbedingt mit mir reden musstest, nachdem du jahrelang nicht angerufen hast?«, frage ich schließlich.

Er sieht mich mit einer Ernsthaftigkeit im Blick an, die vorher nicht da war. »Mein Sohn, ich habe aufgehört anzurufen, weil deine Mutter das so wollte. Sie wollte einen Neuanfang und ein Leben ohne mich, weil sie mich für den Schlamassel gehasst hat, den ich uns eingebrockt habe. Sie hat mich gehasst, weil wir dich verloren haben.«

»Offensichtlich hat es sie nicht besonders hart getroffen, mich zu verlieren, wenn sie nie zurückgekommen ist«, schimpfe ich und trinke mein Bier aus.

Er beugt sich vor. »Ich weiß, es bedeutet nicht viel, aber ich bin jetzt hier. Ich würde gern neu anfangen. Dich kennenlernen.«

»Hast du einen Job?«, frage ich skeptisch.

»Im Jachthafen. Ich übernehme jede Schicht, die ich kriege, mache Überstunden, damit ich eine Wohnung mieten kann und aus diesem Motel rauskomme«, versichert er mir.

Der Kellner bringt uns eine weitere Runde, und ich denke über sein Angebot nach. Ist er aufrichtig? Es wäre schön, wieder einen Elternteil nur für mich zu haben.

34

Sloane
Dezember 2018

Seit Thanksgiving antwortet Ethan weder auf meine Anrufe noch auf meine Nachrichten, was sogar für ihn ungewöhnlich ist.

Alles, was ich in den letzten Wochen gefühlt habe, war nicht nur meinen eigenen beschissenen Unsicherheiten zuzuschreiben. Sie waren quasi die Alarmsirenen, die bei seinem Verhalten losheulten. Mein Bauchgefühl hat mir genau das gesagt, was ich zu verdrängen versucht habe: *Du verlierst ihn. Du verlierst ihn schon wieder, und es gibt nichts, was du dagegen tun kannst.*

Niemand wird einen lieben, wenn man ihn nur lange genug anfleht, es zu tun, auch wenn ich mir manchmal genau das wünsche. Man sollte niemanden davon überzeugen müssen, dass man gut genug oder dass man es wert ist. Das habe ich immer noch zu lernen.

Ich stecke meinen Schlüssel ins Schloss, und das vertraute Klicken signalisiert meine Heimkehr. Die Tür schwingt auf, und der Duft von frischem Basilikum, einem Hauch von Knoblauch und der neuen Vanillekerze, die ich letzte Woche gekauft habe, empfängt mich.

»Kochst du?«, rufe ich und hoffe, dass meine Stimme bis in die Küche reicht.

»Selbst gemachte Pizza!«, erwidert Lauren mit der gleichen Energie.

»Vier?«, frage ich und deute auf den Tisch vor uns. »Wer soll die denn alle essen?«

»Ich dachte an Miles und Ethan. Eine für jeden von uns! Jeder kann sich seinen Belag aussuchen.«

»Oh, ähm«, stottere ich und versuche, mir eine Ausrede für Ethan auszudenken. Ich will ihr nicht die Wahrheit sagen – dass er mich ghostet. »Ethan muss noch arbeiten, also brauchen wir keine für ihn.«

»Bleibt mehr für uns!« Sie lacht.

Mir fällt eine Last von den Schultern, weil sie keinen Verdacht schöpft. Ich hasse es, ihr Dinge zu verheimlichen, aber ich weiß, was sie sagen würde. Genau das, was ich mir denke.

Er zieht sich wieder vor mir zurück. Dieses Mal bin ich mir dessen aber völlig bewusst.

Nach dem Essen übernehme ich den Abwasch für Lauren und flüchte dann in mein Zimmer. Ich sitze auf der Bettkante und starre auf den Sperrbildschirm meines Handys.

Sechs Tage. Seit fast einer Woche steht neben meinen Nachrichten *zugestellt*, nicht mal *gelesen*. Was noch frustrierender ist, da ich weiß, dass er die Benachrichtigungen gesehen hat. Ich hasse es, wie viel Kontrolle er über mich hat. Er kennt meinen Tagesablauf, weiß, wann ich zur Arbeit aufbreche und wann ich nach Hause komme, deshalb muss er morgens früher zur Arbeit gehen und abends länger bleiben, um eine Begegnung mit mir zu vermeiden.

Ich werfe mein Handy quer übers Bett, und es fällt in den Spalt zwischen Matratze und Wand. Stille Tränen laufen mir übers Gesicht und tränken das Kissen, auf dem Ethan normalerweise schläft.

Warum musste ich mich in jemanden verlieben, der mich nicht zurücklieben kann? Anfangs war ich davon überzeugt, dass er für mich »der Richtige zur falschen Zeit« ist. Jetzt fange ich an zu glauben, dass das vielleicht nur eine Phrase ist, die Menschen benutzen, die wissen, dass die Person, die sie über alles lieben, sie nicht auf die gleiche Weise zurückliebt und auch nie dazu in der Lage sein wird. Stattdessen werden Ausreden über Zeitpunkte erfunden, um das Unvermeidliche hinauszuzögern.

Klopf, klopf.

Bevor ich mir die Tränen wegwischen kann, steht Lauren in der Tür.

»Was ist los?« In ihrer Stimme schwingt Besorgnis mit.

»Nichts, mir geht's gut. Es ist nichts«, schniefe ich.

»Natürlich ist was.«

»Ethan ignoriert mich jetzt schon seit fast einer Woche.« Ich schlinge die Arme um meinen Körper.

»Seit einer Woche? Warum hast du nicht früher was gesagt?«, antwortet sie überrascht.

Das Geständnis sprudelt nur so aus mir hervor: »Weil es mir peinlich ist. Es passiert schon wieder – ich verliere ihn, und ich habe absolut keine Kontrolle darüber. Warum bin ich wieder an diesem Punkt? Warum hab ich nichts dazugelernt? Ich war so überzeugt davon, dass der Grund, warum ich nie ganz über ihn hinweggekommen bin, darin lag, dass wir es noch mal versuchen sollten. Diesmal sollte es klappen. Also warum hat es das nicht? Es klingt vielleicht verrückt, und ich weiß nicht mal, ob ich an Gott glaube, aber manchmal denke ich, dass er Ethan nicht immer wieder in mein Leben lassen würde, wenn wir nicht dazu bestimmt wären, eines Tages zusammenzukommen.«

»Oh, Sloane.« Lauren berührt sanft meine Schulter. »Oder er versucht, dir eine Lektion zu erteilen. Du wirst das nicht hören wollen, aber du musst ihn loslassen. Sieh dir an, was er dir in den letzten zwei Jahren angetan hat. Du kannst nicht so weiterleben und ihm auf Schritt und Tritt folgen. Es ist dein Leben, er hat nicht das Sagen. Sondern du.«

Ihre Worte sind zwar hart, aber ich weiß, dass sie mich liebt und einfach nur will, dass ich mich aus diesem endlosen Kreislauf befreie.

Ich schaffe es nicht, ihr eine Antwort zu geben.

Nach ein paar Minuten des Schweigens und weiterer Schluchzens schaltet Lauren die Lampe auf meinem Nachttisch aus und verlässt das Zimmer. Ich schlafe auf meiner Bettdecke ein, vollständig angezogen, mit getrockneten Tränen auf den Wangen.

Am nächsten Morgen unter der Dusche drehe ich das Wasser so heiß wie möglich auf, in der Hoffnung, so jede Spur von Ethan abzuspülen. Ich trockne mich ab, betrachte meinen nackten Körper im Spiegel und denke an all die Male, die er mich berührt hat. Warum kann ich mich nicht an das letzte Mal erinnern, als er mich geküsst hat? Womöglich war es wirklich das letzte Mal. Von dem Gedanken wird mir so schlecht, dass ich mich vor die Toilettenschüssel knien muss.

Ich mache mich im Bad fertig und hole mein Handy unter dem Bett hervor, wo ich es gestern Abend liegen gelassen habe. Ich schalte es ein, schnappe mir meine Arbeitstasche und gehe zur Tür hinaus. Als ich aus dem Aufzug steige, starre ich auf die einzige Nachricht, die ich erhalten habe.

07.42 Uhr
Ethan Brady: Hey. Tut mir leid, dass ich mich nicht
früher gemeldet habe. Ich brauchte etwas Freiraum.

Das war's? Das ist alles, was er zu sagen hat? Ich stecke das
Handy zurück in meine Tasche und lese ausnahmsweise die
Werbung, die überall in der U-Bahn hängt.

***

Mein Ton ist eine Mischung aus Frustration und Schmerz, als
ich ihn zur Rede stelle. »Du kannst mich nicht einfach eine
Woche lang ignorieren und erwarten, dass ich es vergesse,
Ethan.«

»Ich weiß, und ich hab mich entschuldigt«, sagt er, wobei
es nach wie vor nicht überzeugend klingt. »Was willst du
denn noch von mir?«

»Ich will, dass du aufhörst, mir aus dem Weg zu gehen. Hör
auf, uns aus dem Weg zu gehen.«

»Bin ich nicht. Ich musste einfach allein sein.« Seine Ver-
teidigung ist schwach, und er vermeidet jeglichen Blickkontakt.

»Hättest du das nicht einfach sagen können, bevor du mich
ghostest?«, frage ich ihn.

Er schaut auf. »Ich hab dich nicht geghostet, Sloane. Ich bin
doch jetzt hier, oder nicht?«

Ich setze mich auf den Barhocker und sehe Ethan dabei zu,
wie er in der Küche auf und ab geht.

»Ja, aber für wie lange?«, frage ich.

»Ich weiß es nicht«, antwortet er. »Wenn ich das beantworten könnte, wären wir zusammen.«

Ich starre ihn ausdruckslos an und spüre, wie mir eine Träne über die Wange läuft. In den vergangenen zwei Jahren war ich jedes Mal, wenn ich in Ethans Nähe war, besorgt, das Falsche zu sagen und ihn zu vergraulen. Jetzt, hier in meiner winzigen Wohnung in New York City, zeige ich mich ihm gegenüber so verletzlich wie noch nie jemandem zuvor.

»Das war nicht böse gemeint.« Er setzt sich neben mich und legt eine Hand auf mein Bein. »Ich weiß nur nicht, was ich sagen soll, damit du verstehst, wie ich mich fühle.«

»Ich kann nicht länger diese halbgare Sache mit dir am Laufen halten. Wir sind nicht mehr auf dem College, Ethan. Ich will eine Beziehung. Nicht mehr das, was auch immer wir gerade sind«, sage ich und kämpfe gegen die Tränen an.

Er ignoriert mich einen Moment lang und stützt seinen Kopf in die Hände. Da ist er – der Moment ist gekommen, in dem alles endet. Ich mache mich darauf gefasst, dass er uns den Todesstoß verpasst. Ich weiß, dass er gerade darüber nachdenkt.

Wie kann ich ihr sagen, dass ich ihr nicht geben kann, was sie will?

»Ich hab es dir schon mal erklärt, Sloane. Ich muss das in meinem eigenen Tempo angehen.« Sein Ton ist bestimmt.

Ich nicke, die Geste klein, aber akzeptierend, und mir wird schwer ums Herz bei der Vertrautheit dieses Satzes.

»Kannst du mir was versprechen?«, frage ich und sehe ihm in die Augen.

Er schluckt, sichtlich verunsichert. »Kommt drauf an.«

»Bitte lass mich nie wieder so hängen. Ich möchte für dich da sein. Ich bin auf deiner Seite, aber das kann ich nicht sein, wenn du mich wochenlang ignorierst.«

»Es war weniger als eine Woche«, antwortet er in dem Versuch, die Situation herunterzuspielen.

»Ich meine es ernst. Es tut mir weh.« Ich bleibe standhaft.

Ethan sieht mich an und erkennt endlich den Schmerz, den er verursacht hat.

»Ich werde es versuchen«, sagt er.

Ethan macht keine Versprechungen, die er nicht halten kann, deshalb verspricht er auch nie etwas.

Ich räume die Spülmaschine aus und schenke mir ein Glas Wein ein, wohl wissend, dass er hinter meinem Rücken die Augen verdreht. Er lässt sich auf die Couch plumpsen und beschäftigt sich mit seinem Handy. Würde unser Leben so aussehen – die Zukunft, von der ich geträumt habe? Schlechte Kommunikation, halbherzige Versprechen und unangenehmes Schweigen – mehr nicht? Ich wünschte, unsere Beziehung könnte anders sein, sobald er bereit wäre, sich anzustrengen und sich zu binden.

»Wollen wir *Breaking Bad* schauen? Ich kann dir ein Glas einschenken«, biete ich an und halte die Flasche Rotwein hoch.

»Ich bin heute Abend nicht in der Stimmung zu trinken«, sagt er, als er die Folge startet.

Ethans Körper schmiegt sich an meinen, als wir auf der Couch liegen. Ich trinke meinen Wein zu schnell und schenke mir während der zwei Episoden, die wir schaffen, dreimal nach. So sehr ich mich auch bemühe, unser letztes Gespräch geht mir nicht aus dem Kopf. Einer seiner Arme ist um meine Taille geschlungen, während mein Kopf auf dem anderen ruht.

»Lass uns ins Bett gehen.« Sein Mund findet den Weg zu meinem Ohr.

Ich drehe mich um, sodass ich ihm ins Gesicht sehe, obwohl sein Kopf sich immer noch ein paar Zentimeter über meinem befindet. Meine Hand greift in seinen Nacken, ich ziehe ihn an mich, und wir beginnen uns zu küssen.

Es fühlt sich an, als würden unsere Münder stundenlang zu einer Einheit verschmelzen. Ich kann mich nicht daran erinnern, wann wir uns das letzte Mal so lange geküsst haben. Vielleicht bei unserem ersten Kuss in meinem Zimmer im Ascent. Es kommt mir so vor, als wäre das erst vor Stunden passiert. Wahrscheinlich werde ich es nie vergessen können.

»Mein Zimmer?«, frage ich.

»Ich will dich hier ficken«, flüstert er. »Auf der Couch.«

Also lasse ich ihn. Ich lasse mich von ihm auf der Couch ficken, die wir von Facebook Marketplace haben, und die ganze Zeit versuche ich, dabei nicht zu weinen.

Irgendwie fühlt es sich anders an als all die anderen Male. Weniger intim, als wäre ich nur ein Objekt für ihn. Ich versuche, es mir nicht anmerken zu lassen, aber etwas sagt mir, dass er es weiß. Als wir fertig sind, liegen wir beide da. Nackt und völlig regungslos.

Obwohl er gerade noch in mir war, fühlt er sich so weit entfernt an. Wie kann es sein, dass ich ihn vermisse, wenn er doch neben mir liegt?

»Ist es in Ordnung, wenn ich heute zu Hause schlafe?«, fragt er, als ob meine Meinung von Bedeutung wäre.

»Okay«, ist alles, was ich hervorbringe.

Er zieht sich an, spült mein Weinglas aus und schlüpft in seine Schuhe, während ich nackt auf der Couch liege. Dann küsst er mich auf die Stirn und verlässt die Wohnung. Ich erwarte Tränen, doch es kommen keine.

Stattdessen stehe ich von der Couch auf und mache mich auf den Weg in mein Zimmer, wo ich meinen Lieblingspyjama anziehe und mich ins Bett lege. Obwohl es sich anfühlt, als würde etwas zwischen uns zerbrechen, herrscht in meinem Inneren ein seltsamer Frieden.

Ich möchte nicht den Rest meines Lebens mit dem Gedanken verbringen, ob das meine große Liebe sein soll, denn ich will mehr. Ich verdiene mehr.

Ich will keine Anrufe, die unbeantwortet bleiben, oder Nachrichten, die nie gelesen werden. Ich will nicht die Feiertage oder irgendeinen anderen Tag damit verbringen, jemanden anzuflehen, sich für mich zu entscheiden. Ich verdiene jemanden, der sich für mich entscheidet, ohne darüber nachdenken zu müssen. Jemanden, der mich ohne Zweifel liebt. Ich will jemanden, der für mich da ist, und mir ist klar, dass meine Beziehung zu Ethan nichts von alledem ist. Wahrscheinlich wird sie das auch nie sein.

Vielleicht ist dies wirklich das Ende.

35

Sloane
Dezember 2018

Phillip überreicht mir einen rosafarbenen Umschlag. Darauf steht mein Name in Kalligrafieschrift, und ohne ihn zu öffnen, weiß ich, dass es sich um die Hochzeitseinladung von Graham und Emily handelt. Die Trauung findet erst im Sommer statt, aber es ist typisch für die beiden, früh dran zu sein.

Ich betrete unsere Wohnung, die mit halb gepackten Umzugskartons vollgestellt ist, und zögere es hinaus, den Umschlag zu öffnen. Ich lege ihn auf den Tresen und starre ihn eine gefühlte Ewigkeit lang an.

Bin ich bereit für den Inhalt?

Vorsichtig breche ich das Siegel und muss sofort losheulen. Das ist alles, was ich will – jemanden, der mich genug liebt, um sich für immer an mich zu binden. Auch wenn ich weiß, dass eine Ehe nicht immer bis in alle Ewigkeit hält, geht man sie nicht mit dem Gedanken ein, sich irgendwann scheiden zu lassen. Man geht sie ein in der Absicht, den Rest seines Lebens gemeinsam zu verbringen. Warum kann Ethan mir das nicht geben?

Ich nehme einen Magneten aus der Schublade neben dem

Waschbecken und hänge die Einladung an den Kühlschrank. Auf dem Tresen vibriert mein Handy.

18.38 Uhr
Ethan Brady: Warte jetzt auf unser Essen. Bin in 30 Min da.

Einen Moment lang hatte ich unsere Pläne für heute Abend ganz vergessen. Ich schicke ihm eine kurze Antwort und versuche dann, mich zu sammeln.

Obwohl der Großteil unserer Küche bereits eingepackt ist, haben wir ein paar Weingläser draußen gelassen. Ich greife in den Schrank über der Spüle, schenke mir ein großzügiges Glas Cabernet ein und trinke es aus, bevor er kommt. Irgendwas sagt mir, dass ich es brauchen werde.

***

Ethan greift nach zwei der Ketchup-Päckchen und drückt den Inhalt auf seine Pommes. Wir essen schweigend, während im Wohnzimmer Sport im Fernsehen läuft. Ich schenke mir ein weiteres Glas Wein ein.

»Was wollen wir schauen? Wir brauchen eine neue Serie, aber ich weiß nicht, was in letzter Zeit Gutes auf Netflix erschienen ist. Du?«

Er lässt mich nicht weiterreden. »Ich kann das nicht mehr, Sloane. Ich glaube, das hier muss ein Ende haben.«

Das Weinglas in meiner Hand fällt zu Boden, und ich beeile mich, die Scherben aufzusammeln. Tränen füllen meine Augen, während ich die einzelnen Splitter aufhebe und in die andere Hand lege.

Schon wieder bin ich hier, weinend auf dem Küchenboden.

»Scheiße!«, ruft Ethan und eilt mir zur Seite. Ich schaue auf meine Hand und bemerke, dass eine große Scherbe in meiner Handfläche steckt. Warum spüre ich nichts? Ich kann das Glas und das Blut sehen, aber ich kann nichts fühlen. Es tropft mir die Hand hinunter und auf den Küchenteppich. Ich hoffe, Lauren hatte nicht vor, ihn mitzunehmen. Ethan zückt sein Telefon und hilft mir auf.

Ich schaue ihm dabei zu, wie er ein Uber ruft und meine Hand ergreift, um sie zu inspizieren.

»Wir sollten die da drin lassen. Ich hab Angst, sie rauszuziehen. Ich will nicht, dass es noch mehr blutet.« Er wickelt meine Hand in ein Geschirrtuch ein, während ich noch immer in Schockstarre bin. Nicht wegen des Blutes, sondern wegen meines gebrochenen Herzens.

∗∗∗

»Sloane, es tut mir so leid«, sagt er, als er die Autotür öffnet. Ich setze mich auf die Rückbank, und er rutscht neben mich.

Es dauert gefühlt nur Sekunden, bis wir in der Notaufnahme ankommen. Ich bin immer noch nicht in der Lage, Worte zu formulieren, also kann ich ihm nicht sagen, dass ich will, dass er geht. Er meldet uns an und setzt sich im Wartezimmer neben mich. Dort hält er das Geschirrtuch um meine Hand zusammen und übt leichten Druck auf die Stelle aus, an der das Glas steckt, um die Blutung zu stoppen.

»Sloane Hart?«, sagt eine Ärztin, die soeben das Wartezimmer betritt.

Wir folgen ihr durch eine Reihe von Doppeltüren, und sie führt mich zu einer Liege, wo ich mich hinsetze, während sie den Vorhang um uns zuzieht. Ich sehe Ethan nicht in die Augen, denn wenn ich es täte, müsste ich mich übergeben.

Sie untersucht meine Hand, dann beruhigt sie mich: »Das sieht gar nicht so schlimm aus. Ich werde die Scherbe entfernen und dann die Wunde reinigen, bevor ich sie verbinde. Das Säubern kann ein bisschen wehtun.«

Ich nicke, statt zu antworten.

Ich spüre nichts, als sie die Scherbe herauszieht und meine Hand sauber macht. Stattdessen versuche ich immer noch zu begreifen, was Ethan nach dem Essen gesagt hat. Er hatte so viele Chancen, es zu beenden. Und nun geschieht es auf diese Weise.

Auf der Autofahrt nach Hause ist es still. Nicht mal das Radio läuft. Alles, was ich höre, ist: *Ich kann das nicht mehr, Sloane.*

Ich hasse es, wie er meinen Namen sagt. Ich hoffe, ich höre ihn nie wieder aus seinem Mund.

Als wir zu Hause ankommen, bleiben wir einen Moment draußen stehen.

»Soll ich mit zu dir kommen, damit wir weiterreden können?«, fragt er zögerlich.

»Nein, ich glaube, es gibt nichts mehr zu sagen.«

Schließlich sehe ich auf und starre ihn an, halte inne, bevor ich fortfahre. »Du sollst nur wissen, dass du das nicht noch mal mit mir machen kannst. Nach heute Abend gibt es kein Zurück mehr. Ich kann mir das nicht länger antun. Ich liebe dich so sehr, dass es wehtut. Es hat mich schon mehr als einmal körperlich krank gemacht. Liebe sollte nicht wehtun. Liebe sollte einen nicht krank machen. Ich weiß, dass du noch nicht so weit bist, und nichts, was ich sage oder tue, wird das jemals ändern. Die einzige Person, die das ändern kann, bist du. Ich hätte alles für dich getan …«

Eine Träne läuft mir übers Gesicht.

Ich warte darauf, dass er etwas sagt, aber es kommt nichts. Wir sehen uns ein paar Sekunden lang an, dann breche ich den Blickkontakt ab, drehe mich um und gehe nach drinnen. Ich schaue nicht zurück.

Die Fahrt mit dem Aufzug dauert Ewigkeiten. Als ich in der leeren Wohnung stehe, breche ich zusammen. Alles ist genau so, wie wir es zurückgelassen haben. Unsere leeren Pappschachteln, die darauf warten, in den Müllschlucker zu wandern, die Reste meines zerbrochenen Weinglases, blutverschmierte Papiertücher. Ich tue mein Bestes, alles aufzuräumen, ohne mich erneut zu verletzen.

Ich habe immer geglaubt, dass wir jedes Mal, wenn es zu Ende ging, wieder zueinander finden würden. Nur dieses Mal fühlt es sich endgültig an – als würde ich ihn nie wiedersehen. Tief in mir drin kann ich es spüren. Diesmal ist es wirklich so weit.

Es tut immer noch weh. Ihn zu verlieren und zu vermissen, tut immer noch weh, aber auf andere Weise als zuvor. Es fühlt sich nicht wie ein weltbewegender Herzschmerz an, sondern eher wie ein subtiles, anhaltendes Brennen.

Ich bleibe fast die ganze Nacht wach und spiele unsere Beziehung im Kopf noch einmal durch, von dem Moment an, als wir uns kennenlernten, bis heute. Unser erster Kuss, unser erstes Date, unser letzter Kuss und unser letztes Date. Ich wünschte, die Dinge hätten sich anders entwickelt. Ich weiß, dass er mich tief in seinem Inneren liebt und sich um mich sorgt, aber das ist immer noch nicht genug.

Manche Menschen wachsen nicht in einem liebevollen Elternhaus auf, und auch wenn meine Eltern nicht mehr zusammen sind, haben sie in den ersten achtzehn Jahren meines

Lebens doch alles dafür gegeben, dass ich eine glückliche Kindheit hatte. Ich hasse, was ich über Ethans Vergangenheit weiß, und ich wünschte, er hätte es mir erzählen können. In mehr als einer Hinsicht hasse ich seine Eltern. Ich hasse sie dafür, dass sie ihn verlassen haben, aber ich hasse sie noch mehr dafür, dass sie ihm das Gefühl gegeben haben, keine Liebe verdient zu haben.

36

Ethan
Dezember 2018

Als ich wieder in der Stadt war, habe ich es vermieden, auf Sloanes Nachrichten zu antworten. Ich musste den Kopf freibekommen, das Chaos des Wochenendes verarbeiten. Und jetzt, nach zwei Tagen Funkstille, denke ich immer noch darüber nach, was ich tun soll. Auch wenn sie es nicht zugeben will, weiß ich, dass sie sauer auf mich ist, weil ich sie an Thanksgiving im Stich gelassen habe. Ich kann mir also nur zu gut vorstellen, wie sie sich jetzt fühlt.

Warum zum Teufel bekomme ich es nicht hin? Das mit ihr, einfach alles? Ich stecke in meinem eigenen Gedankenkarussell fest, was wohl nichts Neues ist.

Waschtag – der Inbegriff von New York. Mit der Tasche über der Schulter steige ich in den Aufzug und schicke Sloane eine Nachricht. Nur eine kurze Entschuldigung, später wird sie mich sowieso noch zu einer ausführlichen Erklärung drängen.

***

Ich betrete ihre Wohnung und stelle fest, dass auf dem Tresen eine halb leere Flasche Wein steht. Ein Teil von mir hat nichts anderes erwartet – sie trinkt immer, wenn sie nervös ist. Normalerweise macht mir das nichts aus, aber aus irgendeinem Grund stört es mich heute extrem. Ich frage mich, ob Alkohol ein Bewältigungstool für sie ist. Ich kann mir kein Leben mit jemandem aufbauen, der sich dem Alkohol zuwendet, wenn es schwierig wird. Alkohol ist der einzige Grund dafür, dass mein Leben so verlaufen ist, wie es nun mal ist, und ich brauche wirklich keine Wiederholung davon.

»Ich will, dass du aufhörst, mir aus dem Weg zu gehen. Hör auf, uns aus dem Weg zu gehen«, sagt sie mir direkt ins Gesicht.

Ich versuche, mich zu verteidigen. »Bin ich nicht. Ich musste einfach allein sein.«

»Hättest du das nicht einfach sagen können, bevor du mich ghostest?«

»Ich hab dich nicht geghostet, Sloane. Ich bin doch jetzt hier, oder nicht?«

»Ja, aber für wie lange?«

Ich fühle mich in die Enge getrieben, habe keinen festen Plan, und ich weiß, dass sie mich durchschaut. »Ich weiß es nicht«, gebe ich zu. »Wenn ich das beantworten könnte, wären wir zusammen.«

Ich kann den Liebeskummer in ihren Augen sehen. Ich muss mich zurückhalten – sie ist nur einen Schritt von einem Zusammenbruch entfernt, und ich bin derjenige mit dem Vorschlaghammer.

Beim Versuch, einen Rückzieher zu machen, verhaspele ich mich. »Das war nicht böse gemeint.« Ich lasse mich auf den Platz neben ihr fallen, immer noch unsicher, wie ich das Problem lösen soll. »Ich weiß nur nicht, was ich sagen soll, damit du verstehst, wie ich mich fühle.«

»Ich kann nicht länger diese halbgare Sache mit dir am Laufen halten. Wir sind nicht mehr auf dem College, Ethan. Ich will eine Beziehung. Nicht mehr das, was auch immer wir gerade sind.« Ausnahmsweise klingt sie standfest.

»Ich werde es versuchen«, rutscht es mir heraus, und ich bereue die Worte, sobald sie meinen Mund verlassen haben.

Ich weiß, dass ich niemals die Person sein werde, die sie will oder verdient. Ich muss sie einfach gehen lassen und aufhören zu versuchen, jemand zu sein, der ich nicht bin, um unser beider willen.

***

Die nächsten Tage verbringe ich damit, über alles nachzudenken. Jeden Moment in meiner Kindheit, jeden Moment vor Sloane und jeden Moment mit Sloane. Ich versuche, mich an das letzte Mal zu erinnern, als ich wirklich glücklich war, und es tut weh, dass ich nicht genau sagen kann, wann das war. Geht es anderen auch so? Mein ganzes Leben war eine Aneinanderreihung von unglücklichen Ereignissen. Eins nach dem anderen. Wie beschissen ist das bitte? Aber noch beschissener ist es, das den Leuten erklären zu müssen – Leuten wie Sloane.

Es ist nicht so, dass ich es ihr nicht sagen will, ich kann es nur nicht. Ich wüsste nicht, wie. Ich will nicht diesen mitleidigen Blick in ihren Augen sehen. Mich soll niemand bemitleiden, aber vor allem nicht sie. Sie sollte sich bei mir anlehnen, nicht umgekehrt. Ich werde mich nie von jemandem so abhängig machen, wie sie es von mir verlangt. Ich werde mich nie auf jemand anderen verlassen als auf mich selbst, denn früher oder später lassen mich alle im Stich. Das war schon immer so, und es wird auch immer so bleiben.

Ich stehe in der Schlange, um unser Essen zu bezahlen, und werde das ungute Gefühl in mir nicht los. Ich weiß, was ich zu tun habe.

»Bestellung für Ethan?«

Im Austausch gegen meine Kreditkarte reicht mir der Mitarbeiter eine Plastiktüte mit zwei Pappschachteln.

Das Restaurant ist sechs Blocks von unserem Wohnhaus entfernt, also habe ich Zeit, mir zu überlegen, wie ich das Ganze angehen will. Ich hasse es, dass ich sie verletzen werde, deshalb habe ich es so lange aufgeschoben. Gedanklich bereite ich das Gespräch vor und gehe es gefühlte hundert Mal durch.

Als die Fahrstuhltüren sich öffnen, formt sich ein Kloß in meinem Hals. Ich will das nicht tun, wirklich nicht, aber gleichzeitig weiß ich, dass ich keine Wahl habe. Es wird sich nichts zwischen uns ändern, wenn ich nicht zuerst meinen Scheiß auf die Reihe kriege. Ich hoffe nur, sie wird es verstehen.

Ich schließe die Tür zu Sloanes Wohnung auf und begrüße sie mit einer Umarmung.

Sloane packt die Plastiktüte aus und reicht mir die Pappschachtel. Ich drücke etwas Ketchup auf meine Pommes, bevor ich einen Bissen von meinem Wrap nehme. Ich kaue extra langsam, um das unvermeidliche Gespräch so lange wie möglich hinauszuzögern.

»Was wollen wir schauen? Wir brauchen eine neue Serie, aber ich weiß nicht, was in letzter Zeit Gutes auf Netflix erschienen ist. Du?«

Ich unterbreche sie, bevor sie ihren Satz beenden kann.

»Ich kann das nicht mehr, Sloane. Ich glaube, das hier muss ein Ende haben.«

Ich beobachte, wie ihr jegliche Farbe aus dem Gesicht weicht, als sie das Weinglas fallen lässt, aus dem sie gerade einen Schluck nehmen wollte. Sie bückt sich sofort, um die Scherben aufzusammeln, und in dem Moment bemerke ich das Blut.

Das hier läuft weitaus schlechter als erwartet.

Der Krankenhausbesuch ist kurz, aber er kommt mir unendlich lang vor. Wahrscheinlich, weil ich immer noch dem Gespräch ausweiche, das wir unweigerlich führen müssen.

Auf der Heimfahrt ist es mucksmäuschenstill, und ich versuche, mich in ihre Lage zu versetzen. Ich frage mich, was sie denkt und wie sie sich fühlt. Hasst sie mich? Ist es egoistisch, sich das zu fragen? Der Fahrer hält vor unserem Haus, und ich beobachte, wie Sloane einen Moment innehält, bevor sie die Tür des Wagens öffnet. Innerhalb von Sekunden stehen wir uns auf dem Gehweg gegenüber.

»Soll ich mit zu dir kommen, damit wir weiterreden können?«, frage ich zögernd.

»Nein, ich glaube, es gibt nichts mehr zu sagen.«

Ich mache mir nicht die Mühe, mit ihr zu streiten, denn ich weiß, dass sie recht hat. Sie verdient jemand Besseres als mich. Jemanden, der ihr all das geben kann, wozu ich nie fähig sein werde.

Entkräftet schaue ich ihr dabei zu, wie sie sich umdreht und in die Lobby geht. Ich erwarte, dass sie sich noch mal nach mir umsieht, aber das tut sie nicht. Keine Ahnung, ob ich mir jemals wirklich ausgemalt habe, wie die Sache mit Sloane enden könnte, aber das hier fühlt sich endgültig an. Ich hasse es, ihr wehzutun, aber noch mehr hasse ich es, dass ich nicht ehrlich zu ihr sein kann. Ich hoffe, sie weiß, dass es nichts gab, was sie hätte anders machen können.

Die kalte Luft fühlt sich tröstlich an, während ich ein paar Minuten warte. Erst als sie in ihrer Wohnung angekommen sein muss, mache ich mich auf den Weg nach oben.

Meine Mitbewohner sitzen auf der Couch, rauchen Gras und schauen College-Basketball, also setze ich mich zu ihnen.

»Willst du?« Noah reicht mir die Bong.

Ich nehme sie entgegen, ohne etwas zu erwidern, und inhaliere ein, zwei, drei Mal.

»Woah, Alter, schlechten Tag gehabt?«, fragt Alex.

»Kann man so sagen«, antworte ich.

Den Rest des Abends sagt keiner von uns etwas. Stattdessen bekiffen wir uns, verdrängen unsere Probleme und schauen Sport. Die drei Dinge, die ich am besten kann.

***

Am nächsten Morgen drehe ich mich im Bett um und greife nach meinem Handy, um durch den Feed zu scrollen. Erst als ich einen Beitrag sehe, den ich Sloane schicken möchte, erinnere ich mich an alles, was sich gestern Abend abgespielt hat. Ich vermisse sie mehr, als ich erwartet hätte. Ich merke es daran, dass ich mich ein bisschen leerer fühle als sonst.

Was ist nur los mit mir? Warum bin ich so verkorkst? Ich meine, ich weiß, warum ich verkorkst bin – meine Eltern haben mir das angetan. Aber warum kann ich nicht zulassen, dass mich jemand liebt, wenn das alles ist, was ich mein ganzes Leben lang wollte? Ich wollte mich immer nur geliebt fühlen, und sobald es jemand versucht, stoße ich denjenigen weg.

Ich dachte wirklich, wenn ich Sloane erlaube, mich zu lieben, würde ich irgendwann auch so weit sein. Stattdessen sind wir jetzt an diesem Punkt. Drei Trennungen, zwei Jahre und ein komplett gebrochenes Herz später.

37

Sloane
Dezember 2018

Heute beschließe ich, von der Arbeit nach Hause zu laufen, weil ich es nicht ertrage, in der überfüllten U-Bahn zu sitzen. Die Luft ist frisch und ungewöhnlich warm für Mitte Dezember. Ich schließe trotzdem meinen Mantel bis zum Kinn, um mich nicht zu erkälten. Das Letzte, was ich gebrauchen kann, ist, noch länger auszufallen. Ich denke über die letzten Jahre nach, während ich die Park Avenue entlanglaufe. Dazu ziehe ich meine Ohrhörer aus der Tasche, schließe sie an mein Handy an und scrolle durch Spotify, um eine brauchbare Trennungs-Playlist zu finden, mit möglichst vielen Songs von Taylor Swift.

Ich erinnere mich an die Nacht, in der ich Ethan davon zu überzeugen versucht habe, dass wir fast sieben Meilen nach Hause laufen sollten, weil ich für mehr Zeit mit ihm alles getan hätte. Es ist schon komisch, dass sich manche Dinge nie ändern. Jetzt bin ich hier, über zwei Jahre später, in einer anderen Stadt, und wünsche mir das Gleiche.

Als ich die Wohnung betrete, werde ich von Lauren begrüßt, die bereits einen Drink für mich bereithält.

»Mach dich fertig«, fordert sie. »Wir gehen aus.«

Ich lächle, als ich mein Zimmer betrete, und betrachte die wenigen Kleidungsstücke, die ich noch nicht eingepackt habe. Ich nehme meinen Lieblingsbodysuit von seinem Bügel, zusammen mit der Jeans, die mir früher perfekt gepasst hat, aber jetzt hinten ein bisschen absteht, und ziehe mich um.

Lauren taucht in meiner Tür auf. »Willst du darüber reden?«

Sie setzt sich auf mein Bett, als wolle sie mir sagen, dass ich keine andere Wahl habe.

Ich schüttle den Kopf. »Eigentlich nicht. Es gibt nichts zu bereden.«

Sie bohrt trotzdem weiter nach. »Wie geht es dir?«

»Seltsamerweise nicht so schlimm, wie ich erwartet hätte«, gestehe ich. »Ich hab es kommen sehen. Wahrscheinlich hab ich nur gehofft, dass ich mich irre.«

Wir ziehen uns Mäntel über, und Lauren ruft uns ein Uber zu Miles' Wohnung, damit sie auf dem Weg zur neuen Bar in Chelsea, die sie mir zeigen will, ein paar ihrer Umzugskartons vorbeibringen kann. Sein Loft ist für New York City ein Traum. Es ist alles, was ich mir immer ausgemalt habe, bis mir klar wurde, dass sich das die meisten Leute nicht leisten können. Unverputztes Mauerwerk, hohe Decken und eine Wendeltreppe, die ins Schlaf- und Badezimmer führt.

»Es ist unglaublich hier«, sage ich und spüre einen Anflug von Neid.

»Nicht wahr?«, stimmt Lauren mit ein, während sie stolz ihre Kartons abstellt.

»Wo ist Miles?«, frage ich.

Als Antwort neigt sie den Kopf in Richtung der Hausbar. »Mit Kunden unterwegs. Willst du einen Drink, bevor wir gehen? Wir könnten uns auf die Dachterrasse setzen.«

»Klar.« Ich zucke mit den Schultern.

Ich schreite durch das Loft, bewundere jedes Detail und hoffe, dass ich eines Tages auch so wohnen werde. Dann folge ich ihr den Flur entlang zum Aufzug, mit dem wir zwei Stockwerke hochfahren. Die Türen geben den Blick auf einen leeren Korridor mit einer Tür am Ende frei. Gemeinsam gehen wir hindurch, und eine atemberaubende Aussicht auf die Stadt erstreckt sich vor uns.

»Wow«, hauche ich.

Wir setzen uns auf zwei Loungesessel und wickeln uns in Decken ein, obwohl wir unsere Wintermäntel tragen. Die Stadt vor uns, eine Leinwand aus endlos vielen Geschichten. Ich sehe Menschen, die auf anderen Dächern feiern, Paare, die hinter ihren Fenstern Abendessen zubereiten, Autos, die sich durch den Verkehr unter uns schlängeln.

Lauren bricht das Schweigen. »Wirst du zurechtkommen?«

Ich drehe mich zu ihr um, weil ich mir nicht sicher bin, ob sie Witze macht, aber die Sorge in ihrem Blick sagt mir, dass sie es ernst meint. Sie hat Angst um mich.

»Lauren.« Ich streckte die Hand aus, um sie zu beruhigen. »Ich komme schon klar.«

Sie atmet tief aus, als hätte sie Schuldgefühle. »Ich fühle mich einfach schlecht«, gesteht sie und senkt den Blick. »Natürlich passiert das gerade dann, wenn ich ausziehen will. Das Timing ist beschissen.«

»Das ist es immer.« Ich kann mir ein Lachen nicht verkneifen.

Am Ende gehen wir doch nicht aus. Stattdessen holt Lauren eine Flasche Tequila, einen Heizlüfter und ein Verlängerungskabel, und wir schwelgen in Erinnerungen und lassen im Grunde unsere gesamte Freundschaft Revue passieren.

»Ich glaube, meine Lieblingserinnerung an dich, eine Geschichte, die wir auf jeden Fall unseren Kindern erzählen werden, wenn sie aufs College gehen, ist der Spring Break im dritten Jahr«, erzählt sie.

»Welcher Teil davon?« Ich reiche die Flasche an sie zurück.

»Als du in dieser Bar in Key West fast verhaftet worden wärst. Ich werde nie deinen Gesichtsausdruck vergessen, als der Türsteher dir den Ausweis abgenommen und dich aufgefordert hat, mit ihm zu kommen. Ich hab dich noch nie so rennen sehen wie an diesem Tag.« Sie verschluckt sich vor lauter Lachen fast an ihrem Tequila.

»Ich kann nicht glauben, dass er uns nicht erkannt hat, als wir eine Stunde später zurückgekommen sind. Wir haben nur die Sonnenbrillen und T-Shirts gewechselt.«

»Warte, erinnerst du dich an das zweite Jahr, als wir so aufgeregt waren, unsere neuen gefälschten Ausweise zu benutzen, und dann hat der Türsteher im Jerry's die Folie abgezogen und uns gesagt, wir sollen verschwinden?« Ihr Lachen ist ansteckend.

»Das war mit Sicherheit einer der fünf peinlichsten Momente meines Lebens. Alle hinter uns in der Schlange haben uns angesehen, als wären wir bescheuert.«

»Wir waren bescheuert«, erwidert sie und nimmt einen kräftigen Schluck Tequila, wobei sie das Gesicht verzieht.

Ich schüttle ungläubig den Kopf. »Ich kann nicht glauben, dass wir gerade Tequila direkt aus der Flasche trinken.«

»Wirklich nicht? Früher haben wir das jedes Wochenende mit Wodka und Bacardi gemacht.« Lauren lacht erneut.

»O Gott, erinnere mich nicht daran.« Ich tue so, als müsste ich würgen. Die Vergangenheit schmeckt mittlerweile bittersüß.

Wir verlieren jegliches Zeitgefühl, bis es keine Geschichten mehr zu erzählen gibt. Der Tag, an dem wir uns im Studierendenwohnheim kennengelernt haben, das erste Mal, als wir uns zusammen betrunken haben, das Abschlussjahr, in dem wir Stunden damit verbracht haben, uns auf jeden Job zu bewerben, den wir finden konnten, weil wir dachten, dass wir in einer Stadt wie dieser niemals einen bekommen würden. Und doch sitzen wir hier – auf dem Dach der Wohnung, die Lauren jetzt mit dem Mann teilt, den ich als ihren Seelenverwandten bezeichnen würde.

Was für ein Glück hat sie, dass sie mit dreiundzwanzig Jahren die Liebe gefunden hat!

Ich schaue auf mein Handy – es ist schon spät, selbst für uns.

***

Draußen hält mich Lauren mit einem Griff an die Schulter auf. »Hey, Sloane?« Ihre Stimme ist sanft, aber bestimmt.

»Ja?« Ich wende mich ihr zu.

»Eines Tages wird er aufwachen und erkennen, dass er das Beste verloren hat, was ihm je passiert ist. Er hat die einzige Person vergrault, die ihn über alles geliebt hat. Ich hoffe, es tut ihm weh. Ich hoffe, er bereut es. Aber was noch wichtiger ist, ich hoffe, er lernt daraus. Ich hoffe, er lernt, dass Liebe nicht immer einfach ist. Liebe ist ein Kompromiss. Sie bedeutet Verständnis und Akzeptanz. Eines Tages wird dir jemand anderes all das und noch viel mehr geben, und ich kann es kaum erwarten zu sehen, wer das sein wird.«

Ihre Rede ist wie ein Pflaster für mein gebrochenes Herz, und als ich sie umarme, fühlt sich die Welt ein wenig weniger kalt an.

»Ich hab dich lieb«, sage ich und steige in das Uber.

Nach ein paar Minuten Fahrt überkommt mich eine Welle der Übelkeit. Ich bin betrunkener, als ich dachte. Ich frage mich, ob es am Schlafmangel oder am fehlenden Essen liegt. Auf jeden Fall versuche ich, die Augen zu schließen und mein Handy auszuschalten, damit ich mich nicht übergeben muss. Auf die Reinigungsgebühr kann ich verzichten.

Die Fahrt dauert ungewöhnlich lange, also öffne ich die Augen und stelle fest, dass wir einen Umweg durch das West Village fahren. Normalerweise würde ich mir wegen so etwas Sorgen machen, aber meine Übelkeit lässt das nicht zu. Bevor ich meine Augen wieder schließen kann, sehe ich das Gebäude, in dem Reese wohnt. Auf dem Rücksitz des Ubers fange ich an zu weinen, weil ich mit einem Mann Schluss gemacht habe, der mich geliebt hat, für einen Mann, der nie dazu in der Lage war. Warum bin ich so, wie ich bin?

Ich scrolle durch meine Kontakte, bis ich Reese Thompson finde. Mein Finger zittert über der Anruftaste, aber schließlich halte ich das Telefon an mein Ohr. Es klingelt und klingelt. Niemand geht ran. Ich sperre mein Handy und schließe die Augen, bis wir bei meiner Wohnung sind.

Als ich endlich im Bett liege, greife ich nach dem Ladegerät und schließe mein Handy an. Bevor ich meinen Wecker stelle und schlafen gehe, rufe ich Instagram auf und gebe Reeses Namen in die Suchleiste ein. Überraschenderweise bin ich nicht mehr blockiert.

Da ist es – ein Bild von ihm von vor ein paar Wochen, auf einer Hochzeit, vermutlich mit seiner neuen Freundin. Die kitschige Caption *Für immer mein Hochzeitsdate* bestätigt die Annahme. Ich starre auf das Display und überlege, was ich jetzt tun soll. Bevor ich wirklich verstehe, was ich da tue, schreibe ich Ethan und drücke auf *Senden*.

02.20 Uhr
Ich: Kannst du bei mir übernachten? Bloß heute Nacht?
Ich will nicht allein sein.

Ich stelle mein Handy auf *lautlos*, obwohl ich alle paar Minuten nachsehe, ob er geantwortet hat.

Die ganze Nacht wälze ich mich hin und her und schaffe es einfach nicht, zur Ruhe zu kommen. Alles, woran ich denken kann, ist Ethan. Was, wenn ich nie über ihn hinwegkomme? Was, wenn ich mich für den Rest meines Lebens nach ihm sehne, wenn ich abends ins Bett gehe und morgens aufstehe? Was, wenn ich ständig auf einen Anruf oder eine Nachricht oder ein Zeichen warte, das nie kommt?

Als der Morgen anbricht, checke ich noch einmal meine Benachrichtigungen, doch es sind keine neuen zu finden.

38

Sloane
Januar 2019

Im West Village ist es sonntagmorgens im Januar kalt und still.

Ich gebe den Umzugsleuten Trinkgeld und bedanke mich, bevor ich mich wieder auf den Weg nach drinnen mache. Als ich meine neue Wohnung betrete, empfängt mich der Duft von frischer Farbe, der noch in der Luft hängt. Es ist ein gemütliches kleines Apartment, knapp vierzig Quadratmeter groß, aber es gehört mir. Zum ersten Mal bin ich auf mich gestellt, und die Vorstellung, allein zu leben, fühlt sich sowohl befreiend als auch beängstigend an.

Ich stehe in der Mitte des Raumes, da es nur einen gibt, und zittere vor mehr als nur der Kälte in der Luft. Ethan hallt noch immer in meinem Herzen nach. Es ist erst etwa einen Monat her, und unser Ende ist eine noch nicht ganz verheilte Wunde. Ich frage mich, ob sie das jemals sein wird.

Die erste Liebe ist schon seltsam. Sie zeigt einem die Welt und lehrt einen, wie man liebt, aber auch, mit Schmerz umzugehen und zu heilen. Ich hoffe, dass ich Ethan gezeigt habe, was bedingungslose Liebe bedeutet, während er mir beigebracht hat, mich selbst zu lieben.

Die Wohnung ist winzig, aber sie ist eine Leinwand für mein neues Leben. Ich sehe Potenzial in jeder Ecke, eine Chance, mich wieder aufzubauen und neu zu definieren. Sie ist mein sicherer Hafen, mein Heiligtum, ein Ort, an dem ich heilen und wachsen kann, an dem ich wiederentdecke, wer ich ohne Ethan bin. Mir war nicht klar, wie viel ich durch ihn verloren hatte, bis ich mich neulich abends hingesetzt habe, um zu lesen. Ich konnte mich nicht daran erinnern, wann ich das letzte Mal ein Buch in die Hand genommen, geschweige denn etwas getan hatte, das nicht mit Ethan, Lauren oder der Arbeit zu tun hatte. Dies ist ein neues Kapitel in meinem Leben, eines, in dem ich endlich die Protagonistin bin.

Als ich anfange, die Umzugskartons auszupacken, kommen mir die Tränen. Die Stadt vor meinem Fenster erwacht, und ich atme tief durch und sage mir, dass ich das schaffen werde. Ich werde allein zurechtkommen, und diese Kartons und die Wohnung erinnern mich daran, dass ich es bereits tue.

Epilog

Sloane
September 2019

Es ist neun Monate her, dass Ethan die Sache zwischen uns beendet hat. Neun Monate können einen Menschen wirklich verändern. Vor neun Monaten kannte Ethan mich noch wie seine Westentasche. Er konnte jeden meiner Schritte vorhersehen. Mit Sicherheit würde er mich immer noch erkennen, aber er kennt nicht die Dinge, die mich jetzt ausmachen.

Ich habe ihn weder noch mal gesehen noch von ihm gehört, nicht einmal eine Nachricht zu meinem Geburtstag hat er mir geschickt, was, wie ich gelernt habe, gut so ist. Meine Therapeutin sagt, dass man keinen Ex braucht, der versucht, sich mit einem *Happy Birthday* zurück in dein Leben zu schleichen.

Wenn ich daran zurückdenke, wer ich im Dezember war, kommt es mir vor wie eine längst vergessene Version meiner selbst, jemand, den ich nicht mehr kenne. Der Verlust von Ethan hat mir klargemacht, dass ich nicht um ihn getrauert habe. Ich habe um das Bild von ihm getrauert, das ich kreiert hatte. Ich habe um die Zukunft getrauert, die ich in meinem Kopf aus unseren besten Momenten zusammengesetzt hatte.

Ich habe um das Potenzial getrauert, das ich in ihm und unserem zukünftigen Leben gesehen habe.

Im Frühjahr habe ich einen Kater adoptiert und ihn Ollie genannt. Er hockt auf der Fensterbank und beobachtet, wie die Nachbarn frühmorgens ihren Weg zur Arbeit antreten. Ich habe mich nie für einen Katzenmenschen gehalten, aber ein Hund würde sich in der Stadt nicht wohlfühlen.

Ich schalte die Kaffeemaschine ein und greife nach einem Muffin in der Gebäckdose, die mir meine Mutter zum Einzug geschenkt hat. Sobald der Kaffee aufgebrüht ist, gieße ich mir eine Tasse ein und setze mich an den Bistrotisch, an dem ich normalerweise immer in den Morgen starte.

Gleich nach der Trennung, wenn man es überhaupt so nennen kann, habe ich wieder angefangen, Tagebuch zu führen. Jeden Tag schreibe ich meine Gefühle auf, manchmal auch mehrmals, und so habe ich inzwischen fast zwei Bücher gefüllt. Annie brachte mich auf die Idee, einen eigenen Blog zu erstellen, damit ich alle möglichen Themen, die mich bewegen, veröffentlichen kann. Ich fand die Idee so toll, dass ich die ganze darauffolgende Nacht daran arbeitete.

In nur drei Monaten habe ich fast fünfundzwanzigtausend Abonnenten gewonnen. Anfangs war es beängstigend, sich online so verletzlich zu zeigen, aber nachdem ich mitbekommen habe, wie viele Menschen mein offener Brief im letzten Jahr berührt hat, wollte ich die Möglichkeit nutzen, den Schmerz in etwas Sinnvolles zu verwandeln. Jetzt wache ich jeden Morgen auf und schreibe dreißig Minuten lang, bevor ich ins Büro fahre. Ich nippe an meinem Kaffee und starre auf den leeren Bildschirm vor mir, während ich versuche, mir etwas für den heutigen Beitrag zu überlegen:

Das Wichtigste, was ich in den vergangenen Monaten gelernt habe, ist, dass man für sich selbst da sein muss. Ich weiß, das mag trostlos klingen, aber die einzige Person, die wir am Ende des Tages wirklich haben, sind wir selbst. Du solltest diese Person immer mehr lieben als jemanden, der dir das Herz gebrochen hat.

Wenn du das Gefühl hast, dich in einer vergangenen (oder sogar gegenwärtigen) Beziehung verloren zu haben, solltest du dir die Zeit nehmen, um dich selbst kennenzulernen. Such dir neue Hobbys oder verlieb dich wieder in alte. Meine sind Lesen und die Therapie. Beides hat mich daran erinnert, wie schön – manchmal traurig, aber meistens schön – das Leben ist.

Ich lese die Worte auf dem Bildschirm und versuche mir einzureden, dass ich sie glaube. Sicher, ich bin stolz auf mich und wie weit ich in den vergangenen Monaten gekommen bin, aber es war nicht einfach, und es gibt Tage, an denen ich immer noch weine, weil ich ihn vermisse. Ich weiß noch, wie es war, als ich dachte, ich könnte ohne ihn nicht leben. Davon ausging, nie wieder jemanden wie ihn kennenzulernen, obwohl er in Wirklichkeit nur ein weiterer Mensch ist, der in mein Leben trat und es wieder verließ. Er ist jemand, der mir Dinge beigebracht hat, die ich mir selbst nie hätte beibringen können. Durch ihn habe ich erfahren, wie es ist, sich in jemanden zu verlieben. Er hat mir gezeigt, wie verletzlich man sein kann, sich selbst und anderen gegenüber. Er hat mir beigebracht, dass ich zu gefestigt in mir selbst bin, um jemandem nachzutrauern, der noch nicht bereit für mich ist. Er hat mir beigebracht, mich selbst so zu lieben, wie er es nie konnte.

**

Mittlerweile ist es Freitag, und ich stehe später als sonst auf, weil ich mir den Tag freigenommen habe. Lauren wird in einer Stunde zu mir kommen, denn da habe ich uns ein Uber bestellt, das uns zum Flughafen bringen soll.

Ich habe monatelang hin und her überlegt, was ich wegen Grahams Hochzeit tun soll. Ich habe sogar die Deadline für die Rückantwort verstreichen lassen, sodass Graham mich letzten Monat anrief, als ich gerade im Büro war. Ich habe seine Nachrichten einfach ignoriert, weil ich nicht mehr daran denken wollte. Ich wollte sie (und Ethan) so lange wie möglich meiden. Widerwillig ging ich in die Lobby und nahm seinen Anruf entgegen.

»Hey, Graham«, antwortete ich müde.

»Wow, du gehst ran«, stichelte er. »Warum meldest du dich nicht? Na ja, ich kann es mir denken, aber ich würde es gern von dir hören.«

»Es tut mir leid. Ich weiß, dass ich die Deadline verpasst habe. Ich konnte einfach nicht mehr darüber nachdenken«, entschuldigte ich mich.

Sein Ton wurde sanfter. »Die Deadline ist mir egal, Sloane. Na ja, Emily nicht ganz, aber uns geht es mehr um dich. Ich weiß, das ist eine unangenehme Situation, deshalb rufe ich an. Emily und ich haben uns unterhalten, und wir finden, du solltest Lauren mitbringen.«

»Wirklich?« Ich weiß noch, wie schockiert ich war, das zu hören.

Abgesehen von dem einen Abend in der Stadt im letzten Sommer haben Graham und Lauren sich nicht mehr gesehen. Sie haben auch nicht miteinander gesprochen. Ich schätze, es gibt dazu auch nicht wirklich einen Grund. Trotzdem überraschte es mich, dass er vorschlug, sie mitzubringen.

»Ja, das mit uns ist Schnee von gestern. Wir waren auf dem College ein paar Monate zusammen und haben uns dann getrennt. Es ist ja nicht so, als wären wir geschieden. Wir sind jetzt beide mit anderen Leuten zusammen, alles ist so gekommen, wie es kommen sollte.« Seine Erklärung war sachlich.

Ich lächelte, obwohl er es nicht sehen konnte. »Das ist toll. Danke, Graham.«

Als wir das Gespräch gerade beenden wollten, hielt er mich auf. »Sloane, eine Sache noch.«

»Ja?« Mein Puls beschleunigte sich. Würde er gleich eine Bombe platzen lassen? Hatte Ethan eine Freundin? Oder schlimmer – würde er sie zur Hochzeit mitbringen?

Graham stieß einen schweren Seufzer aus, und ich konnte ihn genau vor mir sehen, wie er sich mit der Hand durch sein langes gewelltes Haar fuhr.

»Mir ist klar, wie unheilvoll das gerade geklungen hat. Ethan bringt kein Date mit, aber darauf wollte ich gar nicht hinaus. Ich hab deinen Blog verfolgt und wollte mich nur entschuldigen«, sagte er.

»Was meinst du? Für was entschuldigen?«

»Ich hab das Gefühl, dass ich bei allem, was passiert ist, meine Finger im Spiel hatte. Ich hab dich ermutigt, auf Ethan zu warten, ihm eine Chance zu geben. Ich hätte das Gegenteil tun sollen. Ich wollte nur das Gleiche wie du. Ich wollte, dass du die Eine für ihn bist. Das wollten wir alle«, gestand er.

Ich wusste, dass er es nur gut meinte, aber die Worte ließen mich erstarren. Ich spürte, wie sich ein Kloß in meinem Hals bildete und mir Tränen in die Augen stiegen.

»Außer ihm und mir kann niemand etwas dafür«, versicherte ich ihm.

»Dann sehen wir uns nächsten Monat?«

»Das würde ich doch nicht verpassen wollen.«

»Du hast es aber versucht«, rief er mir ins Gedächtnis.

Gott sei Dank habe ich Graham und Lauren. Sie halfen mir beide durch einige dunkle Zeiten, und wenn sie beide nicht so weise wären, wäre vieles anders gelaufen.

***

»Ich hab Bauchschmerzen, so nervös bin ich«, flüstere ich Lauren zu, als wir am Ort der Trauung ankommen.

Sie legt mir eine Hand auf die Schulter, bevor sie mir mit Nachdruck ins Gedächtnis ruft: »Es ist alles in Ordnung! Aber denk dran, kein direkter Blickkontakt. Und nicht heulen.«

Zwei Platzanweiser nehmen uns in Empfang und drücken uns ein Glas Sekt in die Hand, bevor wir unsere Plätze einnehmen. Irgendwie schaffen wir es, welche in der dritten Reihe zu ergattern. Ich drehe das Glas zwischen meinen Fingern, während ich gespannt auf den Beginn der Zeremonie warte.

Die Trauzeugen schreiten den Gang entlang, und ich beobachte einen nach dem anderen, bis ich seinen Hinterkopf entdecke. Als er beim Altar ankommt, stellt er sich rechts neben Grahams Bruder, und ich erkenne, wie er die Menge absucht. Hält er nach mir Ausschau? Und im nächsten Moment findet er mich.

Ein leichtes Lächeln huscht über sein Gesicht, und mein ganzer Körper erstarrt. Mein Herz sinkt mir in die Hose, als mir klar wird, dass ich ihn vor dem Altar stehen sehe, nur dass es nicht unsere Hochzeit ist. Die wird es auch nie geben. Ich habe immer von dem Tag geträumt, an dem wir alle Hürden überwinden – er würde mich fragen, ob ich seine Freundin sein wolle, wir würden nach einem Jahr oder so zusammenziehen, und bald darauf würde er mir in einem Park oder auf einer Dachterrasse einen Heiratsantrag machen, dann, wenn ich es am wenigsten erwarte. Ich habe mir ausgemalt, wie es wäre, wenn der Typ, der sich zuerst nicht verlieben oder binden wollte, endlich auf die Knie geht, weil er überzeugt davon ist, dass ich diejenige bin, mit der er den Rest seines Lebens verbringen will.

Doch nun befinden wir uns beide im selben Raum und tun so, als würden wir uns kaum kennen. Ein höfliches Lächeln ist das Einzige, was wir austauschen. Kein Small Talk oder die Frage, wie es dem anderen ergangen ist, denn es täte zu weh. Es täte zu weh, wieder dorthin zurückzukehren. Ich weiß, dass es ihm auch so geht.

Unzählige Nächte habe ich mich hin und her gewälzt und mich gefragt, ob unser Ende ihn genauso hart getroffen hat wie mich. Oder auch nur ein bisschen. Ich beobachte, wie sein Blick zu seinen Füßen wandert, und ich weiß genau, was er fühlt. Den gleichen Schmerz, den ich fast jede Nacht spüre, seit wir uns auf dem Bürgersteig in Murray Hill getrennt haben. Den Schmerz, etwas zu wollen, das man nie haben kann. Den Schmerz, sich zu fragen, ob es die richtige Person zur falschen Zeit war oder einfach nur die falsche Person. Den Schmerz seines ersten echten Liebeskummers.

Ich habe mich oft gefragt, ob er mich jemals geliebt hat, da er nie in der Lage war, es mir zu sagen. Manchmal habe ich es aber gespürt – auf schweigsamen Autofahrten, dann, wenn sein Herz schneller schlug, sobald mein Kopf auf seiner Brust ruhte, in den kleinen Momenten, an die ich mich jetzt kaum erinnern kann. Ich weiß, dass er mich geliebt hat, und ich würde gern glauben, dass ein Teil von ihm das immer noch tut. Vielleicht geht es ihm ja tatsächlich so ähnlich wie mir.

Der Pianist schlägt die Tasten zur Melodie von »Can't Help Falling in Love« von Elvis Presley an, und die Gäste erheben sich, um den großen Auftritt der Braut zu bestaunen. Mit zitternder Hand greife ich nach Laurens, die sie beruhigend drückt. Der ganze Raum ist von Ehrfurcht erfüllt, als Emily anmutig zum Altar schreitet. Sie ist wunderschön.

»Wir haben uns heute hier versammelt, um die Vereinigung von Emily Miller und Graham Clark zu bezeugen. Die Ehe ist eine Reise, die ihre Höhen und Tiefen hat. Sie ist nicht immer einfach, aber sie ist es wert. Damit eine Ehe funktioniert, braucht es Liebe, Geduld, Verständnis und Vergebung. Sie ist ein Band, das jeden Tag stärker wird.«

»Graham, du hast mir seit dem Tag, an dem ich dich kennengelernt habe, nichts als bedingungslose Liebe entgegengebracht. Während unserer gesamten Beziehung ist deine Liebe zu mir nie ins Wanken geraten. Du hast mich nie infrage gestellt oder daran zweifeln lassen, wie wichtig ich dir bin, denn du zeigst es mir jeden Tag aufs Neue«, sagt Emily.

Während ich ihrem Ehegelübde lausche, laufen mir die Tränen übers Gesicht. Es ist nicht so, dass ich mich nicht für Graham und Emily freue – im Gegenteil, ich bin begeistert, sie so verliebt zu sehen. Aber während ich ihr dabei zuhöre, wie sie über bedingungslose Liebe spricht, muss ich immer wieder daran denken, wie sehr ich Ethan geliebt habe. Ich war die einzige Person in seinem Leben, die ihn über alles lieben wollte. Selbst nachdem er mich monatelang hingehalten, verwirrt und verletzt hatte, habe ich ihn trotzdem geliebt.

Bedingungslose Liebe sollte allerdings nicht einseitig sein. Sie bedeutet nicht, dass man vor jemandes Tür steht und darum bettelt, hineingelassen zu werden. Sie bedeutet nicht, dass man sich sein blutendes Herz aus der Brust reißt und es jemandem schenkt, der damit machen kann, was er will. Bedingungslose Liebe bedeutet, dass man jemandem sein Herz schenkt und darauf vertrauen kann, dass die Person es beschützen wird.

Das hier ist keine dieser schönen Liebesgeschichten mit einem Happy End. Das hier ist eine der Geschichten, in denen der Schmerz und die Verwirrung sie verzehren. Es ist eine der Geschichten, in denen die Person, die verletzt wurde, aufsteht, sich den Dreck abklopft und ihren Wert erkennt.

Sosehr ich mir immer gewünscht habe, mit Ethan zusammenzukommen, wusste ich wohl tief in mir drin, dass er nicht der Richtige für mich ist. Ist es beängstigend, darüber nachzudenken, sich wieder zu verlieben? Mein Herz für jemanden zu öffnen, der es möglicherweise noch mehr zerfetzen könnte als er? Natürlich ist es das. Aber das ist es doch, was die Liebe ausmacht, oder? Liebe bedeutet, Risiken einzugehen, egal, wie es ausgeht.

Unsere Beziehung mag nicht konventionell gewesen sein. Sie war keine märchenhafte Romanze, von der wir eines Tages unseren Kindern und Enkelkindern erzählen werden. Sie bestand aus einvernehmlichem Schweigen, vertrautem Lachen und Umarmungen, in denen man sich zu Hause fühlte. Was wir hatten, lässt sich nicht in Worte fassen. Es waren einfach wir.

Man kann es nennen, wie man will, aber für mich war es Liebe.

Ein Gespräch mit der Autorin

Was hat dich dazu inspiriert, *Call It What You Want* zu schreiben?
Mein Liebesleben bestand aus einer Reihe von Beinahe-Beziehungen. Lange Zeit war es mir peinlich, und ich war unsicher, weil ich mich nie gut genug für eine Beziehung fühlte. Als diese Beziehungen endeten, ging es mir noch schlechter. Ich konnte nicht verstehen, warum sich nie jemand für mich entschied, und mehr noch, ich hatte das Gefühl, dass die Menschen um mich herum nicht verstehen konnten, warum ich wegen jemandem, der nicht mein Freund gewesen war, so verletzt war. Tief in mir drin wusste ich, dass ich nicht die Einzige war, der es so ging, aber warum sprach oder schrieb niemand darüber? Also beschloss ich, selbst ein Buch zu schreiben, wenn ich schon keins finden konnte, in dem ich mich mit meiner Scham und meinen Selbstzweifeln nicht so allein fühlte. Ich wollte etwas schreiben, das echt, unverfälscht und nachvollziehbar ist.

Ich habe *Call It What You Want* für alle geschrieben, die jemals in einer Beinahe-Beziehung waren, aber auch für eine jüngere Version meiner selbst, die mir gelegentlich immer noch leidtut. Ich wünschte, ich könnte sie umarmen und ihr sagen, dass sie so viel mehr verdient als ein Beinahe.

Was hat dir beim Schreiben dieses Romans am meisten Spaß gemacht?

Dieser Roman ist zwar fiktiv, aber gewisse Teile davon stammen aus meinem echten Leben. Ich habe es geliebt, einige meiner besten Freunde in Figuren zu verwandeln und sie mit der Welt zu teilen – insbesondere Lauren und Graham. Sie haben mir großartige Ratschläge erteilt und immer wieder zu mir gehalten, wenn der Kreislauf wieder von vorne begann. Sie haben nicht immer verstanden, warum ich in einer Beziehung geblieben bin, die mir nicht gutgetan hat, aber sie haben mich voll und ganz unterstützt. Meine Freunde haben entscheidend dazu beigetragen, mein gebrochenes Herz zu heilen, und ich hoffe, dass sie auch den Leser*innen helfen werden, die es vielleicht gerade brauchen.

Welche Szene war für dich beim Schreiben die größte Herausforderung?

Es gab eine Handvoll schwieriger Szenen, aber die schwierigste war der Epilog. Ich wollte den Leser*innen unbedingt vermitteln, dass das, was die beiden erlebt haben, nicht automatisch keine Liebe war, nur weil ihre Beziehung kein Label hatte. Ich wusste nur noch nicht, wie ich diese Botschaft am besten rüberbringen könnte, bis ich auf der Hochzeit meiner Freunde ihre Gelübde hörte. Als ich im Publikum saß, konnte ich aus zwei Gründen nicht aufhören zu weinen: Ich freute mich so sehr für die beiden, doch ihre Liebe machte mir auch klar, was ich verdient habe. Genau wie ich hat Sloane Ethan bedingungslose Liebe geschenkt, leider konnte Ethan ihr diese nicht zurückgeben. Man kann es auf ein Familientrauma oder Bindungsprobleme schieben, aber Liebe sollte so nicht sein.

Ich wollte den Roman mit der Überzeugung enden lassen, dass Liebe nicht immer das Wichtigste ist, vor allem nicht in unseren frühen Zwanzigern. Ein glückliches und erfülltes Leben kann auch bedeuten, neue Hobbys zu finden, die Karriereleiter zu erklimmen und Freundschaften zu pflegen – es gibt keinen richtigen oder falschen Weg, um Glück zu erleben. Man tappt leicht in die Falle und glaubt, dass man gescheitert ist, wenn eine Beziehung nicht funktioniert hat oder man ewig lang Single ist. Doch der eigene Wert hängt nicht von einer anderen Person ab, und ich denke, jeder, vor allem Frauen in ihren Zwanzigern, muss ab und zu daran erinnert werden.

Was, hoffst du, nehmen die Leser*innen aus diesem Roman mit?

Ich denke, dieser Roman hat zwei Hauptmotive: Eines ist für die Menschen, die eine Beinahe-Beziehung bereits hinter sich haben, und das andere für diejenigen, die noch nicht so weit sind. Diejenigen, die eine ähnliche Erfahrung gemacht haben, sollen wissen, dass die besten Liebesgeschichten manchmal die sind, die einem beibringen, wie man loslässt. Denjenigen, die das noch nicht erlebt haben, wünsche ich, dass dieser Roman ihren Geist und ihr Herz für die Komplexität von Beziehungen öffnet. Ich möchte, dass die Menschen verstehen, dass Liebeskummer genauso eine Daseinsberechtigung hat, wenn er wegen jemandem passiert, mit dem man nicht zusammen war.

Welchen Rat würdest du anderen Debütautor*innen geben?

Sei du selbst. Niemand ist wie du, und das ist dein Vorteil! In jedem Lebensbereich ist es leicht, Vergleiche anzustellen, vor allem in einem, in dem man sich noch nicht ganz angekommen fühlt. Es gibt so viele Autor*innen und Schriftsteller*innen, zu denen ich aufsehe, und wenn ich einen schlechten Tag oder eine schlechte Woche habe, bekomme ich schnell das Gefühl, dass ich nie so gut sein werde wie sie. Aber ich versuche, mich daran zu erinnern, dass ich nicht sie bin und sie nicht ich. Die Einzigartigkeit ist das Besondere!

Danksagung

Im Juli 2022 hatte ich die verrückte Idee, ein Buch zu schreiben. Sie kam aus dem Nichts. Mir war gerade das Herz gebrochen worden, und ich stieg ins Flugzeug, in der Hoffnung, vor all meinen Problemen davonlaufen zu können. Ich nahm einen Stapel Bücher mit, vergrub meine Zehen im Sand und las. Während der fünftägigen Reise beendete ich drei Romane, und das Einzige, woran ich mich erinnere, ist, dass sie mich nicht geheilt haben. Ich wollte ein Buch, das mich versteht. Ich wollte ein Buch, das sich anfühlt wie eine Umarmung von meinen Eltern, die zu weit weg waren, um mir eine zu geben. Zwei Jahre später haltet ihr nun dieses Buch in den Händen, und ich muss so vielen Menschen dafür danken.

Danke an euch alle: Eure Unterstützung, Kommentare, Rezensionen, Posts und Nachrichten haben das alles erst möglich gemacht. Ihr habt mein Herz geheilt und mein Leben verändert. Dafür bin ich euch auf ewig dankbar.

Meine Schwester Natalie ist vier Jahre jünger als ich, aber oft kommt es mir so vor, als wäre sie die Ältere von uns. Ohne sie wäre ich aufgeschmissen. Also, Natalie, danke, dass du jeden Anruf um zwei Uhr morgens annimmst, mich auf den Boden der Tatsachen zurückholst und mir eine Schulter zum Ausweinen bist, wenn ich sie am meisten brauche. Noch wichtiger: Danke, dass du mich für cool genug hältst, um zu mir aufzusehen. Deine Schwester zu sein, ist meine größte Errungenschaft, und ich hoffe, du wirst das nie vergessen.

Ohne meine beste Freundin Michaela gäbe es dieses Buch nicht, denn in gewisser Weise schrieb es sich jedes Mal wie von selbst, nachdem ich sie angerufen hatte. Wir sprachen über jede Idee, jedes Kapitel, jede Szene. Ihre Ehrlichkeit, ihr freundliches Herz und ihr Lachen halfen mir, meinen ersten Liebeskummer zu überwinden. Ihre unerschütterliche Unterstützung und endlose Geduld haben dieses Buch von einer kleinen Idee in eine große Realität verwandelt. Michaela, ich habe noch nie eine Freundschaft wie unsere oder einen Menschen wie dich gekannt. Danke, dass du meine platonische Seelenverwandte bist.

Meine Mom ist der Grund, warum ich Bücher liebe. Sie sagte immer, dass man mit ihnen dem Alltag entfliehen könne, wenn man es am meisten braucht. Als ich jünger war, blieb ich oft länger wach, um im Dunkeln zu lesen (was die Brille und die Kontaktlinsen erklärt), aber wenn sie mich dabei erwischte, war sie nie böse. Mom, du bist der stärkste Mensch, den ich kenne. Danke, dass du eine Inspiration und meine härteste Kritikerin bist und mir immer mit Rat und Tat zur Seite stehst. Du hast mir beigebracht, dass man mit konstruktiver Kritik weiterkommt, wenn man sie annimmt, und das ist bis heute einer der besten Ratschläge, die ich je bekommen habe.

Mein Vater ist mein größter Fan. Ob es um Turnen, Feldhockey, Talentshows oder das Schreiben ging, immer saß er mit dem stolzesten Lächeln in der ersten Reihe (und meine Mutter mit dem lautesten Jubelgeschrei). Mein Vater ist der zielstrebigste, leidenschaftlichste und fleißigste Mensch, den ich je kennengelernt habe, und ich würde gern glauben, dass er diese Eigenschaften an mich weitergegeben hat. Dad, danke, dass du den Maßstab für die Art von Liebe gesetzt hast, die ich verdiene, und für die Art von Mann, auf den ich warten sollte. Ich hätte nie gedacht, dass ich auch nur die Hälfte der Dinge tun könnte, die ich getan habe, aber du schon. Danke, dass du immer stolz auf mich bist.

Danke an Kristyn und Tia, die mein Leben mit nur einer E-Mail verändert haben. Ihr beide habt mir während des gesamten Prozesses die Hand gehalten. Ihr habt euch für mich eingesetzt und jedes Mal einen Homerun erzielt. Danke, dass ihr mich Geduld und Ausdauer gelehrt habt. Ich bin so froh, dass wir uns gefunden haben.

An Kate, meine Lektorin, die mir eine Chance gegeben hat. Danke, dass du mich ermutigt hast, tiefer zu graben, gründlicher nachzudenken und mehr zu fühlen. Du hast diese Geschichte mit so viel Sorgfalt behandelt und liebst die Figuren genauso sehr wie ich. Ich hätte mir keine bessere Komplizin wünschen können.

Danke an meine Großeltern, die meiner Fantasie freien Lauf ließen und jeden Brief aufbewahrten, den ich an sie schrieb. Danke für die Übernachtungen, die Ausflüge zu Barnes & Noble (wo ich immer noch euren Rabatt nutze) und die Filmabende. Danke, dass ihr vor all den Jahren die Eigentumswohnung in Marco Island gekauft habt, denn auf dem Balkon dort habe ich die erste Seite dieses Buches geschrieben.

Danke an Jenna, Brie und Kayla, die seit der peinlichen Zeit auf der Middle School für mich da sind. Ihr wolltet meine Freundinnen sein, selbst als ich eine Dauerwelle hatte und eine Zahnspange trug. Als ich fünfhundert Meilen von New Jersey nach North Carolina gezogen bin, habt ihr mir täglich geschrieben, wöchentlich gefacetimt und mich vierteljährlich besucht. Fünfzehn Jahre, in denen ihr mich ermutigt habt, nach den Sternen zu greifen, in denen ihr meine Geheimnisse bewahrt und mich geliebt habt, ohne mich zu verurteilen (meistens). Ihr drei seid der Grund, warum ich an Seelenverwandtschaft glaube. Ihr seid meine Seelenverwandten.

Danke an meine Freunde – ihr wisst, wer ihr seid. Danke, dass ihr für mich da wart. Danke, dass ihr mir gesagt habt, dass es euch wehtut, mich immer wieder einen Schritt zurück machen zu sehen, und dass ihr trotzdem verstanden habt, warum ich es getan habe. Danke für die Ratschläge, das Lachen, die Tränen und die Erinnerungen (von denen so viele mit diesen Seiten verwoben sind). Ich liebe euch mehr, als ihr euch vorstellen könnt.

Danke an Hailey, die das schönste Cover gestaltet hat, das ich je gesehen habe. Danke, dass du dir Dutzende von Sprachnachrichten angehört und Hunderte von Textnachrichten entschlüsselt hast, bis wir dieses Meisterwerk hatten. Ohne dich gäbe es dieses Buch nicht in der Form, in der es jetzt existiert. Ich weiß, man sagt: »Beurteile ein Buch nicht nach seinem Einband«, aber in diesem Fall hoffe ich, dass viele es allein deshalb in die Hand nehmen, weil es so schön geworden ist.

Eine jüngere Version meiner selbst hätte tagelang wegen dieses Buches geschluchzt. Sie hätte ein zweites Exemplar kaufen müssen, vielleicht sogar ein drittes, weil die Seiten mit endlosen Randnotizen und Tränenflecken übersät gewesen wären. Ich habe nie geglaubt, dass ich gut genug für eine Beziehung bin. Die meiste Zeit meines Lebens bin ich davon ausgegangen, dass die Liebe vergänglich ist. Ich habe Jahre gebraucht, um zu erkennen, dass die richtigen Leute mich nie verlassen werden. An die jüngere Alissa: Es tut mir leid, dass du so lange an dir gezweifelt hast. All diese Gefühle und Erfahrungen haben dir dieses Buch beschert. Ich bin so stolz auf uns.